小学館文庫

ザ・プロフェッサー

ロバート・ベイリー
吉野弘人　訳

小学館

ザ・プロフェッサー

＊主な登場人物＊

トーマス（トム）・マクマートリー………アラバマ大学ロースクールの教授。証拠論の権威。

ポール・〝ベア〟・ブライアント……………アラバマ大フットボールチームの伝説的なコーチ。

アート・ハンコック……………………………トムの尊敬する老判事。

ジェイムソン（ジャモ）・タイラー………有名な被告側弁護士。トムのもと教え子。

ドーン・マーフィー……………………………トムの講義を取る学生。

リチャード（リック）・ドレイク…………原告側弁護士。トムのもと教え子。

アンブローズ・パウエル・コンラッド……リックの親友。地区検事補。

ボーセフィス（ボー）・ヘインズ…………原告側弁護士。トムのもと教え子。

ルース・アン・ウィルコックス……………トムの昔の恋人。

ジーニー…………………………………………ルース・アンの娘。

ボブ・ブラッドショー…………………………ジーニーの夫。

ニコル……………………………………………ボブとジーニーの２歳の娘。

ハロルド・〝デューイ〟・ニュートン………ウィリストーン運送会社のトラック運転手。

ウィルマ…………………………………………ハロルドの妻。

ジャック・ウィリストーン……………………ウィリストーン・トラック運送会社の経営者。

ジムボーン（ボーン）・ウィーラー………ジャックの手下。

ウィラード・カーマイケル……………………ウィリストーンの従業員。

ディック・〝ミュール〟・モリス……………ウィリストーンの従業員。

バック・バルヤード……………………………ウルトロン・ガソリンのタスカルーサ工場長。

フェイス…………………………………………バックの妻。ウルトロンの文書保管部門で働く。

ローズ・バットソン……………………………ヘンショーにある〈テキサコ〉の従業員。

ジミー・〝スペックス〟・バラード…………ヘンショーの保安官。

祖母レネ・グラハム・ベイリーの美しき思い出に。

プロローグ

アラバマ州タスカルーサ　一九六九年

その男はウェイサイダー・レストランに朝五時半に来ると言っていた。トムは五時二十分にレストランに着いた。その男との約束の時間には、遅れるべきではないとわかっていた。先に着いて、水でも飲んで考えをまとめようと思っていたが、男はすでにそこにいた。ポール・〝ベア〟・ブライアント・コーチ（一九五八年からアラバマ大学フットボールチームを二十五年間率いたヘッドコーチ。同大学を六回の全米チャンピオンに導き、カレッジフットボール史上最高のコーチと称される）は、カフェの隅のテーブルに坐《すわ》り、バーミングハム・ニュースを読みながら、コーヒーを飲んでいた。トムの到着を告げるフロントドアの鈴の音がしても、身じろぎひとつしなかった。トムはテーブルのあいだを縫うようにして彼に近づき、テーブルに着くと咳払《せきばら》いをした。

「おはようございます、コーチ」

男が新聞から顔を上げた。が、黙ったまま、笑みも浮かべなかった。数秒後、男の口元がほころび、ニヤッと笑って手を差し伸べてきた。

「なんだ、あいかわらず痩せてるな。背広がズダ袋みたいにダブダブだぞ。奥さんにちゃんと食べさせてもらってるのか？」

トムは、男が場を和ませてくれたことにほっとして笑顔を見せた。ふたりは握手を交わし、トムが席に着くと、ウェイトレスが来てふたりの注文を聞いた。男は卵をふたつに、ベーコン、ひき割りとうもろこし、ビスケット、そしてコーヒーのお代わりを注文した。トムも同じものを注文した。胃がそんなに受け付けないとわかっていたが、緊張のあまり、メニューを見る余裕もなかった。

ウェイトレスが去ると、男はコーヒーを一口すすり、トムのほうに身を乗り出した。

「で、バーミングハムのほうはどうなんだ」

「上々です、コーチ」声が上ずらないように注意しながら、トムは答えた。「保険関係の小さな法律事務所に勤めています。時々、法廷に出ることも」

「ああ、聞いてる。四年間で三件の陪審裁判だったたな。しかも三件とも勝ったそうじゃないか？」

トムは頷《うなず》いた。うれしかったが、驚きはしなかった。男には司法関係の知り合いが大勢いるので、電話を一本かければトムの裁判の記録もすぐに手に入るのだ。「ええ、コーチ、ラッキーでした。ジョージ・マクダフは素晴らしいパートナーです。彼が――」

「ラッキーだって？」と男は言い、眼《め》を細めてトムのほうを見た。「わしが聞いた話では、マクダフは君にすべてまかせてたそうじゃないか。陪審員選びを手伝いはしたが、あれは君のゲームだったと聞いたぞ」

トムは誇らしさで顔を赤らめた。男は前もって調べていたのだ。だが、なぜ？　昨日電話をしてきたときには、この会合の目的を言わなかった。何か重要な話があるとしか言っていなかった。

「トム」下を向いて煙草《たばこ》に火をつけながら、男が言った。「火曜日の朝にジム・ヒーコックがオフィスに来た。ジムは知ってるな?」

トムは眉間にしわをよせて言った。「ヒーコック学部長ですか?」

男は頷き、煙草の煙を脇にふうっと吐き出した。「証拠論の教授が先週退職したため、その後がまを探しているそうだ。それに模擬裁判のプログラムを立ち上げて、他のロースクールと競いあえるチームを作ろうとしている。彼は新しい血を求めている。才能のある人材を。教員のなかにはいい候補がいないそうで、この州の法律家で良い教授になれそうな人材を知らないかとわしに訊《き》いてきたんだ」男は一息つくと、煙草の灰を机の上の灰皿に落とした。「真っ先に頭に浮かんだのが君だ」

「わたしですか?」トムは驚いて訊き返した。教壇に立つなど、考えたこともなかった。彼は法廷弁護士を目指していた。ちょうど先週、ジョーンズ&バトラー法律事務所のローレンス・バトラーから、ランチでもとりながら将来のことについて話そうという申し出を受けたばかりだった。正式に事務所に誘われたわけではなかったが、すぐにそうなるという自信はあった。ジョーンズ&バトラーでなかったとしても、ほかのビッグ・ファームのどこかから誘われるという自信が。

「ああ、君だ」男は繰り返した。「給料は年一万五千ドル」そう言うと、煙草を灰皿に置き、コーヒーをすすった。「トム、実に簡単な話だ。君が望むなら、ジムに君を雇うように伝える」

トムは煙草の吸いさしに眼をやった。年一万五千ドルだって？　今の収入よりは少しだけ多い。だが将来のことはどうなる？　法廷弁護士になることは？

「コーチ……あの……待ってください。人に教えるなんて、考えたこともありませんでした。それにジュリーとも相談しないと。いつまでにお答えすればいいですか？」

「一週間後に知らせてくれ。確かに奥さんとは話し合ったほうがいい。だがひとつ聞いてほしい」男はことばを切ると、煙草の最後の一服を味わい、灰皿に押しつけた。「トム、わしは、自分に何かを与えてくれた人々には、恩返しをするべきだとずっと信じてきた。アラバマ大はわしに多くのものを与えてくれた。ここでフットボールをプレイし、コーチになりたいと思った。この大学を卒業し、ここで妻と出会った。わしはここに戻ってきたことを後悔したことはない」彼は、両手でテントの形を作り、ことばを続けた。「君も後悔することはないはずだ」

男の眼を見ていると、十年前のことを思い出さずにはいられなかった。そのとき、彼らはこのレストランの別のテーブルに坐っていた。そこにはトムだけではなく、トムの両親も一緒だった。今でもそのときの彼のことばを覚えている。「坊主、アラバマ大に入学し、わしのチームでプレイするなら、絶対に後悔はさせない」そして男はトムの母親に向かって言った。「お母さん《マァム》、あなたの息子さんは優秀なフットボールプレイヤーだが、それ以上に優秀な少年です。わたしたちは彼を一人前の男に育ててみせます。授業にもちゃんと出席させ、卒業させます」次にトムの父親を見て言った。「もし彼が道を踏み外したら、元の道に戻します。多少脅してでも」トムの父は最後のことばを聞いてほほ笑むと、男の視線をまっすぐ受け止めた。男は最後に言った。「お父さん、お母さん、もし息子さんをアラバマ大に預けてくれたなら、彼は勝者となって戻ってくるはずです。わたしたちは、グラウンドでの成功を彼に教えます。そしてその成功は、彼の人生のどんな場面でも通用するはずです」男は、その夜は答えを聞かずに帰った。しかし、トムの答えは決まっていた。両親と同様、彼も、アラバマ大フットボールチーム《クリムゾン・タイド》とポール・ブライアント・コーチに心酔していた。

数分後、ウェイトレスが料理を運んで来た。ふたりの話題は、一九六一年のチームの話に移り、そしてチームメイトの近況へと移っていった。男はあっというまに朝食を食べ終えると、何度か時計に眼をやった。やるべきことは終わり、次の仕事に取り掛かる時間だった。トムが食べ終えると男は勘定書きを取った。ふたりはトムの車のほうへと並んで歩いた。

「わしの言ったことをよく考えてくれ、坊主」男はトムの肩を抱きながら言った。「お前に母校に帰ってきてほしいんだ」

「はい、コーチ、ただおれは……」しかし、男はすでに歩き出し、トムが言い終わる前に声の届かないところに行ってしまった。照りつける太陽の光の下、男の百九十三センチの体が駐車場の半分に影を投じていた。トムは笑みをもらすと、車のドアを開けた。

ジュリーに相談しなければならない。ジョージ・マクダフにも。大学教授になることのメリットとデメリットを書き出して考えてみよう。しかし、バーミングハムへと向かう道すがら、トムの答えはもう決まっていた。あの十年前もそうだったように。

あの人《ザ・マン》が電話をしてきたのだ。トムには自分がそれに応えなければならないとわかっていた。

第一部

1

二〇〇九年九月二日火曜日、午前十時三十分、ローズ・バットソンは、煙草を吸おうと、自分が管理している〈テキサコ〉のガソリンスタンドの敷地から足を踏み出した。セルフ・サービスの四つのガソリンポンプに客の姿はない。ローズは最初の一服を吐き出すと、地面に唾を吐いた。「今日は商売あがったりだね」そうひとり言をもらすと、フィルターのない〈キャメル〉の煙を深く吸い込んだ。もちろん、ローズにとっては、客が来ようが来まいが変わりはなかった。給料で働いているのだから。だが、客が来ればその日一日をやり過ごすことができる。昨日は、海水浴帰りの客でひどく忙しかった。朝の十時から夜の八時まで、ポンプのうちの少なくとも一台は、ずっと使用中だった。ローズ自身は一度しか海水浴に行ったことがない。あれは一九六七年の夏、彼女が十代の頃だった。パナマシティで長い週末休暇を過ごしたのだ。ローズはひとり笑みを浮かべた。初めてと二度目、そして三度目のセックスをした、はるか昔の旅行のことを思い出しながら。「ロージー婆《ばあ》さんもお盛んだったね」と彼女は声に出して言い、ヴァージンを失った頃を思い出して笑った。

　ローズ・バットソンは、八十二号線とライムストーン・ボトム・ロードの交差点にある〈テキサコ〉のガソリンスタンドで三十五年以上働いている。自宅の火事で両親を失ったあ

ス

と、祖母の手で育てられ、一九七二年にスローン食料品店のトム・スローンに雇われた。スローンが一九九〇年に店を〈テキサコ〉に売却したあとも、ローズはそのままこの店をまかされた。ここヘンショーに住む人間で、ローズ・バットソンの知らない者はいなかった。少なくとも、彼女自身はそう言い張っていた。彼女はこの街であまりにも多くのものを見てきた。十年前のある晩は、ロドニー・カーヴァーが、彼女の店のすぐ外でヘンリー・ドーソンを十二番径の散弾銃で撃ったのを目撃した。ヘンリー――ヘンショーでは〝仲良しハル《ハル・ザ・パル》〟と呼ばれていた――は、ロドニーの妻と仲良くなりすぎ、ロドニーがそれに怒ったのだ。ヘンショー流のやり方で。

腕を頭の上で伸ばすと、背骨のきしむ音がした。ローズは咳《せ》き込むと、痰《たん》を集めて派手な音とともに吐き出した。「ボロボロだね、ロージー婆さん。ほんとう、ボロボロだよ」と彼女はつぶやいた。ローズは煙草を地面に投げ捨てると、足で踏みつけた。右のほうに眼をやったとき、遠くに何かが見えたような気がした。眼を細めて見ると、車がガソリンスタンドのほうに近づいて来ていた。彼女はその様子を黙って見ていたが、その車が左折のウィンカーを出したのを見て笑みを浮かべた。

「さて、仕事に戻るかね」と彼女は言うと、店のほうに向かって歩き始めた。店のドアを開けたとき、視界の片隅にもう一台の車が反対方向から近づいてくるのが見えた。その車が八十二号線の少し窪《くぼ》んだ地点にさしかかったとき、ローズは胃がギュッと締めつけられるような感覚を覚えた。それは十八輪トレーラーだった。タンクの形から判断すると、燃料か何かを運んでいるようだ。彼女はポンプのほうにゆっくりと二、三歩下がり、もう一度トレーラーのほうを見た。十八輪トレーラーが窪んだ地点から再び姿を現し、視界に入ってきた。ローズ・バットソンが振り向いて信号のほうを見ると、赤いホンダ・アコードが交差点を左折しようとしていた。

何てこと。彼女は思わず両手をほほにあて、息を飲んだ。

2

ハロルド・〝デューイ〟・ニュートンは二日酔いの上、予定に遅れていた。まずいぞ。あのいまいましい車輛《しゃりょう》係め。九時にはけん引トラックの準備ができると言っていたのに。おれのせいじゃない。だが彼は首を振った。そう言い張ったところで何になる。いずれにしろジャックは、おれを責めるだろう。デューイは、タスカルーサとモンゴメリーのあいだをこれまでにも何回か走ったことがあった。大したことはない。八十二号線をひたすらまっすぐ進むだけの道のりだ。制限速度を守っても一時間半で着くだろう。数マイル速度オーバーをすれば、一時間二十分で着くはずだ。

だが、十時になっても出発しなかった上に、十一時までに目的地に着かなければならないとあっては……

デューイはハンドルを握ったまま、手探りでラジオをカントリー・ミュージック専門の局に合わせようとした。聴くに堪えない新しいヒップホップ・スタイルのカントリー・ミュージックではなく、ジョージ・ジョーンズやマール・ハガードの古き良きカントリー・ミュージックだ。前方に〈テキサコ〉のガソリンスタンドと信号が見えた。〝ここよりヘンショー〟と書かれた、緑の色あせた標識を通り過ぎたところで、ダッシュボードの時計をちらっと見た。

午前十時三十五分。

彼は、経験からヘンショーが行程のちょうど半分の地点にあるとわかっていた。いくらか時間を取り戻していた。だが、それでもほんとうなら十五分前に通過していなければならないところだ。

デューイは無精ひげをかき、額の汗をぬぐうと、彼のボスのことを考えた。あのクソ野郎のことを。ジャック・ダニエル・ウィリストーン。操車場を歩きながら、煙草をだらしなく口にくわえている姿が眼に浮かぶ。激しく動くと赤みを帯びる顔、汗ばんで濡《ぬ》れた作業着。あのいやらしい眼つき。情け容赦ない男……

「より長く、より速く、そしてより賢く働け」がジャックのモットーだった。そのことばが何を意味するか、デューイにはわかりすぎるくらいわかっていた。ドライバーたちは、運輸省が認める一日十時間の上限を超えて運転させられた上に、さらに規制を守っていると見せかけるため、運転記録の改ざんまでさせられていた。またドライバーは路上でも無理を強いられていた。通常一時間かかる行程なら、ジャックは五十分で運転するよう求めたのだ。

それは取引だった。ドライバーの誰もがそれを甘んじて受け入れていた。そしてデューイは、事態がさらに悪くなるばかりだということを知っていた。ジャックが東部の大企業のいくつかと、会社を売却する交渉を進めているという噂《うわさ》があった。売却価格は数億ドル規模になるらしい。希望する金額を手に入れるために、ジャックにはふたつのことが必要だった。より多くの売上げとより多くの顧客が。

それが意味するものは、常軌を逸したスケジュールがさらにひどくなるということだ。

デューイは、会社を辞めることができればと思いながらも、歯を食いしばってがんばってきた。彼にはふたりの娘がいた。そして妻も。家族のいない人生など考えられなかった。家族との生活こそがすべてだった。だが、仕事を辞めれば時給七ドルの臨時雇いに戻らなければならない。仕事を転々として街から街へ渡り歩き、将来の希望もないままに暮らすことになる。彼とウィルマは、そのことを幾度となく話し合った。ジャック・ウィリストーンはクソ野郎だが、デューイがほかのところで稼ぐ倍の給料を払ってくれた。最後にスピード違反のチケットを切られたとき、デューイはほんとうに辞めようと思った。辞表も書いた。だが、妻のウィルマが許さなかった。「娘たちは大学に行くつもりでいるのよ。わたしみたいにウエイトレスになるつもりはないの。両親《おや》なら、そのためには何だってしてあげないと」仕事を辞めるわけにはいかない。デューイにはわかっていた。もう一度時計を見た。十時三十六分。

ジョージ・ストレイトの〈アマリロ・バイ・モーニング〉がラジオのスピーカーから勢いよく流れてきた。「お、いいね」デューイはDJの選曲に頷きながらつぶやいた。深く息を吸って、リラックスしようとした。トレーラーがハイウェイの少し窪んだ地点にさしかかる。その先にはまだガソリンスタンドの屋根と青信号が見えていた。

頼む、そのまま青でいてくれ……

制限速度は時速六十五マイルだった。デューイ・ニュートンは、アクセルを踏み込んで八十マイルまでスピードを上げ、八十二号線の窪みを一気に駆け上がった。

ボブ・ブラッドショーは八十二号線が嫌いだった。だが、モンゴメリーからタスカルーサまで行くのに、ほかに最短ルートはなかった。それにちょっと立ち寄るだけでさっさとすませるつもりだった。だが「さっさとすませる」ということば――いや、そもそも「ちょっと立ち寄るだけ」なんていうことば――は、彼の義理の母親の辞書にはなかった。ボブは首を振った。弁護士事務所のパートナーであり、上司でもあるリチャード・T・マクマーフィーのことを考えた。海辺での八日間の休暇を終えて、明日オフィスに戻ったときには、彼からたっぷり嫌味を言われるだろう。

「ウシ！」ニコルが後部座席から叫んで、心配にくれるボブをギクリとさせた。

彼は左側をちらっと見た。牧場の脇を通り過ぎるところだった。それを確かめた数秒後に、証拠のかぐわしい香りが漂ってきた。くそっ、肥やしか。今の気分にぴったりじゃないか、とボブは思った。こんな調子では、いつまでたっても気分は晴れそうになかった。

「その通りよ、ハニー。お利口ね。じゃあ、ウシは何て鳴くでしょう？」ニコルの母、ジーニー・ブラッドショーが娘に訊いた。

「モオーー！」とニコルは答え、笑った。

ボブも笑った。彼の気分を良くしてくれるものがあるとすれば、それは彼の小さな娘だった。ニコルはほんとうにいい子に育ってくれた。今、彼女が夢中になっている遊びは、後部座席で眼にしたものを大きな声で叫ぶことだった。

「あと二カ月もすれば三歳になるなんて信じられるかい？」片手をハンドルに置き、もう片方の手でCDプレイヤーの停止ボタンを押しながらボブが言った。

「彼女が二歳だってことさえ信じられないわ」ジーニーはそう言うと、ため息をついた。

「まるで昨日のことのよう……」だが、彼女は最後まで言わなかった。その必要もなかった。

ボブにはわかっていた。ふたりで病院から彼女を家に連れて来たのが、昨日のことのようだった。ときの経《た》つのは早いものだ。しかも運が良ければ、ニコルはあと一年もすれば弟か妹ができるはずだ。

「かんばん！」〝タスカルーサまで五十マイル〟という緑の標識を通り過ぎたとき、ニコルが後ろの座席から叫んだ。ボブは時計を見た。午前十時三十分。

「予定より早く着きそうだ」と彼は言った。ジーニーにというよりは自分自身に対して。ジーニーが頷く。朝早く出たので、午後六時には家に着くだろう。ボブは、事務所の彼の机の上に積み重ねられているに違いない書類の山のことを考え、顔をしかめた。そしてまたマクマーフィーのことを考えた。弁護士にだってみんなと同じように休暇が必要だ。だが、仕事に戻ったときに待っているのは……

ボブはため息をつき、ガソリンゲージに眼をやった。ゲージは危険なほど〝E〟に近づいていた。「しまった」とボブは言った。今度も自分自身に対して。

「ガソリン？」とジーニーは彼の心を読んで訊いた。

「ああ」とボブは答えた。そして心のなかで、寄り道をする必要がほんとうにあるんだろうか、とまた考えていた。早く帰らなければならないのに、タスカルーサに寄るとだいぶ回り道になる。義母《ルース・アン》のことだ、いずれにしろ近いうちにハンツビルに来るだろうに。

「ママはわたしたちに会うのをほんとうに楽しみにしてるのよ」とジーニーは言った。結婚して九年ともなれば、彼女にはボブが何を考えているかお見通しだった。

「わかってるよ、ハニー。ただ……」

「仕事ならなんとかなるわよ。いつだってそうだったじゃない。でもパパが死んでからというもの、ママはずっとつらい思いをしてきたの。それに約束したでしょ」

「わかったよ」とボブは言った。彼はすでに二週間ほど前にこの戦いに敗れていた。不機嫌になっても無駄だった。それに彼には考えがあった。ちょっとのあいだだけルース・アンと過ごし、昼食をとったら二時半か三時には帰路につく。そうすれば、六時にはハンツビルに着くはずだ。ちょっと立ち寄るだけだ。

まあ、無理だろうな。今となってはボブもそう考えていた。落胆と少しの滑稽さを感じながら。ジーニーと彼女の母親の前では、どんなに完璧に作った計画もうまくいったためしがない。ルース・アンがジーニーとニコルに会うのは一カ月ぶりだ。昼食のあと、プレゼントを交換し、女同士のおしゃべり《ガールズ・トーク》が始まったら、あとは神のみぞ知る、だ。暗くなるまでに出られたら運がいいほうだろう。計画は失敗するに違いない。女どもがかかわると……。彼はそこで考えを中断した。行く手にガソリンスタンドが見えた。

「寄っていきましょう」とジーニーが言った。ボブは彼女がテキサコの看板のことを言っているのだと気がついた。

「ルース・アンには、お昼ごろには着くって言ったんだよね？」とボブは訊いた。ガソリンスタンドの脇には信号があった。だが、ボブは信号を通り過ぎてからテキサコに入るか、信号で曲がって裏手から入るかまだ決めかねていた。

「ええ」——ジーニーが時計を見て言った——「でも早く着きそう。電話をしたほうがよさそうね」

ジーニーが携帯電話に手を伸ばすと同時に、ボブはウィンカーをつけて速度を落とし始めた。

ボブ・ブラッドショーは、ライムストーン・ボトム・ロードと八十二号線の交差点に入った。彼の本能が、信号を曲がれ、と言った。前方を見る。何も来ていないことを確かめてから、ハンドルを切った。

「もしもし、ママ」ジーニーは携帯電話に話しかけた。「どうやら早く……、ボブ！」

「トラック！」ニコルが後部座席から叫んだ。

あの野郎、まさか曲がるつもりじゃないだろうな……。だが、赤のホンダは曲がり始めた。坂をのぼりきったところで、デューイにも赤のホンダが交差点に入ってくるのが見えた。それはゆっくりとした動きだった。まるで、ドライバーがどうしたいのか決めかねているかのように。

あいつ、曲がるつもりだ。あのクソ野郎、眼の前で曲がりやがった。

デューイは急ブレーキを踏んだ。

「うわっ、くそっ！」

トレーラーは後部を左右に振りながら、左へ避《さ》けようとした。

頼む、よけてくれ。

だが、赤のホンダは、交差点のなかで止まってしまった。

ぶつかる。

ボブ・ブラッドショーが、妻と娘の叫び声を耳にするのと十八輪トレーラーを眼にするのとは同時だった。

あのトレーラー、どこから……?

アクセルを目いっぱい踏みこむ。タイヤがスピンする。いやよ! ジーニーはそう叫ぶとシートベルトをはずし、ニコルをかばおうと後部座席に身を乗り出した。車はふらつきながらも進んだ。

頼む、間に合ってくれ。ボブは願った。トレーラーが迫って来る音を聞きながら。頼む
……

3

ローズ・バットソンは、眼を開けると起き上がろうとした。いったいどのくらい気を失っ

ていたのだろう？　彼女は倒れていた。首筋が痛い。ガソリンスタンドの向こうの野原にトレーラーが見える。燃えていた。〝ウルトロン〟とトレーラーの横に書かれている。ウルトロン……ガソリン。何てこと。彼女は立ち上がって、足を引きずりながら店のなかへ入り、キャッシュレジスター脇の電話を取った。

「ジミー。テキサコのローズよ」彼女の声はしわがれ、ことばはささやくようにしか聞こえなかった。「ひどい衝突事故よ。ほんとうにひどいの。車とガソリンを積んだトレーラーよ。救急車を呼んで……」ローズはそこでことばを切ると息を吸った。話すとあばらが痛んだ。

「ミズ・ローズ、大丈夫……」

「わたしは大丈夫よ、ジミー。でも車の人たちが」彼女は咳き込み、あばらの痛みに体を折った。「救急車を呼んで、わかった？　それから警察と消防を大至急ここに寄こして。トレーラーがひどく燃えているの。火が広がるかもしれないわ」

「わかった、ミズ・ローズ」

ローズは電話を切ると、よろめきながら外に戻った。神様、お助けください。ホンダは五十ヤード先の溝のなかにあおむけに横たわっていた。やはり炎に包まれていた。衝突したとき、ホンダはトレーラーに八十二号線を十ヤードほど押しやられ、突き飛ばされ横転していた。ローズはそのすべてを見ていた。そして事故現場に向かって走り出していた。五、六歩進んだところでドーンという爆発音がして、すべてが真っ暗になった。

トレーラーの爆発に吹き飛ばされたのだ。道路の向こうで燃えているタンクを見ながらそう思った。彼女はあばらをさすった。折れているか、ひどい打撲かのどちらかだ。できる限り急いで八十二号線の路肩に向かって歩いた。まずトレーラーに近づき、助手席側のドアを開けた。

「大丈夫?」運転席に向かって叫んだ。トレーラーの運転手はハンドルに覆いかぶさっていた。頭から激しく出血している。ローズは運転席に上がり、男の腕をつかんだ。

「聞こえるかい?」ローズは男の耳に向かって叫んだ。反応はない。燃料のにおいがした。数秒で爆発するだろう。逃げるのよ、ロージー婆さん。腕を男の胴に回して引っ張り、運転席の端へと引きずって動かすと、地面を見下ろし、大きく息を吸い込んだ。これは痛そうね。ローズは左足を一番下のステップに置くと、男の腰に手を回したまま、思い切り後ろ向きに飛び降りた。ふたりは地面に重なるようにして落ちた。ローズは、突き刺すような痛みを全身に感じた。

「ああ、神様」と彼女は叫んだ。男を押しやると、あおむけのまま横を向いた。動くのよ、さあ、動くのよ。何とか立ち上がると男の体を十ヤード引きずって路肩へ運んだ。トレーラーから十分に離れたと思い、男のほうに身を乗り出した。手と腕は男の血にまみれていた。

「大丈夫かい?」彼女は叫んだ。「大――?」

だが、彼女のことばはもうひとつの爆発によってかき消された。顔を上げるとトレーラーが炎に包まれていた。たった今彼女が這《は》い出してきたドアはなくなっていた。ハンドルも溶けてなくなっていた。やがてトレーラー全体がオレンジの炎の海に飲み込まれた。十秒遅かったら。そう思うと手が震えた。もし十秒遅れていたら……

「助けて」

ローズは声のするほうを向いた。ホンダのそばの地面に人の姿があった。ローズは走ろうとしたが、よろめいて倒れてしまった。あばらが痛みで爆発しそうだったが、何とか立ち上がった。歩みを進め、その人物――女性――のもとにたどり着くと、傍らにひざまずいた。

「奥《マアム》さん、あなた――？」

「子どもが……わたしの娘が……」その女性は泣きながらも動こうとしていた。燃えている車に向かって進もうとしていた。「お願い助けて……わたしの子どもが」彼女の眼はどんよりとしていたが、ローズと眼を合わせるほどには焦点があっていた。

「奥さん、燃えてるわ。無理よ――」

「いやよ……無理じゃない」その女性はわずかに進んだ。ローズは彼女を押しとどめた。首筋に、燃えている車の発する熱を感じた。

「いやよ……お願い。子どもが……」

後方からサイレンの音が聞こえてきた。振り向くとジミー・バラード保安官がやってくるところが見えた。救急車がそのあとに続いていた。よかった。

「お願い……」女の声は弱くなっていた。意識が薄れていっている。ローズはそう思った。

「しっかりして、奥《マアム》さん。助けが来た。大丈夫よ――」

「わたしの……子どもが……なかに」喘《あえ》ぎながらそう言うと、再び動こうとした。指は燃えている車を指していた。「子どもが……」

「ミズ・ローズ！」バラード保安官が走り寄ってきた。すぐ後ろにふたりの救急医療士を従えていた。

ローズ・バットソンは、駆け寄ってきた救急医療士がその女性を支えられるよう、後ろに下がった。バラード保安官が彼女の腕をつかんだ。

「ミズ・ローズ。ほかにけが人は？」

彼女は泣いていた。ローズ・バットソンは、血が出るほど唇を強く噛《か》みながら泣いていた。車のなかに子どもがいる。子どもが。あの車のなかで炎に包まれている。

ローズは衝動的にホンダのほうに二歩進んだ。いやよ、いや、いや。

「ミズ・ローズ！」バラード保安官が彼女の腰のあたりを押さえた。が、ローズは進み続けた。彼は最後には彼女を押さえつけて地面に伏せさせなければならなかった。

「だめよ、ジミー！　なかにあの女性の子どもがいるの。助けないと――」

「ミズ・ローズ、あの車のなかの人間は助からない。ほかにけが人は？」

ローズは数秒間もがき、やがて動きを止めた。落ち着くのよ、ロージー婆さん。

「トレーラーの運転手が……路肩に」指さしながらそう言うと、わき腹を押さえた。バラード保安官が立ち上がり、近づいてきた保安官代理に大きな声で指示を出した。ローズが振り返って店のほうを見ていたなら、もう一台のパトカーが到着したのが見えただろう。そしてボランティアの消防隊員も。しかし、彼女は振り返らなかった。

ローズは草地に坐り、あばらを押さえながらホンダを見つめていた。いやよ、いや、いや。

4

ワーク・トレーラーのなかの電話が鳴り、ジャック・ウィリストーンは机に身を乗り出した。〝ウルトロン・ガソリン〟の文字が発信者IDに表示されているのを見て顔をしかめた。この電話には注意して対応しなければならなかった。速報がすでに事故のことを告げていた。そしてふたつの地元テレビ局からコメントを求めるメッセージが留守番電話に残されていた。物事には順番がある。二度目の電話のベルを聞きながらそう考えた。そして三度目のベル。ジャックは咳払いをして、金属製の机をちらっと見下ろしながら煙草に火をつけた。机の上には〝契約条件〟と書かれたページが開かれたままの、署名済みの合併契約書が置かれていた。一年間の交渉が終わって、北米最大のトラック運送会社であるフリート・アトランティックが、南部最大の貨物運送会社ウィリストーン・トラック運送会社の買収に同意したのだ。

ウィリストーンに支払われる金額は黄色でマーカーされていた。ジャックはその金額を満足そうに、そして誇らしげに見つめた。

二億ドル。

四度目のベル。

契約が成立してまだ四十八時間しか経っていない。署名のインクは、触れば染みが付きそうなくらい鮮やかだった。買収は六カ月で完了する予定だ。だがそれは何も起きなければの話だった。ジャックは電話をじっと見ながらそう考えた。事故のことを考え、不安の念にかられた。

五度目のベル。

ジャックはやっと電話を取った。

「もしもし」椅子にもたれかかけ、足を机で支えるようにして答えた。

「ジャック、もう聞いただろ」バック・バルヤード——ウルトロン・ガソリンのタスカルーサ工場長——の声が受話器から響いた。しわがれて、疲れた声だった。

「事故なんてクソみたいなもんだ、バック。事故は起きるものだ。ウルトロンにとっても初めてってわけじゃないだろう」

「そうだが、ジャック、問題がある。ニュートンは十時まで工場にいたんだ。ふたりの従業員がそのことを覚えている。そして積荷証券にはタイムスタンプが押されている。九時くそったれ五十七分だ。最初のガソリンスタンドには十一時までに着かなきゃならなかった。あんたんとこの運転手がスピード違反せずに十一時までにモンゴメリーに着くのは不可能だ」

沈黙が流れた。ジャックは話の続きを待っていた。

「ひどい事故なんだ、ジャック」とバックは続けた。彼の声は上ずり、パニックに陥っていた。「ほんとうにひどい事故だ。若い家族なんだ。新聞も書き立てるだろう。それにアラバマ州捜査局《ABI》が会いたいと言ってきてる」

ジャックは眼をつぶった。ABIがあらゆる交通死亡事故を捜査することは知っていた。

「ABIの連中はいつ会いたいと言ってる？」と彼は訊いた。

「選ぶ余地はなかった」とバックは答えた。「連中は明日の朝八時にここに来る。ジャック、もし彼らが――」

「お前はパンツをしっかり押さえてりゃいいんだよ、バック」ジャックはバックのことばをさえぎると、眼を開けた。「ふたりの従業員の名前は？」

「ウィラード・カーマイケルとディック・モリスだ。ディックは〝ミュール〟と呼ばれてる。彼らが積載を担当した。だからふたりは知ってるはずだ」

「お前のほかにふたりと話したのは？」

「いるわけないだろう。おれをガキだと思ってんのか」

ジャックは無理に笑った。「ほかには誰も知らないし、何もないってわけだな？」口調が再び真剣な口調になった。

「そうだ。あるのは積荷証券とウィラードとミュールの記憶だけだ。だが、ジャック、あんたもわかってんだろう。こいつはしばらく続くぞ。もしABIの連中が明日から調べ始めたら――」

「積荷証券だと?」とジャックは言った。彼の肌が冷たくなった。「バック、まさか、すべての証券にくそったれなタイムスタンプを押してるって言うんじゃないだろうな?」

「してるさ、ジャック。うちの決まりなんだ」とバックは言った。そのことばがジャックのほほを打った。「すべての積荷証券には、出荷時間とガソリンをスタンドに届ける予定時間が記載されている」

「冗談だろ?」とジャックは言った。「バック、うちがどうやってきたか知ってるだろう。多く運べば、お客も喜ぶ。うちにはうちのやり方ってもんがあるんだ。お前も知ってるはずだ。それがクソみたいな紙切れの証拠を残してるっていうのか? ちくしょう、ABIがその証券と実際の運転手の運行記録を調べたら、おれたちみんな塀のなかで長いこと暮らすことになるぞ」

「何を言ってるんだ、ジャック」とバックは言った。だが、彼の声は恐怖で震えていた。

「もし――」

「とぼけんな、バック」ジャックがさえぎった。「お前はおれたちが何をしているか知ってるし、どうやっているかも知ってるはずだ。それに今何が問題かもな」

バックは反応せず、沈黙が流れた。ジャックは煙草を一服吸うと、指でこめかみを押さえながら心のなかで問題を整理しようとした。

ABIが明日の朝バックの事務所に来たら、彼らは積荷証券を見つけるだろう。そこにはジャックが運転手に無理なスケジュールを課してスピード違反——連邦自動車運送規則違反——をさせていたことが示されている。さらにまずいことに、もし彼らが積荷証券と運転手たちの運行記録をつきあわせれば、矛盾が見つかってしまう。ウルトロンの積荷証券上では、運転手がウルトロンの荷物を運んでいることになっているのと同じ日の同じ時間に、運行記録上は、運転手が仮眠を取っているか、非番になっていることを示しているはずだ。ABIは運輸省の監察官室に報告し、監察官室はウィリストーン・トラックとウルトロンに対し、徹底的な捜査を開始するだろう。連邦検察局は、ジャックと運転手全員を運行記録の改ざんで起訴するかもしれない。有罪となれば、違反ごとに最高五年の刑が科される重罪だ。ジャックだけではなくウルトロン——具体的にはバック・バルヤード——も、連邦自動車運送規則違反の共謀容疑で起訴される可能性がある。これも重罪だ。ウルトロンとの取引は、それほど古くからではないが、それでも数百件もの運送業務をウルトロンから請け負っていた。それはつまり、それは数百件もの違反があることを意味し、起訴の件数も数百件に及ぶ可能性があることを意味していた。合計したらいったい……

おれたちは残りの人生をずっと刑務所で過ごすことになる、とジャックは思った。

それに買収の件もある。ジャックの眼が契約条件をとらえた。彼はページをめくり〝解除〟という表題の部分を開き、そこに書かれた一文を狂ったように読んだ。そして段落の最後の行に眼を留めた。その一文は太字で書かれ、アンダーラインが引かれていた。

買収完了前のいずれかの時点において、ウィリストーン・トラックが連邦自動車運送規則違反に対する何らかの種類の捜査の対象となるか、ウィリストーン・トラックに対し、同社が支払不能に陥るような訴訟が提起された場合、フリート・アトランティックは、本契約を解除するか、捜査または訴訟が終了するまで本契約を保留とすることができる。

「くそっ」とジャックはささやくように言った。すべてが台無しだ。おれが人生のすべてを賭けてしてきたことが……

「ジャック、どうした――？」

「黙れ、バック」ジャックはそう言うと、ゆっくりと契約書から眼を上げた。最後の一服を吸い込むと、煙草を灰皿に押しつけてつぶした。この混乱を収める方法はひとつしかなかった。

「バック、誰かが証拠を探し始めたとしよう。お宝はどこにある？」

「ここだ」バックが答えた。

「〝ここ〟というのは？」

「事務所だ。契約書に署名したのと同じところだ」

「あの古い倉庫のことを言ってるのか？」

「そうだ。フェイスは、直近の六カ月かそこらの書類は、事務所のファイルキャビネットに保管している。それ以外は、廊下の先の保管室にある。ジャック、いったい何を――？」

「倉庫には万が一のために保険がかけられてるよな？」とジャックはことばをさえぎって言った。「たとえば、台風や雨……それに火災とかに備えて？」

「もちろんだ」とバックは言った。「なぜそんなことを……？」そのときバックにもわかった。「ジャック、まさか、だめだ。狂ってる。そんなことできるはずが――」

「よし」

「ジャック――」

「バック、お前は口を閉ざしてろ。誰にも言うんじゃないぞ、特に新聞記者にはな。あいつらはおれが何とかする。それに……おれがお前なら、今夜は事務所から離れた場所にいる」

「ジャック、無理だ。これはあんたの問題じゃないか。おれには関係ない。あんたのトレーラーと運転手の問題だろう」

「いいや、バック。ＡＢＩが積荷証券のことをかぎつけたら、おそらくお前もおれの隣の独房で過ごすことになる。これはおれたちの問題なんだ。だが心配するな。おれが何とかする」

「やめてくれ。そんなことできるはずが——」

「できるさ、いや、やってやる。いいか、このことを誰かに話したら、フェイスと子どもたちはあんたが自由な時間に何をしているか知ることになるぞ」とジャックは言った。「土曜日の夜のマイケルのバーでのことだ。何もかもお見通しなんだよ、バック。あんたがどんな種類のKYゼリー（性行為用の潤滑剤）がお気に入りかもな。おれをなめんじゃないぞ」

「あぁ……な、な、な」バックはほとんどことばにならない声で言った。「なんで……なんでそんなことを」

「金がモノを言うっていうだろ、バック。おれは保険をかけずに取引するようなことはしないのさ。ビデオがある。写真もだ。あんたがナニをくわえながら、うっとりしてるところのな」ジャックは一呼吸おいて言った。「この会話はなかった。わかってるな？」

電話の向こうから聞こえてくるのは、激しい息遣いだけだった。

「わかったと言え」とジャックが命じた。

さらに沈黙が続く。

「わかったと言え、バック。さもなければタスカルーサの誰もが、お前のそっちの趣味を知ることになるぞ」

「わかった」とバックはやっと言った。彼の声はほとんどささやきに近かった。

「それでいい」とジャックは言い、電話を切った。

バック・バルヤードは、膀胱《ぼうこう》がゆるみ、温かいものが足に広がるのを感じた。電話は切れていた。受話器を落としていた。手が震えてしまいしっかりと持つことができなかった。机の上の写真を見た。二十年来の妻、フェイス。息子のバック・ジュニアとダニー。おれが何をした？　バックは崩れるように腰をおろした。尻のあたりが濡れていた。小便のにおいが部屋中に広がっていた。しかしバックはほとんど気づいていなかった。最後にマイケルの店に行ったときのこと、その後一時間をともに過ごした若い男のことを思い出していた。

事故のこと。仕事のこと。新聞とＡＢＩへの対応。今はそういったことのすべてがどうでもよかった。

「おれが何をしたというんだ」彼は声に出して言った。まっすぐ前を見つめていた。が、その眼には何も映っていなかった。

5

ルース・アン・ウィルコックスはＥＲの待合室に坐っていた。ジーニーは強い子よ。彼女はずっと自分自身に言い聞かせていた。いつしかニコルとボブのことを考えていた。だが、必死でジーニーへと思いを戻した。ジーニーはまだ生きている。彼女は戦っている……。絶対に負けない……。両開きのドアが開き、ストレッチャーに載せられた女性が運び出されてきた。ドアからルース・アンのほうに向かってきたのはカルテを持った背の低い男だった。医者だ。ルース・アンは立ち上がろうとしたが、体がすくんで動けなかった。あの娘《こ》は今も生きている。きっと生きている。もし彼が何かを告げたら……

「ミズ・ウィルコックスですか?」彼は彼女を見下ろすように立っていた。緑色の手術着姿で、ラテックスの手袋を外そうとしていた。

「はい」彼女の声は弱々しかった。彼女の眼は、嘆願するように医師の眼を見つめていた。大丈夫と言って。うまくいったと言って。

「こちらへ来ていただけますか」そう言うと彼は背を向けて歩き出した。彼女はそのあとに続いた。息をするのも忘れそうだった。

彼女が医師に続いて両開きのドアを通ると、彼が立ち止まった。

「ミズ・ウィルコックス、医師のマースです。あなたのお嬢さんは事故で内臓に重大な損傷を負いました。何とか治療を試みたのですが……」言いかけてやめたために、彼はルース・アンの真剣なまなざしを受け止めなければならなかった。

「わたしなら大丈夫です、ドクター」次に来ることばに対し覚悟を決めるかのように、視線を受け止めた。
「大変残念ですが——」

6

神よ、お許しください。バック・バルヤードは燃えている倉庫の前に車を止め、祈った。何が起きようとしているかわかっていながら、マクファーランド・ブルヴァードを一晩中行きつ戻りつしていた。煙が倉庫から上がり始めたのを見ると、空地に車を止めてヘッドライトを切った。逃げ道はひとつしかなかった。ジャック・ウィリストーンは決して彼を見逃してくれない。もし、バックが手を引くと言えば、同じ脅し文句を繰り返すだろう。このことを誰かに話したら、フェイスと子どもたちはあんたが自由な時間に何をしているか知ることになるぞ、と。

ため息をついた。フェイスだけなら、たぶん耐えることもできるだろう。だが、子どもたちは……

バック・ジュニアは十六歳、ダニーは十四歳だった。ふたりともフットボールチームに所属し、ガールフレンドがいて、学校でも人気者だ。めちゃくちゃになるだろう。あの年齢の子どもたちは残酷なところがある。悪意に満ちていると言ってもいい。あざけりは決してやまないだろう。お前の父さんは変態、おかま野郎、ホモだ。

バックは首を横に振り、涙を拭った。耐えられない。死んだほうがましだ。

バックは震える足で車から出ると、目の前の激しい炎を見た。携帯電話を手に取ると911にかけた。

「はい、911緊急通報センターです」

「バック・バルヤード、ウルトロン・ガソリンの工場長だ！」とバックは叫んだ。ヒステリックに聞こえるように。「オフィスが火事だ。大至急、消防車を寄こしてくれ。消火器があるから、消せるかどうかなかに入って確かめる」

「だめです、ミスター・バルヤード。やめて――」

しかし、バックはすでにエンドボタンを押していた。消火器を取り出し、最後にもう一度、いつもハンドルの後ろの走行距離計の隣にある子どもたちの写真に眼をやると、ふたりの写真に手を置いた。ごめんよ、坊主たち。

バックはうめき声をあげると、勇気を奮い起こして車から出た。写真に見せようとするかのように車のドアを開けたままにした。そして眼を閉じ、消火器を強く握ると、炎のなかに飛び込んでいった。

7

ジャック・ウィリストーンは、マクファーランド・ブルヴァードを見下ろす自宅から、炎を見ていた。「何もあとに残さなかっただろうな？」とジャックは訊くと、窓際で自分の隣に立っている男のほうを向いた。

「そりゃあ、猟犬のようにね」と男が言った。

「おれはそこにはいなかった、ボーン。わかってるな？」

「百パーセントわかってます、ボス」

「ボーン、おれは十二のとき、初めてマスをかいた。そのとき、おれにはまたやるという百パーセントの確信があった。それ以来、百パーセントの確信を持ったことはない。ほんとうに、何も残してないんだな？」

「ボスの十二のときに手についたザーメンと同じくらい確実ですよ。ボーンは火のつけ方も、どうやって事故に見せるかもわかってます」

ジャックは彼をにらむと、バーボンの水割りをゆっくりと飲み、そして歯を見せて笑った。

「ファイルは持ってきたか？」

「ここに」そう言うと、彼はふたつのマニラ・フォルダーを渡した。ひとつには〝ウィラード・カーマイケル〟、もうひとつには〝ディック・モリス〟と書かれたラベルが貼ってあった。

ジャックはフォルダーを手に取ると、素早くめくった。「こいつらはもう取り込んだのか？」

「ええ、すぐに取引に応じました。それぞれに五千ドル渡したら、もう記憶喪失ですよ。運転手のことは覚えてません。いつもと変わらない朝です。何の問題もなく、急ぐ必要もなかった。いつもの平均的な積載作業だった。恐ろしく簡単でしたよ」

ジャックはフォルダーを後ろの机の上に置き、ジャケットのポケットから葉巻を二本取り出した。

「つまり、誰も知らないというわけだ」とジャックは言った。それは質問ではなく、宣言だった。

「ひとりとして」

ふたりは葉巻に火をつけ、窓の外を見た。眼下でウルトロン・ガソリン工場に隣接した倉庫が燃えていた。そのなかにあるすべての書類とともに。ジャックは安堵《あんど》が心を洗うかのように感じた。地獄の沙汰も金次第。それはふたつある彼の信条のひとつだった。もうひとつもシンプルだ。常に逃げ道を用意しておけ。マクファーランド・ブルヴァードの上に立ちのぼる煙を見ながら、ジャック・ウィリストーンはやり遂げたと確信していた。

決して知る者はいない。

第二部

8

学生たちが列をなして入ってくるあいだ、彼は、学生たちに背を向け、ホワイトボードの前のテーブルの上に坐っていた。後期の最初の授業なので、二年生の多くは彼に会うのは初めてで、以前授業を受けていた学生から噂を聞いているだけだった。教室の後ろまでスロープになっている通路から席を探しながら、男の肩越しにホワイトボードを覗《のぞ》き込み、そこに書かれたことばを見る学生もいた。男のことをすでに知っている学生たちは、無言のまま自信ありげにほほ笑み合っていた。知らない者たちのほとんどにとってそこに書かれたことばには何の意味もなかった。その男はまだひとことも口にしていなかったが、初めての学生のなかにも、何か知っていなければならないのではないかと不安に感じる者や、すでに疑問を持っている者たちがほんの数人いた。ホワイトボードには大文字で五つのことばが書かれていた。〝具体性〟、〝関連性〟、〝伝聞証拠〟、〝立証〟、そして〝秘匿特権〟。すでに知っている者にとっては、マクマートリーの五つの原則であることがわかっていた。今日は証拠論の最初の講義だ。担当はトーマス・ジャクソン・マクマートリー教授。証拠論についての著書もある、文字通りアラバマ州における証拠論の権威だった。

トムは、学生たちのほうを向くと笑みを浮かべた。彼がいつも若者たちの集団に話しかけるときに眼にする様々な表情がそこにあった。恐れ。不安。傲慢。そして彼の嫌いなもの――無関心。トムは勤勉でありながら臆病な者は我慢ができた。彼よりも知識があると思っている馬鹿にも我慢ができた。しかし、関心のない者には我慢がならなかったし、我慢するつもりもなかった。そういった連中を辞めさせることが彼の使命だった。やる気のないダメ学生をチームから取り除くのだ。あの人《ザ・マン》が言っていたように。

「さて、始めよう。わたしの名前はトム・マクマートリー、これは証拠論の講義だ。この講義の目的は単純で、ふたつの要素から構成されている。まず、わたしにとってのゴールは、君たち、つまり君たち全員に、五月にはこの五つの原則を修得した弁護士となってこの教室を出ていってもらうことだ。そして二番目は、五つの原則を修得した弁護士となるための努力を惜しむ者を辞めさせることにある。そういった連中は、いつか依頼人を見捨てることになるからだ」トムはことばが全員に浸《し》み込むように間《ま》をおいた。彼は最前列の若い女性が、感情を害したような表情をしたのを見てとった。彼はクラス名簿――学生たちがフェイスブックと呼んでいるものを見た。そこにはクラスのすべての学生の写真が載っていた。若い女性の名前はドーン・マーフィー。二十六歳。アラバマ州エルバ出身。

「ミズ・マーフィー」とトムは大きな声で言った。一番後ろの列に坐ったダメ学生たちでも、身を乗り出さずに聞こえるような声で。その若い女性は黄色いノートに一生懸命に書き込んでいた手をおずおずと肩のあたりまで上げた。その表情には神への恐れが貼りついていた。

それさえなければかなり魅力的だっただろう。

手を上げながら、口ごもるように言った。「あの……何でしょうか」

「君が、ミズ・ドーン・マーフィーかな？」とトムは尋ねた。

「はい、教授」とミズ・マーフィーは答えた。トムは、その声が最前列のふたりの同級生以外は、クラスの九十五人の学生の誰にも聞こえないはずだと思った。

「ミズ・マーフィー、大きな声で話してくれ。最初の授業は遠くから様子をうかがおうとしている君の同級生には、聞こえなかったはずだ」

「はい、教授」さっきよりもがんばったせいか、半分より前には届いたようだ。

「ミズ・マーフィー、君はエルバ出身だね？」学生たちのあいだからクスクスという笑い声が漏れた。エルバはアラバマ州でも小さな町のひとつだった。なぜかトムはいつも小さな町の学生を指名した。エルバ。オップ。ハミルトン。それはたぶん彼自身が北アラバマのヘイゼル・グリーンという小さな町の出身だったからかもしれない。あるいは歳《とし》を取るにつれて、こういった学生たちが気になるようになってきたのだろうか。

「はい、生まれも育ちもエルバです」

ほら、まさに思っていた通りだ。バーミングハムの連中やモービルの名門の出の連中からは〝生まれも育ちも〟なんてフレーズはまず聞けなかった。だが、このエルバ出身の若く美しい女性ときたら。生まれも育ちも、ときた。トムはミズ・マーフィーにほほ笑みかけ、すでに彼に強い印象を与えることに成功した学生に対する反対尋問を少し易《やさ》しいものにしようと思った。

「ミズ・マーフィー、君が五月にこの教室を出ていくとき、君は」トムは効果を狙って一瞬間《ま》を置き、教室のなかのほかの学生の顔を見渡した。――「五つの原則を修得した弁護士になっているつもりかな？」ひっかけの質問だった。イエスと答えると残りの学生はこの娘は自分を何様だと思っているのだろうかと思う。ノーと答えると敵の前で弱みを見せることになる。

「はい教授、そうありたいと思っています。神のご加護により、そう願っています」彼女はほほ笑みながら言った。教室内に気まずそうな笑いが起こった。この娘ときたら。神のご加護により、ときた。だから小さな町の出身者は好きなんだ。

「わたしもだ。ミズ・マーフィー。わたしもそう願ってる。そうさせることがわたしの仕事だ。では、始めようか」そう言って、見せしめにする相手を探しながら、後ろの列の顔ぶれを見渡した。生贄《いけにえ》の子羊。一番上の列の出口から二番目の席に獲物を見つけた。ブロンドのむさくるしい髪形。三日間伸ばしっぱなしの無精ひげ。机の上には何もない。教科書もなし。本屋に行く時間もなかったってわけか？　素晴らしい。ノートもなければ、ペンさえもない。これは面白くなってきた。フェイスブックを調べると、探している名前が見つかった。ジョナソン・ティンセル。二十五歳。アラバマ州、バーミングハム出身。

「ミスター・ティンセル」トムが建物の基礎まで揺らすような大きな声で言った。「マジックシティ（バーミングハム市の愛称）出身のジョナソン・ティンセルはいるかな？」

最後列のむさくるしい髪形の無精ひげの男が手をあげ、虚《うつ》ろなまなざしで言った。「ここです」

「そこか。なぜそんなに遠くにいるのかね、ミスター・ティンセル？　わたしの機嫌を損ねようとしてるのかな？」答える間《ま》も与えず、トムは続けた。「ミスター・ティンセル、リチャードソン対キャラハンの判例に関し、事実と裁判所の判断について簡単に説明してくれたまえ」トムにはどういう答えが返ってくるかわかっていた。〝教科書を買うことも、本屋の営業時間を調べることも考えてもいませんでした〟という言い訳のこの学生なりのバージョンが聞けることを期待していた。

「えーと、その、実はまだその判例については読んでいません。すみません」とジョナソン・ティンセルは言った。トムはその学生がガムをクチャクチャと噛んでいることに初めて気がついた。

「わたしこそすまなかったね、ミスター・ティンセル。じゃあ、君が読んだ判例にしようか？　こうしよう。この最初の授業の前に読んでおくように言った判例のなかからひとつ選んで、その事実と裁判所の判断について説明してくれ」

「教授、実はまだ資料を手に入れる機会がなくて。申し訳ありませんが、今日はお役に立てそうもありません」その大馬鹿野郎はそう言い終わると笑みさえも浮かべていた。「いいだろうミスター・ティンセル、残念だが、わたしも君のお役には立てそうもない。今日のクラスから君を追放する。君のために言わせてもらうなら、明日の朝までに本屋を探したほうがいい」ティンセルの反応を確かめるために待つこともなく、トムは先を続けようと次の犠牲者を求めて学生たちの顔を見渡した。彼が中段あたりに坐った小柄な黒人女性ヴァネッサ・イヤーアウトの名前を呼ぼうとしたとき、ティンセルがまだ席から離れようとしていないことに気づいた。

「ティンセル君、〝追放〟ということばが理解できなかったのかね？　本気で言ってるんだ。この教室から出ていきたまえ」トムは獰猛《どうもう》なまでのまなざしで、穴があくほどティンセルの眼を見つめた。

ティンセルがどうにか後方のドアから出ていくと、トムは視線をクラスの残りの学生に向けた。できるだけ多くの学生と眼を合わせ、それぞれに対して、ことばに出さずにこれがこれからのやり方なのだと教えた。これがわたしのやり方、すなわちいつものやり方だ。理解できない馬鹿はティンセルのあとを追って出ていけばいい。

五秒間たっぷりと間《ま》を取ったあと、トムは深く、聞こえるように息を吸うと、フェイスブックに眼を戻した。

「オーケイ、ではミズ・イヤーアウト」トムはさっきよりも穏やかな声で始めた。嵐は去った。トムの眼の前には期待通りの成果があった。ほとんどすべての学生が机に前かがみになってペンをノートの上に置き、まっすぐトムを見つめて次に名前を呼ばれるときに備えていた。素晴らしきかなソクラテス・メソッド。

トムはさらに何人かの学生に質問した。そのなかにはエルバ出身の若きミズ・ドーン・マーフィーも含まれていた。やがて時計が九時五十分をさし、クラス全員がティンセルに合流する時間がきた。マクマートリーの証拠論のクラスの最初の授業が終わった。ティンセルのように教科書を読んでこなかった学生は、安堵のため息をついて本屋へと向かった。ドーン・マーフィーはトゥ・ドゥ・リストから証拠論のクラスの項目に線を引いて消し、授業のノートを整理するために図書館へ向かった。トムはホワイトボードの脇に立ち、全員が出ていく姿を見守った。

四十年間変わらぬ光景だ。やはり最初の授業は面白い。

一時間後、トムは三階の研究室の机の前に坐っていた。高ぶっていた気分も落ち着いてきた。マクマートリーの証拠論第五版――学生たちは好んで〝バイブル〟と呼んでいる――の出版が二カ月先に迫っていたので、トムは締切りに間に合わそうと奮闘していた。彼は自分の仕事のうち、学生に教えるという側面をいつも愛していた。学生の頭のなかを灯りで照らし、ひらめきをもたらすことはどんな経験よりも価値あるものだった。だが、出版については違った。あの人《ザ・マン》の申し出を受けた三週間後にこの部屋に入って以来、どの学部長――ヒーコック、ジャクソンそして現在のランバート――も教授陣に本を出版することを求めた。〈マクマートリーの証拠論〉の初版は一九七三年に出版された。アラバマ大学ロースクールにおいて、教授陣の出版した入門書のなかでは、過去および現在を問わずこれまでに最も売れた参考書となっている。トムは毎年、本の最後に前年までの内容に影響を与える最新の判例を含む補足を加えていた。そして五年から七年おきに新しい版を出版していた。それは彼の収入を増やしてくれたが、彼自身は出版がきらいだった。その何もかもが。ありがたいことに、ドアをノックする音がトムの悲嘆を中断させた。

「どうぞ」とトムは言った。通常よりも少し大きな声で。両眼をこすり、眠気を拭い去ろうとした。

ドアが少しだけ開き、その隙間からドーン・マーフィーの顔が現れた。

「教授、お時間ありますか？」ミズ・マーフィーは不安そうな面持ちだったが、怖れてはいないようだった。悩んだ末の緊張が顔に浮かんでいた。

「もちろんだ。ミズ・マーフィーだったね？」トムはほほ笑み、机の前の椅子を手で示した。

ドーン・マーフィーは黒のパンツに白のブラウス姿だったが、そんな質素な着こなしも彼女の美しさを隠すことはなかった。茶色い髪を肩のあたりで切りそろえ、茶色い眼は、疲れているようだが、それでもチャーミングだった。彼女はトムにほほ笑むと、膝の上に両手を合わせて置いた。

「教授が学生アシスタントを募集していないかと思いまして――」彼女の顔が赤らみ、眼を伏せると、両手を強く握った。「わたしはシングル・マザーなんです。娘は五歳で、ちょうど幼稚園に通い始めたところです。母とわたしはリバービュー・アパートメントで一緒に暮らしています。母はシティ・カフェで朝の五時から一時半までウェイトレスの仕事をしていて、わたしが娘を幼稚園に送り、母が迎えに行って、午後は娘の世話をしてくれています。奨学金制度のおかげでとても助かっているのですが、娘も育ち盛りで追加の収入が必要なんです。学生課の女性から学期ごとに学生アシスタントを雇う教授もいると聞きました。それで、あの……もう雇ってしまったかもしれませんが、もし、まだなら……その……もしかしたらと思って――」

「いいだろう、雇おう」ドーン・マーフィーが言い終わる前にトムは言った。「一時間十ドル、週末は一時間十二ドル。君の授業のスケジュールのあいまに働いてくれればいい。それとわたしが頼んだときは週末も」トムは笑みを見せず、眼を〈マクマートリーの証拠論〉の最新版に戻した。彼は自分の手の上に手が置かれるのを感じて眼を上げた。ミズ・マーフィーが机を回って来て両手で彼の手を握っていた。

「ありがとうございます、教授。わたし……ほんとうにありがとうございます」彼女は何とかそう言うとトムの手をさらに強く握った。声は感極まって震えていて、涙がほほを伝い落ちていた。「ほんとうに助かります」

「こちらこそ」そう言って彼女にほほ笑みかけ、握手をやめさせようと自分の手を彼女の手の上に置いた。「じゃあ、仕事について——」

「教授、いいかな」男性の声が会話をさえぎり、ふたりをドアのほうに振り向かせた。学部長のリチャード・ランバートが、ドーンが入ってきたときから開けっぱなしになっていたドアの端から顔をのぞかせていた。

「すまないね……邪魔をして」と彼はトムを見て言った。「だが、金曜日の理事会のことで話しておきたくてね」

「わかりました」そう言うと、トムはドーン・マーフィーのほうを見た。彼女の顔はビーツのように赤くなっていた。「ミズ・マーフィー、最初の仕事だ。わたしの本のなかから、専門家証人の証拠能力に関するダウバート基準について書かれた部分を読むこと。そしてそのテーマに関して、昨年下されたアラバマ州の判例を調べてくれ。来週の金曜日までにまとめたものを見たい。質問があったら、月曜、水曜、木曜の午前中は十時から十二時まで、午後は二時から三時半まで研究室にいるから」

「はい、教授」彼女はほほ笑み、顔の赤いまま、学部長の脇を通ってドアから出ていった。

トムは笑みを浮かべたまま彼女を見送った。熱心で貪欲な学生ほど彼を喜ばせるものはなかった。だが、ランバート学部長のまなざしを見て、笑みが消えた。

「で、金曜日の何についてのお話ですか?」トムはランバートがドアを閉めるとすぐに尋ねた。

トムはヒーコック学部長とジャクソン学部長は好きだったが、ランバートはどうしても好きになれなかった。彼の茶色い瞳と鼻にかかった声が、どこかトムを苛《いら》つかせた。法廷弁護士として、そしてその後、模擬裁判チームのコーチとしての四十年間、トムはいつも本物を見抜く眼を持っていた。エルバ出身のドーン・マーフィーは手作りのピーチパイのように不器用だが、優秀な本物なのに対し、リチャード・ランバートは、かつてのアストロドームの芝生と同じくらい人工的で、温室育ちのぼんぼんだった。またランバートが学部長になってからの十八カ月間にトムの長年の同僚四人が辞めるか、クビになっていた。ランバートは明らかに新しい血を求めており、彼のビジョンに合わない者を切り捨てようとしていた。

「トム、理事会は金曜日に君のことでいくつか話し合うつもりだ」ランバートはトムのほうを見ず、窓の外に眼をやりながら言った。そして一瞬間《ま》を置いてから続けた。「まず全国大会でのことだ」

トムはランバートをにらみつけた。しまった、気づくべきだった。「九カ月も前のことじゃないか、ディック。理事はいったいいつまで昔の話を蒸し返せば気がすむんだ。あれはもののはずみで起きた不運な事故だ。誰のあやまちでもない」

「わかってる……」ランバートはためらうように眼を伏せた。「トム、君がそう考えていることはわかっている。だが、君は学生に手をあげた。騒ぎをあおり、それがビデオに撮られた。あの馬鹿げた騒ぎがユーチューブに流されたんだ。しかもタイトルは〝アラバマ大教授、学生に暴行し反撃にあう〟だ。五万回も再生されてるそうじゃないか」

トムは眼を細めてランバートを見た。「暴行だって？」

「タイトルによるとだよ。みんながあのくだらない動画を見たんだ、トム。その連中がいろいろ言ってきて、大学にも悪影響を及ぼしている。いいか……」

ランバートは坐ると、一枚の書類をトムの机越しに差し出した。「理事会は君が謝罪書に署名することを求めている。メディアに対し発表するためのものだ。これに署名してくれるだけでいい、いいな？」

トムは書類を見下ろし、そこに書かれている文章を眼で追った。謝罪文にはトムが事件に関するあらゆる非難を受け入れ、〝判断の誤り〟と〝リック・ドレイクに不適切な方法で手を出したこと〟を謝罪するとあった。

「ディック、大学がわたしに謝罪を求めるならわたし自身のことばでやらせてくれ。これはやりすぎだ。リックとのあいだの口論についてはすまないと思っているが、彼の腕をつかんだことが、不適切なやり方だったとは思っていない」

ランバートは腕を組んだ。「君にサインしてもらわなければならないんだ、トム。それに……ほかにもある」

「ほかとは？」

「〈マクマートリーの証拠論〉についての苦情が来ている。多くの学生が、あれを読むのは大変だと言っている。学生たちはあれを長いことバイブルと呼んできたが、最近ではバイブルなみに長く、読みにくいと言っている。理事会はもっとユーザー・フレンドリーな方法があるんじゃないかと考えている」

トムは何も言わず、ただ上司の顔をにらみ続けた。

「それから学生をクラスから追い出すのももうやめてくれ、トム。ジョナソン・ティンセルのこともすべて聞いている。ユーチューブのドレイクとのことを誰もが知っているというのに、そういう馬鹿なことはもうやめてほしいんだ」

「彼は授業の準備をしていなかった」とトムは言った。「わたしはいつも学生をそう扱っている。彼らがここを卒業したあと、準備もせずに法廷に臨んだらどうなる？」

「そんな風に考えることはできない、トム。わたしたちが暮らすこの世界ではね。それを虐待ととらえる者もいるんだ」

「虐待だって？　君はいったい――？」

「トム、理事会は心配してるんだ……」ランバートは絨毯《じゅうたん》を見下ろし、ことばを切った。

「何を心配してるって？」とトムは問いただした。顔が熱くなるのを感じていた。

学部長は眼を上げて言った。「ウッディ・ヘイズやボビー・ナイトみたいになるんじゃないかとね（ウッディ・ヘイズは伝説的なフットボールコーチ。ボビー・ナイトも同じく伝説的なバスケットボールコーチ。いずれも暴力事件を起こしている）。学生の腕をつかんだ次はどうなる？」

トムは腕組みをし、眼を細めて学部長を見た。「くだらんよ、ディック。わかってるはずだ。わたしはここに四十年いて、一度も学生を殴ったことはない。ただ大学のために率直にものを言ってきただけだ」

ランバートはしばらく何も言わなかった。そしてゆっくりと立ち上がると、ドアに向かって歩き出した。ドアを閉める前に、頭を後ろにそらすようにして言った。

「時代は変わったんだ、トム。時代とともに君にも変わってもらわなければならない」そう言って、付け加えた。「金曜日に会おう」

9

トムが自宅に着いたときには七時半になっていた。ロースクールを飛び出し、昼食を素早く食べたあと、模擬裁判チームの今学期最初の練習のために大学に戻ったのだ。学部長との会話にまだ腹が立っていたが、彼にできることはなかった。好むと好まざるとにかかわらず、リチャード・ランバートは彼の上司だった。理事会に出れば何があったかわかるだろう。理事会のメンバーはこの二年で大きく変わってしまっていたが、トムが二十年来知っているメンバートも残っている。トムにはランバートの話したことが理事会の総意だとは思えなかった。だが、彼が自分を追い出したがっているのは明らかだ。辞めた四人の同僚のことを思い出してそう思った。

〈ミケロブ・ライト〉を冷蔵庫から取り出し、書斎のカウチに手足を伸ばして寝そべっているムッソのもとに向かった。三十キロ近くある白いイングリッシュ・ブルドッグのジョニー・ムッソ・マクマートリーは、書斎に一匹で残していくには少し大きく、ついでに言えば、カウチの上に置いておくには毛深く、しかもあたりかまわずよだれを垂らした。しかし、ジュリーがいない今、犬の毛もよだれもまったく気にならなかった。

「元気にしてたか、ビッグ・ボーイ？」

トムの声を聞くと、ムッソは一瞬でカウチから降り、興奮してトムを押し倒さんばかりに飛びついてきた。飼い主の前で立ち上がって踊り、トムの乾いた唇をなめて、家を揺らすような大きな音でのどを鳴らした。トムはムッソの耳の後ろをつかんでなでてやった。背中を何回か叩《たた》くと、ムッソはトムがやめるまで後ろ脚を繰り返しひくひくとさせた。

「散歩に行きたいのか、ビッグ・ボーイ」

カウチの後ろにはフレンチドアがあり、フェンスで囲まれた裏庭に面したポーチへと続いていた。トムがカウチの脇をすり抜けて進むと、ムッソもすぐ後ろを追いかけてくる。ドアを開けると、ムッソは飛び出していった。ムッソ・マクマートリーの裏庭にあえて足を踏み入れようとするあらゆる生き物に、自らの存在を知らしめるかのように激しく吠《ほ》えながら。

トムはポーチにあるふたつのロッキングチェアのうちのひとつに坐り、ムッソが走り回るのを眺めていた。ビールを一気に飲むと、何気なく左手の中指に眼をやった。そこにはかつてジュリーがはめてくれた結婚指輪――来月でちょうど四十五年目になる――が今もあった。指輪の上に親指を走らせながら眼を閉じた。

ジュリーが死んでもう三年になろうとしている。二〇〇七年一月の土曜日、長めの散歩のあとにふたりでシャワーを浴びたとき、ジュリーが右胸に触るようにトムに頼んだ。トムは覚えたばかりのセクシーなジョークを返したあと、彼女が真剣だということに気づいた。胸に触ると、まぎれもなくしこりがあった。医者に診てもらい、その後様々な検査をしたあと、ジュリーは乳癌《にゅうがん》と診断された。彼女は二カ月間、薬物治療や放射線治療などあらゆる治療を受けた。だが、二〇〇七年四月十七日、午後三時四十二分、素晴らしく晴れた日の午後、ジュリー・マクマートリーはこの世を去った。トムはその瞬間を忘れなかった――忘れることができなかった――。彼は彼女の手を握った。泣き崩れることはなかった――少なくともそのときは――。かがみこんで、「愛している」とジュリーの耳元にささやき、優しく彼女の眼を閉ざすと、息子に告げるために部屋を出た。

トミーは父と同じく感情を抑えようとした。が、無理だった。彼は声を上げて泣き、ふたりは抱きあったまま十分間そのままでいた。息子の頭の後ろを優しくなでながら、涙がこぼれ落ちていった。ナッシュビルに妻のナンシーとふたりの子ども――ジャクソンとジェニー――と暮らす三十五歳の医者であるトミーは、生まれたときから母親っ子だった。母の死は彼と彼の家族に大きなショックを与えた。彼らはみな、母の死後一週間、実家に残って葬儀の手伝いをし、父を慰めようとした。しかしトムはそれを拒んだ。息子の前では。彼にはわかっていた。もしトミーが自分の泣くところを見れば、トミーもまた泣いてしまうということが。ナンシーも泣き、子どもたちも泣き、みんな泣いてしまうだろう。そんな姿はもう見たくなかった。ジュリーもそんなことは望まなかっただろう。

みんなが去ったあと、トムはマクファーランド・ブルヴァードに行き、最初に見つけたコンビニに立ち寄った。十二パックのミケロブ・ライトを買って家に戻り、その日の残りをポーチで過ごした。泣きながら。人生で初めてというくらいに泣いた。ジュリーのために泣いた。自分自身のために泣いた。息子のために泣き、孫たちのために泣いた。これほどまでに偉大な女性を知らなかった。その夜、深夜に眼を覚ますと、五、六本のビールの瓶がポーチに散乱していた。彼はごみを拾い、ベッドに向かった。その日から、なるべく多くの時間をポーチで過ごすことにしている。ジュリーはポーチのロッキングチェアが好きだった。トムはここにいると彼女の存在を感じることができた。彼女が美しいブルーの瞳で天国の一番高いところから見ているような気がし、心地よい気分になったものだ。

右手に湿っぽさを感じて見下ろすと、ムッソがトムの手をなめて湿った鼻を押しつけていた。トムはムッソを抱くと、膝の上に置き、眼を見て言った。

「どうした、ビッグ・ボーイ。マンマが恋しいのか？」彼は深く息を吸った。するとムッソは身を乗り出して彼の顔をなめた。涙がほとんど拭い去られると、トムは椅子から立ち上がり、小声でささやいた。「おれもマンマが恋しいよ」

彼は家のなかに戻り、冷凍庫を開けて中身を調べた。ビール――もうなかった――を飲んだせいで、帰ってきたときよりも空腹を感じるようになっていた。ほんとうはチーズバーガーとビールをあと二、三本欲しかったが、代わりに〈ヘルシー・チョイス〉の冷凍ディナーを選んだ。ディナーを電子レンジに入れて温めていると、電話が鳴った。

トムは緊張し、タイルの床を見下ろした。また学部長と話をするような気分ではなかった。電話に歩み寄ると、発信者のＩＤが彼の知らない番号を示していたので電話を取った。

「もしもし」

「もしもし、あー、トム？」妙になれなれしい女性の声だった。

「はい」

「トム、家にまで電話するべきじゃなかったんだけど、でも、大事なことで、ほかに電話をする人もいなかったの、それで――」

「失礼ですがマァム、どちら様ですか」とトムは会話をさえぎった。電話の向こう側の声はがっかりしたように、そしてまぎれもなく聞き覚えのある声で言った。

「トム、わたしよ、ルース・アンよ」

10

ふたりは昼食をともにすることにした。迷路のようなロースクールのなかでは、トムの研究室を見つけるのが大変だったこともあり、食事でも一緒にどうかと口にしていた。実際、かつてはそのことばをよく口にしていた。「食事でも一緒にどうだ？」そうつぶやくと首を横に振った。昨晩の電話を心のなかで繰り返し、どれだけぎこちなく聞こえていたかと考えると、恥ずかしさのあまり身が縮む思いだった。ルース・アン・ミッチェル——今はウィルコックス——は、法的な助言を必要としていると言っていた。ほんとうは家まで電話をしたくなかったが、重要なことなのだと。じゃあ明日会わないか？　それだけだった。世間話もなければ、「元気だった？」のひとこともなし。「どうしてた？」も「調子はどう？」もなかった。彼女はどこか神経質そうだった。そういった儀礼上のあいさつを忘れたか、気のきいた会話をする余裕もないほど差し迫っているかのどちらかのようだった。ともかくトムは、電話をもらった驚きから何とか立ち直り、フィフティーンス・ストリート・ダイナーでの昼食に誘い、ここに来ていた。

甘いアイスティーをすすりながら、トムはルース・アンがどうしていたかずっと気になっていたことを思い出した。ふたりは学生時代に三年間つきあっていた。その頃トムはルース・アンと結婚するものと思っていた。しかし最終学年のあと、彼女に前もって相談することなく、ヴァンダービルト大学の大学院生助手の仕事を決めたことから、彼女から別れを切り出された。彼女は、長距離恋愛はできないと言い、相談もなくそんな重要なことを勝手に決める男は信用できないと言った。自分が悪かったのだろう。トムはずっとそう考えていた。が、後悔はなかった。ふたりが別れていなければ、ジュリーとは出会っていなかったのだから。

トムは来店客を告げるドアのベルの音を聞いた。その姿を見てすぐに彼女だとわかった。ストロベリー・ブロンドの髪は、今は白髪が混じっていたが、緑の瞳に長い脚、そして引き締まったウエストは昔のままだった。レストランの壁際のブースに坐っていたトムは手を振った。ルース・アンがほほ笑みながら近づいてきた。

「こんにちは」と彼女は言った。トムは立ち上がって彼女を迎えた。ハグするべきか、ほほにキスするべきか、どうしたらいいかわからなかった。ルース・アンが手を差し出し、トムは優しく握った。あいかわらず美しい。彼女が坐ったときそう思った。

「元気そうだね」とトムは言った。

「あなたは元気だった？」とルース・アンはほほ笑みながら答えた。が、笑みはすぐに消え、視線をテーブルに落とした。「わたしのほうも元気って言えればいいんだけど」と彼女はトムの眼を見ずに言った。トムは彼女をじっと見つめていた。「トム、わたし……」

「どうかしたのか、いや、その、どこか悪いのかい？　ぼくが……」トムは彼女の話をさえぎったことに気づき口を閉ざした。「すまない、続けてくれ」

ルース・アンは不安そうに笑うと、手をトムの手の上に置いた。「大丈夫よ、トム。病気じゃないわ。ただ……問題があって。法的な問題なの」彼女はためらいながら続けた。「一カ月ほど前、娘と娘の夫が八十二号線のヘンショーの付近で交通事故にあったの。わかるかしら？　ファウンズデールに行くちょっと手前のところよ」

トムは頷いた。彼とジュリーは何回かファウンズデールのザリガニ祭りに行ったことがあった。ヘンショーという小さな町の標識があったのを思い出した。だが、その町の名は何か別のことで聞いたことがあるような気がした。ヘンショー……。思い出せなかった。

「そう、とにかく娘夫婦はそこの信号でトレーラーに衝突したの……」彼女はことばを切って、紅茶をすすった。紅茶のしずくが彼女のあごにしたたり落ち、彼女はナプキンを手に取った。紅茶のカップが手から落ちたかのようにガチャンという音を立てた。「いやね、ごめんなさい」トムを見てそう言った。「あいかわらず、不器用ね。やだわ」彼女はそう言うと無理に笑って見せた。涙がほほを伝って落ちた。手は震えていた。トムは何と言っていいかわからず、ただ黙っていた。

「孫が……ニコル……彼女は……」ルース・アンは眼を伏せた。トムは強く握ったために彼女の手が赤くなっていることに気がついた。「彼女も一緒だったの……。彼女も死んでしまった。みんな死んだわ。トレーラーの運転手も。全員死んでしまったの」彼女は頭を抱え込むようにしてむせび泣き始めた。

トムは新聞でその事故の記事を読んだことを思い出した。だが、今までその記事をルース・アンの話と結びつけることができなかった。

「ルース・アン、残念だ。ひどい話だ。ぼくは……」しかし彼は話をやめた。彼女が話せるようになって続きを話すまで黙っているべきだと思った。

およそ三十秒後、ルース・アンは顔を上げ、涙を浮かべたままほほ笑んだ。

「ごめんなさい、トム。わたし……」彼女は深く息を吸うと言った。「とにかく、葬儀のあとに事故報告書を手に入れたの」彼女はハンドバッグに手を伸ばすと四、五ページある書類を取り出した。机の上を滑らせるようにして報告書をトムに差し出した。

トムは書類を手に取った。最初のページの一番うえに「ヘンショー郡事故報告書」とあった。彼が報告書に簡単に眼を通すあいだ、ルース・アンが続けた。

「警察の報告書によるとトレーラーの運転手は制限速度六十五マイルのところを八十マイルで走らせていた。報告書には雇い主も載っている。タスカルーサの運送会社、ウィリストーン。マクファーランド・ブルヴァードの先だと思う。報告書にはガソリンスタンドの従業員の証言があるわ。その従業員は事故を目撃していて、わたしの娘婿《むすめむこ》の運転する車がトレーラーの前を曲がったと言っている」ことばを切るとため息をついた。「でもそんなわけはない。ボブは十八輪トレーラーの前で曲がったりしない。わたしはこのトレーラーの運転手――ニュートンとか何とかいう奴《やつ》――が時間に遅れていて、それを取り戻すためにスピード違反をしていたんだと思うの。それにボブは、曲がり始めたときトレーラーに気づかなかったはずよ。何もかも……でたらめよ」彼女はしっかりと閉じた歯のあいだからもらすように最後のことばを口にした。トムは彼女の眼に炎を見た。ずっと昔に見たのと同じ怒りと情熱をたたえた炎を。

「ルース・アン、ぼくは」

「トム、わたしはこれまで訴訟を起こしたことはない……」彼女はそこでことばを切ると、一瞬窓の外を見てからトムのほうを向いた。「誰に電話をしたらいいかわからなかった。どうしたらいいか、あなたの意見を聞かせてほしいの」

「わかった、ルース・アン。だけどぼくはもう何年も法廷には立っていない。誰か現役の弁護士に頼むべきだ。ぼくは――」

「あら、やめて、教授」とルース・アンは言った。にやにやと笑い、やがてほほ笑みに変わった。「あなたのことを聞いたわ。ロースクールでみんなにどう思われているのかを。みんながあなたを教授《プロフェッサー》と呼ぶとき、まるで唯一の存在のような口ぶりだった。まるでロースクールのブライアント・コーチのような言い方だったわ。新聞も見た。ほら、あの懐かしいタスカルーサ・ニュースにあなたの模擬裁判チームがチャンピオンになったって書いてあった。あなたが何をしているかちゃんと知ってるのよ」

トムは笑った。ルース・アンはトムが知っているなかでも、誰よりも率直にものを言う女性だった。彼は何かを言いかけようとしたがやめた。ルース・アンがトムの手をつかんだ。

「お願いトム、眼を通すだけでいい。あなたの意見を信頼する。もし何かあると思ったら、どうしたらいいか、誰のところにいけばいいか教えてくれるだけでいい。何かしなければいけないという気がするの。なぜわたしの家族にこんなことが起きたのか知らなければならないの」彼女の眼――いつも美しく、活気に満ちていた――が彼に訴えていた。彼女はまた泣き出してしまいそうだった。

「わかった。眼を通してみよう。だが、さっき言ったように、ぼくは今法廷には――」

「ありがとう、トム。ああ、ほんとうにありがとう」彼女はブースの反対側から出て、腕をトムの首にからめるとほほにキスをした。「ありがとう」と彼女は言った。今度はささやくように。彼女の息は甘いアイスティーとレモンの香りがした。

彼女がブースの向かい側に戻ると、話題は旧友たちのことになった。だが、トムはちゃんと聞いていなかった。興奮と罪悪感にとらわれていた。ルース・アンにハグされたとき、トムは何かを感じていた。長いあいだ、彼の人生にはなかった何かを。ぞくぞくするような興奮。男性が女性に惹《ひ》かれたときに、腹のあたりの奥深くで感じるあのうずき。彼はそのうずきを再び感じたことに興奮していた。しかし、左手の指輪に眼をやり、罪悪感がナイフのように突き刺さった。いったいどうしたんだ？

だが、ルース・アンのことばが耳に入らなくなった理由は、それだけではなかった。トムはあることを思い出していた。ヘンショーについて聞き覚えがあった理由を。

リック・ドレイクはヘンショーの出身だった。

11

リチャード・ドレイク弁護士事務所のリチャード・ドレイクは、タスカルーサのウェイサイダー・レストランの奥の席に坐り、コーヒーを飲みながらどうやって仕事を増やそうかと考えていた。リチャード――家族や友人からはリックと呼ばれていた――は、数えてみると開業してから少なくとも一週間に一回はウェイサイダーで食事をとっていた。また、一週間に一回はノースポートのシティ・カフェで食事をしていた。事務所を出て歩き回り、人々に気づいてもらうようにする。大儲け《ホームラン》できる案件を期待して世間の動きに耳を傾ける。それがこのゲームであり、原告側弁護士の日常だ。ウェイサイダーは、一九五一年から営業しているタスカルーサのレストランだ。古い下見板張りの家をレストランに改築した、地元の人間が集まるたまり場だった。かつてベア・ブライアントが毎朝五時半にここでコーヒーを飲みながら新聞を読んでいたと言われている。タスカルーサのあらゆる場所と同様、ウェイサイダーにもブライアント・コーチと彼のためにプレイした選手たちのたくさんの写真が壁に——トイレの壁にさえ——飾られていた。

フロントドアのベルが客の到着を告げた。リックは新聞から顔を上げ、アンブローズ・パウエル・コンラッド——タスカルーサ郡地区検察局で最も若い地区検事補——が近づいてくるのを見た。

「調子はどうだ?」とパウエルが訊き、席に着くと両ひじをテーブルの上に置いた。パウエルはおよそ百八十センチ、がっしりとした体格で、薄いくすんだブロンドの髪をしていた。彼はリックがこれまでに会ったなかで、間違いなく最も騒々しい男だ。彼がウェイサイダーに入ってくると、例のごとく、そこにいる全員が顔を上げた。

「さっぱりだよ。今日はどの救急車を追いかけようか考えながら、朝めしが来るのを待ってるところだ」とリックは言った。「お前は?」

「今日は〈ドリームランド・リブス〉(タスカルーサにある有名なステーキ店)の裏のあたりに行く。あのあたりでコカインの売人が、買ったモノが気に入らないとクレームをつけた男に撃たれた。被告の妻はなんと被害者の売人とデキてたんだが、彼女と話したらふたりの名前が出てきた。うまくすりゃあそのうちのひとりが銃撃を目撃しているはずだ。とにかく、昼めしに厚切りのステーキを食う口実にはなったよ」パウエルは最高のうぬぼれ顔でニヤニヤと笑いながら言った。

「だからこの仕事はやめられない」

リックにはわかっていた。そのニヤニヤ笑いにかかわらず、パウエルの言っていることは大げさでも何でもなかった。この男は生まれながらの検察官だった。彼はほとんどの若い法律家が縮こまってしまう法廷でこそ生き生きとした。リックとパウエルは、アラバマ大学の模擬裁判チームでコンビを組んでいた。パウエルはスタータイプでリックはむしろ大器晩成タイプだった。いや、最終選考の前にパウエルがコーチをしてくれなかったら、リックはおそらくチームに入ることさえできなかっただろう。この男は天性の才能を持っていた。そしてリックの親友だった。

「で、仕事のほうはどうだ?」とパウエルは訊いた。彼の口調からはほんとうに関心があることが察せられた――リックがパウエルを好きなもうひとつの理由だ。教授との事件のあと、リックの両親が彼にこれからどうするのかと尋ねたとき、ふたりの顔には落胆の色が浮かんでいた。だがパウエルは違った。彼はあの一件のことを知っていた。リックが天国から地獄へ突き落とされたとき、最前列ですべてを見ていたのだ。彼はいつもリックを支え、励ましてきた。

「さっぱりだ」とリックは言った。「先週、先々週と同じだよ。労災補償の案件が三件だ。そうだ、今日はウォークスルーがある。判事が認めてくれれば二千ドル手に入る。事務所の経費を払って、来月の食料品を買うことができるよ」リックは笑みを浮かべた。「どうやら、ついてるようだ――」

「悪くない」パウエルは笑いながら締めくくった。〈ボールズ・ボールズ〉（一九八〇年ハロルド・ライミス監督のコメディ映画）のなかのセリフで、リックとパウエルのあいだでは定番のジョークだった。

朝食をむさぼるように食べたあとは、話題は女性の話になった。フットボールシーズンも終わり、仕事以外にはほかに話すこともなかった。外に出て、互いに別れを告げた。

「明日の晩、フィルの店でとことん飲むってのはどうだ？」ホンダのドアを閉めると、パウエルは窓から頭を出して言った。

「いいね。でも先のことはわからない。どでかい案件が舞い込んできて、忙しくなるかもしれない。それともひょんなことからデートにならないとも限らないからな」とリックは笑って言った。「電話するよ」

十分後、リックは二階の事務所に続く階段を重い足取りでのぼっていた。裁判所から二ブロック離れた通りを脇に入ったところにある、ラリー＆バリー・インテリア・デザイン――ミズーリからやってきたゲイのカップル、ラリー・ホロウィッツとバリー・ボストハイマーが二年前に作った会社――の二階にリチャード・ドレイク法律事務所はあった。検察局に入る前からなんでも知っていたかのようなパウエルによると、ラリー＆バリーは開業以来とても繁盛しているらしい。彼らの財政状態はともかく、ふたりはともにリックに協力的で、交通事故がらみで友人のひとり――シャーニスという名のレズビアン・ダンサー――を紹介してくれた。リックはあっというまに相手ドライバーの保険会社と和解を成立させ、それ以来ふたりは、リックをまるでクラレンス・ダロウ（一九〇〇年代初めの高名な弁護士）の再来のように扱うようになった。リックは階段をのぼると、ドアを開けて灯りをつけた。事務所は、以前は二部屋からなるロフトだったが、リックはなかなかうまく改装できたと思っていた。ドアを入ってすぐの書斎は今はリックの秘書のフランキーが坐る受付になっている。フランキーの机の後ろは、絨毯をタイルに替えて、コーヒーポットと冷蔵庫の置かれた小さなキッチンになっていた。キッチンの左にかつて主寝室だった部屋があり、今は長テーブルといくつかの椅子を備えた会議室になっている。そして右の小さな寝室だった部屋は、今はリックが執務室として使っていた。

オフィスに入るとすぐに壁の写真をじっと見た。〝ABA地区チャンピオン　アラバマ大学〟という文字がリックとパウエルそして教授の写真の下にステンシル印刷されていた。もうひとつ〝全米チャンピオン〟と書かれたものがあれば……。リックはその写真を見るたびにその思いを強く感じた。「君は頭に血が昇りやすい、ドレイク。法廷では不利に働くぞ」ということばとともに。リックは教授の灰色の瞳をにらむように見た。その瞳は写真のなかからリックをあざわらっているかのようだった。

リックは首を振って今日の予定――あいかわらずひまだった――のことを考えようとした。

労災補償のウォークスルーは、午前十一時にベアード判事の法廷で行われる。リックの依頼人はマイラ・ウィルソンという女性で、ヴァンスのメルセデスの工場でフォークリフトから落ち、腰の骨を折っていた。彼女は十時半に和解案を検討するために事務所に来ることになっていた。

リックはウィルソンのファイルを机の上から取ると、受付エリアに向かった。すべてが問題ないことを確かめようと、歩きながら書類に眼を通した。ふと、フランキーがいないかと思い彼女の机を見た。が、今日は休みだということを思い出した。四十二歳で二児の母であるフランキー――夫のブッチは自営の煉瓦《れんが》職人だった――はとてもよく働いてくれた。一分間に八十五ワードをタイプすることができ、いつも明るく、あまり文句を言うこともない。今日を除くと、採用されてから彼女が休みを取ったのは、ブッチがレイバー・デイの前の長い週末休みに彼女と子どもたちをパナマシティに連れていったときだけだった。

ウィルソンの書類の二ページ目の、将来の医療補償について書かれたパラグラフに誤りを見つけたとき――あの連中はいつもこういう策を弄してくる――、彼が何よりも待ち望む音を耳にしてどきっとした。世界で最も素晴らしい音。全能たる電話。そのベルが鳴り響いた。オフィスのなかに。しかもまだ九時にもなっていない。パウエルじゃなく依頼人だ。そう考え、二度目のベルで電話を取った。これこそがその電話だと思って。ホームラン級のどでかい話。リチャード・ドレイクを一躍世に知らしめることになる仕事の依頼。

「リチャード・ドレイク」リックはできる限り弁護士らしい口調で言った。

「バーカ、おれだと思わなかっただろう」パウエルだ。クソ野郎。ホームランが次までお預けになったにもかかわらず、思わず笑みを浮かべていた。これが原告側弁護士の日常だ。

12

トムは模擬法廷――チームのメンバーは好んで〝ウォー・ルーム〟と呼んだ――の陪審員席からチームを見ていた。彼は特に学生たちの眼に注目していた。ちゃんと相手のことばを聞いているのか、それとも法廷に立ったときに何を言うかを思い出そうとしているのか？トムは前者であるよう教えた。が、見たところ、学生たちは後者で精一杯のようだった。このチームは地区大会で優勝できればラッキーだろう。

ベンチにはアート・ハンコック判事――バーミングハムの法曹界では、〝偉大なる老判事コック〟として知られていた――が坐っていた。ハンコックは一九六〇年代から判事を務め、その判決は迅速かつ正確で、しかもいつも的を射ていた。弁護士のスタンドプレイを許さず、毎年若い弁護士を最低ひとりは法廷で〝不品行〟を理由に呼びつけて叱責していた。若手の弁護士だった頃、トムの最初の事件がハンコック判事の法廷だった。そのとき、トムは基本をよくわきまえていたことと、多くの経験の浅い弁護士がやるような陪審員の前での芝居がかったスタンドプレイを取らなかったことで、判事の敬意を得たと感じていた。

判事も今や七十七歳となり、その事実を誇示するかのようにベンチに坐り、濃くふさふさとした眉毛をなでていた。トムは、一九八〇年代の初めから一年に一回ハンコック《コック》判事にタスカルーサに来てもらい、チームの指導をしてもらっていた。トムのチームがAチームとBチームに分かれて行う模擬裁判の裁判官を務めてもらうのだ。将来再び出会うことになる本物の裁判官に触れることは、チームにとって大きな経験となった。

だが、今日のチームにとって、ごほうびはそれだけではなかった。

陪審員席でトムの隣に坐っているのはまぎれもなくアラバマ州で最も有名な法廷弁護士だった。ジェイムソン・ランドール・タイラー。バーミングハムの法曹界では称賛と怖れをもって〝ビッグ・キャット（トラやライオンなどの大型のネコ科動物）〟と呼ばれていた。

「彼らはまだ変わるでしょう」トムのひじをつつきながらタイラーが小声で言った。トムの気分を察したようだ。「二年と三年のあいだで成長するのびしろはたくさんありますからね」

トムは頷いた。タイラーの言っていることは正しかった。リック・ドレイクが昨年それを証明して見せた。二年のときはただの乱暴者だったのが、三年で真の力を開花させた。

それが全国大会ではまた乱暴者に戻って……。

「最近ジェリーとはどうなんだ？」トムが小さな声で訊き返した。ドレイクのことは考えないように努めた。ルース・アンと話して以来、彼女に紹介する弁護士のことで頭を悩ませていた。だが、どうしてもリック・ドレイクに戻ってしまう。ヘンショーは小さな町だ。そして小さな町の陪審員は地元の弁護士を好む。肝心なことは、トムが、ヘンショーとまともなかかわりがある法廷弁護士をドレイクしか知らないということだった。だが、ドレイクがロースクールを出てたった八カ月しかたっていないという明白な問題はおいておくにしても、トムには彼がどこに住んでいるのか、何をしているのかの手がかりすらなかった。

それに昨年の全国大会での一件もある。

タイラーがほほ笑みながら答えた。「ここ三年は」ことばを切った。「すべてわたしの勝ちです」

トムも首を振って笑った。タイラーはこの州で最大の法律事務所ジョーンズ&バトラーのシニアパートナーだ。彼の専門分野は大きな人身被害訴訟の弁護だった。その多くは彼の模擬裁判チーム時代のパートナーだったジェリー・スナイダーが訴えを起こしたものだ。タイラーとスナイダーは、トムが一九七九年に初めて全米チャンピオンを獲得したチームのメンバーだった。卒業後、ふたりは別々の道を選んだ。スナイダーは原告側弁護士としてのキャリアを積み、タイラーは被告側弁護士としてのキャリアを積んだ。今ではふたりともそれぞれの分野のトップとみなされている。

ジェリー・スナイダーが優秀だということを証明すればするほど――事実、彼がアラバマ州で最高の原告側弁護士だと言う者は多い――、人々からは、タイラーにはかなわないと思われるようになっていた。実際にはふたりの実力はほぼ互角であるにもかかわらず。タイラーは、何度もスナイダーに煮え湯を飲ませてきた。ほかの弁護士に対するのと同様に。

「まだ新聞記者とつきあってるのか？」とトムが尋ねた。

タイラーの顔に笑みが広がった。「実は、ふたりの新聞記者とつきあってます」ささやくように言った。「ライバル同士です」

「競合相手と？」

タイラーは肩をすくめた。「わたしに何が言えます？　ふたりは互いに相手を出し抜こうと張り合ってるんです」彼が眉をつり上げてそう言い、トムの笑いを誘った。

「あいかわらずのろくでなしだな、ジャモ」とトムは言い、タイラーの背中を叩いた。

タイラーは歯を見せて笑った。「知ってます」

何分かすると裁判は終わり、両チームが握手を交わした。トムはハンコック判事とタイラーにその場を譲り、ふたりは全体として肯定的なコメントのなかに建設的な批判と励ましをそれぞれの参加者に与えた。チームが去ったあと、トムはベンチに近寄り、判事にほほ笑みかけた。

「判事、いつものことながらとても感謝しています。判事の観察眼に基づくご意見を聞けるのをいつも愉《たの》しみにしています」

「ありがとう、トム。ところで、君の研究室には、今も五年物の〈ジャック ダニエル ブラック〉があるのかな?」

トムはほほ笑んだ。判事がサワーマッシュ・ウィスキー(バーボンやテネシーウィスキーに代表されるウィスキーの種類)が大好きなことを忘れていた。「もちろんです。じゃあ階上《うえ》の研究室に集合といきましょうか?」

五分後、三人はトムの研究室に集まり、プラスチックのカップでジャックダニエルのロックを飲んでいた。

「トムよ、こういったことを続けるには、どうやらわしも歳を取りすぎたようだ、そう思わんか?」ハンコック判事は机の縁に坐り、ひとり笑いをするように言った。「だがな、やめられんのだ。裁判なしに二週間以上過ごさなければならないとしたら、血圧が上がって死んでしまいそうだ」ウィスキーをすすると咳き込み、さらに続けた。「君はどうなんだ、トム?」

「まあまあです。判事」トムは嘘《うそ》をついた。机の上の謝罪状をちらっと見た。理事会は明日だった。「ところでチームの件はどう思います?」

「ああ、そうだな、トム。彼らはよく鍛えられている」と判事は言った。「うまくしゃべれるし、互いの質問も簡潔だ。冒頭陳述と最終弁論では視覚的資料を効果的に使っている。だが、昨年のような驚きはないな。そう、あのチームはとんでもないことをやってのけた。興奮させてくれたよ」

「ドレイクとコンラッド」とトムは言った。頷くと、窓のそばに立っているタイラーのほうをちらっと見た。「彼らはタイトルを取るべきチームでした。わたしが……わたしがドレイクをきちんと指導できなかったせいで。それに――」

「その学生は君をぶんなぐった奴だろ、トム」ハンコック判事は笑いながら、トムのことばをさえぎった。

「なんですって」トムは判事のほうに向き直ると言った。「ユーチューブなんて見るんですか？」

「もちろんさ」とハンコックは答えた。「中学生の孫がフットボールをやっててね、試合のハイライトを見るんだ。それに昔のアラバマ大のフットボールのゲームも見れるしな」そう言ってほほ笑んだ。「ドレイクはなかなかいい右パンチを持ってるじゃないか」

トムは顔が熱くなるのを感じた。だが、怒るわけにもいかなかった。もう一度タイラーを見て、彼に訊こうとしていたことを思い出した。

「ジャモ、ドレイクがどうしてるか知らないか？　彼は夏のあいだ、君の事務所でインターンをしてなかったか？」

タイラーが眼を細めて言った。「確かに彼は、二年と三年の夏、うちで働いてました。すぐに採用のオファーを出して、彼が応諾したときにはかなりの契約金も提示しました。ですが、あなたとの一件のあと、契約を解除しています。確かそのあと、どこにも採用されていないはずです」彼は笑った。「ですが、契約金はそのまま渡しました。というのも契約書には返金すべきかについてはっきり書かれてなかったんです。一万ドルです。個人で開業するとしても、悪くないスタートが切れるんじゃないですか」タイラーはトムを見ながら、そこでことばを切った。「なぜドレイクに関心を？」

トムは胃が締めつけられるように感じ、床に眼を落とした。罪悪感が彼を襲った。あのいさかいがリックにどれだけの打撃を与えたのかも知らなかった。何てことだ。彼のキャリアは……。何とかしてやらなければ。

トムは首を振って、タイラーのほうを向いた。「ただの好奇心だ。ドレイクはヘンショー出身だった。わたしの古い友人が、ヘンショーで起きた交通事故で家族をなくしたんだ。彼女にヘンショーにゆかりのある弁護士を紹介したいと思ってね」

タイラーがほほ笑みながら言った。「ヘンショーの弁護士を知っているとは言えませんが、ジェリーにぴったりの事件じゃないですか？　彼の事務所は、今はハンツビルからモービルまでカバーしてるはずです。その女性にジェリーを紹介しても誰も文句は言わないと思いますよ」

「そうだな。最後はそうするかもしれん」トムはうつむきながら言った。「だが、できたらヘンショーにゆかりのある人間がいい。それにジェリーなら真っ先にそう薦めるだろう。彼はモンゴメリーに住んでるが、グリーン郡に拠点を置いて活動している。彼が生まれ育ち、今も母親《マンマ》が日曜学校で教えている場所で」

タイラーは頷いた。「反対するつもりはありません。ですが、あいつの地元でもジェリーを負かしたことのある弁護士をひとりだけ知ってますよ」そう言ってタイラーは笑みを浮かべ、トムもニヤニヤ笑いを返した。

「そのうぬぼれとどうやって折り合ってるんだ、ジャモ？」

「だんだん、難しくなってきてますよ、教授。でも、どうしようもないじゃないですか」彼はため息をついてウィスキーの残りを飲み干した。「勝ち続けるだけです」カップをトムの机の上に置き、手を差し伸べて言った。「その女性のために誰か見つかるといいですね。そいつが誰であれ、法廷で顔を合わせないよう祈ってますよ」

トムは笑ってタイラーの手を握り、しばらくそのままでいた。「来てくれてありがとう、ジャモ。いつもこうして来てくれて助かるよ」

「問題ありません。実は、大学の顧問弁護士を務めてるんです。いずれにしろ今日と明日はここで会議があるんです」

「おいおい冗談だろう？」とトムはニヤニヤと笑いながら言った。「君がこの名門大学の顧問弁護士だって？」

タイラーが抗議するように腕を伸ばしながら言った。「ブライアント・コーチがなぜここにコーチしに来るかについて、いつも何て答えたか知ってるでしょう。マンマに呼ばれたからですよ」

「マンマだと、うそつけ」トムはそう言って首を振った。「交通費ぐらいは出るんだろうな?」

タイラーは肩をすくめた。「食ってかなきゃならないんでね」そう言ってトムにウインクし、ハンコック判事と握手した。「判事、お会いできて光栄でした」

ハンコックがプラスチックのカップを上げて乾杯のポーズをすると、タイラーは部屋から出ていった。

「で、ほんとうはどうなんだ?」タイラーがドアを閉めると、ハンコックが尋ねた。

トムは眼を細めて彼を見た。「どういう意味ですか?」

「これはいったい何なんだ?」判事が机から謝罪状を拾い上げて振りながら訊いた。

トムは肩をすくめた。引出しにしまっておけばよかった。「わかりません。どうやら、あなたも見たユーチューブが、理事たちのひんしゅくを買ったようです」

「たわ言だ」ハンコックは謝罪状を一読して言った。「まったくのたわ言だ」

「ええ、その通りだといいんですが。明日、理事会があります。彼らは〈マクマートリーの証拠論〉をもっとユーザー・フレンドリーにしてほしいそうです。それから学部長は学生が準備をしてこなくても、教室から追い出すなと」

「なんてことだ、トム。全部ドレイクのことが原因だというのか？」

「わかりません。ランバートは就任以来、わたしに眼をつけていたようです。どうやら彼は新しい血を求めているようです。それでドレイクの一件を利用して、わたしを追い出そうとしてるんでしょう」トムは眼をこすりながらため息をついた。疲れていた。ルース・アンの件と理事会のことを考えていたせいで、昨晩は眠れなかったのだ。

「それでこのクソみたいな謝罪状にサインするのか？」ハンコック判事はそう言うと、謝罪状を机の上に投げた。彼は自分でウィスキーをもう一杯注ぐと、トムの向かいの椅子に坐った。

「わかりません、判事」

「わし《コック》ならどうするか知りたいか？」

トムはほほ笑んだ。「ええ、判事、あなたならどうします？」

「もしわしなら、その謝罪状を明日理事会に持っていく。彼らの前の机に注意深く置いたら、全員が注目しているなかで、ズボンのジッパーをおろして小便をひっかけてやるよ。終わったら、ナニを畳み込んで収めてから、出てってやるさ」

トムが笑った。「畳み込むほどのモノなんですか？」

判事はウィスキーをぐいっと飲んだ。「わし《コック》はセクレタリアト（三冠を獲得した米国の競走馬）なみだぞ」そう言ってゲップをすると、足を投げ出した。

「だがまじめな話、トム、わしだったら奴らを満足させたりせんぞ。恩知らずのひどい奴らだ。君はこの大学に人生を捧《ささ》げてきたというのに」もう一口飲んで顔をしかめた。「もうひとつ言わせてくれ。もうここで教える必要はないんじゃないか」

「どういう意味ですか?」

ハンコック判事は真剣な顔つきで体を前に乗り出し、カップをトムの机の端に置いた。

「トム、わしは五十年間この州の優秀な法廷弁護士をすべて見てきた。すべての連中を。ジェイムソン・タイラーは、これまで見てきたなかで二番目に優秀だ」一瞬間《ま》を置いてから、歯を見せて笑った。「君が一番だ」

「何ですって?」

「本気だよ。君は本物だ」

トムは顔が赤くなるのを感じた。あの頃のことを思い出すのは久しぶりだった。

「ジョージ・マクダフが亡くなったことは聞いたかね?」

「心臓発作だとか?」

判事は頷いた。トムはちょっとした後ろめたさを感じた。何年も元の上司に連絡していなかった。ジョージは、トムがアラバマ大のロースクールで教えるという決断を喜んではくれなかった。金儲《かねもう》けにはならない。将来性はないぞ、トム。彼はそう言った。だが、それにもかかわらず、トムは事務所を去った。そうしなければならなかった。あの人《ザ・マン》に呼ばれたのだから。

「タスカルーサに戻ってこなければどうなっていたか、考えたことはないのか？」判事の顔にわずかな笑みが浮かんだ。まるでトムの心を読んでいるかのようだった。

「以前よりは考えるようになりました」

「今からでも遅くない、わかるだろ。まだ年寄りじゃあない――いくつだ？ 六十、六十五か？」

トムは眼を細めて判事を見た。

「六十八です。いったいどうしたっていうんですか、判事？」

ハンコック判事は両手を机の上に置き、それを支えにして立ち上がった。

「トム、さっき言った通りだが、もう一度言おう。お前はわしが見たなかで最高の法廷弁護士だ。まだ遅くない。もう一度やってみたらどうだ？ この学校での役割はもう果たしただろう。彼らがそれを評価しないなら、クソくらえだ」彼はそう言うと、トムの研究室の壁を飾っている写真のなかで、唯一模擬裁判の全国大会の記念写真以外のものを指さした。それはあの人《ザ・マン》の写真だった。千鳥格子の帽子をかぶり、ゴールポストに寄りかかっていた。「トム、ブライアント・コーチだったらこんなたわ言は許さなかったはずだ。わしはあの人のことを知っている。彼らが君をどう扱ったかを聞いたら、ランバートのケツに靴紐《くつひも》の跡がつくほど深くブーツをつっこんでるはずだ。わかるだろう。眼に浮かぶようだよ」ハンコック判事は手を腰にやるとしかめつらをするふりをした。「この下司野郎《げす》が。くそったれの下司野郎が。このあたりで引導を渡してやる。うちの坊主に謝れだと。みくびるのもいい加減にしろ。とっとと失《う》せやがれ」

胸のすく口ぶりだった。トムも笑った。

判事は机をまわるとトムの背後に立ち、彼の肩に手を置いた。

「トム、わしは七十七歳だ。もう歳を取りすぎて、ほんとうに重要なこと以外には関心がなくなった」彼は間《ま》を置いた。「だが、言わせてくれ。そして是非聞いてほしい。君がなぜここに教えに来たのかは理解している。だが、ピカソが絵を描かなかったら、あるいはエルビス・プレスリーが唄をレコーディングしていなかったとしたら、それは残念なことだ」また間《ま》を置いた。「あるいはベア・ブライアントがコーチをしていなかったら。君には法廷弁護士としての才能がある。そして、決して老いてはいない。マクマートリー教授が法廷にカムバックするのなら、こんな素晴らしいことはない」

トムは冷めた眼で笑った。「カムバックですって。六十八歳で？　どうかしてしまったんですか？」

「〈ロンサム・ダブ〉（米国の一九八九年のTVシリーズ）でガスがずっと言ってただろ。〝古いバイオリンほど、甘い音楽を奏でる〟ってな」彼はトムの肩を叩き、ウインクした。「考えておいてくれ、トム。君がカムバックすれば、この州の何人かはパンツのなかで小便をちびるはずだ」ハンコック判事は笑いながらそう言うと、ドアのほうへと歩いた。そして去り際に振り向くと言った。「わしだったら、そのヘンショーの件を急いで誰かに紹介したりはしないぞ」もう一度ウインクした。「わしの知ってる男にうってつけの事件じゃないか」

13

トムは研究室の鍵を閉め、二階へ上がった。教員用の駐車場に続くガラスの両開きドアから出ようとしたところで、今日はコールマン・コロシアムの隣の学生用駐車場に車を止めていたことを思い出した。今日はバスケットボールの試合があり、見にいこうと思っていたのだ。彼とジュリーはよくバスケットボールの試合を見にいった。彼女が死んだあと、何度か行こうとしたが結局実現したためしはなかった。今夜もそうなるだろう。重い気分を引きずりながら、階段へ続く二階の廊下をゆっくりと進んだ。歩きながら、壁にかかった記念写真が自然と眼に入ってきた。一九六九年のクラス。一九七二年。一九七七年。今も多くの学生の顔を思い出すことができた。階下《した》に着くと、最近のクラスのものがあった。一九九七年。一九九九年。二〇〇四年。二〇〇九年。二〇〇九年の写真のなかから、リック・ドレイクの顔を探し、三列目にそれを見つけた。リックはほほ笑んでいた。トムはまた罪悪感を覚えた。彼を助けてやれる。トムにはわかっていた。リックはヘンショー出身だし、ルース・アンの事件はリックのキャリアにまたとないスタートを与えるだろう。判事はどうかしてる。わたしはもう歳を取りすぎているし、ルース・アンの事件を引き受けるには現場を離れすぎている。事件はリックにまかせて、学校のことをどうにかしたらどうだ？　ランバートが追い出そうとするのをほんとうに許していいのか？　トムは眼を閉じた。だが、リックのあの気性がまた現れたらどうする？　これは模擬裁判じゃあない。実際の裁判だ。

トムは眼を開け、首を振った。自分の優柔不断さがいやになる。写真から離れ、学生の駐車場に続くドアのほうへ向かった。ドアのところでは警備員が机の上に足をのせて坐っていた。トムを見ると、慌てて足をおろした。

「こんにちは、教授。傘は必要じゃありませんか？」

トムはまばたきをし、警備員を見た。夜に警備の仕事をして、働きながら学校を卒業しようとしている一年生のジェフリーという学生だった。ガラスのドアの外に眼をやると、雨が歩道を激しく叩き、雷鳴がとどろいていた。

「いや、大丈夫だよ、ジェフ」とトムは言い、ブリーフケースから折りたたみの傘を取り出した。「こりゃずいぶん降ってきたな」

「ええ、教授」ふたりはドアの外を見た。そのときトムは歩道の向こうに山のような本を持ったひとりの人物の姿を見た。本の重さのせいか、ふらつくような足取りだった。

「あの本の山は彼女より大きいくらいだな」とジェフリーは言い、ドアに向かって歩き出した。「学生ラウンジに続くドアから出てくればよかったのに。たぶん助けてあげたほうが――」

「大丈夫だ」とトムは言い、彼の腕を押さえた。「わたしが行こう。君はここにいてくれ」

「はい……わかりました……」とジェフリーは言った。「ありがとうございます、教授」

「気にするな」トムはそう言うと、歩道にうちつける雨のなかを歩き出した。傘を開き、走ってその人物に追いついた。

「助けが必要かね？」と彼は尋ねた。

その人物が顔を上げた。トムはそれがドーン・マーフィーだということに気づいた。

「教授！」彼女が叫び、ほほ笑みかけた。「走ろうとしたんですが、何もかも落としてしまいそうで」と彼女は言った。ちょうどそのとき、本のうちの一冊が歩道に落ちた。

トムは本を拾い上げ、山の上に戻した。そして彼女にほほ笑みかけると傘――かろうじて彼女ひとりが収まるくらいの大きさだった――を彼女の頭の上に差し出した。

「さあ」とトムは言うと、無意識に腕を彼女の肩に回した。「本をしっかり持って、もっと近づくんだ」

彼女は一瞬ためらったが彼の申し出を受け入れた。トムは彼女が体の力を抜いたのを感じた。照れくささを感じながら、長い石畳の歩道を通って駐車場までドーンを送った。白のマスタング・ハッチバックまでたどり着くと、ドーンがハンドバッグを肩からずらそうとし、それが地面に落ちた。

「車のキーが一番上にあるはずなんです」そう言って恥ずかしそうに肩をすくめた。

トムはかがみ込んでハンドバッグを開け、難なくキーを見つけた。彼はボタンを押して、助手席側の後部ドアを開けた。

「ほんとうに助かりました」とドーンは言い、本を車のなかに入れた。トムは彼女が振り向いたときに彼女のTシャツの前が濡れていることに気づいた。

「さあ……行きなさい」トムはそう言って車のキーを差し出し、無理に眼を地面に向けた。

「教授、ほんとうにありがとうございました」ドーンはそう言ってキーを受け取った。「五人の男性が通り過ぎていったのに、誰も声もかけてくれなかったんです」

「役に立ててよかったよ」トムは何とかそう言った。そして最初の授業のあとに研究室でドーンと話したことを思い出した。彼女には幼い娘がいて、金が必要だと言っていた。母親と暮らしていたはずだ。「で、うまくいってるのかね」と彼は尋ねた。

ドーンは優しく笑うと頷いた。「ええ、問題ありません。でも今から母親にならなければ。今夜はジュリーの幼稚園で父母の集いがあるんです。なのに――」彼女は時計を見てため息をついた。「遅れていて、着替えもしなければならないし」

ジュリー……彼は妻と同じ名前を耳にして一瞬たじろいだ。眼をそむけ、重い気持ちが心に浸み込んでいくのを感じた。

「濡れてますよ」とドーンは言った。傘の取っ手をつかむと、彼のほうに踏み出した。トムは彼女を見下ろした。まばたきをすると眼から雨が落ちた。彼女と話しているあいだ、いつのまにか彼女に傘をさしかけて自分のことを忘れていた。忘れるということが心地よかった。「大丈夫ですか、教授?」とドーンが声をかけた。彼女の眼と額に心配そうなしるしが浮かんだ。トムはただ彼女を見つめていた。頷くか、何か言わなければならないとわかっていた。ドーンに気まずい思いをさせないように。だが、ことばが出てこなかった。大丈夫ではなかった。この三年間、ずっと大丈夫ではなかった。

「あの、ほんとうにありがとうございました」ドーンはそう言うと、体を寄せて彼の肩を軽く叩いた。彼女は傘の下から出ると車のドアを開けた。トムは、頭がくらくらし、のぼせあがってしまったように感じながら二、三歩後ずさり、マスタングがエンジン音をとどろかせると車に背を向けた。自分の車に向かおうとしたとき、再びドーンの声を聞いて振り返った。

「さようなら!」彼女はそう叫ぶと、窓を開けたまま去っていった。

トムは去っていく彼女に手を振り、やがて首を振った。あの娘はほかの学生とはどこか違う。彼はエクスプローラーに乗り、傘をたたみながらそう思った。イグニションを回し、車が温まるのを待つあいだ、シートにもたれかかってリラックスしようとした。

いったいどうしてしまったんだ? トムは戸惑った。憂鬱な気持ちが不安へと変わっていた。自分のなかで何かが激しく揺れていた。何かが眼を覚ましていた。チェーンが錆《さ》びハンドルが蜘蛛《くも》の巣で覆われた古い自転車が、誰かに油をさされ、乗ってもらうのを待っているかのように。トムは携帯電話を取り出し、電話番号をスクロールしてルース・アンの番号を出した。彼女のナンバーを画面に映し、緑の発信ボタンをじっと見つめた。右手の親指がそのボタンの上をさまよっていた。事件のことでルース・アンに電話をしなければならなかった。しかし、そのとき考えていたのは事件のことではなかった。トムはルース・アンが触れたときに感じたうずきを思い出し、腕に鳥肌が立つのを感じた。やるんだ。彼女に電話をするんだ。指をあてボタンを押そうとした。

だめだ。トムは終了ボタンを押した。胸のなかで心臓が激しく鼓動していた。「何をしてるんだ、トム」彼は声に出して言った。神経質に笑い、頭を振って気持ちを切り替えようとした。

ウィスキーのせいだ。酒と判事が話した馬鹿なこと、そして理事会とのごたごたのせいだ。家へ帰って休もう。

トムは大きく息を吸った。「帰ろう」そうつぶやくとギアを入れ、携帯電話を助手席に放り投げた。

「さあ、帰ろう」

14

翌日、大学構内を歩いていたトムはトイレに立ち寄った。小便をしながら、手をコンクリートの壁にあて、手首の裏に額をおしあてた。前の晩はほとんど一睡もできなかった。駐車場を出てまっすぐ家に帰ると、ムッソを外に出してやり、水を入れ替えてから灯りを消してベッドにもぐりこんだ。ベッドに入るとずっと天井を見つめていた。判事との会話が頭から離れなかった。ルース・アンの事件のことも、出席することになっている理事会のこともどうするか決めかねていた。ドーン・マーフィーと話したあとや、ルース・アンに誘いの電話をかけそうになったあとの奇妙な感覚を頭から振り払うことができなかった。足元が揺れているような、不安で落ち着かない気持ちを感じていた。

ため息をつくと、ズボンのジッパーを上げた。水を流そうとしてボタンに手をかけて止めた。尿に血が混じっていた。何だ……？

これまでは小便をしているときに注意することもなければ、去る前に便器を見ることもなかった。二、三ヵ月前、一日中ゴルフをしたあとに血が混じっていたことがあったが、特に気にしなかった。その後同じようなことはなかったし、そもそもたいした出血ではなかった。ストレスか、軽度の炎症か何かのせいだと考えていた。

頭を振って小便を流した。たぶん、何でもないだろう。

トムは洗面所に行き、顔に水をかけた。鏡のなかの充血した眼を見ながら、理事会に呼ばれたことで感じた落ち着かない気持ちを抑えようとした。が、だめだった。トムはこの四十年間で何度も理事会に出席していた。だが、自分自身のことが討議の対象となるのは初めてだった。守勢にまわることは不利だとわかっていた。だが、苛つかずにはいられなかった。このイライラはどこから来るんだ？　謝罪を拒絶しろという判事の忠告を思い出しながらそう思った。

トイレから出て、ホールの端にある大会議室に向かって廊下を歩いた。マホガニーのドアの前に着くと、立ち止まった。感情が高ぶってくるのを感じていた。

さあかかってこい、そう思うとドアの取っ手を握り、会議室に足を踏み入れた。

15

〝彼はまだか？〟

謎めいたメールのメッセージが、リチャード・ランバート学部長の携帯電話に映された。上部には見慣れた電話番号があった。ランバートがメールを読んで顔を上げたところにトム・マクマートリーが会議室に入ってきた。〝Y〟とランバートはタイプし、送信ボタンを押した。そして部屋のなかの残りの理事会メンバーとともに立ち上がった。

「ごきげんよう、教授。今日は来てくれてありがとうございます。どうぞ……お坐りください」

トム・マクマートリーは学部長の眼をじっと見ていた。ランバートは胃が縮むような感覚を覚えた。

「選択の余地があるとは思わなかったがね」とトムは言った。その口調ははっきりとしていたが素っ気なかった。「さしつかえなければ、立っていたいんだが」

「わかりました、ご自由に。まだ一名来ていませんが……」

ドアを激しくノックする音がして、学部長の声がさえぎられた。彼はトムにほほ笑みかけると、部屋を見回して大きく息を吸った。「どうぞ」

ドアが開くと、トムは腹と睾丸《こうがん》を同時に蹴られたように感じた。トムは眼の前に立った男をまじまじと見つめ、混乱のあまり首を振った。

「教授」とその男は言った。その声にはいつもの快活さはなかった。

「ジャモ？」

「理事会のメンバーです」ランバートはそう言うと、タイラーに近寄って握手を交わした。

「当大学の新しい顧問弁護士を紹介します。ジェイムソン・タイラーです」

トムはタイラーをじっと見つめていた。タイラーは学部長の手を握ったままトムを見つめ返した。タイラーは握手しようとトムに手を差し出した。が、トムは動かなかった。

「ここで何をしている?」トムが訊いた。その声は低くうなるようだった。

「昨日お話しした通り、もともとこちらでいくつか会議の予定があったんです。これもそのうちのひとつですよ」とタイラーは言うと、トムの腕を軽く叩いてテーブルのほうへ向かった。何人かのメンバーの肩を抱き、握手を交わし、ひとりの女性メンバー——バーバラ・ボスティック——のほほにキスをすると、学部長とともにテーブルの上座に着いた。

「皆さんにお会いできて光栄です」とタイラーは言った。「どうぞ、お坐りください」

トムを除く全員が言われた通り席に着いた。彼は棒立ちのまま、友人をにらみつけていた。

「教授、どうぞお坐りください」

「学部長に言った通り、わたしは立っているほうがいい」

タイラーはまばたきすることも、感情を表に出すこともなかった。足を組んでトムをにらみ返した。「いいでしょう、教授。ではこのまま始めましょう」

「いいだろう」とトムは言った。いったい何が起きている? なぜ、昨日このことを言わなかったんだ?

「理事会は」とタイラーは始めた。部屋のなかを見回し、それから再びトムに眼を向けた。

「わたしの提案に基づき、模擬裁判チームメンバーのリック・ドレイクとの一件に対するあなたの処分を決定しました。理事会は、多くの人々と同様、あなたとドレイクの言い争いを映したビデオを見て、あなたが彼の腕をつかんで彼を脅した行いが不適切だったと判断しました」

トムは再び腹を殴られたような感覚を覚えた。信じられなかった。

「ドレイクの件やそのほかの個人的な問題の結果、理事会はあなたに戒告処分を与え、一定の条件に従うことに同意した場合にのみ、大学に残ることを認めることにしました」

トムは無言のままだった。すべてを聞いてからコメントをするつもりだった。

「条件の一」とタイラーは続けた。「ゼロ・トレランス方式に基づき勤務すること。つまり、いかなる場合であれ、リック・ドレイクの件と同様の事件をひとつでも起こした場合、即座に解雇します」タイラーはにらみ返しているトムに眼をやり、一瞬間《ま》を置いた。

「条件の二。授業中ならびに模擬裁判チームの練習中および大会のあいだは、大学のほかのメンバーによる監視を受けること。もうひとりの証拠論の教授ビル・スチュワートがこの任に就くことを申し出てくれました。明日から監視を始めます」

トムはもう少しで笑ってしまいそうになった。彼とビル・スチュワートは犬猿の仲だった。以前にトムが話したので、タイラーもそのことは知っているはずだ。彼にはいろいろと話していた……

「条件の三。月曜日にランバート学部長が渡した謝罪状に署名し、この会議が終わるまでに理事会に提出すること」タイラーはことばを切った。「昨晩この案を協議するために理事会が開催され、賛成多数で可決されました。この条件のもとで勤務することに同意しない場合、あなたを解雇するしかありません」

「昨晩だと？」とトムは言った。疑いに満ちた口調だった。ことばが舌の上で酸のように広がるのを感じた。「模擬裁判チームの指導をした前かね、あとかね？」

タイラーは質問には答えず、グラスに水を注ぎ一口飲んだ。理事会のほかのメンバーは平然とした表情で坐っていた。トムがそれぞれのメンバーを見渡すと、そのうちのひとりと眼が合った。ウィリアム・ルーファス・コール。理事会の最古参メンバーは悲しみと怒りに満ちた眼でトムを見つめ、そしてゆっくりと立ち上がった。

「言っておきたいことがある」とルーファスはしわがれた声で言った。

タイラーはほほ笑みながら言った。「是非ともどうぞ」

「教授には、ここにいる全員がこの決定に同意したわけではないということを知る権利がある」ルーファス・コールはそう言うと、咳払いをした。「投票は五対四だった。わたしは反対したひとりだ。賛成に投票した五人は、この二年のあいだに理事会に加わったメンバーで、残りの我々のようには教授の多大な功績を知らないようだ」彼はテーブルを回り、トムの肩に手を置いた。「記録してくれ、ランバート学部長。アラバマ州チョクトー郡ウィリアム・ルーファス・コールは、本日の理事会の決定が、まったくの、まぎれもなくとんでもない、不名誉な行為であると考えている。そのことを、理事会の議事録に記録してくれ。この男は全人生をこの大学に捧げてくれた。彼は一九六一年ブライアント・コーチがこの大学を全米チャンピオンに導いたときのメンバーだ。君たちの誰も、あのチームのことを覚えていないかもしれない。だが、わたしは覚えている。あれはベアが最初に全米チャンピオンになったチームだ。トムがプレイしたディフェンス陣が敵に与えた得点は二十五点だ。ただし、一年間でだ。あのチームはこの大学だけではなく、アラバマ州全体の誇りだった」ルーファスはトムの肩を強く握った。

「そしてあの人《ザ・マン》が、彼に大学に戻り、模擬裁判のプログラムと証拠論を教えるように頼んだとき、彼はどうした？　戻って来た。そして模擬裁判チームを三度の全米チャンピオンに導き、証拠論に関する素晴らしい本を書いた」

「発言には気をつけたほうがいいですよ、ルーファス」とタイラーは言い、顔に薄笑いを浮かべた。

ルーファスはタイラーを指さした。彼の指は怒りで震えていた。「貴様……、貴様はくそったれのユダだ。貴様こそ、トムを支えてやるべきだろうが、タイラー。教授がいなければ、お前なんかまともな法廷弁護士にはなれなかったはずだぞ」

「ルーファス、わたしが優先すべき相手、そして忠誠を誓うべき相手はクライアントであるアラバマ大学だけです。クライアントがわたしに助言を求め、わたしはそれを提供した」タイラーはトムに眼を向けた。「で、どうしますか、教授？　条件は聞いたはずです。従うことに同意しますか？」

「同意するな、トム」ルーファスが言った。弱々しく、うんざりしたような口調で何とか絞り出すように。彼はもうトムとだけ話し、トムしか見ていなかった。「すまない」

「大丈夫だ、ルーファス」トムは旧友の腕を軽く叩きながら言った。そして何とか落ち着こうとし、タイラーのほうに向き直った。

「ドレイクとの口論のほかにも何か言ってなかったか？　〝個人的な問題〟とか。どういうことだ？」

「たわ言だ、トム」とルーファスは思わずことばをもらした。「まったくの――」

「ルーファス・コール」とランバートが言い、立ち上がって、ルーファスをにらみつけた。

「二度目の警告ですよ。適切な対応ができないのなら、出ていってもらいます」

「おれを脅かすのか、このクソ……」

ルーファスは学部長のほうに歩き始めた。が、トムが腕をつかんで耳元にささやいた。

「坐ってくれ、ルーファス。君の気持ちはありがたいが、逆効果のようだ。いいか？」

ルーファスはすがるような眼でトムを見ると、頷いて席に着いた。トムはタイラーのほうを向いた。今はタイラーも立ち上がっていた。

「個人的な問題というのは理事会が不適切と信じている、ある学生との関係のことです。学部長によると、月曜日にあなたが研究室である女子学生の手を握っていたとか。それに」──タイラーは自分の前にあるファイルフォルダーを開いて、封筒をテーブルの上に滑らせた。──「これもあります」

トムは封筒のなかを見た。自分の眼が信じられなかった。ドーン・マーフィーの笑顔がクローズアップで写され、トムが彼女に腕を回して歩道を歩いていた。次の写真には彼女の濡れたTシャツが写っていた。最後の二枚はドーンが体をトムに預け、彼女の手がトムの肩にかかっている写真だった。だが、顔は傘に隠れていて、そのためにあたかもふたりがロマンチックな抱擁を交わしているように見えた。

「わたしを尾行《つけ》させたのか?」トムは顔を上げてランバートを見た。ランバートは戸惑うようにタイラーを見た。

「ええ……そうです」とランバートは答えた。「月曜日にあなたがミズ・マーフィーの手を握っているのを見たあと、理事会は弁護士からあなたの監視をするよう助言を受けました。その写真はミスター・タイラーの助言が正しかったことを示しているんじゃありませんか」

トムはタイラーをにらみつけた。「いったいいつから、雨のなかを生徒が車に乗るのを助けることが罪になるようになったんだ?」トムは声が上ずらないように気をつけながら言うと、写真を封筒に戻してタイラーのほうへ滑らせた。

「その写真に写っている行為と学部長の説明から、わたしと理事会はそれらが不適切であると判断しました」とタイラーは続けた。重々しい口調だった。「あなたに対する尊敬の念と、亡くなられた奥様ジュリーの思い出から、理事会はわたしの助言に基づき、この中立てを戒告処分の理由には含めないことにしました。しかし、これも理由のひとつだということは覚えておいてください」

これまでだ。

この十五分間で三度目だ。トムは腹を殴られたような感覚を覚えた。が、この一発には我慢がならなかった。

タイラーに向かって二歩踏み出すと、襟をつかみ背中を壁に強く押しつけ、床から十センチ近く持ち上げた。

「教授、く、苦しい」

トムは彼を揺すると、彼の眼のすぐ近くに顔を寄せた。「二度とわたしの前で妻の名前を口にするな。妻を知っていたかのような言い方はやめろ。貴様は彼女をミセス・マクマートリーと呼んでただろうが、この裏切り者のクソ野郎」

トムは学部長が警備員を呼ぶ声を聞き、肩に腕が置かれたのを感じた。ルーファスだった。

「降ろすんだ、トム。もう十分だ。おれもそうしてほしかった。だが、もうやめよう」

トムはゆっくりと、昔の教え子であり友人だった男を降ろした。「どうしたらこんなことができる。お前はわたしの友人だったはずだ、ジェイムソン。お前を信頼していたのに。なぜ……」

「わたしの主張を証明してくれてありがとうございます」とタイラーがささやいた。そして上着を直すと理事会の残りのメンバーに向かって言った。「今、本日の皆さんの決定が正しかったことを眼にしたと思います。そしてわたしの提案の理由も。彼が同じことを学生にしたらどうなります？　あるいはほかの教師にしたら？」

「貴様が罠《わな》にかけたんだろうが、このクソ野郎。貴様が仕組んだんだ」ルーファス・コールがタイラーに突進した。が、トムがルーファスの腕をつかんだ。「もういい、ルーファス」

「大学の顧問弁護士として、わたしは理事会に対し戒告処分を停職処分に変更するよう提案します」とタイラーは言った。大きく高圧的な口調だった。「教授は明らかに本来の彼ではありませんでした。そして……冷静になってもらう時間が必要です。三カ月間の停職。復職して、今日提示した条件に同意するなら大学に残る。皆さん、賛成いただけますか？」

「投票の必要はない」とトムは言った。その声には疲労感が漂っていた。感情の高まりも治まっていた。

彼はゆっくりとテーブルを回り、ドアのところで立ち止まった。振り向くと、無理にタイラーに向かってほほ笑んだ。「三十年間、君はわたしの友人だった。わたしを裏切ることが君にとって価値のあることだといいな」

「クライアントがアドバイスと相談を求め、わたしはそれを提供した。クライアントの利害に反してあなたに忠義を尽くすことは道義に反します」

「金の無駄だよ、むしろ」トムが吐き出すように言った。「ランバート学部長は就任したときからわたしを辞めさせたがっていた。彼が君に意見を求め、君はそれを与え、その分の時間報酬を請求し金を儲けた」

「わたしは正しい意見を与えました。あなたはふたりの学生に手をかけた。ひとりは怒りから、そしてもうひとりは欲望から。解雇すべき理由も十分ありますが、理事会はルーファスがさっき言ったことをすべて考慮して、どうやら大目に見てくれたようだ」

トムは首を振るとメンバーを見渡した。「奇襲攻撃が成功してさぞ満足でしょう。言っておきますが、学部長が見たのも写真に写っているのもただ若い学生が仕事を得たことの喜びと、傘をさしてくれたことに対する罪のない感謝の気持ちを表しただけだ。願わくば彼女に対し何の措置もとらず、名前は公表しないでいただきたい」

「なんの措置も講ずるつもりはないよ」とランバートは言った。「教授、理事会は君を加害者だと考えている。リック・ドレイクと同様、生徒に罪はない。彼女の名前は公表しない」

トムは頷いた。疲れ切った体に苦々しい思いが浸み込んでいくようだった。「理事会は辞める以外の選択肢は与えてくれないようだ。停職を受け入れるつもりはない。そしてあんたらのクソみたいな条件に従うつもりもない」

タイラーが腹黒そうに眉をひそめて言った。「教授、わかってください。ここにいる誰もあなたに辞めてほしいと――」

「黙れ、ジェイムソン」トムはことばをさえぎった。「これ以上のたわ言は無用だ。週末にはすべての荷物を持ち出そう」

「教授」ランバートが言った。彼の眼と口調には興奮があふれていた。「感謝の気持ちを表し、この件を終わりにするためのパーティを――」

「無用だ」――トムは途中でさえぎった――「いや、お断りだ。パーティもいらなければ、儀式もいらない。クソみたいなことはもう結構だ」トムはことばを切ると、数秒間全員の顔を見た。「ほうっておいてくれ」そう言ってドアノブを握った。

「教授、どうか……」

だが、ランバートの声はマホガニー製の扉が閉まる音にかき消された。

16

トムは膝に手を置いて立ち上がり、便器のなかを見た。理事会のあと、すぐにトイレに向かい、朝食を吐いた。そのあと十分近く空吐《からぱ》きをしたあとも、まだ吐き気がしていた。だがもう吐く元気すらなかった。彼は便器の水を流し、手をコンクリートにあてでもたれかかった。信じられなかった。過去三十年のあいだ、何度もジェイムソン・タイラーを自宅に招いて食事をともにしていた。最初は学生として。そして若い法律家として。最後には信頼できる友人として。ジュリーが死の床にあったとき、タイラーは何回か病院に来てくれた。

彼は友人だった。

裏切りはこれまでの人生にないほどにトムを傷つけた。トムはこれまでずっと人を見る眼には自信があった。リック・ドレイクを除いて、決して間違えることはなかった。トムはタイラーのことを古いタイプの人間だと思っていた。努力家。友人に対する忠誠心。徹底して勝利を追い求める男。トムはこぶしを優しくコンクリートにぶつけた。

あいつはただの日和見《ひよりみ》主義者だった。トムはそう思った。わたしとの友情をジョーンズ&バトラーの出世の階段をのぼるために利用し、わたしに利用価値がなくなったら、ごみのように捨てたのだ。

トイレのドアが開く音を聞いて、トムは姿勢を正した。外にいる誰かが小便器を使い、幸せそうに口笛を吹いていた。トムの退職を知らない同僚の誰かが。

トムはジッパーをおろすと小便を始め、眼の前の壁を見つめた。終わった。そう思った。今も信じられなかった。

六〇年代からの五つの年代にまたがる四十年間だった。三度の全米チャンピオン。〈マクマートリーの証拠論〉は四版を重ねた。三人の学部長。何百人もの同僚たち。何千人にも及ぶ学生たち。

終わった。

トムは腕を壁にあててもたれかかった。ひどく疲れていた。トイレを流そうとかがんだときに、便器のなかをちらっとのぞき込んだ。

何だ？

トムの全身がこわばり、まばたきをした。そしてもう一度見たとき、腕に鳥肌が立つのを感じた。いつもの白っぽい黄色の小便の残りの代わりにそこに見えたものは真っ赤だった。思わず後ずさり、眼を拭って焦点を合わせようとした。そしてもう一度便器のなかを見た。真っ赤だ。どこもかしこも。血だ。理事会の前にトイレに行ったときのことを思い出して心臓の鼓動が速くなった。再び視線をそらした。今度は数秒間。何か別のことを考えようとした。たぶん眼の錯覚だ。今週はずっとよく眠っていない。疲れていると見間違いをすることもある。

十分時間をおいたと納得し、深く息をすると意を決して便器に眼を向けた。

「なんてことだ」彼はささやいた。

トムは個室から出て、トイレのなかをふらふらと洗面台に向かった。

「大丈夫ですか、教授？」

トムはその男の顔を見た。ウィル・バーベイカーという名の若い教授だった。トムは頷き、何とかほほ笑んだ。

「ちょっと具合が良くないんだ」トムはやっとそう言うと、震える手を洗面台で洗い、ペーパータオルで拭いた。

「ほんとうですか？」バーベイカーはトムの手を見ながら言った。

「大丈夫だよ、ウィル。また今度話そう」

トムはドアのほうに向かった。頭のなかが混乱していた。トイレから出て、研究室で気を落ち着けようと考えた。が、そうすることはできそうになかった。

女性レポーターが彼の顔にマイクを突きつけて腕をつかみ、カメラマンのほうを振り向いた。フラッシュが何度も光り、トムは一瞬眼が見えなくなった。睡眠不足による疲れと嘔吐《おうと》による脱水症状、そして血だらけの便器を見たショックに加え、激しいフラッシュによってめまいを感じた。彼はレポーターをすぐ後ろに従え、階段に向かって歩き始めた。

「教授……教授、大学があなたの退職を発表したことについてコメントをいただけますか？昨年、ワシントンであったリック・ドレイクとのトラブルのあと、いろいろと調査を受けていましたが、今回の退職と何か関係があるのでしょうか？　女子学生との不適切な関係に関する噂もあります。コメントをいただけますか？」

トムは階段の上で立ち止まり、壁にもたれかかってまた吐きたくなった。わずか十五分前に辞めると宣言して、もう報道陣が知っている。タイラーが理事会の前に情報を流していたに違いない。あの人でなしはすべて前もって考えていたんだ。

「何もコメントはない」とトムは言い、レポーターをにらみつけた。

そして、静かに、持てる限りの威厳を示しながら、トーマス・ジャクソン・マクマートリーは階段を下り、大学を去った。

17

午後十時、トムは書斎の長椅子に坐り、コードレスの電話を強く握りしめていた。ムッソはトムの膝に頭を置き、音を立てていびきをかいていた。しかしトムは気にしていなかった。テレビの画面にも注意を払っていなかった。夜のニュースは、どの局もトムの退職についてのニュースを流していた。だが、彼にはもっと心配しなければならないことがあった。

トムはロースクールからの帰りにビル・デイビス医師の診察を受けた。ビルは泌尿器科医で十年来トムを診てくれていた。ビルは血液と尿のサンプルを取って、さらに膀胱のX線写真を撮った。詳しくは語らなかったが、不安そうな表情をしていた。

そして今トムは不安にさいなまれていた。ビルは今夜電話をすると言っていたのだが、電話はまだなかった。トムはこれからどうするかを考えなければならなかった。彼はロースクールの終身地位保証を有していた。理事会が戒告の理由にあげたものはでたらめだが、四十年も大学のために働いた人物をゴミ箱に捨てるような、理事会や学部長のために働きたいだろうか？　それにルース・アンの事件はどうする？

電話が突然手のなかで鳴り、トムは身をすくめた。受話器を見つめた。発信者ＩＤは、彼が五時間のあいだずっと待っていた――そして怖れていた――名前を示していた。

「もしもし」

「トム、ビル・デイビスだ」

「やあ、ビル」トムは眼を閉じ、勇気を振り絞ろうとした。「それで、判決は？」

トムはビルが電話の向こう側で大きく息を吸う音を聞いた。「トム、Ｘ線は膀胱に腫瘍《しゅりゅう》があるのを写していた。表在性だと思う。おそらくまだステージⅠかⅡだろう。だが摘出して確認しなければならない」

「腫瘍？」トムが尋ねた。ゆっくりと理解してきた。「ビル……わたしが癌《がん》だと言ってるのか？」

何秒間か、電話の向こう側は沈黙したままだった。ビルはため息をつくと言った。「ああ、トム。膀胱癌だ」

18

土曜日の事務所は不思議な空間だった。しんとして静かで、乗り物はまだそこにあるのに動いていない、最終日翌朝の移動式遊園地のようだった。リック・ドレイクのちっぽけな事務所でさえ、いつもとは違っていた。フランキーが絶え間なくタイプを打つ音はなかった。フランキー自身いなかった。彼女に週末に働くように頼むことはめったにない。電話は平日もそんなに鳴ることはなかったが、土曜日には一切鳴らなかった。仕事を片づけるには好都合だった。学生たちが昼前から酒を飲み始め、誰もが楽しい思いをしているであろうときに、一日中そこにいることに耐えられるのなら。

残念なことに、その朝リックは仕事を片づけるためにそこにいるのではなかった。自宅の電話は、教授の退職とリックがそのことを正当と感じているかについてのコメントを求めるレポーターからの問い合わせで鳴りやまなかった。リックはそのニュースに驚いたが、答えは教授と同じだった。「ノーコメント」以上。以上。以上。事件のことを話すのは仕事にもクライアントにも良い影響を与えないだろう。以前にもましてからかわれることになるに違いない。やりにくくなりそうだ。頭をデスクの上に置きながらそう考えた。絶え間なくかかってくる電話のせいで前の晩は眠ることができなかった。ちょっと休めば、何が起きたのか整理できるだろう。今はそのことを考えたくなかった。眼をつぶって、大きく息を吸いリラックスしようとした。

玄関のドアを大きく四回ノックする音がして、安らぎを求めようとする彼を妨げた。

「くそっ」と彼は小声で文句を言った。彼が事務所に着いたとき、誰も彼を待っていなかったし、あともつけられていなかった。だが、たぶんテレビ局のひとつが彼の事務所をつきとめたのだろう。どうして放っておいてくれないんだ？　それがパウエルであることを望みながらドアに向かった。

リックはドアの鍵を開け、外にいるのが知らない人間だったらすぐに閉められるように少しだけ隙間を作った。そこにいる人物を見たとき、彼の胃がぎゅっと縮まり、無意識にドアを大きく開けていた。

「なぜ……一体どうしたんですか？」とリックは訊いた。

「君と話したいことがある」と教授が言った。リックが招き入れる前に彼はドアをくぐってなかに入っていた。

トムはコートを脱ぎ、リックのオフィスの受付と思われる部屋のソファにどさっと腰をかけた。ロフトを改築したようだ。後ろにキッチンがあるのとその右にいくつか部屋があることに気がついた。

「あの……会議室があります。よければそこで――」

「ここでいい」とトムは言い、机の後ろのローラーのついた椅子をさし示した。秘書の机だろうか？「坐ってくれ、リック。時間は取らせない」

リックは椅子に坐り、トムの近くまで移動した。

「いい事務所だ」とトムは言った。無理に笑顔を作り、心がこもっているように聞こえることを願った。「ここにはいつから?」

「五カ月になります」とリックは言った。トムは若者の声に苛立ちを聞き取った。「何かお話があるとか」

トムは眼をそらし、両ひじを膝の上に置いてソファから身を乗り出した。ビル・デイビスからの電話のあと、一晩中、選択肢について——選択肢がないことについて——考えた。夜明け近くになって何をするべきか悟った。自分の顔が朝刊のあちこちにあるのを見たことで決意が固まった。二、三の解決すべき問題があるだけだ。

両手で塔のような形を作りながら、リックの眼を見て言った。「君もわたしの〝退職〟のことを聞いていると思う」

リックは頷いたが何も言わなかった。

トムは絨毯の敷かれた床を見下ろした。「リック、わたしはしばらくのあいだどこかに雲隠れしなければならない。長くなるかもしれない。ここは大変な騒ぎになっている。今朝の新聞を見たかね?」

リックは再び頷いた。

「そうだな、しばらくはこんな感じかもしれない」トムはことばを切った。「こういったことに耐えるにはもう歳を取りすぎた」ため息をつき、床から眼を上げると言った。「君にも連絡があったと思う」

「すべて〝ノーコメント〟で通しています」

トムは頷いた。しばらくどちらも口を開かなかった。トムはとても疲れていた。やらなければ。そう考えた。悩んでいる時間はない。

「教授、なぜここに？」

「君に話したいことがある。君はヘンショー出身だったね？」

「ええ」

「君の家族はそこで農場を経営している」

「そうです。それがなんの関係があるんですか？」

「ライムストーン・ボトム・ロードと八十二号線の交差点を知ってるか？」

リックは眉をひそめた。「教授、いったい――？」

「質問に答えてくれ」

リックは両手で足を叩いて言った。「そこにはテキサコのガソリンスタンドがあります。ずっと以前から。前は食料品店でした」

「そこで働いてる人間を知ってるかね？」

リックは鼻を鳴らして言った。「そこで働いている人間で、ぼくが知っているのはローズ・バットソンだけです」リックは立ち上がると一歩前に踏み出した。「もうたくさんです。

これが何なのか話してくれないなら、出ていってもらいます」

「スタッフはいるのか、リック？　アソシエイトか、秘書、事務員、それともパラリーガルは？」トムにはリックが爆発寸前だとわかっていた。が、この質問は重要だった。

「秘書がいます」リックは食いしばった歯のあいだから答えた。「さあ、出ていって――」

「君に事件を紹介したい」とトムは言い、ソファから立ち上がった。「トレーラーによる不法死亡事件だ。わたしの友人が家族全員――娘と娘婿、それに孫娘――をその事故で亡くした。事故はテキサコのガソリンスタンドの前で起きた。ミズ・バットソンはその目撃者だ。トレーラーは事故の直前に八十マイルで走っていたと警官の――」トムはポケットからしわくちゃの事故報告書を取り出した――「バラードが証言している」

「ジミー・バラード」とリックは言った。かろうじて聞こえるような声だった。「ジミー・バラード保安官」

「わたしは、関係者についてよく知っているヘンショー出身の弁護士を彼女に紹介したい」トムはそう言って肩をすくめた。「君はテストに合格した」トムは一瞬間《ま》を置いてから、眼を細めて言った。「この事件が欲しくないか？」

　リックの心臓は激しく脈打っていた。事故の翌日の新聞記事でこの事件のことは読んでいた。そして訴訟になるとわかっていた。彼はミズ・バットソンとバラード保安官に電話で事故のことを尋ねてさえいた。ヘンショーに知り合いはいたが、事故で亡くなった家族は残念ながらハンツビルの出身だったので、リックには彼らに自分の名前を知ってもらうすべがなかった。弁護士の倫理規則では、潜在的なクライアントに対して訴訟の勧誘を行うことは禁じられていた。彼はこの事件をかなわぬ夢とあきらめ、大きな事務所のひとつが獲得するのだろうと思っていた。だが今、ここに教授がいる。彼の事務所に来て、この事件を紹介すると言っている。現実なのか？　彼は何回もまばたきをして、この一年間ずっと憎んできた男を見つめ返した。全国大会での事件のあとの数カ月間、リックは教授と対決する機会を何度も想像した。スーパー・マーケットで。ショッピング・モールで。アラバマ大のフットボールの試合で。想像のなかでは彼はいつも教授に非難を浴びせていた。今はほとんど何も言えなかった。

「あなた……あなたはどういう神経をしてるんだ」彼は何とかそう言った。「あんなことをしたあとで、よくここに来られたもんだ」

「確か君はわたしの顔を殴ったはずだ」とトムは言った。「それでおあいこだと思っている」

「ぼくには仕事が決まっていた。ただの仕事じゃない。ジョーンズ&バトラーだ。年収十万ドルの仕事だ。あのジェイムソン・タイラーと働けたんだ。彼らは全国大会の事件のあと、採用を取り消した。一日も働いていないのに。短気な男は採用できないってね」

「知っている」とトムは言った。

「ええ、知ってるでしょうとも」とリックは言った。胸に怒りの炎が沸き上がるのを感じていた。「あなたとタイラーは仲良しだ。ぼくに話したすぐあとに、あなたに電話して祝杯でもあげたんでしょうよ。くそったれに乾杯ってね」とリックは言い、一歩踏み出した。「あんたこそくそったれだ。あんたからの紹介なんか受けてたまるか。どんなにでかい事件だろうが知ったこっちゃない」

トムはゆっくりと時間をかけてドアのほうに歩いた。ドアノブに手をかけると、振り向いた。「すまない、リック。あの事件が君にそんなにひどい影響を与えていたとは知らなかった。それがここに来た理由のひとつでもある。この事件が、わたしが君のキャリアを傷つけてしまったことに対する何らかの埋め合わせになればと思ったんだ」

リックはトムをにらみ返した。頭のなかを整理することができなかった。「出てってくれ」と彼は言った。

次の反応を待たずに、リックは背を向けると自分の執務室に入り、後ろ手にドアをバタンと閉めた。リックが耳を澄ませていると、ため息が聞こえそして玄関のドアがキーという音を立てて開き、そして閉まった。

ちくしょう。執務室の床の上を行ったり来たりしながら、地区優勝のときの写真を見上げ、写真のなかのグレーの瞳に悪態をついた。いったい何なんだ？　いきなりずかずか入ってきたと思ったら、抜き打ちテストをして事件を紹介する。くそっ。あんたなんか必要ない。助けなんかいるもんか。

リックは深く息を吸うと、机の上を見た。そこに置かれているのは四件の薄いファイルだった。労働補償の案件が三つと交通事故がひとつ。四件の薄っぺらなファイルと、地元で起きた、ミズ・ローズとバラード保安官が証人の数百万ドルの死亡事件だぞ？　断るなんて頭がどうかしてるんじゃないのか？

リックは事務所のなかを見渡した。この州ではもう二度とジョーンズ&バトラーのような事務所で働くことはないとわかっていた。あの事件がずっと彼につきまとうだろう。唯一のチャンスは原告側の弁護人になって百万ドルクラスの事件が舞い込んでくるのを待つことだ。リックは自分のしたことに気がついて、すっかりパニックに陥ってしまった。百万ドルクラスの事件がドアから出ていってしまったのだ。

リックは走った。受付を通り、ドアから出ると階段を下りた。行かないでくれ。頼む……行かないでくれ。外に飛び出すと歩道に倒れ込みそうになった。あらゆる方向を見回したが、誰もいなかった。

「考え直したか？」しわがれた声が後ろから聞こえてきた。リックが振り向くと、教授がラリー&バリーの煉瓦《れんが》造りの外壁にもたれかかっていた。

「すみません……。あの……あまりにも突然だったので」かがみ込んで膝に手をあてて息を整えながら、口ごもるように言った。

「気にするな。この事件が欲しいか？」

リックは顔を上げ、ゆっくりと頷いた。「やります。ただし……ひとつ条件があります。あなたはかかわらないでください。周りをうろつくことも、ぼくの決定にあれこれ口出しすることもなしです。あなたは――」

「心配ない」トムはさえぎった。「言った通り、わたしはしばらく姿を消すつもりだ。このことについても、ほかのことについても君に何も言うつもりはない」トムは前ポケットから何度も折りたたんだ書類を取り出してリックに渡した。「事故報告書と事件に関するわたしのメモだ。わたしが持っているのはそれですべてだ。一番上にクライアントの名前と電話番号が書かれた付箋がついている」彼はことばを切った。「彼女の名前はルース・アン・ウィルコックス。……彼女はわたしにとって大事な人だ。わたしの唯一の条件は、君が階上《うえ》に戻ったら、すぐに彼女に電話することだ。月曜日まで待ってはいけない。わたしが姿を隠さなければならないことと、君がわたしからの手紙を預かっていることを伝えてほしい」彼はそこまで言うとジャケットの内側から封筒を取り出した。「君が彼女に最初に会うときに、この封筒を彼女に渡してほしい。彼女に会う前に開けたりはしないと信じている」トムは封筒をリックに渡し、彼の腕をつかんだ。

「この手紙を彼女に渡すと約束してくれ」

リックは眼を細めて彼を見上げた。「約束します」

トムは素早く頷くと背を向けて歩道を歩き出した。

「教授……なぜ……?」リックは言いかけてやめた。自分が何を訊きたいのかわからなかった。あまりにも多くの質問が頭のなかにあふれていた。

トムは、角まで歩いたところで振り返ると、リックを見つめて言った。「セカンドチャンスがいつもあるとは限らないぞ、坊主」一呼吸おいてから言った。「しくじるなよ」

19

拝啓、ルース・アン

もうニュースのことは知っていることと思う。悪い評判に取り囲まれてしまったので、しばらくここを離れるつもりだ。リック・ドレイクはヘンショーとゆかりのある有能な弁護士だ。君のためにいい仕事をしてくれるだろう。事件に取り組むために彼を雇うことを薦める。

愛を込めて

トム

ルース・アンは手紙を読み、もう一度読み直した。しばらくここを離れる? 理解できなかった。

「これを渡したときにほかに何か言ってなかった?」ルース・アンはリックの事務所の会議室の机から顔を上げて尋ねた。ずいぶんと若いのね、と思った。

「彼はあなたが大事な人だと言っていました」

ルース・アンは頷き、まばたきをして涙が落ちるのをおさえた。さよならも言わずに去ってしまう程度の大事さなのね。

「ミズ・ウィルコックス、勝手ながらわたしのほうで訴状の草案を作成しました」リックはそう言って、ホチキスでとめられた書類を机の上に滑らせた。「我々はウィリストーン・トラックを、ふたつの過失を訴因として訴えます。第一の訴因は事故当時の運転手の過失です。すでにジミー・バラード保安官とは電話で簡単に話をしました。彼は報告書に書いてある通り、トレーラーが時速六十五マイル制限のところを八十マイルで走っていたと証言しています。これは第一の訴因の明確な根拠となります」リックはことばを切り、水を一口飲んだ。

「目撃者の証言はどうなの? ミズ……」

「バットソン。ローズ・バットソン。ミズ・ローズ。ヘンショーでは彼女のことをみなミズ・ローズと呼びます。彼女とも話をしました。残念ながら彼女は証言内容を繰り返しています。ホンダがトレーラーの前を曲がったと」リックは肩をすくめた。「ですが、彼女はホンダが曲がり始めたとき、トレーラーは交差点からおよそ百ヤードのところにいたとも言っています。事故調査官を雇って、あなたの義理の息子さんが曲がり始めたときにはトレーラーが見えなかったという意見を提供させることができればいいんですが」

ルース・アンは、リックの〝義理の息子〟ということばに思わず身のすくむような感じがし、心に痛みを覚えた。ボブはあんなに立派な人だったのに。強くて、妻と子どもに優しかった。まさに母親が自分の娘と結婚してほしいと思う男だった。絶対に十八輪トレーラーの前に飛び出すような男じゃない。

「オーケイ、わかったわ」とルース・アンは言った。「訴因はふたつあるって言ってなかった？」

リックが頷いた。「第二の訴因はニュートンを雇い、指導・監督していた会社の過失です」

ルース・アンは眉をつり上げて驚いた。「会社に過失があったというの？」

リックは頷いた。「この週末にニュートンの運転記録を見ました。そういった情報が記録されたオンライン上のデータベースがあるんです。記録によると彼は事故の前六カ月間に二件のスピード違反でチケットを切られています」

「二件のスピード違反？」

リックは頷いた。「事故のときにニュートンがスピード違反をしていたということは、その前の違反を会社が問題と考えていなかったことになります。陪審員を納得させるにはおそらくもう少し何かが必要ですが、スピード違反のチケットは訴訟を提起する上で確実な根拠となります」

「その何かはどうやって手に入れるの」

「そうですね……。オンラインで読んだ新聞記事によると、ハロルド・ニュートンは衝突のときに、九千ガロンのウルトロン・ガソリンを運んでいました。今のところウルトロンを訴えるつもりはありませんが、彼らが事件に関する情報を持っている可能性があります。残念ながら、タスカルーサにあるウルトロンの工場は事故のあった晩に火災で焼失してしまいました。だから、ウルトロンが関係する書類もなくなってしまったんじゃないかと心配しています」

「火災と事故とのあいだに何か関係があるということ？」とルース・アンは尋ねた。

リックは肩をすくめた。「消防保安官は、火災が事故だったと判断しています。どうやら悪い偶然だったようです。ですが、ウルトロンが書類を持っていなかったとしても、事故の当日、そこの誰かがニュートンのトラックの積載を担当したはずです。その従業員を見つけ出して話を聞くことに全力を尽くします」リックは大きく息を吸うとコーヒーをすすった。

「記事によると、死んだトラックの運転手ハロルド・ニュートンには未亡人がいるようです」

ルース・アンは胃が抑えつけられるように感じた。彼女はニュートンの未亡人のことを思い出した。事故のあと、何度もミズ・ニュートンに電話をしようと思った。が、結局しなかった。あまりにもつらかった。唇を噛みながらそう思った。

「それがなぜ重要なの」とルース・アンは訊いた。

「重要ではないかもしれません」とリックは言った。「ですがハロルド・ニュートンがスピード違反をしなければならない何かが、ウィリストーンで起きていたとすると、彼の未亡人がそのことを知っている可能性があります。彼女は夫の死についてウィリストーンに責任があると考えるかもしれません」彼は両方の手のひらを差し出して言った。「とにかく調べてみる価値はあると思います」

ルース・アンは頷いた。それから訴状を指さし、リックを見て言った。「これをいつ提出するの？」

「あなたの準備ができ次第すぐにでも。ご希望なら今日にでも訴えを起こすことができます」

ルース・アンは胸の前で腕を組んだ。これは現実に起きていることなのだ。眼の前の訴状をじっと見つめながらそう思った。トムがここにいてくれたらと強く思った。

ルース・アンは眼を閉じた。彼らはわたしから何もかも奪っていった。何もかも。彼らにはそれに答える義務がある。ジーニー、ボブそしてニコルの顔が眼に浮かび、涙をこらえた。こんなことをしても彼女たちは戻ってこない。ほんとうにこんなことがしたいの？　先に進んだほうがいいんじゃないの？

「ミズ・ウィルコックス、今日決めなければならないというわけじゃありません。つまり、考えるのにもう少し時間が必要なら……」

ルース・アンは立ち上がった。彼女の体は震えていた。理由を知らなければならない。彼女はリックに背中を向け、会議室のドアに向かって歩いた。そして、振り向くとリック・ドレイクの眼を見て言った。

「やってちょうだい」

第三部

20

アラバマ州ヘイゼル・グリーンは州の北に位置する小さな町だった。一九三九年、陸軍に入隊する二年前、そして第一〇一空挺《くうてい》師団に入隊する三年前、サットン・″サット″・マクマートリーはヘイゼル・グリーン高校の通りをはさんだ向かいに百エーカーの農場を買った。二年後、クリスマスの二週間前の寒く風の強い日にサットの妻レネは一粒だねの息子を出産した。その男の子に強い名前をつけたいと思い、サットは、その子の祖父であるニュート・マクマートリーにとっての英雄で、祖父が南北戦争で仕えた将軍の名にちなんで名前をつけた。トーマス・ジャクソン。人はその将軍をトーマス・″ストーンウォール″・ジャクソンと呼んだ。

トムが二歳のとき、父親は出征のために農場を離れた。彼は父が出征したときのことは覚えていなかったが、復員してきたときのことはよく覚えていた。サットはバルジの戦いで負傷していた。そのときマコーリフ将軍に率いられた彼の大隊はバストーニュで徹底抗戦したのだった。サットは、ルーズベルト大統領から与えられたパープル・ハート勲章をつけ、車椅子に乗って帰宅した。けがをしていたにもかかわらず、サットは息子に再会すると、三歳になったトムを抱き上げて膝の上に坐らせ、彼のほほと額にキスをした。トムが父親の泣くところを見たのはそれが最初で最後だった。

車椅子での生活は一週間続いた。ある日の朝食後、サットはごつごつした指をトムの顔の上に滑らせ、ゆっくりと椅子から立ち上がった。足を引きずりながら歩き、車椅子を持ち上げるとそれをガレージにしまった。「行くぞ、トム。仕事をしなきゃならん」と彼は言った。

その夏、一九四五年の夏、サットは、今トムが見ている煉瓦造りの母屋を建てた。父がひとつひとつ積み上げていった様子を思い出しながら煉瓦に手を触れた。眼に涙があふれ出すのを感じながら首を振ると、二百三十一号線のほうを見た。

「あいつはいったいどこに行ったんだ？」トムはムッソのほうを見下ろしながら、声に出して言った。ムッソはといえば古い靴を噛むのに一生懸命だった。彼らは三日前にここに着いていたが、助けを借りずにできることは少なかった。家は五年以上も借り手がいなかったので荒れ果ててしまい、家を取り囲み、とうもろこし畑へと続く庭には、雑草が高く生い茂っていた。トムは小さな声で悪態をつくと、この家を荒れるがままにしておいたことに罪悪感を覚えた。

ため息をついてムッソを見ると靴を噛むのをやめてのどを鳴らし、やがて激しくうなった。ムッソが立ち上がって耳を立てた。振り向くと私道を車が近づいてくるのが見えた。

「やっと来たか」と彼は言った。ムッソが吠えて、車――レクサスSUV――のほうに走っていくあいだ、トムは腕を組んで立っていた。

車が停まると、グレーのスウェットシャツにジーンズの大きな黒人男性が出てきた。ムッソは、男が耳の後ろをつかんでなでるとすぐにその警戒を解き、うなるのをやめて尻尾《しっぽ》を振り始めた。

「ムッソ、前に会ったときよりでかくなって、重くなったんじゃないか」男はそう言うと三十キロ近くある体を抱き上げ顔を舐《な》めさせた。百九十五センチ、百十キロの巨体の男は、ムッソの大きな顔にしっかりとキスをすると、犬を降ろしてトムのほうに近寄り、眼の前で立ち止まった。

「いや、いや、いや」彼はそう言って手を差し出した。「教授、農場へ帰る、ってところですな」

彼の手を握りながら、笑みをこぼさずにはいられなかった。四十年間の教員生活で多くの生徒が現れては去っていったが、ほかの教師たちと同様、彼にも一番のお気に入りがいた。その男が今、眼の前にいた。

「ボーセフィス、元気にしてたか？」

「元気かって？」ボーセフィスがショックを受けたふりをして笑った。「毎日、夢を実現させてますよ、教授。一日一日。事件をひとつ解決するたびに。百万ドルの評決を得るたびに。世界はおれのもんだって感じですよ」

彼は笑うとトムにハグをし、きつく抱きしめた。「連中のしたことは間違ってるよ、親父《おやっ》さん。おれに連中を追わせてください。ジェイムソン・〝ビッグ・キャット〟・タイラーとボーセフィス・ヘインズの対決のときが来たと思いませんか」彼はトムを自由にすると笑い、ムッソを指さしながら言った。「タイラーの奴をブルドッグがするみたいに扱ってやりますよ」

まるでタイミングを見計らったようにムッソがお得意ののどを鳴らすような声を出した。

「イエーィ、いいぞムッソ」そう言ってから、ボーセフィスはトムのほうを向きのどから同じような音を出そうとしながら言った。「言いたいことはそれだけです」

ボーセフィス・オルリウス・ヘインズはヘイゼル・グリーンの北西およそ四十五分のところにあるテネシー州プラスキで生まれ育った。彼の父は若くして亡くなり、ボーはトムと同じように農場で働きながら成長した。さらにトムと同じように、ボーはフットボールを好み、またその才能があった。プラスキの小さな町のフットボールチームの指導者は彼にヴォルズ（テネシー大フットボールチーム）のオレンジ色のユニフォームを着せてプレイさせたがったが、ボーは他人がしてほしいと思うことを絶対にしようとはしなかった。一九七八年、彼はアラバマ大の奨学金を受けた。一年後のシュガー・ボウル、対アーカンサス大との試合でボーはベア・ブライアントの最後の全米チャンピオンチームのメンバーとしてプレイした。三年生のとき、ボーはプレシーズン・オールアメリカンに選ばれたが、シーズンの最初の試合で膝にけがを負ってしまった。四年生になって復帰し、ベア・ブライアントの最後のチームでプレイしたが、以前と同じようにプレイすることはできなかった。

ボーがリハビリに励むあいだ、ベア・ブライアント・コーチは、彼の将来についてボーと話すようトムに頼んだ。ボーは膝のけがのせいでNFLでプレイできないという現実に動揺するばかりで、自分が何をしたいのかまったくわかっていなかった。あるとき、トムはボーに模擬裁判チームの練習につきあうように言い、またタスカルーサの地区検察局のインターンの仕事を世話した。一度法律のにおいをかぐと、ボーはすぐに餌に食いついた。LSATのスコアと評価は、最高とはいえないがまずまずだった。教授《トム》とブライアント・コーチの推薦を得て、一九八二年、ボーセフィス・ヘインズはロースクールへの入学を認められた。

その後のことは、知っての通りというやつだった。ボーはロースクールをトップ十パーセントの成績で卒業し、一九八五年に全米チャンピオンになったトムの模擬裁判チームのリーダーを務め、アラバマ大の歴史においてベア・ブライアント・コーチとトムの両方のもとで全米チャンピオンを獲得した唯一の学生となった。彼は州内のあらゆる一流法律事務所から採用のオファーを受け、夏のあいだはジョーンズ&バトラーで、若く優秀なパートナーであるジェイムソン・タイラーのもと、インターンとしても働いていた。

だが、大手法律事務所という餌は、ボーには魅力的に映らなかったようだ。ボーが法を実践したい場所はひとつしかなかった。彼は卒業後三カ月でプラスキに戻り、個人事務所を開業した。それまでトムは、ボーがなぜそれほど熱心に故郷に戻りたがったのか詳しく聞いたことはなかった。トムが尋ねると、ボーはただ肩をすくめてこう言った。「やり残したことがあるんです」

その理由は別にして、二十四年後ボーセフィス・ヘインズはナッシュビルの南で最も怖れられる原告側弁護士となった。だが、彼の驚異的な裁判記録——数えきれない勝訴とわずか一回の敗訴——にもかかわらず、彼は自分がどこから来たのかを決して忘れなかった。あるいは誰が彼を成功へと導いてくれたかを。

ボーは、長年にわたり、年に何回もトムと連絡を取り合い、フットボールのゲームのある週末にはトムの家に泊まった。トムはボーの結婚式に出席したし、ボーはジュリーの葬儀で棺《ひつぎ》を担いでくれた。教え子のなかでトムが頼んだのは彼ひとりだった。何年ものあいだ、ボーはトムにいつも同じことを言ってきた。「もしあなたが苦境に陥って、何かが必要になったときにはしてほしいことがあります。神に祈り、イエスと話したあと、ボーセフィスに会いに来てください」

トムはそのことばを笑って聞いていたが、今、彼は眼の前にいた。しかも言っていた以上のことをしてくれた。

ボーセフィスは彼に会いに来てくれた。

家を住みやすくするのに週末をまるまる費やすことになった。ボーが草を刈っているあいだ——彼はそれをやり遂げるのに大きな庭を二往復もしなければならなかった——、トムは家のなかを片づけ、ガスや電気会社に電話して家の温《ぬく》もりを取り戻した。またふたりは農場を歩き回り、ボーが木を切り倒して薪《たきぎ》を作った。最後に農場を歩いてから何年も経っていたため、ずいぶんと多くの雑木が生い茂っていることに驚いた。ふたりは何度か鹿を見たし、明らかに山猫の鳴き声も聞いた。さすがのボーセフィスも眉をひそめていた。

日曜の夜、トムがグリルでステーキを焼き、家の裏手のデッキでビールを飲んで思い出話に花を咲かせた。二月にしては、気温は十五度と心地よく、トムはその週初めて声を出して笑った。太陽はだいぶ前に沈み、ボーはトムに葉巻を渡すと、自分の葉巻に火をつけた。ムッソは足元でいびきをかいていた。ボーは煙を空中に吐き出すと、トムを見て言った。

「で、手術はどうでした？」

トムはテーブルを見下ろし、これまでのいい気分が消えてしまったように感じた。「予想していた通りというところだな。ビルは全部取ったはずだと言っていた。それから生検の結果は彼の考えていた通りだった。癌はステージⅡ、だが表在性だった」

「ということは？」

「治療できるということだ」

「そいつは良かった――違うんですか？」ボーはトムの沈んだ気持ちを感じて訊いた。

「まあ、もうひとつの可能性よりはましだ」

「ええ、そうでしょう」とボーは言い、笑った。「で、これからどうするつもりなんですか？」

ボーの葉巻の先端から火をもらいながら、トムは肩をすくめて言った。「わからんよ。いまいましい癌の治療をすることが先決だ。これも――」彼は身振りで葉巻を示した。「――たぶんよくないんだろうな」

ボーは笑った。「一本ぐらいで死にゃあしません。治療はどのくらいかかるんですか？」

「最初の治療は次の金曜日だ。ビルがハンツビルの泌尿器科医を紹介してくれた。ドクター・ケビン・バンクスだ。金曜日にアポイントを入れるつもりだから、君は気にしないでいつも通り仕事をしてくれ」

「教授、あなたが頼めば、おれは毎週月曜の朝でも最優先で対応しますよ」

「君なら、そうするだろうってことはよくわかってるよ、ボー。ただ面倒をかけたくないだけだ」

「とにかく、最初の治療は次の金曜日ですね。それから？」

「ひとつのセッションごとに合計四回。だから、その後まだ三回ある。二カ月待って、さらに四回。さらに二カ月待って、四回。それから内視鏡で検査をして、再発していないことを確認する。内視鏡検査をクリアすれば無罪放免だ。あとは六カ月ごとに再検査をすればいい」

「その後三十年生きた人もいるんでしたよね?」

トムは頷いた。「ビルはそう言っていた」

「そして治療のあとは三十六時間安静にしてなきゃならないんですね?」

トムは煙を脇に吐き、ビールを一口飲んだ。「これは何なんだ? 反対尋問か?」

「理解しようとしてるだけです。三十六時間ですね?」

「ああ、そうだ」

ボーは葉巻を灰皿に置くとひじをついて身を乗り出した。「じゃあ、教えてください。ここで何をするつもりですか、教授? あなたはタスカルーサに戻って、仕事を取り戻すために戦うべきだ。これからの六カ月間のうちの三カ月間、一週間のうちの一日半は治療のために失うことになる。だが、残りの五日半は元気じゃないですか。そのあとの三カ月も元気なはずだ。安静にしているように言われているわけじゃない。今日までの二日間、あなたはおれと同じくらいハードに働いた。あなたは手術を受けて一週間、おれはあなたより二十歳も若いというのに」ボーはことばを切り、再び椅子の背にもたれた。「で、何をするつもりなんですか、教授? あきらめるなんてあなたらしくもない」

トムは怒りで顔が赤くなるのを感じた。「あきらめるつもりなんてないぞ、ボー。だが、タスカルーサは今大変な状態だ。レポーターたちがインタビューを求め集まってくる。おまけに新聞記事や連中の主張はまったくのでたらめだ。癌を患ってる身であんなところにいたくないし、耐えられんよ。わたしは……わたしはただそういったすべてのことから離れて休みたいだけだ」

「わかりました、わかりました。ですが、あなたはいつも先手を打って攻撃を仕掛けろと教えてくれませんでしたか？　そしてもし先手を打つことができなかったら、敵にはやられた倍やりかえせと。タイラーと理事会は先手を打ってきた。だが、こっちも奴らを訴えることができる。あなたには終身地位保証があるのに、あんなたわけた理由で辞めさせられた。これは明らかな契約違反だし、詐欺といってもいい」

トムはほほ笑んで、首を横に振った。「ボー、励ましてくれるのはありがたいが、それは事態を悪化させるだけだ。マスコミがほっといてくれんだろう。それに、わたしは自分がまた教壇に立ちたいのかもわからないんだ。人生のここに来て、自分が何をしたいのかわからないんだ」

「で、ただ待ってるんですか？」

トムは肩をすくめたが答えなかった。

「何を待ってるんですか？」ボーが迫った。

「わからんよ。もし治療がうまくいかなかったら……」トムは言いかけてやめた。はっきりとしたことを口にしたくなかった。「ボー、わたしは六十八歳だ。妻はもうこの世にはいない。職を失い、病を患っていては、何かを始めることなどできんよ。もしかしたら、わたしはここで――」

「おっと、待ってくださいよ、親父《おやっ》さん。カントリー・ミュージックみたいなことは言わんでください」ボーはことばを切ると、ビールを一口飲んだ。「でも、確かに気持ちはわかります」

「わかるって?」

「ええ」

「じゃあ、教えてくれ。わたしにはさっぱりわからないんだ」

「今はフットボールのゲームの第三クオーターと第四クオーターのあいだの休憩みたいなもんです。両チームはフィールドのサイドを替え、テレビはCMを流し、両チームの誰もが両手で四と示している」ボーは親指を折って手を頭の上にかざした。「わかりますか?」

「もちろんだ。だが、何が言いたい?」

「あなたがいるのはそこです。この農場。この場所。ここはサイドラインです。今から第四クオーターが始まろうとしているのに、あなたはまだここにいる」ボーはことばを切った。

「まだCMの最中だ」

トムは笑った。「あいかわらずくだらんことを」

「いいえ、違います」とボーは言い、トムに笑顔を返した。「おれはまじめです。あなたにはまだ一クオーター残ってるんです。だから何をするか決めなきゃならないんです」

トムは眼をそらして、きれいに刈り取られた庭の向こうのとうもろこし畑に眼をやった。

「わたしの今いるのが第四クオーターの終わりだとしたらどうなる、ボー？　第四クオーターの終わりで、相手がボールをスナップして膝をついたらどうなる？　時間は残されていても、何もできることはない。時間稼ぎをされて負けるのを待つだけだ」トムはそう言って、ボーの黒い瞳をのぞき込んだ。「もしそうだとしたらどうなる？」

ボーは見つめ返してきた。彼のまなざしは鋭く、その激しさでトムを突き刺すようだった。

「あなた自身は、今どこにいると思っているんですか」

トムは答えなかった。コオロギが鳴き、蛍がふたりの周りを照らしていた。ボーの問いかけはシャボン玉のように空中をさまよっていた。

わからない。トムはそう思った。まったくわからなかった。

一時間後、食べ物もビールもなくなり、ボーも帰る時間になった。

「十時までに帰らないとジャズに叱られちまうんです」ボーはムッツの耳の後ろをかきながらそう言い、SUVのドアを開けた。「おっと、忘れるところでした」ボーは車に手を伸ばすと、ふたつの大きなマニラ封筒を取り出した。「あなたの言った通り、郵便がおれの家に届き始めました。この二通が届いていました」

ボーは封筒をトムに手渡した。トムはそのうちのひとつにリック・ドレイクの名前を見て、胃が抑えつけられるような感覚を覚えた。

「ありがとう」とトムは言った。

「かまいませんよ。最初の治療は次の金曜日の午前九時でしたね？」

「ああ。だが、ほんとうに来なくていいんだぞ――」

「もう言わんでください、教授。おれはかまいませんから。あなたがいなかったら、おれはどこかで体育教師をしていたはずだ。あなたはおれに法律を教えてくれ、おれの人生を救ってくれた。今こそボーセフィスがその恩を返すときです」

ボーはトムにウインクし、イグニション・キーを回した。一分後にはレクサスは私道を出ていった。

トムは封筒をキッチンに持っていき、ポットにコーヒーを作った。もうひとつの封筒には、差出人の住所はなかった。トムはリックの封筒を先に開けることにした。なかには、〝ボブ・ブラッドショー、ジーニー・ブラッドショーおよびニコル・ブラッドショー遺産管理人ルース・アン・ウィルコックス対ウィリストーン・トラック運送会社〟というタイトルの書類があった。訴訟提起日は二〇一〇年一月三十一日。リックは案件を紹介されてから、四十八時間以内に訴訟を起こしていた。最初のページの上に黄色い付箋が貼り付けてあり、青いインクで短いことばが書かれていた。「しくじってたまるか」トムは笑わずにはいられなかった。元気のいいやつだ。彼はそう思った。この子は元気がいいし根性がある。トムはもうひとつの封筒を開けた。だが、頭のなかではまだリックのことを考えていた。ウィリストーンが雇った弁護士が誰であれ、あの子は、やがて証拠開示手続きの嵐に見舞われることになるだろう。トムは、ロフトを改築したリックの事務所のこと、そして事務員がいなかったことを思い出して不安を覚えた。彼がひとりでやるのは無理だ。パートナーも、アソシエイトも事務員もいない。秘書がいると言っていたのもたぶん嘘だろう。いったいどうやって進めるつもりだ？

ため息をつくと、もうひとつの封筒からバインダー式のノートを取り出した。何だ、これは？　彼は戸惑った。ノートを開くと表紙のページに〝マクマートリーの証拠論第五版（ダウバート基準に関する抜粋）〟と書かれていた。ページをめくると、彼の最後の補足以降に出された、ダウバートの専門家証人に関する基準が適用された判例とその要約が的確にまとめられていた。なんと、驚いたな……。実際の判例も添付され、それぞれの判例の表に〝今も有効な法令〟と書かれたメモがついていた。トムはノートを閉じ、ほかにも何かないかと封筒のなかを探った。すると、なかから小さなピンクのメモ用紙が出てきた。そこには簡潔な手書きのメッセージが書かれてあった。

教授、あなたの退職のことをお聞きし、大変残念に思っています。学生全員、なかでもわたしはとても動揺しています。教授のアシスタントを務めることをほんとうに楽しみにしていたので。とにかく、最初の仕事を終えました。教授のお仕事のお役に立てればと思います。指示されてはいませんでしたが、教授の本の新しい版に必要と思った判例についても、抜粋と要約を作成しました。ご不明の点がありましたらお電話ください。

ドーン

トムは信じられなかった。あわててタスカルーサを去ったため、ドーン・マーフィーのことをすっかり忘れていた。メモをもう一度読んで、どうやらドーンが彼の退職の理由にされたことを知らないとわかりほっとした。タイラーは少なくともこのことに関しては約束を守ったようだ。

トムはもう一度ノートを見て、胃のなかが重くなるような感覚を覚えた。彼女に課したのはただ判例を探すことだった。だがドーンはそれ以上のことをやっていた。まさに求めていたものだった。正確に先を読み、短時間でやってのけた。彼女は優秀だ。トムはそう思った。極めて優秀だ。

トムはドーンの仕事から、ドレイクの訴状へと眼を移した。あるアイデアが頭に浮かんだ。彼女がトムの学生アシスタントになりたがっていたのは、娘のために金が必要だったからだ。

今、彼女は職を失ってしまった……

トムはドーンのノートを手にした。名前の下には家と携帯電話の番号が書かれてあった。リックには手を出さないと言ったじゃないか。干渉はしないと。

立ち上がると書斎に向かい、電話を手にした。ノートを見ながら、ドーン・マーフィーの携帯電話の番号を押し始めた。最後の数字を押す前に迷った。馬鹿げている。そう思った。電話を切って放っておくんだ。トムは受話器をおろしかけた。が、衝動にかられた。えーい、かまうものか！　そう思い、最後の数字を押して受話器を耳にあてた。

21

ウィルマ・ニュートン——故ハロルド・ニュートンの妻——は、今はテネシー州のブーンズ・ヒルに住んでいた。ノースポートに住んでいたときのウィルマの隣人であるドリス・ボルトンによると、彼女は十一月の初めごろに引っ越していったそうだ。ミズ・ボルトンはリックの突然の訪問にも親切に応対してくれた。彼をお茶に招待すると、いろいろな話をしてくれた。天気のこと。亡くなったご主人のアールのこと。アラバマ大のフットボールのこと。三十分ほど話したあと、リックはハロルド・ニュートンのことを訊いた。「可哀想なウィルマ」と彼女は言った。「三十一歳で未亡人なんて。ほんとうに可哀想」ミズ・ボルトンはウィルマの住所も電話番号も知らなかったが、ウィルマと娘たちが数カ月前にテネシー州のブーンズ・ヒルに引っ越していったと教えてくれた。「知ってるでしょ、フェイエットビルのあたりよ」リックは知らなかったが、知っているふりをして頷いた。十五分後に辞去するときには、またお茶を飲みに立ち寄ることを約束させられた。「ロール・タイド！（アラバマ大フットボールチームを応援するときの掛け声）」リックが車のドアを開けたとき、ミズ・ボルトンが玄関から叫んだ。「ロール・タイド！」リックもそれに答えて叫んだ。

事務所に戻ると、番号案内を調べた。テネシー州のフェイエットビルにはニュートン家が五つあった。電話をかけはじめると、三番目でヒットした。八歳くらいの女の子が電話に出て、リックがウィルマのことを尋ねると、「ママは今いません」と答えた。メッセージを残す代わりに、またあとで電話すると伝え、夜は家にいるかと訊いた。「ママはサンズで遅くまで働いてるの。だから、わからない」と少女は答えた。

リックはその後サンズというレストランの電話番号と住所をインターネットで手に入れた。彼はサンズに電話をして、ウィルマを出してもらうように言った。「彼女は今オーダーを取ってる。あとで電話させましょうか？」リックは自分から電話すると言って丁重に断った。

だが電話をするつもりはなかった。

「ほんとうに突然会いに行くつもりなの？」ブリーフケースを手渡しながら、フランキーが訊いた。

「もちろん」とリックは答えた。質問がうっとうしいかのような口調だった。「遠くから来たことを知れば喜んで話してくれるかもしれない。電話だけじゃあ、くたばれって言われて切られるのがおちだよ」

フランキーは銀行でもらってきた緑色の棒付きキャンディを音をたてて舐めながら言った。

「直接くたばれって言われて、眼の前でドアを閉められるかもしれないじゃない。電話のほうが早くすむわよ。ウィラード・カーマイケルには、事前に電話して明日の夕方五時に会うことになってるんでしょ」

「それとこれとは話が別だよ」とリックは言った。くやしそうな口ぶりだった。「カーマイケルに事前に電話をしたのは、会社を通じて彼と会うからだ。いきなりモンゴメリーにあるウルトロンの工場に行って、事故の日のハロルド・ニュートンの積載担当者と話をしたいと頼んでも、工場のマネージャーに放り出されるだけだろ」

「今晩、レストランのマネージャーに同じことをされるかもよ」とフランキーは言い、キャンディを舐めた。「あなたのやせっぽちのお尻を蹴って放り出すかもよ」

リックは何か言い返そうかと思ったが思いとどまった。ため息をつくと、彼女に向かって首を振った。「ご協力感謝するよ」

「思ったことを言っただけよ」とフランキーは言い、キャンディのかけらをかじり取り、リックのほうに向き直った。そしてキャンディを歯で噛み砕きながら付け加えた。「手ぶらで帰って来るはめになっても、わたしを責めないでよ」

リックは歯嚙みをし、背を向けたフランキーに向かって両手で首をしめるジェスチャーをした。そして、ドアを開けると、どうやって彼の秘書が間違っていることを証明しようかと考え始めていた。

彼は考えに没頭していて、階段の下に立っていた若い女性に気づかずに通り過ぎるところだった。

「あなたがリック・ドレイク？」その女性が声をかけた。

リックは体をそらせて、彼女をよく見ようとした。黒のパンツ・スーツ。肩のラインで切りそろえた茶色い髪。およそ百六十センチ。黄褐色の肌に茶色い瞳。美しいことに疑問の余地はなかったが、物欲しげなまなざしから判断すると、リックに何かを求めているようだ。

またレポーターか。そう思った。

「いいかい、教授のことだったら、インタビューに応じるつもりはない」そう言って、その女性の脇をかすめるようにして車のほうに歩き始めた。教授が辞めたあと、様々な報道機関に悩まされ続けていたが、彼のスタンスはずっと変わっていなかった。笑いものにされるのはたくさんだ。

「あなたにインタビューしたいわけじゃないの」その女性が言い、彼を追いかけてきた。

「仕事が欲しいの」

　リックは歩くスピードを上げようとしていたが、立ち止まった。

「何だって？」

「ミスター・ドレイク、わたしはアラバマ大学ロースクールの二年生で」——彼女は息を吸い込んで言った——「仕事のことであなたと話がしたかったんです」

　リックは笑い、再び歩き出そうとした。「パウエルに言っといてくれ。面白かったってね。だけどドッキリにつきあってる時間《ひま》はないんだ。これから遠出しなきゃならないんでね。検察局はどのくらいになるんだ？」

　リックは車のキーの開錠ボタンを押し、ドアに手を伸ばした。しかし、その女性が彼の前に割り込んできた。

「何のことを言ってるのかわからないけど、検察局で働いてもいなければ、パウエルという人のことも知らない。あなたと仕事をしたいの。あなたの助手に雇ってほしい」

　リックは何か別の気のきいたコメントを言おうとしたが、彼女のまなざしを見てやめた。彼女は怒っていた。マジかよ。

「ぼくと仕事をしたいと言ってるのか？」

「そうよ」

「ぼくと？」リックが繰り返した。

「そうよ、聞こえてないの？」

リックは静かに笑った。「ぼくを侮辱するのはいい方法とは言えないんじゃないかな」

その女性の顔が真っ赤になった。「ごめんなさい。わたし――」

「冗談だよ」とリックは言った。「さて、申し出はありがたいんだけど、実のところ雇うだけの金がない――」

「ただで働くわ」彼女がさえぎった。「経験のために。もしそれでよければ」

リックは驚いた。「冗談だろ？」

初めてその女性がほほ笑んだ。「いいえ」と彼女は言い、彼に近寄った。「本気よ。ほら」

彼女は持っていた小さなブリーフケースに手を伸ばすとクリーム色の書類を取り出した。

「わたしの履歴書よ。クラスの上位二十パーセントに入ってる。ロー・レビューの編集委員も務めているわ。昨年の夏はトムキンス＆フィッシャーでインターンをしてたから被告側の視点での知識はあるけど、原告側の経験も得たいと思って。学校のスケジュールに合わせて働くし、必要なら週末も。わたし……」一瞬ためらってから、勇気を奮い起こすようにして言った。「法廷弁護士になりたいの。……あなたのように」

ぼくのように？　いったいどこからぼくのことを聞いたんだ？　リックは戸惑いながら、履歴書に眼をやった。アラバマ大を四・〇で卒業、ロースクールでは三・八。上位二十パーセント、ロー・レビュー等々。

「えーと……よくわからないんだけど」とリックは言った。何が起きているのか理解しようとしてことばに詰まった。馬鹿げている。そう思いながら、これからしようとしている四時間の旅のことを考えた。ウィルマ・ニュートンはどんな女性だろうか。受け入れてくれるだろうか？　それとも身構える？　とんでもなくいやな女だったりして？

そして、もう一度その女性のほうを見た。あらためて見ると、どこから見ても熱心な法学生に見えた。素朴。誠実。熱心。

「その……、とてもありがたいんだけど」リックはそう言いかけてやめた。彼女は役に立つかもしれない。もし、ミズ・ニュートンがぼくの話を聞いてくれなかったら、そのときはたぶん……

彼は彼女の茶色い瞳をじっと見た。彼女は眼をそらさなかった。美人で、賢くてぼくと仕事をしたいって。リックはそのばかばかしさに笑ってしまいそうだった。そしてクラッシュ・デイビス（映画『さよならゲーム』でケビン・コスナーが演じた野球選手）の有名なセリフを思い出した。――「考えるな、ロクな結果にならん」リックは決心した。

「わかった、君を雇おう。だが、条件がひとつある」

「言って」と彼女は言い、眼を細めた。

「今から証人に会いに、テネシー州のブーンズ・ヒルに行く。ここから四時間の距離だ。たぶん帰りは深夜の二時になる。途中で簡単に説明するから、一緒に来てほしい。今すぐだ」

その女性はまばたきひとつしなかった。代わりにリックの脇を通って、運転席に坐った。

「問題ないわ」と彼女は言い、彼に笑顔を見せた。「運転はまかせて」

リックは気持ちの晴れないまま、彼女を見下ろしていた。彼女がイエスと言うとは思わなかった。何とか歩き出し、車の前を回ると助手席のドアを開けた。助手席に坐るのは初めてだった。それどころか誰かに——パウエルにさえ——自分の車を運転させたことはなかったのに。考えられない。

彼は新しい美人の助手を見て、車のキーを差し出した。彼女がそれを受け取ると、その手をつかんだ。

「君に運転をさせる前に、名前を聞いておく必要がある」

その女性はほほ笑んだ。「ドーンよ」彼女はリックとしっかりと握手をすると、キーをイグニションに入れた。「ドーン・マーフィー」

22

サンズ・レストランはワッフル・ハウス（アメリカのハンバーガーチェーン店）を思い起こさせるレストランだった。リックはその店の周囲を見て、ハンバーガーの焼けるにおいとコーヒーの香りを嗅ぎながらそう思った。駐車場に面した大きな窓に沿って、たくさんのブースが並んでいる。リックとドーンはそのうちのひとつに坐った。二月中旬の木曜日、夜八時を少し回った頃だった。

店にはほとんど人がいなかった。ジーンズと重そうなジャケットを着た、無骨そうな男性のふたり組がカウンターに坐ってコーヒーを飲んでいた。テーブルには中年のカップルがいた。そのほかに、客はリックとドーンしかおらず、リックにとっては好都合だった。ウィルマ・ニュートンは、大勢の客の前では話したがらないだろう。

「で、これがうまくいくとほんとうに思ってるの」とドーンは尋ね、眉をひそめて周囲を見回した。リックは移動中に事件のことと、ミズ・ニュートンに会う理由を説明していた。ドーンがすぐに全体像を理解し、リックがまだ答えられないようなよい質問をいくつかしたことにほっとした。だが、悔しいことにドーンは事前に電話をしておくべきだという点について、フランキーと同意見だった。

確かめる方法はひとつだけだ。リックはそう考え、努めて自信に満ちた表情をしていた。すると、大柄で胸の大きな女性がカウンターを回ってふたりのほうに歩いてきた。彼女だろうか？ 彼は迷った。彼女が近づいてきたとき、違う、という予感がした。

「ご注文は？」

その女性は短いカールがかかった赤い髪で、黄ばんだ歯をしていた。

「もう少し考えさせてくれる？ とりあえずお水をもらえるかしら」とドーンは親しげな口調で言った。

「あなたは？」と大柄な女がリックに聞いた。

「コーラを」

「わかったわ。しばらくしたらあなたの飲み物を持って戻ってくるから」

彼女が立ち去ると、リックは中年のカップルが坐ったテーブルで、グラスに紅茶を注いでいる美しい容姿のウェイトレスに気づいた。彼女なのか？　今度はリックの予感も答えてくれなかった。
二、三分後、大柄の赤毛のウェイトレスがドリンクを手に戻ってきた。
「何か食べ物をお持ちしましょうか？」

リックはほとんどメニューを見ていなかったが、何にするかは決めていた。ドーンはお先にどうぞ、と頷いた。

「チーズバーガーとフライドポテトを」とリックは言い、ウェイトレスにほほ笑んだ。

「ハンバーガーには全部入れて大丈夫？」

「ああ、頼むよ」

「あなたは、お嬢さん？」

「同じものをちょうだい」とドーンは言い、メニューを閉じた。

「ところで、聞きたいんだけど」とリックが話しかけた。心臓の鼓動が速くなっているのが自分でもわかった。「ウィルマ・ニュートンは今夜働いてるかな？」

「あなた、誰？」とその女性は答えた。顔に疑念の色が浮かんでいた。

「アラバマ州のタスカルーサからきた友人なんだ。近くに来たついでに彼女と話がしたいと思って。近所に住んでたんだ」

リックの話したことに嘘はなかったが、少し罪悪感を覚えていた。そして不安を。やっぱり電話をしてから来たほうが……

そのウェイトレスは疑いのまなざしで見つめたまま、彼らのテーブルから動こうとしなかった。彼女は振り向いて中年カップルのテーブルのほうを見た。

「ちょっと、ウィルマ」彼女が叫んだ。

さっきリックが気づいた美しいウェイトレスが顔を上げた。

「こっちへおいでよ。タスカルーサから友だちが来てるよ」

彼女が近づいてくると、初めに思っていたほど若くはないことに気づいた。額には何本かしわがあった。きっとつらい生活のせいだろう。髪を首のあたりで切りそろえ、ほかのウェイトレスと同様、サンズの制服を着ていた。

「こんにちは」とウィルマは言った。不安そうな口ぶりだった。

「ミズ・ニュートン、ぼくはリック・ドレイク、そして彼女は同僚のドーン・マーフィー。タスカルーサから来たんだ」リックはほほ笑んだ。「二、三分、話をする時間はあるかな?」

ウィルマ・ニュートンはふたりを見つめていた。その表情には好奇心がうかがえた。もうひとりのウェイトレスは、まだ彼らの前に立ったまま、ウィルマとリックたちを交互に見ていた。

「大丈夫、ウィルマ？」と彼女は訊いた。

ウィルマは品定めするように、リックとドーンをずっと見ていた。「ええ、大丈夫よ、ジュディ。ねえ、このテーブル使っていい？　ふたりともわざわざタスカルーサから来てくれたの」

「ええ、いいわよ」もうひとりのウェイトレスが答え、ためらいがちに去っていった。

彼女が声の聞こえないところまで行くと、ウィルマの表情は固くなり、リックをにらんだ。

「事故のことを訊きたいんでしょ」

「ああ、実は――」とリックは話し始めた。が、すぐにさえぎられた。

「知ってることは全部新聞に話した。話すことはないわ。もういいでしょ」

彼女は立ち去り、カウンターの後ろのキッチンに消えていった。リックはコーラを一口飲むと、ドーンに向かって顔をしかめた。

「まだ前もって電話をすれば良かったとは思わない？」とドーンは訊いた。からかうような笑みを顔に浮かべていた。

リックは首を横に振って言った。「わからない。たぶん、間違ってたのかもしれない。けど彼女に時間をやろう。彼女がこのテーブルの担当なら、食べ物を持って来て、その後勘定もするはずだ。まだ何回かはチャンスがある」

「うまくいくといいけど」とドーンは言った。今度は笑っていた。

「新しいパートナーはあまり協力的じゃないみたいだな。君が試してみるってのはどうだ」

「いいの？」

「もちろんさ」

数分後、ウィルマ・ニュートンは皿をふたつ持って現れた。

「チーズバーガーとフライドポテトよ」と彼女は言い、皿のひとつをドーンの前に置いた。

「それから同じもの」もうひとつの皿をリックのテーブルマットの上にガチャンという音をさせて乱暴に置いた。

「失礼」と彼女は言い、怒りのまなざしをリックに向けた。ほんとうは悪いとは思っていないとその眼が言っていた。ふたりが声をかける前に彼女は去ってしまい、カウンターのなかに入ると、汚れた皿が積まれたシンクに向かった。

「うまくいったね」とリックは言った。ドーンは彼を無視した。ブースから立ち上がると、カウンターに向かって歩き出した。

ミズ・ニュートンが彼女に気づき、近づいてきて腕を組んで立った。ドーンが話を始め、ウィルマ・ニュートンはその話を聞いていた。会話のあいだ一度だけ、ミズ・ニュートンがリックのほうを指さした。彼女がそうすると、ドーンもリックに眼をやり、彼を見定めるようにまじまじと見た。彼女はミズ・ニュートンに眼を戻すと、ふたりで笑った。リックは少し気になった。何なんだ、いったい？　五分後、ドーンが戻って来て坐った。

「仕事が終わったら話すそうよ。十時ころ。九時四十五分にお客がいなくなって、掃除が終わったら来るって」

彼女は自慢げにほほ笑むと、感心した顔つきのリックを見た。

「どうやったのか訊いてもいいかな？」

ドーンはにやっと笑うと言った。「怒らないって約束する？」

「ああ、約束する。どうやったんだ？」

「あなたを許してやって欲しいって言ったの。ロバのようにただ押し掛けることしか考えられなかったって。怒るのも当然よね。わたしは前もって電話するように言ったんだけど、結局驚かせてしまった。でも、もう来てしまったんだから、どうしても話がしたいの。わたしたちは事故で家族全員を亡くした可哀想な女性の代理人を務めていて、何とかしてその女性のことを助けたいって言ったの」

「で、うまくいった？」

「ええ、パートナーさん。うまくいったわ」

「ふたりでぼくのほうを見て笑ってたけど、あれは何だったんだ？」

「ああ、あれね。彼女が話をしてくれることに同意したあと、あなたを見て言ったの。〝ロバにしてはちょっと可愛いんじゃない、彼？〟って」

彼女は言い終わると笑った。リックもほほ笑んだ。

「なるほど、パートナーさん。大したもんだ」と彼は言うと、グラスを持ち上げて乾杯するふりをした。

「そうでしょ」


彼女の言った通り、午後十時ころにウィルマ・ニュートンがやって来て、ドーンの隣に坐った。疲れているらしく、眼の端が少し赤かった。

「さっき言った通り、いまいましいレポーターたちに知ってることは全部話した。そんなに多くはないけど。でも、質問があるならどうぞ訊いてちょうだい」

彼女はそのコメントのほとんどをドーンに向かって言った。リックは始めるようにと、ドーンに頷いた。

「お疲れのところすみません、ミズ・ニュートン。まず、事故が起きるまで、ご主人のハロルドさんがどのくらいウィリストーンに勤めていたのか教えてもらえますか」

「デューイと呼んで。わたしの知る限り、主人のことをハロルドと呼ぶ人はいなかったわ。彼があそこで働き始めたのは……」と彼女は言い、上のほうに眼をやって考えた。「確か二〇〇三年ころね。家を買ったのが二〇〇四年だから、そう二〇〇三年の後半ね。あれは最初の家だったの……」彼女は言いかけてやめた。リックは彼女のほほに涙が伝わるのを見た。

「ごめんなさい。しばらくこのことを話してなかったから。ちょっと……つらくて。家には娘がふたりいるの。ふたりとも父親っ娘《こ》で。ふたりは……」もう涙が止まらなかった。

ドーンが机の上の容器からナプキンを取ってウィルマに手渡し、自分もそっと眼をぬぐった。

「コーヒーのお代わりはいかが?」とウィルマは訊いた。

ミズ・ニュートンが気を取り直すのにはしばらくかかるだろう。リックはそう思い、申し出を受けた。ドーンもそうした。

数分後、彼女は温かいコーヒーを三つもって戻ってきた。それぞれのカップから小さな湯気が朝霧のように立ちのぼっていた。コーヒーは、香りがよく味もよかった。こんなところのコーヒーにしてはどこか違うような気がする。リックはそう思った。たぶん、フォルガーズかマックスウェル・ハウスのコーヒーなんだろうが、なぜか美味《うま》かった。

「さて、ほかに質問は?」ウィルマは笑顔を見せて言った。だがリックは彼女がまだ心のなかでは泣いていることに気づいていた。

「ご主人はどんなスケジュールで働いていたんですか?」ついにリックは口に出してしまった。早まったことをしていなければいいと思いながら。

彼女はしばらくのあいだ彼を見つめ、それから答えた。「依頼人は誰って言ってたかしら?」と彼女は訊いた。

「我々の依頼人は、ルース・アン・ウィルコックスです。彼女の娘と孫娘そして娘婿が事故で亡くなっています。彼女は何が起きたのか知りたいと言っています。そして我々も同じ思いです」

「デューイはいいドライバーだったわ。あの事故が彼だけのせいだなんて信じられない」と彼女は言った。リックをまっすぐ見て、責めるような口調だった。

リックはすぐには答えなかった。ここは注意していかないと。

「ミズ・ニュートン、ここに事故報告書の写しがあります」リックはポケットに手をやり、報告書を取り出した。彼はウィルマがそれに眼を通すまでしばらく待った。やがて静かな声で続けた。「事故報告書によるとご主人は事故のとき、時速八十マイルで走っていました。制限速度は六十五マイルです」リックはそこまで言うと、両手でコーヒーカップを覆った。

「今夜、ここに来たのは、ご主人が事故の朝そんなにスピードを出していた理由を、あなたがご存じじゃないかと思ったからです。だからご主人のウィリストーンでのスケジュールを知りたいと思ったんです」

ウィルマは報告書を見つめていた。「わたしはただ……」彼女は口ごもった。混乱しているようだった。

「ミズ・ニュートン、お願いです。何かご存じじゃないですか――」

「もういや」彼女は小声でつぶやいた。

「めちゃくちゃだった」と彼女はリックの眼を見て言った。「デューイのスケジュールはめちゃくちゃだったわ」

「どのくらいですか？」とリックは訊き返した。このまま続けさせるんだ。

「わ……わからない。とにかくめちゃくちゃだった」彼女は口ごもり、また下を向いた。彼女は迷ってる。なぜだ？　リックは戸惑った。

「スケジュール通りに走るのが難しかったんですか？」とリックは訊いた。

ウィルマはすぐには答えず、コーヒーを一口すすった。

「あなたはウィリストーンを訴えるんでしょ。わたしが何て言うかに関係なく訴えるのよね」どちらかといえばその声は落ち着いていた。彼女の眼はリックからドーン、そしてまたリックへとさまよった。

「我々はすでに訴訟を起こしています」リックはウィルマと眼を合わせたまま答えた。

「ミズ・ニュートン」とドーンが言い、手を彼女の体に回した。「あなたがご主人を失ったように、我々の依頼人も家族全員を失いました。あなたにとっても事故でふたりの娘さんも失うなんてことは想像できないと思います。彼女は答えを知りたいんです。どうして事故が起きたのかを知りたいんです」

「あれは事故よ。事故だったの」とウィルマは答えた。

「彼のスケジュールについて教えてください、ミズ・ニュートン。時間通りにこなすことは難しかったんじゃないんですか？」とリックはもう一度訊いた。さあ来い。

　ウィルマ・ニュートンは深く息をすると天井を見上げた。病院でのひどくつらい夜のことを思いだしていた。けりをつけなければ。夫の悲劇を終わりにしよう。

「そうよ」彼女はついに答えた。リックの眼をまっすぐ見ていた。「彼はスケジュール通りに運転するのに苦労していたわ。いつもあまり時間に余裕がなかったの」いいえ、それどころか全然なかったわ。

「事故の日、彼が遅れていたかどうか覚えていますか？」とリックは尋ねた。「あの日の朝のことを教えてください」

「あまり覚えてないの。彼はとても早く起きて出ていった。それだけよ」彼女はそこでことばを切った。なぜわたしはあの人でなしたちをかばってるの？　彼らは葬儀ではとてもよくしてくれた。〝お気の毒です。ミズ・ニュートン。デューイは我々にとって素晴らしい運転手であり、いい奴でした。あなたの力になりたい。また連絡します〟と言っていた。しかし、連絡はなかった。葬儀以来、会社からは何の連絡もなかった。ウィリストーンは、わたしと子どもたちを見捨てたのだ。力になるどころか、何もしてくれなかった。

　彼女はため息をつき、コーヒーを一口飲んだ。人でなしどもめ。彼女はそう思った。

「ほかに何か言ってませんでしたか。何か――」

「ねえ、もう一度あなたの名前を聞かせてくれる？」ウィルマがさえぎった。

「リックです」

「オーケイ、リック。デューイのスケジュールを知りたいのね。そう、あれは狂ってたわ。あの日だけじゃなく、ずっとよ。スケジュールをこなすために、二十時間ぶっ通しで運転することもあった。法律違反だということはわかっていた――彼はそう言ってた――。けれど会社は気にしなかった。ジャック・ウィリストーンは毎週自分で運行記録をチェックしていたの。実際に何時間運転していようと、記録上は運輸省の規則を守るようにさせるために。デューイはジャックのことを怖れていたわ。十時間以内になるように、運行記録を書き直すのを手伝ってほしいと頼まれたことも何回かあった。

デューイは死ぬ前の月に二回スピード違反のチケットを切られてるの。そのことにひどく腹を立てていた。でも選択の余地はないと言っていた。スピード違反をしなければ、時間通りに荷物を運ぶことはできないから」ウィルマはため息をついた。「彼は会社を辞めたがっていた。辞表を書いたこともあった。でもわたしが――」彼女は深く息をした。彼女の下唇は苦悩に震えていた。「でもわたしが出させなかった。ほかのところで稼ぐよりもずっといい給料だったから」彼女はことばを失い、両手で顔を覆った。

「運行記録の改ざんをどうやってごまかすことができたんですか？」とリックが訊いた。

「確か検査が――？」

「運輸省のこと？」ウィルマがさえぎった。その口ぶりは苦痛に満ちていた。「ジャック・ウィリストーンは地元や州の検査官を手なずけているのよ。それに州警察にもコネがある。

デューイはジャックのことをテフロンみたいだって言ってた。絶対に傷つかないって」とウィルマは言い、リックを見つめた。「そうやって何年もごまかしてきたのよ」

一瞬の間《ま》があった。ウィルマが見ているなか、リックは彼の美しいパートナーのほうをちらっと見た。そして再びウィルマに眼を戻した。

「ミズ・ニュートン、ぼくたちに話してくれたことを、陪審員にも話していただけますか？」

ウィルマは腕を組んだ。しつこいやつね。でも、ロバよばわりは言い過ぎね。彼は自分の仕事をしているだけなんだから。

「わからない」と彼女は言い、手元のカップに眼をやった。「むしろ、かかわりたくないの」

「気持ちはわかります、奥さん《マアム》」とリックは言った。「でも、わたしの依頼人の家族が死んだ日に、なぜご主人がスピード違反をしていたかを説明できるのはあなたしかいないんです。もしジャック・ウィリストーンが運輸省や州警察を手なずけているなら、力になってくれる人は誰もいないことになる。今の従業員は誰も秘密をもらそうとしないでしょう」リックはことばを切った。「でもあなたならできる。あなたなら彼の悪事をすべて明らかにすることができるんです。従業員に運転記録を改ざんさせることは連邦法上の犯罪行為です。わたしの依頼人の正義を果たすだけじゃなく、ジャック・ウィリストーンを彼にふさわしい場所、つまり刑務所に入れることができるのはあなただけなんです」

ウィルマはまだコーヒーカップを見つめていた。デューイが辞表を破ったときの苦悩に満ちた顔を思い出していた。彼の眼にはあきらめの色が浮かんでいた。時間の問題だとわかっていたのだ。彼女は泣きじゃくる娘たちの手を握って、病院を出てきたときのことを思い出した。「パパは死んでない。死んでなんかないわ。いや、いや」

ウィルマはコーヒーカップから眼を上げ、最初にドーンを、次にリックを見た。そしてゆっくりと頷いた。

「わかった」と彼女は言った。「やるわ」

23

男は〈エル・カミノ〉のフロントガラス越しに彼らが話しているのを見ていた。遅かった。サターンのナンバープレートはすでに照会した。男にはいたるところに友人がいた。州警察にも。そして彼の本能が教えてくれたことは正しかった。車はリチャード・ドレイクのものだった。どうやら原告側弁護士とその尻軽のアシスタントは、ミズ・ニュートンと率直な話し合いを持ったようだ。車の窓を少し開けると、煙草の煙を夜の冷気に向けて吐き出した。これで事態が面倒になる。面倒は嫌いだった。煙草をダッシュボードに押しつけてつぶすと、吸殻を床に投げた。そして電話をかけた。

「ボーンか？」聞きなれた耳障りな声が答えた。

「ああ、ボス」彼はことばを切った。これから話すことを怖れているかのように。「問題が生じた」

ジャック・ウィリストーンは受話器をフックに叩きつけた。

「くそっ」彼は声に出して言うと、こぶしを机の上に置かれた訴状に振り下ろした。それはちょうど八時間前に届けられたものだった。

裁判になることは予想していたが、これほど早いとは思っていなかった。事故は五ヵ月前のことだ。トラック事故の出訴期限は二年だった。運送業界に四十年間いて、これまでにも二度、訴訟を起こされたことがあった。どちらの場合も弁護士はぎりぎりまで訴訟を起こすのを待った。この弁護士、リチャード・ドレイクは四ヵ月で訴訟を起こしてきた。

フリート・アトランティックとの合併は一ヵ月後に迫っていた。

訴状を受け取った一時間後には怖れていた電話がかかってきた。フリート・アトランティックは、十分な注意を払いたいと、訴訟が決着するまで合併を延期することを希望してきた。

「何年もかかるかもしれないぞ」とジャックは言ったが、フリート・アトランティックの社長は引き下がらなかった。

「三人が死亡した上に、スピード違反の絡んだ不法死亡訴訟はこちらにとっても大きな不安材料だよ、ジャック。君が勝訴するか和解で決着がつくものと信じている。そうしたらまた話を進めよう」

電話を切るやいなや、ジャックは、ボーンをデューイの未亡人ウィルマ・ニュートンの対処に差し向けた。バック・バルヤードは火事で死に、ウィラード・カーマイケルとディック・モリスは買収した。文書が保管されていた工場はもはや灰とがれきになった。残された弱みはウィルマだけだった。

だが、ドレイクに先を越された……

ジャックはため息をついた。彼はボーンにドレイクを尾行させるつもりだった。が、ウィルマ・ニュートンの状況を修復しなければならなかった。もしウィルマが夫から何か聞いていたとしたら、ウィルマがリックに何を話したかは神のみぞ知るだ……

ジャックは首を振り、受話器を手に取った。物事には順序がある。ウィルマをどうするか考える前に、もっと差し迫った用件があった。

彼は保険会社に電話した。

「ホーキンス」電話の向こうの声が答えた。

「ボビー、ジャックだ。実は今日ヘンショーの件で訴えられた」

「なんだって、そりゃ早いな」とホーキンスは言った。事故のことは起きた翌日にホーキンスに報告していたので、彼はすでにすべての事実を知っていた。

「その件で言っておきたいことがある」とジャックは言った。「いいか、ボビー、この件の弁護士はいい加減な奴を使うんじゃないぞ、わかってるな」

「どういう意味だ？」とホーキンスは訊いた。信じられないというような口ぶりだった。

「おれが言いたいのは、あんたら保険会社は、コスト削減とやらのせいで、安上がりな弁護士ばかり雇ってるってことだ。おれはそんないい加減なことは認めんぞ。あんたんところには三十年以上も保険料を払ってきた。それでいて訴訟は今回で三件目だ」

「わかってるさ、ジャック、今度の件では非常に有能な弁護士を雇うつもりだ」

「非常に有能だと？」とジャックは言い、含み笑いをした。「そりゃあどういう意味だ？〝非常に有能〟ってのは、バドワイザーを六本飲んでも、あそこがおっ立つときに使うことばだよ、ボビー。必要なのは〝非常に有能〟なやつじゃない。〝最高〟のやつだ。ポルノスターなみのな、わかったか？」

数秒間の沈黙のあと、ボビーがくぐもった声で答えた。「ああ、ジャック、わかってるよ」

「ほんとうか？」とジャックは言った。「誤解がないように、もう一度言わせてもらうぞ、ボビー。うちの六桁の保険料をどこかほかの会社に持って行かれたくなかったら」――ジャックは一瞬間《ま》を置いた――「厩舎《きゅうしゃ》で一番速い馬を出すんだ」

24

翌日の夕方五時ちょうど、リックとドーンは、ウルトロンのモンゴメリー工場にある小さな会議室に案内された。リックは、四時間しか眠っていないせいで疲れていたが、体はアドレナリンに満ちていた。十秒ごとに昨晩のウィルマ・ニュートンのことばが頭に浮かんでいた。デューイ・ニュートンのスケジュールは〝めちゃくちゃだった〟。そのスケジュールのせいで彼はスピード違反をしなければならなかった。デューイ・ニュートンは、ジャック・ウィリストーンの指示で、運行記録を運輸省の規則に合うように不正に改ざんしていた。重要証人を手に入れたとリックは思った。だが、まばたきをして眼の前の仕事に集中しようとした。

その部屋は黄色い軽量コンクリートの壁に囲まれ、ガソリン工場ではなく、刑務所のなかにいるような気分にさせた。最初に簡単な紹介がされた。現れたのは背の高い、がっしりとした体格の銀髪の男性、ウルトロンのモンゴメリー工場長ハンク・ラッセルと、ストロベリー・ブロンドで左右が短く後ろだけが長い髪形に口ひげをたくわえたウィリアム・カーマイケル、そしてモンゴメリー最大の弁護士事務所ミルハウス&ライトの弁護士ジュリアン・ウィットだった。ウィットは、ネイビー・ブルーのスーツに赤の勝負ネクタイをしていた。全員が握手を終えたあと、彼が話の口火を切った。

「リック、我々は君がタスカルーサ郡のウィリストーン・トラック運送会社に訴訟を起こしたと理解している」

リックはほほ笑んだ。「その通りです」

「その訴訟は、二〇〇九年九月二日の事故に起因しており、ウルトロン・ガソリンを運んでいたウィリストーンのトレーラーとハロルド・ニュートンという名前の運転手が関係している――」

「ええ」リックは相手方弁護士から反対尋問を受けるのは好まなかったが、ウィットがこの会合の方向性を明らかにし、クライアントの前でいいところを見せる必要があることは理解できた。

「君の秘書がミスター・ラッセルに話したところによると、タスカルーサ工場で働いていて、問題の日にニュートンのトラックにトレーラーを積載した従業員と話をしたいそうだね」

「その通りです」とリックは言った。「そこでぼくの秘書は、ミスター・カーマイケルがその日の積載を担当したひとりだと聞いた」

「ああ、その通りだ。そこで――」ドアをノックする音がウィットの話をさえぎった。ウィットはほんの一瞬だけ苛ついた表情を見せたが、すぐに何かを思い出したように、笑顔を見せた。「おっと、もう少しで忘れるところだった。どうぞ！」

リックは眼を細めてウィットを見た。それから、何が起きようとしているのかわからないまま、ドアのほうに首をめぐらした。ドアが開いたとき、リックは胃がぎゅっと締めつけられるように感じた。

自分の眼が信じられなかった。

「ジュリアン、久しぶりだな！」まぎれもないジェイムソン・タイラーの声が鳴り響いた。

タイラーはしばらくドアのところに立っていた。まるで部屋のなかの全員——特にリックに——自分自身《ビッグ・キャット》をしっかりと見せつけようとしているかのように。やがて部屋のなかへ大股で入って来ると、リックを無視したまま、肉付きの良い手をテーブル越しに差し出した。ウィットはその手をしきりに握り返していた。

「ジェイムソン、君抜きで始めてしまってすまない」

「かまわないよ、ジュール」

タイラーはテーブルの真ん中に置かれたコーヒーのポットをつかむと、見せつけるようにしてカップに注いだ。彼はまだリックのほうを見ていなかった。リックは顔が熱くなるのを感じた。ドーンのほうをちらっと見ると、彼女は問いかけるように眉をひそめていた。こいつはいったい誰なの。

ジェイムソン・くそったれ・タイラー。リックは冷静でいようと努めた。

タイラーがテーブルの上座に坐り——当然、そこに坐るんだろうよ——、ジュリアン・ウイットが赤らんだ顔をリックのほうに向けた。明らかにタイラーにあこがれている表情がリックをむかつかせた。

「すまない、リック。このちょっとしたパーティに、ウィリストーンの弁護人も招待しておいたほうがフェアだと思ったんでね」

ウィリストーンの弁護人だって？　リックは胃がびくっと動くのを感じた。冗談だろ。

「あなたがウィリストーンの弁護人？」

リックはどういうことかと尋ねた。その声に軽蔑の色を隠すことができなかった。九カ月前にリックに対してジョーンズ＆バトラーの採用を撤回した男をまじまじと見つめていた。

タイラーは千メガワットのほほ笑みを浮かべて言った。「ああ、その通りだよ。君がミズ・ウィルコックスの代理人だね」タイラーは、ペンの端を嚙みながらクックッと笑った。「教授が君にこの案件を紹介するなんて信じられんよ。まさかと思っていたが、どうやら教授はほんとうに頭がおかしくなってしまったようだね」

傲慢な笑みを浮かべるタイラーを穴のあくほどにらみつけながら、リックは頭のてっぺんからつま先まで熱くなるのを感じていた。どうして教授のことを知ってるんだ？

「おいおい、熱くなるなよ、リック。あのユーチューブの再現はみんなごめんだからな。さあ、深呼吸するんだ、坊や。深呼吸だ」タイラーはドーンに眼をやり、首をかしげた。「これは、これは……」と彼は言い、手を差し出した。「ジェイムソン・タイラーだ」

「ドーン・マーフィーです」とドーンは言い、素早く握手をして手を放そうとした。が、タイラーは放さなかった。

「見覚えがあるな、ミズ・マーフィー。以前どこかで会ったかな?」

「いいえ」とドーンは言った。堅い口調だった。彼の手を振りほどこうとして続けた。「もしお会いしてたのなら、あまり印象がなかったのかも」

「それはどうかな」とタイラーは言った。一瞬、ことばを切り、まだドーンを見ていた。

「会ってるはずだ。どこだったかな。君の――?」

「先に進めませんか?」とリックがさえぎった。ウルトロンの銀髪の工場長ハンク・ラッセル――彼はリック同様この場を楽しんでいないようだった――をちらっと見てから、ジュリアン・ウィットをにらみつけた。

「そうしようか」とウィットは言うと、タイラーにウインクした。タイラーは足を組んで坐り、お前の知らないことを知ってるぞ、というかのような、面白がっている眼つきでリックを見た。この人でなしのために働いていたころから、リックはこの眼つきを忘れたことはなかった。

「ミスター・カーマイケル、あなたはハロルド・〝デューイ〟・ニュートンを知っていますか?」リックは始めた。穏やかな口調になるように心掛けた。

カーマイケルはストロベリー・ブロンドのひげを引っ張ると、テーブルを見ながら言った。

「ああ、知ってる。だけどあまりというか、ほとんど知らないと言ったほうがいい。誰なのかを知ってるという程度だ」

リックは頷き、ウィラード・カーマイケルだけをじっと見つめた。

「二〇〇九年九月二日の朝に彼のトラックの積載を担当したことを覚えてますか?」

カーマイケルはまたひげを引っ張った。「日付まで覚えてるとは言えないが、レイバー・デイの頃じゃなかったかな。あとになってデューイがひどい事故を起こしたと聞いて思い出したんだ」

リックは身を乗り出した。「彼のトラックにトレーラーを積載したことで何か覚えていませんか?」

カーマイケルは数秒間ためらうと、周りを見渡した。なるほど、とリックは思った。この大根役者は、ジュリアン・ウィットといったい何回練習をしたんだろうか。

「正直に言うと、旦那、その朝の積載作業については何も覚えてないんです。何もかもいつも通りだったからね」

「ミスター・ニュートンは、急いでたように見えたかな?」

「彼はすでに質問に答えてると思うがね、リック」タイラーが口をはさんだ。が、リックはその人でなしのほうを見ようともしなかった。

「ミスター・ニュートンは急いでたように見えたかな?」リックは繰り返した。苛立ちを隠すことができなかった。

「おい、坊や」タイラーがこぶしでテーブルを叩きながら言った。「聞こえないのか？　彼はその朝何が起きたか覚えていないと言ったんだ」

リックはまだタイラーを見ていなかった。代わりにジュリアン・ウィットをにらみつけた。

「ミスター・ラッセルがわたしにミスター・カーマイケルに質問していいというからここに来た。もしミーティングをやめたいなら、ジュリアン、そう言ってくれ。そうでないならこのまま続けさせてもらう」

「あ、ああ……」ウィットは口ごもり、タイラーを見て、それからリックを見た。「だがジェイムソンの言うことにも一理ある。つまり、もしカーマイケルが覚えてないなら――」

「ウィラード、デューイは急いでいたのか？」ハンク・ラッセルの声がナイフのようにその場の空気を切り裂いた。

「ミスター・ラッセル――」ウィットがことばをはさもうとしたが、ラッセルはさえぎった。

「わたしは忙しいんだ、ジュリアン。ガソリン工場を運営しなければならない。くだらん騒ぎにつきあってるひまはない。どうなんだ、ウィラード？」

「いいえ、ボス。覚えている限りでは。さっき言った通り、よく覚えていないんです」

ハンクはリックのほうを向いて言った。「次の質問を」

「その日の前にもデューイのトラックへの積載を担当したことは？」

　カーマイケルは肩をすくめて言った。「たぶん」

「彼が急いでいたか覚えていますか」

　カーマイケルはもう一度肩をすくめたが、何も言わなかった。

「質問に答えるんだ、ウィラード」とラッセルが促した。

「いいや、覚えている限りでは」カーマイケルはやっと答えた。テーブルをじっと見つめていた。

「デューイはウィリストーンでのスケジュールについて、何か言ってませんでしたか？」

　カーマイケルは質問の意味がわからなかったかのように、顔をしわくちゃにした。

　リックはもう一度尋ねた。「デューイ・ニュートンは何時間ぐらい運転しなければならないとか、荷物を間に合わせるためにスピード違反をしなければならないとか言っていたことはありませんでしたか？」

　カーマイケルは首を横に振った。

「いや、デューイはそんなことは言ってなかった。少なくともおれが覚えている限りでは」

「これで君の訊きたいことは全部カバーできたんじゃないかな」とウィットは言った。「証言録取を設定するのでなければ、これ以上彼に答えさせるつもりはない」

「もうひとつだけ」とリックは言い、持ってきたノートパッドをペンで叩きながら、ウィットが止めないことを祈った。証言録取は開示手続きのひとつで、そこでは弁護士は宣誓のもとに証人に質問をすることができる。回答は法廷速記者によって書き留められ、証言録取書として記録される。この先ウィラード・カーマイケルの証言録取が必要になるかもしれなかったが、証言録取には費用がかかった。そしてたったひとつの質問のために証言録取を設定したくはなかった。「約束する。関連性があるんだ」

ウィットはため息をついたが、何も言わなかった。

「ミスター・カーマイケル」リックは話を始めた。「事故の朝、デューイのトラックへの積載を、あなた以外にも誰か手伝いませんでしたか」

カーマイケルはもう一度テーブルの面々を見回した。が、誰も何も言わなかった。誰もがそれが的を射た質問だとわかっていた。そして全員がその答えを知っていた。

「質問に答えるんだ、ウィラード」ラッセルが沈黙を破った。

「ミュールだ」カーマイケルは思わず口にした。「ディックのことだ。ディック・モリス。おれたちはミュールと呼んでた」

リックはウィットのほうを向いた。「ディック・モリスは、モンゴメリー工場で働いてるんですか？」

「いいや」とウィットは言った。その口ぶりは断固としていて事務的だった。「彼はウルトロンのどの工場でも働いていない。モリスについては何も情報がない」

「あいつはファウンズデールの近くに親戚がいたと思う。ただ――」

「もう十分だ、ミスター・カーマイケル」ウィットはカーマイケルをにらむようにしてさえぎった。「もう行っていい」

カーマイケルはためらっていた。ウィットとハンク・ラッセルの顔を見た。ラッセルが手を振って言った。「仕事に戻っていいぞ、ウィラード。来てくれてありがとう」

ウィラード・カーマイケルはぎこちなく立ち上がり、リックに向かって頷いた。

「じゃあ」

リックも頷き返し、立ち上がった。そしてハンク・ラッセルを見て言った。「ミスター・ラッセル、ミーティングを設定していただきありがとうございました」

ラッセルは椅子から立ち上がると手を差し出した。「こちらこそ。わたしの名刺です。何かあったら電話してください」

リックは名刺を受け取り、それをポケットに入れた。そしてラッセルと握手した。

「というか、リック」ウィットがあいだに入るようにして言った。「何かあったらわたしに電話してくれ。わたしがウルトロンの代理人だ。それに直接ミスター・ラッセルにコンタクトするのは適切《フェア》じゃあない」

リックはラッセルをちらっと見た。ラッセルがあきれた表情をするのを確認するには十分だった。そして笑いをこらえて言った。

「わかったよ、ジュリアン」そしてドーンに去るときが来たと合図した。ドアに手をかけたとき、ウィットが声をかけた。

「ところでリック、あのユーチューブのビデオはひどいな」ウィットはクスクスと笑い、空中にパンチを出すまねをした。横で大きな笑い声がした。タイラーだ。

リックはアドレナリンが血管にあふれるのを感じた。が、何も言わなかった。やりたいようにやらせておけ。そう思った。彼はハンク・ラッセルに向かって手を上げて言った。「ありがとうございました」

25

ウィラード・カーマイケルはシフトのあいだの休憩中に煙草を一箱吸った。家に二度電話した。いつからだろう、彼はそのどちらもここしばらくしていなかった。煙草を吸うことも、家に電話をすることも。家のほうは何も問題なかった。サリーはもう寝るところだった。彼女は明日の朝六時にはクラッカー・バレルに行かなければならないと言っていた。娘のリンゼイは友だちと出かけていたが、十時までには帰ってくることになっていた。すべて問題なし。そう思った。

カーマイケルは落ち着こうとした。今夜は操車場も暇だったせいで、考える時間がたっぷりあった。そして心配する時間も。

彼は極度の心配性だった。薄毛を心配していた。サリーが浮気をしているのではないかと心配していた。ふたりのシフトが合わず、この頃はめったに会えなかったからだ。リンゼイが卒業前に妊娠してしまうのではないかと心配していた。そしてクビになるんじゃないかと、毎日何度も心配していた。

しかし今晩はそれらのいずれも心配していなかった。今考えているのはデューイ・ニュートンのことと、五ヵ月前にした取引のことだった。もしお前が話したら、返してもらうのは金じゃない。お前の命だよ、ウィラード。お前の大切にしているすべてをもらう……

「でも、おれは話してない」カーマイケルは仕事中何度も何度もつぶやいた。おれは奴に言われた通りにやった……

午前一時。カーマイケルはタイムレコードに記録すると、自分の車に向かった。フロント・シートに乗り込み、もう一本煙草に火をつけ眼を閉じた。ニコチンは心を落ち着かせる助けになる。だが、十分ではなかった。酒を飲まなければならなかった。

家へ帰る途中のガソリンスタンドでどのブランドの六本入りパックのビールを買おうか、と考えていた。そのとき後頭部に鈍器のようなものが押しあてられたのを感じた。

「動くな、ウィラード」男の声が言った。「動くなよ、そうすれば生きて明日を迎えることができるかもしれないぞ」

「何を――?」

カーマイケルの顔がハンドルに叩きつけられ、頭を回転させられた。今、男の顔を眼にして、膀胱が縮むのを感じた。

「ああ、おれだよ、ウィラード。おれたちが交わしたあのささやかな契約のことを覚えてるか？　かなりの金を渡したよな」

「おれは何も言ってない、ほんとうだ」とカーマイケルは言った。「あいつらには何も思い出せないと言った」

銃は、今はカーマイケルの額に押しあてられていた。彼は膀胱を解放した。

「いいだろう、ウィラード。実にいい。おれは人が約束を守るのが好きでね。お前が軽率な行動をしたら、サリーとリンゼイがどんなひどい目にあうかをちょうど考えていたところだ。リンゼイは今いくつだ、十六？　実に可愛いじゃないか、ウィラード」

カーマイケルは泣き出していた。すでに肛門も開いていた。「おれは……何も……話さなかった」

「いいね、ウィラード。いいぞ。さて、臭くなってきたな。行くとするか」

男は車のドアを開けたが、立ち去らなかった。最低限の動きで運転席側の窓をひじうちで破ると、ガラスがウィラード・カーマイケルの泣き顔に降りそそいだ。

「ウィラード、もうひとつだけ言っておく。もしお前がリック・ドレイクかやつのあのちょっとセクシーなアシスタントと話しているところを見たら、お前の眼の前で女房と娘をレイプしてから、お前のナニを切り取ってそいつで窒息死させてやるからな」男は、彼を見つめ返している感情のない眼に向かってウインクをすると言った。「じゃあな」

26

リックはモンゴメリーからタスカルーサまでのあいだ、ほとんど口をきかなかった。この件を引き受ける弁護人が数いるなかで、よりによってタイラーとは。彼はウィリストーンがジェイムソン・タイラーを雇ったのは良い兆候だと自分に言い聞かせようとした。彼らは自分たちが追いつめられているとわかっているのだ。脅《おび》えていなければタイラーのような強打者を雇ったりしない。だが、その考えが正しかったとしても、リックはタイラーとジュリアン・ウィットから受けた挑発を頭から追いやることができなかった。いつもそうだった。会う弁護士会う弁護士誰もが、ユーチューブのビデオの話を持ち出した。その話を持ち出さなかったとしても、きっと陰で笑ってるに違いない。

「大丈夫？」ついにドーンが口を開いた。タスカルーサの市境の標識が眼に入ってきた。

「ああ、大丈夫だ」とリックは答えた。考えを邪魔されたことに苛立っていた。

「そうは見えないけど」とドーンは彼のほうを見て言った。「もう一時間以上何も話してないじゃない。そろそろ脈拍を確かめようと思ったところよ」

「大丈夫だよ」とリックは繰り返した。「ただ」――リックは首を横に振った――「あいつらのことで頭にきただけだ」

「あなたはうまく対処してた」とドーンは言った。「彼らのやり方はプロとしてふさわしくなかった。それにミスター・ラッセルも怒っていたようだったし」

リックは肩をすくめた。「ラッセルは冷静だったな」リックは反射的にポケットに手をやり、ラッセルに手渡された名刺を取り出した。「ファイルに入れておいてくれ」そう言って彼女に手渡した。「ウィットが言ったように、直接彼に電話をするべきじゃないんだろうけど、それでも――」

「リック」ドーンがさえぎった。何か気がかりがあるような口調だった。彼女を見ると、名刺を裏返していた。名刺の裏に手書きの文字が書かれていた。

「何て書いてある？」と彼は訊いた。

「フェイス・バルヤード。それと電話番号」

リックは胃が飛び出しそうになるのを感じた。「その名前には聞き覚えがあるぞ。バルヤード……」リックは事故とウルトロンの火災について読んだ記事のことを思い返した。「そうか、だがなぜ――？」

「バック・バルヤードはタスカルーサ工場の工場長でしょ」とドーンは言った。彼女の声は興奮していた。「彼は火事で死んでいるわ」

リックは驚いて彼女を見た。「なぜそれを――」

「今朝、仕事の前にあなたの調査ファイルを読んだの。記事によると彼の妻のフェイスもウルトロンで働いている」

リックは困惑して頭を振った。「なぜラッセルはフェイス・バルヤードの電話番号を名刺の裏に書いたんだろう？　間違えて渡したんだろうか？」

ドーンは首を振った。「違うわ。彼はさりげなくわたしたちを助けてくれたのよ」

「でも、なぜ？」リックが訊き返した。「なぜハンク・ラッセルがぼくたちを助けようとするんだ？」

「わからない。でも、それ以外に彼がミズ・バルヤードの名前をあなたに教える理由はない。わたしが読んだ新聞記事によると、フェイス・バルヤードが働いていたのは確か……文書保管部門よ。何てこと、彼女は何か知ってるのよ」

リックはその可能性についてじっくりと考えた。ドーンの言う通りだ。ハンク・ラッセルはウィラード・カーマイケルとのミーティングのあいだ、ずっと不安そうだった。ミズ・バルヤードの名前と電話番号は、ふたりに助け舟を出すという彼なりのやり方だったのだろう。

「番号を読み上げてくれ」リックは携帯電話を取り出しながら言った。

「今電話をするの？」ドーンが尋ねた。

「今しかないだろ」

ドーンはゆっくりと電話番号のそれぞれの数字を声に出して読み上げた。リックはそれを打ち込み、そして待った。呼び出し音が六回鳴ったが、留守番電話のメッセージも流れなかった。リックは電話を切った。

「またトライしてみよう」リックはひとり言のように言い、携帯電話をシートのあいだのコンソールに置いた。「ぼくらはディック・モリスも探し出さなきゃならない。カーマイケルは、モリスはファウンズデールに親戚がいると言っていた。友人のパウエルはそこにコネがあるはずだ。彼に相談するから、君はインターネットで調べてみてくれ」

「わかった。ミズ・バルヤードはどうするの？」

リックが答えようとしたとき、携帯電話が震えた。電話を手に取って発信者IDを見ると、たった今彼がかけた番号だった。「彼女だ」とリックは言った。心臓が高鳴った。

「もしもし」とリックは答えた。落ち着いて聞こえるように努めた。

「たった今電話をくれたかしら？」

「はい、奥さん《マァム》。ミズ・フェイス・バルヤードですか？」

「ええ。あなたは？」

リックは素早くドーンに眼をやった。彼女の眉が期待で上がった。リックは頷いた。

「ミズ・バルヤード、わたしの名前はリック・ドレイク。タスカルーサの弁護士です。去年の九月、ウルトロンのガソリンを運んでいたウィリストーン・トラックの運転手が起こした事故で、家族全員を失った女性の代理人を務めています。今日の午後、モンゴメリーでミスター・ハンク・ラッセルと話をしたところ、わたしが連絡すべき人物としてあなたの電話番号を渡されました」リックはドーンに向かって肩をすくめてみせた。彼女は彼に親指を立ててみせた。

「なんてこと」ミズ・バルヤードが言った。そしてかろうじて聞き取れる声でつぶやいた。「なんでほっといてくれないの」彼女はため息をついた。声に苛立ちが込められているのは明らかだった。「いい、わたしはあの事故のことを覚えているけど、それは夫が……」彼女は言いかけてやめた。リックは電話の相手が咳き込む音を聞いた。

「ミズ・バルヤード？」

「……夫があの事故の晩に死んだから。彼は火事で死んだの」

「ええ、知っています、奥さん《マァム》。大変お気の毒です」リックはその先を言えなかった。何と言っていいかわからなかった。

「何がお望み、ミスター・ドレイク？」

リックは素早く息を吸うと言った。「お会いできませんか、奥さん《マァム》。数分でいいんです。あなたがウルトロンの文書保管部門で働いていることを知っています。いくつか質問がしたいんです」リックは中指を人さし指に重ね、息をひそめて幸運を祈った。そのあいだ、電話の向こう側は数秒間沈黙していた。

「わからない」彼女はまたため息をついた。「わたしは……」

「十五分でいいんです、ミズ・バルヤード。それ以上かかりません」

さらに沈黙が続いた。そして、ミズ・バルヤードは咳払いをしてからやっと言った。

「わかったわ。でも今週は子どもの春休みで出かけているから、来週もう一度電話をもらってから、ここで会うというのでどうかしら」

リックはやっとのことで叫び声をあげるのをこらえた。「ありがとうございます、奥さん《マァム》」

ミズ・バルヤードが「じゃあ」と言い、リックはエンドボタンを押してドーンを見た。

「来週会ってくれる」

ドーンの歓声はまるまる五秒間続いた。その声が心から幸せそうだったのでリックの全身も暖かくなるようだった。まだ何もわかったわけじゃない。彼は冷静でいようと自分に言い聞かせた。彼女が会うことに同意したからといって、何か役に立つことを知ってるというわけじゃあない。

それでも、失敗続きの一日のあとの成功だった。リックはこの成功に水を差すつもりはなかった。

彼はドーンを見て言った。「ところで、おなかはすいてないか？」

「ペコペコよ」彼女はそう言って体を乗り出した。

「どこかで食べていかないか。どうだい？」

ドーンがすぐに答えなかったので、リックの気持ちは沈んだ。よくやった、ドレイク。今度、直感で何かしようとするときは、逆のことをするんだ。

「いや、無理なら――」とリックが言いかけると、ドーンがさえぎった。

「そうしたいんだけど、リック、家に帰らないと。娘が――」

「君の娘さん？」

ふたりはお互いに見つめ合った。そしてリックはドーンのことを何も知らないという厳しい事実を知らされた。彼女が母親だって？

「ええ」とドーンはやっと言った。「わたしの娘。ジュリー。五歳よ。母が彼女を見てるの。でも」――時計を見た――「もう九時だから。それに寝る前に彼女を寝かしつけてやりたいの。昨日はブーンズ・ヒルに行ってできなかったから、よく眠れなかったみたいなの」ドーンは言いかけてやめた。リックには彼女が残念に思っていることがわかった。「ごめんなさい、ほんとうは行きたいんだけど――」

「謝ることはないよ」リックはそう言い、解決策を見つけようと頭のなかをフル回転させた。そのとき、砂漠のなかのオアシスのように、〈タコ・ベル〉の黄色と赤のライトが遠くに現れた。

「いい方法を思いついたよ」リックはそう言ってほほ笑んだ。

タコ・ベルのドライブスルーを通り抜けた十五分後、リックは、リバービュー・アパートメント――ノースポートのダウンタウンをはずれたすぐにある集合住宅――に立ち寄っていた。ふたりは一番手前の棟の二階建てのアパートメントに向かった。ドーンがハンドバッグから鍵を取り出した。

「どうぞ」と彼女は言い、百二十四号室のドアを開けた。

なかに入ると、ドーンはささやくような声で言った。「ジュリーの様子を見てくる。すぐに戻るから」そして短い廊下へと消えていった。

リックはソファに坐って待った。部屋には感じのいい、フルーツの香りがしていた。リックはその香りを吸い込んだ。彼女のような香りだ。そう思った。

数分後、ドーンが戻ってきて、リックに親指をあげて見せると、彼の隣にドサッと坐った。

「寝たわ」彼女はそう言って安堵のため息をついた。彼女はフランネル地のチェックのパジャマを着ていて、決まり悪そうにリックにほほ笑みかけた。「ごめんなさい、着替えなきゃならなかったの」

「かまわないよ」リックは胃のなかがぴくっと動くのを感じた。これまでに着ていたどの服にも劣らず、パジャマ姿のドーンも素敵だった。「いい部屋だね」と彼は言い、必死で彼女から眼をそらした。

「ありがとう」とドーンは言い、立ち上がって料理をふたつの皿に分け始めた。「いいところなんだけど、時々狭苦しく感じるわ。母が……」彼女は一瞬言い淀《よど》み、皿から顔を上げた。きまり悪さで顔が赤くなっていた。「母と一緒に住んでるの」

「ああ」とリックは言った。驚いたように聞こえないよう努めたがだめだった。ドーンの母親は夜にジュリーの世話をしにやってくるのだと思っていた。

「みっともないでしょ？」とドーンは言った。

「いや……そんなことはないよ」リックは口ごもった。何とかこの場のぎこちない空気を和らげることを言おうと考えた。「ジュリーのためにはいいことだと思う」

ドーンはほほ笑んだ。「そうね。それでも……何年か前には、母と一緒に暮らして五歳の娘の面倒を見てもらうなんて思ってもいなかった」

「ぼくも自分で事務所をかまえるなんて思ってもいなかったよ。ジョーンズ＆バトラーで年収八万ドル稼いで、スポーツカーを乗りまわしてホームウッドあたりでひとり暮らしをしてると思ってた。ジュリアン・ウィットとくさい芝居をして、ジェイムソン・タイラーのケツにキスするために列に並んでね。それが今もロースクール時代と同じアパートに住んで、請求書の支払にも苦労する始末だ。まあ、そんな――」――彼は話しすぎたかもしれないと思ってことばを切った。――「人生なんてそんなもんさ」

「それはそうとあなたとタイラーのあいだには何があったの？　ジョーンズ＆バトラーで働いてたの？」

「夏のあいだ二年間」とリックは言った。「二年目が終わったときに、採用のオファーをもらってそれを受けた。そのあとは……」リックは眼を細めて彼女を見た。「知っての通りだ。君も彼らが話していたユーチューブのビデオを見たんだろ？」

「ええ、見たわ」と彼女は言った。「でもそれだけじゃないんでしょ、違う？　つまり、なんて言うか……」彼女は言いかけてやめた。リックは眼をそらし、首の後ろが熱くなるのを感じた。

「ごめんなさい」とドーンは言った。リックは肩に彼女の手が置かれるのを感じた。「触れてほしくない話題よね。それに余計なお世話だし」彼女は肩をすくめた。「詮索もほどほどにしないとね」

リックはもう一度彼女をちらっと見た。話したいと思ったが、怖かった。彼女のことは気に入っていた。二日間一緒に働いただけで、彼はもう彼女とのあいだに絆《きずな》を感じていた。頭が良く、ユーモアもあって心を許せる女性だ。弁護士助手に求められるすべてを持っていた。

「ほんとうに知りたい？」とリックは訊いた。

ドーンは彼を見た。優しい眼をしていた。そして頷くと言った。「あなたが話したいのなら」

リックは床に眼をやった。誰にもこの話をしたことはなかった。両親にも。心のなかであの廊下を思い浮かべると、眼の奥と首筋が熱くなるのを感じた。彼はひどく怒っていた。もし、教授がただあそこから連れ出していたら……」

リックはため息をついた。頭のなかで失望と挫折感、そして怒りがごちゃまぜになっていた。そして話し始めた。

27

「ぼくはアラバマ大の模擬裁判チームにいた。教授のチームだ。うまくやれるなんて夢にも思ってなかった。まして弁護士役に選ばれるなんて思ってもいなかった。ロースクールの二年目のとき、ぼくはただ不器用なだけだった。親友のパウエルははるかに洗練されていた。教授はそんなぼくとパウエルをチームにしたんだ。そのおかげで、ぼくはすごく落ち着くことができた。ありのままでいられたんだ。よくわからないけどとてもうまくいって、だんだんと実力を発揮できるようになってきた。ぼくたちは練習試合を次々とこなし、地区大会も楽勝で勝ち進んでいった。ニューオーリンズの決勝ではステッソン大をやっつけた。そして春にワシントンDCで行われた全国大会に進んだ。ぼくたちは四回戦まで楽に勝ち進み、準決勝でジョージタウン大とぶつかった。

この日何が起こったのかはうまく説明できないけど、判事がひどかったことは覚えている。最初からぼくらの異議は全部棄却され、ジョージタウン大の異議はすべて認められた。あのチームにも我慢できなかった。女子学生ふたりのチームで、そのうちのひとりにひどくイライラさせられた。赤毛でそばかすがあって、ちょっといかつい感じだった。うんざりさせるような鼻にかかった声で話す娘《こ》だったけど、判事はお気に入りだった。

判事は伝聞証拠に対する彼女の異議を認めた。ぼくは、自分が行おうとした陳述――基本的には被告による犯罪の自白だった――は被告自身による供述で、伝聞証拠の例外として認められるはずだと主張した。だが、判事は伝聞証拠だとして彼女の異議を認めた。判事が間違っているのは明らかだった。そしてその間違いはぼくたちにとって、高くつくことになりそうだった。ぼくらはそのとき原告側で、被告の自白を主たる争点にしなければならなかったんだ。

その主張は認められなかった。ぼくは判事に信じられないと言った。そして相手チームをえこひいきしていると言い、模擬裁判から外れるように判事に求めた。判事はしばらくぼくの顔を見ていた。パウエルの顔を見て、ぼくは自分のしでかしたことを悟った。ヘマをやらかしたんだって。

とにかく判事は、もしまた怒りを爆発させたら法廷侮辱罪を言い渡すと言ってぼくを脅した。ぼくはすぐに謝罪してそのまま続けた。残りの裁判は何事もなく終わった。事実、最終弁論はこれまでで最高の出来だった。だが、結局ジャッジ五人ともジョージタウンに票を投じた。それぞれが弁護士は冷静でいなければならないとぼくを諭した。判事はいつもうっかりミスをする。ぼくの感情の爆発は、実際の裁判でも高くつくことになるだろう、と言って。彼らとしてはぼくらを決勝に進めることはできなかったんだ。

ぼくはひどく落ち込んだ。パウエルが話しかけてくれたが、相手をすることもできなかった。彼をがっかりさせたことだろう。みんなもがっかりさせてしまった。そこから逃げ出したかった。ぼくがドアを開けたとき、教授がぼくに向かって何か叫んでいた。だがぼくは止まらなかった。廊下に出たところで、誰かに腕をつかまれたのを感じた。そして、何ていうか、衝動的な行動だったんだ。ぼくは……ひどく……頭にきてた。パンチを振るったとき、眼を開けていたかどうかすら覚えていないんだ。ぼくは教授を殴った。が、彼は動揺しているようにさえ見えなかった。教授は言ったんだ……今も忘れない……彼はこう言った。〝君は頭に血が昇りやすい、ドレイク。法廷では不利に働くぞ〟」

「ビデオには音声はなかったけど」とドーンは言い、リックが話を終えてからアパートを飲み込んでいた沈黙を破った。「あなたは何か言い返してなかった？」

「彼にクソくらえって言った」リックは恥ずかしそうにそう言った。「次の日、ジェイムソン・タイラーが電話してきて、ジョーンズ＆バトラーとの契約を解除すると告げた。事務所は事件のことで困惑していて、自分の感情もコントロールできないほど短気な男を雇う余裕はないと言ってね。別の仕事を探したけど、誰もぼくにかかわろうとはしなかった。君も疑問に思ったかもしれないけど、個人で開業するしか手立てはなかったんだ」

ドーンはチップスを食べ、自分の皿を見ながら、彼の言ったことをじっくりと考えた。

「それから教授と話をしたことは？」

「一度だけ」とリックは言い、首を横に振った。「ルース・アンの事件を紹介されたときに」

「いい事件よね？」

リックは肩をすくめた。「勝てるという保証はない。君が言ってるのがそういうことなら」

「でも誰かほかの人に紹介することもできたはず」

リックは頷いた。「確かに。何が言いたいんだい？　そうか、当ててみよう。君も教授の証拠論の授業を取っていて、ほかのみんなと同じように教授を崇拝しているってわけだ」

ドーンの顔が青ざめた。「わたしは……あの……確かに証拠論の授業は取ってるわ。それに……」

何か変だ。リックは思った。ドーンは明らかに動揺している。泣き出しそうなほどだ。

「……教授を好きよ」とドーンは続けた。「いい教師だと思うわ」

彼女が彼を好きなことに対して、ぼくが腹を立てるんじゃないかと心配してるんだ。リックはそう理解して、罪の意識を感じた。

「心配しなくていい」リックはすぐに気を取りなおして言った。「彼はいい教師だ」一瞬間《ま》を置いた。再び話し始めたとき、彼の声は優しく、ささやくようだった。

「質問してもいいかい?」やめとけ。リックは自分に言い聞かせようとした。が、だめだった。

「どうぞ」

「なぜ、ぼくを手伝ってくれるんだ。君は頭がいいし、美しい。成績も素晴らしい。君なら誰か給料を払ってくれるやつのところで働くこともできるはずだ。なぜこの仕事を? なぜぼくなんだ?」

ドーンは顔を上げた。彼女の顔は以前《まえ》よりもさらに青ざめていた。

馬鹿野郎。リックは思った。幸運を喜んでいればいいものを。

「最初に会ったときに言った通りよ。原告側の弁護士の仕事も見て、視野を広げてから長期的なキャリアを決めたかったの。この仕事はわたしに合ってると思う。愉しんでるわ。昨年の夏、トムキンス&フィッシャーで働いたときよりも多くのことを学んでると思う」

「あそこはいい事務所だ」とリックは言った。

「あなたと働くほうが好きよ」とドーンは答えた。顔色が戻ってきて眼は温かい光を放っていた。

「ぼくもだよ」とリックは言い、こぶしを突き出すと、彼女が自分のこぶしを軽くあてた。

ドーンは窓からリックのサターンがアパートメントから出ていくのを見ていた。

「彼に話さないと」そうつぶやくと手元の小切手に眼をやった。それは今日送られてきた小切手で、合意した金額が書かれ、個人の当座預金であろう口座から振り出されていた。左上にはタスカルーサの住所とその上に太字で彼の名前が書かれていた。〝トーマス・J・マクマートリー〟。ドーンは眼を閉じて、冷たいガラスに頭をおしあてた。

「話さないと」

28

ジェイムソン・タイラーはホームウッドにある二階建てのタウンハウスのドアを通ったとき、神経が高ぶって眠れそうになかった。家へと車を走らせるあいだ、ウルトロンの工場にリック・ドレイクとともにやって来た若い女性のことをずっと考えていた。ドーン・マーフィー……彼女には以前に会ったことがあるはずだ。それに彼女の名前は何か記憶を刺激した。だが、わからない。彼はずっとひとり言をつぶやいていた。どうしても気になってしかたがなかった。そして数分後〝教授に関する調査〟という題名のフォルダーをコンピューター上に表示させた。それから写真をクリックして待った。

おやおや、こりゃあ驚いた。最初の写真がフラットな画面に表示されると、思わずほほ笑んだ。そういうことか。

タイラーはドーンには会ったことはなかった。が、確かに彼女が誰なのか知っていた。彼女の濡れたTシャツを突き刺す見事な形の胸を見ながら、声に出して笑わずにはいられなかった。いったいどうやってリック・ドレイクと仕事をすることになったんだ？　タイラーは首を振った。が、すぐに腑《ふ》に落ちた。ドレイクがウィルコックスの事件を手にしたのと同じ方法か。教授だ。

「そんなことをしたって、罪を帳消しにすることはできませんよ、トム」タイラーは笑った。ドーン・マーフィーの雨に濡れた体に称賛の眼を向けたまま。ドレイクに彼の手に負えない仕事を紹介することも、愛人に新しい仕事を与えることも何の役にも立ちませんよ。タイラーはコンピューターを消し、口笛を吹きながら飲み物を作りにホールに降りていった。

面白くなってきたぞ。

29

ヘンショー郡に陽《ひ》が沈む頃、リックはライムストーン・ボトム・ロードと八十二号線の交差点に立ち、二十オンスの〈サンドロップ〉（柑橘系のソーダ）を飲みながら判決を待っていた。隣には黒いステットソン・ハットに白いあごひげの男がやはり〈サンドロップ〉を手に東のほうを指さしていた。

「ホンダがここで曲がり始めたとき、トレーラーは百ヤード先にいたはずだ」――男はオレンジ色のコーンを百ヤード先の路肩に置いていた。――「結論は……」

リックは息を飲んだ。彼はこの意見に二千ドル支払っていた。

「ホンダのドライバーが曲がり始めたときに、トレーラーが見えなかったとは言い切れない」

くそっ。ハイウェイの路肩を見ながらそう思った。そこではドーンも同じ表情を見せていた。くそっ……

七十五歳のテッド・ホルトは十五年間、交通事故の鑑定調査を行ってきた。テキサス州フォートワースのスイフト・トラック運送会社に人生のほとんどを捧げたあとの退職後の仕事だった。リックはテッドのことをジョーンズ&バトラーで働いていたときに知った。当時、ホルトは交通事故案件におけるジェイムソン・タイラーお抱えの専門家証人だった。リックは、タイラーがテッドのことを〝業界最高〟の証人だと言っていたことを思い出した。タイラーはこの人好きのするテキサス人が陪審員をいいなりにすることができるのだと言っていた。

ジーンズにチェックのフランネルシャツ、黒いステットソン・ハット姿のいかにもテキサス人らしいホルトが、彼のレンタカーから外へ出て調査を始めたとき、リックはタイラーを出し抜いたと思って笑みを浮かべた。

だが、今となってはそれもむなしかった。

「リック、正直なところ、はっきりとしたことは言えない」テッドは独特のゆっくりとした口調で言った。「九十五ヤード先では、まだ窪《くぼ》みのなかだが、ブラッドショーにはトレーラーが見えただろう。百五ヤードでは、ブラッドショーにはたぶん見えなかった。だが、百ヤードだと――」ホルトはあごをなでた――「なんとも言えない。数ヤードの距離、一瞬のあいだの話だからな。おれなら」――車が近づいてきたので、頭をかきながら道路脇へと歩いた。「証人台に立つのは気が進まんな」

上等じゃないか。二千ドル受け取っておいてさぞいい気分だろうに。リックは〈サンドロップ〉をぐいっと飲みながらそう思い、何とか落ち着こうとした。

だが、ソフトドリンクの甘さが体じゅうに行き渡ると、自分が目先のことしか考えていないことに気づいた。テッドが有利な意見を出せなかったとしても、今知っておいたほうが、裁判でタイラーが彼とリックを論破したあとに気づかされるよりはましだった。

「率直な意見を言ってくれて感謝します」リックは何とかそう言った。

テッドが頷いた。リックは彼がすまないと思っていることに気づいた。「少しでもなぐさめになるとしたら、ジェイムソンでも何も見つけられないだろうってことだな」

そのことばはリックの気持ちを楽にした。少しだけ。

「いずれにしろ」テッドはリックの背中を叩いて言った。「役に立てなくてすまなかった」

リックとドーンは、最後の陽光《ひ》の名残りが消え始めようとするなか、リックのサターンの前に立っていた。リックはパンチを浴びて頭がふらふらしたボクサーのように、無駄に終わったホルトの意見のダメージから何とか立ち直ろうとしていた。別の意見を求めるだけの金銭的余裕はなかった。専門家の意見なしで裁判に臨むしかなく、タイラーも何も得られないはずだというホルトの予想が正しいことを願うばかりだった。リックは振り向くと、ローズの店の向こうの南の方角を見た。農地が何マイルも続き、ヘンショー郡を越えてマレンゴ郡まで伸びていた。ドレイクの両親の農場はわずか三マイル先だった。

リックはテッド・ホルトとのミーティングがうまくいっていたら、ドーンと農場に立ち寄って両親に新しい事件のことを話そうと思っていた。久しぶりに両親といい話ができるはずだった。ふたりともジョーンズ&バトラーに採用を取り消されたときはひどく落胆していた。特にリックの父は。「七年間も大学とロースクールに行かせたというのに、お前は一瞬ですべてをふいにしやがって」リックが話を伝えたあと、ビリー・ドレイクはそう言うと、怒りのあまり外に飛び出した。それ以来、父と話すことはほとんどなかった。一方、母親のほうはまだ理解を示してくれたが、その声と眼に悲しみが浮かぶのを見るのはつらかった。

「あなたたちはどうやってそれを飲み干したの?」リックが手にしているプラスチックのボトルのほうにあごをしゃくりながら、ドーンがやっと声をかけた。

「〈サンドロップ〉かい？」とリックは言った。笑いをかみ殺すことができなかった。「おいおい、ふざけてるんだろ？　なんで飲めないんだ？」

ドーンはニヤニヤと笑っていた。「なんでこんなに甘いの……」彼女は三口飲むのがやっとだった。が、潔く飲み干そうとがんばっていた。

「で、どうするの？」と彼女は訊いた。

リックは彼女の茶色い眼を見ると、彼女のアパートでの夜のことを思い出した。あれ以来、ふたりともどうふるまったらいいのかよくわからず、どこかぎこちない空気が流れていた。

「そうだな」リックは彼女から眼をそらしたまま話し始めた。「この裁判はジミー・バラード保安官の証言にゆだねられることになりそうだ。ぼくらはスピード違反に焦点をあてて、ブラッドショーがトラックを見たかどうかは強調しないほうがいいだろう。テッドがタイラーについて言っていたことが正しいことを祈るよ。もしタイラーが別の事故鑑定人を見つけてきて、ぼくらがその証言を排除できなかったときは、痛手を被ることになる」

ふたりでサターンに乗り込むと、リックはため息をついた。車を八十二号線に面した出口に向け、一瞬ためらった。右に曲がれば五分で両親のいる農場に着く。たぶん母親は彼とドーンのためにたっぷりの夕食を用意してくれるだろう。

首を振って、リックはハンドルを左に切った。タスカルーサに向かって車を走らせていると、ドーンの手が腕に触れるのを感じた。

「ねえ」と彼女は言い、ほほ笑んだ。「思っていた通りにいかなかったのはわかるけど、ウィルマのことを忘れてない？　事故鑑定人やローズ・バットソンがいなくても、それにディック・モリスとフェイス・バルヤードの件が、結局うまくいかなかったとしても、わたしたちにはまだウィルマがいるわ」

リックは思わず彼女に笑顔を返した。彼女の言う通りだ。デューイ・ニュートンがスケジュールに間に合わせるためにスピード違反を強いられていたことや、運行記録の改ざんをウィルマが手伝っていたことを陪審員に証言してもらい、それにデューイがスピード違反をしていたというバラード保安官の証言を加えれば、そのほかのことはあまり重要じゃなくなる。どんなプロの事故鑑定人よりも強力な証人になるはずだ。

リックは強い決意を胸にして頷いた。ほとんど自分にささやくように、ドーンのことばを繰り返した。

「まだウィルマがいる」

30

ウィルマ・ニュートンは、サンズ・レストランを閉店の十五分前に出てきた。疲れ果て、このまま家に帰れたらどんなによかっただろうと思いながら。だが、次の仕事に行かなければばならなかった。グローブボックスから〈ジャックダニエル〉の一パイント瓶を取り出すと一口あおった。「ちくしょう」と声に出して言った。のどを通るウィスキーは、燃えるように熱かった。

サンズからサンダウナーズ・クラブまでは二十分の道のりだった。ウィルマはほろ酔いのほうが仕事をうまくやれることに気がついていた。皮肉なことに少し酔っていたほうが眼の前の仕事に集中できた。やってきた男たちを喜ばせるという仕事に。客といちゃついて、プライベート・ダンスに金を払うよう口説く。文字通り、おしゃべりをして踊れば、金を払ってくれるのだ。酔いがさめて現実の世界に戻ったとき、つまり子どもをミズ・ヨストの家から引き取ったり、サンズでアイスティーのピッチャーを補充したりしていると、それまでの自分がいやになった。だが、子どもたちを養うためには残念ながらそれ以外の方法はなかった。

彼女がブーンズ・ヒルに戻ってきたのは、ここ以外の場所を知らなかったからだ。両親は死んでいたが、母の親友であるミズ・ヨストが今も近所にいた。だからウィルマは、彼女の家の近くに小さな家を借りた。

最近は家賃の支払も厳しくなっていた。それにローリー・アンは秋には中学校に進む。彼女は美しく、チアリーダーになりたがっていた。その衣服にもお金がかかるというのに、今の彼女にはこれを賄うこともできなかった。ローリー・アンと妹のジャッキーには、自分が手に入れることのできなかったものを与えてやりたかった。それをしてやれるのは自分以外いないのだから、彼女が何とかするしかなかった。

だから一カ月前、ふたつ目の仕事を探すことにした。月曜日から土曜日は、午後二時から十時までサンズ・レストランで働いていたので、朝と深夜の時間帯は空いていた。最初は朝のウェイトレスの仕事をしようと思っていた。そんなときにダーラ・フォードと出会った。ダーラはある晩、閉店直前にサンズにやってきて、コーヒーを飲んでいた。彼女は自分が〝ダンサー〟で、仕事を始める前に少しエネルギーの補給が必要なのだと言った。ふたりは話を始め――ダーラは根っからのおしゃべりだった――、ウィルマはクラブでウェイトレスをしたら、いくらもらえるのかと訊いた。ダーラは笑って答えた。「たいしてもらえないわ」金は〝体〟で稼ぐものよ。ダンサーなら――特に優秀なダンサーなら――ウェイトレスの二倍は稼ぐ。彼女は、去年五万ドル稼いだとウィルマに言った。

ウィルマはためらわなかった。五万ドル！　彼女はその晩にサンダウナーズ・クラブに行き、全裸で前かがみになってつま先に触れたり、オーナーのラリー・タッカーに尻を叩かれたりといった面接に耐えたあと採用された。

最初の週末は最悪だった。クビになるんじゃないかと思った。緊張のあまり神経質になり、ダーラいわく〝興ざめ〟もはなはだしかったという。最終的にダーラ――ステージネームはニキータといった――がウィスキーを立て続けに三杯飲ませてくれ、何とかうまくいった。

最初の週末の残り二時間で、三人の男からラップダンスをリクエストされた。その後、ステージネームを考え、スモーキーが誕生した。

今では仕事を始めて一カ月以上が過ぎていた。なかなかうまくいっていた。このまま続ければ三万ドルは稼げそうだった。

車を停めたとき、駐車場はサンダウナーズ・クラブの看板の青いネオンライトに縁取られていた。彼女はジャックダニエルをもう一口飲み、熱い液体を胃になじませながら眼を閉じ、やがて車のキーを切った。ショータイムよ。

男は彼女がクラブに歩いていくのを見てから、車から出た。煙草に火をつけ、〈エル・カミノ〉に寄りかかると周囲を見渡した。サンダウナーズ・クラブは、彼がこれまでに行ったことのある多くの店と似ていた。鉄筋コンクリート造りのビル。駐車場にはふたつしか照明灯がない。入口には長いネオンの看板が輝き、割れたビール瓶があちこちに散らばっていた。タイヤをパンクさせるにはいい場所だ。男は煙草を投げ捨てながらそう思った。車に手を伸ばすとスキン・ローションを取り出して無精ひげの生えた顔に塗った。ゴルフシャツにカーキのパンツ、ほこりのついたブーツ。身長は百九十五センチ近くあった。自分がハンサムではないことを知っていたが、女性が苦手というわけではなく、問題もなかった。もちろん気になどしていなかった。なぜなら成功の秘訣《ひけつ》を知っていたから。女について、仕事について

――すべてについて。ジムボーン・ウィーラー――人は彼をボーンと呼んだ――はちっとも気にしていなかった。

入口に向かって歩きながら、財布のなかの数千ドルの現金とボスから指示された仕事のことを考え、声に出して笑った。

31

今日はラッキーな夜だ。ウィルマはそう思った。ラップダンスは一曲二十ドルだが、このジェイムスという男はすでに五回分支払っていた。ふたりはクラブのすみのテーブルに坐り、男が買ってくれたジャック&コークを飲んでいた。デフ・レパードの〈シュガー・オン・ミー〉がスピーカーから鳴り響いていた。ニキータことダーラ・フォードがメインステージのポールを滑り降り、スイート&ナスティことタミー・ジェントリーが砂糖に見立てた袋一杯の小麦粉をニキータと自分自身に振りかけていた。いつも大人気のハイライトダンスだ。いつもの晩なら、ウィルマはこのダンスのあいだ、ショーが終わったあとの勢いを借りてラップダンスのリクエストを得ようと、フロアを歩き回っていた。だが、今夜はもうすでにジャックポットを引き当てていた。

ニキータとスイート&ナスティのダンスが終わりに近づく頃、ジェイムスが身を乗り出して彼女の耳元でささやいた。「なあ、周りに人のいないところでプライベート・ダンスを踊れるVIPルームはないかな？」

一瞬、ウィルマはうろたえた。ラップダンスは、建物の裏手にある長いベンチで踊ることになっていた。約一メートルおきに仕切りがあり、ベンチを小さなスツールに分けていた。彼女はほかにもプライベートエリアがあることを知らなかった。

「ちょっと待って、ハニー」

答えを待たずに、ウィルマはメインステージに近づいた。ダーラがタオルに身を包んで、階段を降りてきた。

「スモーキーは今日もセクシーね《スモーキング》」とダーラは言い、ウィルマに抱きついた。「ショーはどうだった？」

「すごかったわ、相変わらず」とウィルマは答えた。「ねえ聞いて、あそこにいる男から」——ウィルマはダーラに見えるように体を動かした——「VIPルームについて訊かれたの。うちにそんなのあるの？」

「やだ、本気で言ってんの？」ダーラはそう言うと、バーに向かって歩き始めた。ウィルマはあとを追いかけた。「セブン&セブンをちょうだい、セイント・ピーター」彼女が大きな声で言うと、あごひげを生やしたピーターという名のバーテンダーがすでに作ってあったカクテルをダーラのほうに滑らせてよこした。「ありがとう。好きよ、スウィーティー」と彼女は言い、彼にウインクをするとドリンクの半分を一気に飲み干した。そして振り向くとウィルマを見た。

「いい、ハニー、彼が百ドル払うと言ったら、ベンチの向こうのドアを通って、外に出るのよ。階段の吹き抜けがあって、部屋がふたつある二階の廊下につながってる。その部屋のどちらかを使えばいい。ひとつは古いおんぼろの革椅子、もうひとつにはソファがある」

「そこで何をするの？　つまり、あなたが言ってるのは……」彼女は言いかけてやめた。ダーラの言おうとしていることがまったくわかってなかった。

「なんでもよ。そこにはカメラもないわ。このフロアみたいなルールはなしよ。あなたが彼を気に入って、彼がいい人なら、楽しい思いをさせてあげなさい。そうじゃなかったら、やめとくのね」

「そこにはどのくらいいなければならないの？」

「彼がお金を払う限り、そしてあなたが楽しんでいる限りずっと」

ウィルマにはもうひとつ質問があったが、なんと尋ねたらいいかわからなかった。振り返ってジェイムスを見て、そしてダーラを見た。

「あなたも……？　つまり……、あなたもあの男とそこに行ったことがあるの……？」

「ええ、ハニー。あるわ」彼女は両手をウィルマの肩に置いた。「でもそれはわたしがそうしたかったから。彼みたいな男、タイプよ。あの人は魅力的で金払いもいい。それに、わかってるでしょ……あなたはまだ女なのよ。わたしはお金のためにはしない。自分がしたいからするの。そのふたつは天と地ほども違うわ」ダーラはカクテルの残りを飲み干すとグラスをカウンターに置いた。

「もうひとつだけ言わせて。この店でＶＩＰダンスをしたことがあるのはわたしとタミーだけよ。ここではそれはステータス・シンボルなの。ラリーがそれを知ったら、たぶん給料を上げてくれる。でも、ハニー、お金は大事だけど、彼に気に入らないことをさせられると思ってるなら、階上《うえ》に連れていく必要はないのよ。あそこには大金がある。でも気をつけて楽しみなさい」彼女はウィルマの尻を叩いて去っていった。

ウィルマはピーターに眼をやり、もう一杯飲み物を頼もうとした。そのとき、両肩にがっしりとした手が置かれるのを感じた。

「やあ、どうなったかな？　プライベート・ダンスの件は？」ジェイムスが訊いた。ウィルマはスモーキーに戻ろうとして、彼に背中を向けたまま、カウンターに寄りかかった。

「セイント・ピーター、ジェイムスがおかわりを欲しいって。いいでしょ、ジェイムス」彼女は振り向くと、夫《デューイ》がいつも〝ベッドルーム・アイ〟と呼んでいた眼つきで彼を見た。

「いいとも、マァム。ふたつもらえるかな？」彼はバーテンダーに向かって言い、それからウィルマに向かってもう一度ささやいた。「プライベート・ダンスはどうかな？」

「百ドル持ってる？」ウィルマはできるだけセクシーに聞こえるように訊いた。

「千ドルある。それを全部使ってもいい」

ウィルマは驚きのあまりことばを失った。数秒後、カウンターに身を乗り出してピーターを手招きし、耳元で何かささやいた。

「わかった」とピーターは言い、肩越しにジェイムスを見てからウィルマに眼を戻した。

「こっちよ」ウィルマはそう言うと、ジェイムスの手を取ってドアのほうに向かった。あえて何も考えず彼を階上《うえ》に導くと、眼にした最初の部屋に入った。部屋の真ん中には茶色い革製の椅子――ところどころにつぎあてがされていた――が置かれていた。椅子の左にはコーヒーテーブルがあり、右の壁際の床の上には古いラジカセが置かれていた。ウィルマは自分のドリンクをコーヒーテーブルの上に置き、素早くジェイムスのほうを向いた。

「坐って。すぐに戻るから」階段を下りると、ピーターが手すりの後ろにジャック ダニエルのNo5を置くところだった。

彼女はボトルを手に取ると階段を見た。わたしはいったい何をしているの？ ボトルを床に置くと腕を組んだ。まだ遅くない。更衣室に行って着替えたら、三十五分でミズ・ヨストの家に着く。生活費を稼ぐ方法はほかにもある。だが、そのとき娘たちの顔が眼に浮かんだ。ユニフォームを買ってやれなかったらローリー・アンはチアリーダーになれないだろう。それだけではない。娘たちのためにもっとしてやりたかった。大学。様々な機会。ほんとうのチャンスを。彼女が手にしていないすべてを。

ボトルを手にするとふたを開け、ぐいっと飲んだ。「自分がしたいからするのよ」彼女はダーラの言ったことをもう一度声に出して言った。それを信じようとして、階段を上った。ドアの前でもう一口ウィスキーを飲むと髪を後ろにかき上げた。

そして覚悟を決め、ドアを開けた。

しかし、革椅子に坐っている人物を見たとき、ウィルマは思わずウィスキーのボトルを落としそうになった。

「やあ、ウィルマ」

「はい――」彼女はそう言うのがやっとだった。ジャック・ウィリストーン？　ドアを後ろ手に閉めると、ジェイムスを探して部屋のなかを見回した。

「落ち着け、スモーキー・ザ・ベア（米国森林保護局のマスコット・キャラクターの熊のスモーキーのこと）」とジェイムスが言った。彼の声は階下《した》にいたときより冷ややかだった。「その人の言うことを最後まで聞くんだ」

ウィルマは椅子のほうに向きなおった。足は床に貼りついたまま動かなかった。

「ウィルマ、どうか――」ウィリストーンは椅子の前のテーブルを身振りで示しながら言った。「坐ってくれ。君といくつか話し合いたいことがある。そうだな、まずなぜここにいるのか説明しよう」

まだショックを受けていたが、ウィルマは何とか足を動かして言われた通りにした。

「デューイのことだ、ウィルマ。デューイの死後、君には十分なことをしてやれてないんじゃないかと思ってる。どうしてた？」

ウィルマは何とか立ち直ろうとした。

「何とかやってきたわ。そういうことを言ってるなら。わたし……」彼女はジェイムスのことを聞きたかった。どんな関係なのか。が、まだ心の準備ができていなかった。

「デューイがいなくて、つらかっただろう」

彼女はただ頷いた。話はどこに向かってるの？

「そう、だからここに来たんだ」彼が革椅子のなかで急に身を乗り出したのでふたりの膝がほとんど触れそうになった。「君の力になりたい」

「どうして？」ウィルマは考えをそのまま口にした。

「理由はふたつある。ひとつは君がとても重要な従業員だった男の未亡人だからだ。そしてわたしはやるべきことを君にしてやれていないと思っている」

すべてがウィルマにとって申し分ない話に聞こえた。今はショックも消え去っていたが、彼のことばはどこか虚ろに響いた。ならばこの奇妙な会合は何なの？

「ふたつ目の理由は？」彼女は毅然《きぜん》とした口調で訊いた。そこにシンプルなメッセージを込めようとした。たわ言はやめにしてちょうだい。

「わが社は、デューイの事故で死んだ被害者の遺族から訴えられている。彼らはデューイのまずい運転のせいで被害者家族が死んだと主張している」彼はことばを切ると、ドリンクを一口飲んだ。

ウィルマは、それまで身を乗り出してひじを膝の上に置いて聞いていたが、今は腕を組んで椅子に深く坐っていた。そういうことね、と彼女は思った。

「彼らはこうも言っている。我々、つまり会社がデューイの雇用管理、訓練そして監督を怠っていたと」彼は再びことばを切った。ウィルマは、彼が彼女の反応を見ているのだとわかっていた。

「それで？」

「我々は裁判のことでいくつか質問をしたい」

彼女は肩越しにジェイムスを見た。彼はまだドアの近くに立っていた。「我々？」

「ああ、主にわたしだ。ここにいるボーンはこの会合を設定するために使ったわたしの部下だ」

「ボーン？」もう一度肩越しに男を見た。ジェイムスが今度は彼女にウインクを返した。

「ニックネームだ」と彼は言った。

「実際にはジムボーンだ。縮めて〝ボーン〟と呼んでいる。何にちなんでつけたかなんて聞かないでくれよ」ウィリストーンが今は笑いながら言った。ウィルマは怒りを爆発させた。

「彼は一晩中ラップダンスに金を払って、この部屋でのＶＩＰダンスをリクエストした」彼女は歯を食いしばるようにして言った。「それも全部計画だったってわけ?」

「実はそうだ」ウィリストーンは乾いた笑みを浮かべて言った。「ボーンが君をこの部屋に連れてくることができれば、君はすでに自分の体を売る決心がついていることになる」彼はことばを切った。ウィルマは肌が冷たくなるのを感じた。「わたしが提案しようとしているのは、もっと簡単に大金が手に入る方法だ」

「帰る」ウィルマはそう言うと、テーブルから立ち上がった。「あんたたちはどうかしてるわ」しかし立ち上がろうとしたところを、ジムボーンに腕をつかまれた。

「それはどうかな、お嬢さん。この人の言うことを聞いてみないか? 聞けばきっと喜ぶと思うがね」

「放して。じゃないと大きな声をあげるわよ」とウィルマは言った。

「好きなだけ叫べばいい」ウィリストーンが言った。「ラリーにはこの会合は荒っぽいものになるかもしれないと言ってある」

ウィルマはまた唖然《あぜん》とした。「ラリーも……このことを知ってるの?」

ウィリストーンが笑った。「ラリーとわたしは古くからの知り合いだ。彼に最初に出資したのが誰だかわかるか? この部屋で何回ヤッたかわからんくらいだ。いいだろう、叫んでみろ。気がすむまでいい子を気取ってればいいさ」

涙がウィルマの眼のすみにあふれてきた。彼女はコーヒーテーブルに腰をおろした。ちくしょう、ちくしょう。

「ウィルマ」ウィリストーンの口調は穏やかになった。「君がいろいろと苦労していることは知っている。それにこんなやり方をしたことをすまないと思ってる」間《ま》を置いてから続けた。「彼らは接触してきたのか？」

彼女はまだ泣いていた。考えていたのは、ウィリストーンの言う通りだということだけだった。彼女はこの部屋に入った瞬間、自分の体を売ることに同意していたのだ。

「彼らは接触してきたのか？」ウィリストーンは繰り返した。声が大きくなっていた。彼女は肩に手が置かれるのを感じた。ジェイムスだ……ジムボーン……何者なの？

「さあ、話すんだ。その人の質問に答えるんだ。誰も君を傷つけたりしない」

「彼らは接触してきたのか？」ウィリストーンは三度目の質問をした。

「彼ら？」彼女の声は弱々しかった。

「遺族だ。遺族の弁護士。この裁判で我々を訴えている連中だ」

嘘を言っても意味がないことはわかっていた。彼らはすでに知っていて、わたしを試しているのだ。

「ええ」と彼女は言い、ウィリストーンを見た。

「誰だった？」

「弁護士よ。リックという名前だったわ。彼と女性——アシスタントだと思う——が二週間前にわたしに会いにサンズにやって来た。デューイのことを聞いたわ。事故のことを」

「何と言ってた？」

「彼はあんたたちがデューイにやらせていたスケジュールのことに一番興味を持っていた。わたし……わたしはあんたたちに腹を立ててた。だからわたし――」

「何を言った？」

「彼らにスケジュールはめちゃくちゃだったって言ったわ。そうでしょ？　誰もがめちゃくちゃだって知ってた。それに」――ウィルマは息を吸った――「それにわたしがデューイの運行記録を改ざんするのを時々手伝っていたことも話した。彼らは満足していたようよ」

ウィリストーンは何も言わずに椅子から立ち上がり、コーヒーテーブルにあったウィスキーをひったくった。彼はボトルからぐいっと飲むと頷き、さらに軽くもう一杯口にした。

「そいつを修復しなきゃならないな、ウィルマ。それじゃだめだ」彼は頭を横に振った。

「それじゃ全然だめだ」

「プランBですか？」ジムボーンはそう尋ねると、ウィリストーンをじっと見た。

ウィリストーンはウィルマの肩越しにジムボーンを覗き見て、ゆっくりと頷いた。

「ああ、そうだな。いずれにしろ変更が必要だ」ウィリストーンはウィルマに眼を戻した。

数秒後、彼はコーヒーテーブルの彼女の横に坐り、ウィルマの肩に腕を回した。彼女は怖かった。これまでの人生で味わったことがないほど怖かった。

「我々はそいつを修復できるはずだ。だが君が話してなかったらもっと簡単だった」彼はほほ笑み、優しく彼女の髪をなでた。

「ひとつ質問させてくれ、ハニー」

「この部屋に来たということは、少なくとも千ドル手に入れるつもりだった。そうだな？」

彼女は頷いた。

「服を脱いで、ボーンのために裸で踊る準備はできていた」

再び頷いた。

「この部屋で起きていたであろうことを考えれば、君はもっと先に進む準備もできているということだな？」彼女が答えないでいると、彼はひじで彼女のひじを軽く突いた。「その千ドルのためだったら、ダンス以上のこともできるよな。そうだろ、ウィルマ」

彼女はまた泣いていた。ウィリストーンはやっとことばを切った。立ち上がって革椅子に戻ると足を組んで坐った。

「いいか、わたしは君にその手のことをしてもらおうとは思っていない」

彼が詳しい話を始める前に、ウィルマは眼を拭って、焦点を合わせようとした。

「何がお望み？」彼女が訊いた。

「簡単だ。わたしが君にしてほしいことは、裁判のときに突然記憶をなくすことだ。そしてその記憶喪失に対して君に十万ドル支払おう。五万ドルを今、残りは裁判のあとだ」

「記憶を……なくせっていうの？」と彼女は訊き返した。ウィリストーンの要求に戸惑っていた。

「ああ、そうだ。証言録取についてはドレイクを無視しろ。忙しくて話をする時間がないと言うんだ。やつが迫ってきたら適当にごまかせ。これ以上具体的なことに同意するな。ただ彼に話した通り証言するとだけ言っておくんだ。そして、証言台に立ったら、肝心なことはすべて忘れてしまえばいい。明らかに否認しなければならないのは運行記録の改ざんを手伝ったということだけだ。わかったか？」

ウィルマは頷いた。

「いいだろう。取引成立だな？」

ウィルマは震えた。これは正しいことじゃないとわかっていた。明らかに間違っている。そうわかっていた。デューイの運行記録が正しくないことを知っているのと同じくらいに。でも、ほかにどこでこんなお金が手に入ると言うの？

彼女はウィリストーンの手からウィスキーのボトルを奪うと、それをあおった。のどの奥が焼けるように熱かった。

彼女は酒のしずくをあごに垂らした。ウィリストーンが手の甲でそれをぬぐう。

「で、どうなんだ？」

もう一口ぐいっと飲むと、ボトルを床に置いて言った。

「二十万ドル」と彼女は言った。「半分を今、もう半分を裁判のあとに。あんたの言う通りにしたら、裁判の行方にかかわらずお金をもらう。あんたたちが負けても罰はなしよ」

「なるほど、このくそアマが」とウィリストーンは言い、笑った。「交渉しようっていうのか」

「そうよ。宣誓のもとでもっと嘘をつかなきゃならないんでしょ。あんたたちはデューイを死ぬまで走らせた。そのことをわかってるはずよ」

ウィリストーンは腕を組み、ウィルマと眼を合わせた。

「十万ドル、持ってきてるか？」と彼は訊いた。視線はウィルマに向けたままだった。

「ああ、ボス」彼女はジムボーンが後ろで話すのを聞いた。

「いいだろう、ウィルマ。だが合意する前に、もうひとつだけ追加の条件がある」彼の声は冷たく、悪意に満ちていた。「おまえが覚えていないと証言するときに、嘘をつくかどうかという点には意見の不一致があるようだな。覚えていないと証言することは、作り話じゃなく、真実だ。だが、君はどうやらそう思っていないようだ。そう……」彼は身を乗り出して近寄ってきた。ウィルマは金を上乗せして要求したことをすでに後悔していた。何てばかなの。「もし嘘に金を払うなら」ウィリストーンが続けた。「本物にしなきゃならない。裁判では、覚えていないではなく、知る限りスケジュールには問題なかったと証言するんだ。つまり、デューイのスケジュールは忙しくなかったし、もっと走りたがっていた。わかるな？」

「裁判まではどうなるの」と彼女は訊いた。身震いが止まらなかったが訊かずにはいられなかった。

「ただ遺族の弁護士から逃げていればいい。連絡して来たら、証言はするが話をする時間がないと言え。遠ざけておくんだ。奴が会いに来たら、あいまいなことを言って、さっさと追い払うんだ。これ以上情報は与えずに、お前がスター証人だと思わせておけ。そして裁判ではこちらのスターになる。奴がお前を証人台に立たせたら、思い切りケツを蹴飛ばしてやれ。わかったか《コンプレンデ》?」

彼女はもう少しでそんなことはできない、と言いそうになった。事実、そう言いたかった。最初に提案された取引に戻りたかった。覚えていないと言うことのほうがはるかに簡単だった。でも、戻れなかった。十三歳のときに行った週末の家族旅行でアラバマ州ディケーターにあるポイント・マラード・ウォーター・パークの三番目の飛び込み台にのぼったときのことを思い出した。三番目の飛び込み台は一番高かった。そこにのぼったとき、はしごを戻って降りたくなった。が、できなかった。飛び降りるしかなかった。今同じ気持ちを味わっていた。彼女は同意のしるしにウィリストーンに頷いた。

「いいだろう、ウィルマ。二番目の条件だ。もしお前がこの取り決めについて誰かに話すか、お前のほうから取引を反故《ほご》にしたら死んでもらう。聞こえたか?」

彼女は、息に混じったウィスキーのにおいがわかるくらい近寄った。彼女は頷いた。

「お前の娘たちもだ。おれたちは躊躇《ちゅうちょ》しないぞ、ウィルマ。それにあの女……」指をパチンと鳴らすと眼を閉じた。「あの婆さんの名前は何と言ったかな、ボーン」

「ミズ・ヨストです」

「ミズ・ヨストもだ。おれたちは躊躇しない、ウィルマ。わかったな?」

ミズ・ヨスト? 娘たち? 彼らは彼女のことを全部知っている。彼らはやるだろう。間違いなかった。彼女はポーカーフェイスを保ちながら頷いた。だが表情が歪《ゆが》んでいることがわかっていた。

「もうひとつ」

さらに近づいた。ほおひげを顔に感じた。

「二十万ドル欲しいのなら、ちょっとはサービスしてもらわなきゃな」彼はそうささやくと、手を彼女のTバックの紐の下に入れた。

ほんの一瞬だけ逃げ出しそうになった。声をあげてなんとかしようと。そのとき、ジャック・ウィリストーンの冷たく険しい眼を見た。

無駄だ。そう思った。彼らはわたしを見つけ出す。どこへ逃げても……見つけ出すに違いない。

「わかったわ」彼女はささやき返した。

第四部

32

フェイス・バルヤードはノースポートのライス・マイン・ロードの袋小路の奥に住んでいた。二階建ての家には円形の車よせと大きな裏庭らしきもの――人目をさえぎるように設けられた柵に囲まれていた――があった。リックは家の前の縁石に車をとめ、イグニションを切った。午後五時三十分。周りは暗くなっていたが、街灯がその家を美しく照らしていた。バルヤード家の部屋のいくつかには、灯りが燈《とも》っていた。

「誰かいるみたい」とドーンは言った。

リックは胸がざわつくような感じを覚えながら頷いた。このミーティングはうまくやらなければならなかった。今日はここまで何の収穫もなかった。午前中の早い時間に、リックはウィリストーン運送会社の社長ジャック・ウィリストーンの証言録取を行った。デューイ・ニュートンが事故当日、モンゴメリーにあるウルトロンのガソリンスタンドに向かっていたこと以外は、何も役に立つ情報は訊き出せなかった。ルース・アンの証言録取も行われた。彼女は同情を引く証人ではあったが、ポイントを稼げるような証言を得ることはできなかった。明日はタイラーがローズ・バットソンを証言させることになっている。リックはそれが自分たちにとって有利なものにはならないとわかっていた。先月、リックはローズと何度も話をしようとしたが、その都度彼女に追い払われた。もう話すことはないと言われて。

　だが、ローズは少なくとも電話に出てくれた。フェイス・バルヤードは明らかに彼の電話を避けていた。何度かけても出なかった。朝。昼。夜。ハンク・ラッセルからもらった携帯電話とドーンが調べた家の電話のどちらも。

　リックはもっと早くにミズ・バルヤードの家を訪れたかったが、時間が取れなかった。この四週間は忙しすぎてよく覚えていないほどだった。テッド・ホルトとのミーティングのあった翌日の午前中に、リックはタイラーから開示請求を求める文書の入った箱を受け取った。そのなかには質問書や提出要求、自認要求が含まれ、いずれも三十日以内に回答しなければならなかった。タイラーの開示請求のすべてに応える一方で、リックとドーンはほかにも四つの申立てを進めなければならなかった。

　それにウィルマ・ニュートンのこともある。タイラーの質問書のひとつに、訴訟上の請求の裏付けとなる事実を知っている、あらゆる証人の氏名を求めるものがあった。リックは裁判でウィルマに証言させ、タイラーを驚かせたいと思っていた。が、質問書はその余地を与えてくれなかった。彼女を証人としてリストに載せる以外に選択肢はなかった。

　彼はウィルマの証言を取るだろう。リックにはわかっていた。

「ねえ、大丈夫？」ドーンがリックの腕をつついて訊いた。

　リックは深く息を吸った。「ああ、少し神経質になってるだけだ。うまくいかないんじゃないかと思って」

「やってみなければわからないわ」とドーンは言った。ドアを少し開け、リックのほうを振り返った。「ウィルマのところに行ったのは正しいことだったじゃない。きっとこれも同じよ」

たぶん、そうだろう。リックはそう思い、ドアを開けて砂利の敷き詰められた小道を家に向かって歩いた。ほんとうに、そうだろうか？

五十歳くらいの女性がドアベルに応えて出てきた。リックとドーンを見て疑わしげな表情を浮かべた。

「どちら様かしら？」

「ミズ・バルヤードですか？」できるだけ感じよく聞こえるように訊いた。

「ええ」

リックは素早く息を吸った。「ぼくはリック・ドレイク、彼女は事務員のドーン・マーフィーです」

ミズ・バルヤードは眼を細めた。「ええ……ああ……」まばたきを繰り返しながら、リックからドーンへ、そしてまたリックへと眼をやった。「電話をくれた弁護士のかたね」

「ええそうです、奥さん《マァム》。十五分だけ時間をいただけませんか」

ミズ・バルヤード――背が高く、運動選手のような女性だった――は後ろを見て、そして腕時計を見た。「ほんとうは電話をしてほしかったわ。今からスポーツジムに行くところなの。そのあとは子どもたちに夕食を作らなければならないし」

「電話はしました。何回も電話をしましたし、少なくとも一ダース以上はメッセージを残しました。お願いです、十五分でいいんです」

ミズ・バルヤードは彼らに背中を向けた。リックはそのまま彼女が眼の前でドアを閉めてしまうのではないかと思った。やがて彼女は振り返るとふたりに入るように身振りで示した。

「入って。キッチンに行きましょう。コーヒーを作るから」

五分後、三人はフェイス・バルヤードのキッチン・テーブルについていた。淹《い》れたてのコーヒーの香りが部屋を満たし、リックはそれを吸い込んだ。少し気が楽になってきた。二階から笑い声に混じって足音と叫び声が聞こえた。

「うるさくてごめんなさい」ミズ・バルヤードが言った。「子どもたちがフットボールの練習から帰ってきたところで……」ため息をつきほほ笑んだ。「何て言うか――十代の男の子だから」

リックは彼女に笑みを返した。「心配いりません。わたしもちょっと前まで十代でした。いつも母にうるさいと言われていました」

ミズ・バルヤードは笑って、コーヒーを一口飲んだ。

「で、どうすればいいの」

背景をもう一度すべて説明する代わりに、リックは直接核心に迫ることにした。「一ヵ月前、モンゴメリーのウルトロン工場でハンク・ラッセル氏と会いました。ウルトロンの弁護士もそこにいたので、実際にはほとんど話すことはできませんでしたが、彼が名刺をくれました。ミーティングのあとで見たところ、あなたの名前と携帯電話の番号が裏に手書きで書かれていました。そこで考えたんです。彼は我々の力になろうとしていて、我々の依頼人の家族が死んだ事故のことで、あなたが何か知ってると伝えようとしたんじゃないかと。あるいはほかに何か関係すること……例えばウィリストーンのドライバーのスケジュールについて」

ミズ・バルヤードはコーヒーカップを両手で持ち、その黒い液体をじっと見つめていた。何秒かして、ため息をつくと顔を上げた。「わかってほしいのは、ハンクは夫のバックにとって、良き相談相手だったということ。夫は……火事で死んだわ」

「とてもお気の毒です」リックがお悔やみのことばを言った。

「ありがとう」ミズ・バルヤードが言い、コーヒーを一口飲んだ。「ハンクは少し年上だったし、ウルトロンでも先輩だった。問題があると、夫は幹部に報告する前によくハンクに相談して意見を聞いていた」彼女はことばを切った。「バックはハンクに話していたわ。ウィリストーンの……問題についても」

「ウィリストーンの……問題？」リックは繰り返した。

ミズ・バルヤードが頷いた。「彼らは話がうますぎた。バックがジャックとの契約にサインすると、出荷量は二十パーセントアップした。すべてが今までより早くなった。ガソリンを以前よりも早く届けることができ、より効率的になった。つまり、わたしたちの顧客もガソリンをもっと売ることができて、わたしたちも儲かるってわけ。ウィリストーンとのパートナーシップによって、バックは南東部地域で最も優秀な工場長になった。当時、アラバマ州にウルトロンの工場はタスカルーサしかなかった。モンゴメリー工場は建設中だったけどまだなかったの。そのころハンク・ラッセルは、まだテネシー州のチャタヌガ工場で働いていた」

リックは眉をひそめた。「つまりウィリストーンと仕事をすることは、ご主人にとってもウルトロンにとってもいいことだった。何が問題だったんですか？」

ミズ・バルヤードはもう一口コーヒーを飲んだ。「さっき言ったように、話がうますぎたの。バックは彼らが運輸省の規則を破っているかもしれないと言っていた。いくつかの積荷証券を見ると、時間が合ってなかった」

「どういう意味ですか？」とリックは訊いた。

「ウィリストーンのドライバーは、工場で荷物を受け取るときに積荷証券を受け取る。そのとき積荷証券に受取時間がスタンプされるの。そして予定引渡時間も記載されている。そうね、例えばハンツビルにあるシェブロンのガソリンスタンドにガソリンを運ぶとするわ。タスカルーサからハンツビルまではおよそ三時間。せいぜい十五分くらいの誤差ね。ウィリストーンが荷物を積んで、うちの出荷係が午後一時にスタンプを押すと、予定引渡時間はおそらく午後三時になるの」彼女は肩をすくめて続けた。「そう、ドライバーには二時間しか与えられない」

「それでは……かなり遅れてしまうんじゃないですか？」

ミズ・バルヤードは首を振った。「そこなのよ。彼らは絶対に遅れない。我々の顧客がウィリストーンを気に入っているのは彼らが常に時間を守るからなの」

「でもどうやって……？」リックはことばを切った。胃が抑えつけられるように感じた。

ミズ・バルヤードは悲しそうにほほ笑んだ。「どうすると思う？」

「スピード違反をしなければならなかった」ドーンが叫ぶように言った。眼を大きく見開いてリックを見ていた。

ミズ・バルヤードは頷いた。「バックはそのことを知っていた。そして間違いなくハンクにも話していたはずよ。バックはいずれそのしっぺ返しが来ると言ってたわ、そして」──彼女はリックとドーンに両手を使って身振りで示した。「どうやらそうなったみたいね」

リックはまばたきをして、フェイス・バルヤードが話したことを整理しようとした。「じゃあご主人によると、その積荷証券があれば、ウルトロンに大きなダメージを与える証拠になったかもしれないということですね」

「そうなったかもしれないわ」とミズ・バルヤードは言った。そして首を振った。「でも、もうない」

火事だ。リックもまた首を振りながらそう思った。「あなたはご主人が話していた積荷証券を見ましたか？　時間が合っていないやつを？」

フェイス・バルヤードは肩をすくめた。「見たと思うわ。おそらくハンクがあなたたちを寄こしたのはそのためだと思う。わたしの仕事は文書保管係なの。だからわたしはいつも出荷係が保管のために積荷証券を持って来るとそれにサインをする」彼女はため息をついた。

「時間について気をつけて見たことはない。けど、わたしのサインはうちの会社が積荷証券を受け取って、荷物が工場を出発したことを意味している。単に文書保管のためだけだから、時間について注意して見たことはないわ。わたし……わたしはバックが話してくれるまで何が起きているのか気がついていなかった」彼女はことばを切った。眼には涙があふれていた。

「どこかのガソリンスタンドで積荷証券のコピーを保管していませんか？」とリックは尋ねた。絶望感に襲われるのを感じながら。

「いいえ。ドライバーがコピーを持って、わたしたちが原本を保管する。それだけよ」彼女は肩をすくめた。「ウィリストーンが持っているかもしれないけど、疑問ね」

リックはすでに積荷証券の提出をウィリストーンに求めていたが、彼らは持っていないと主張していた。また、事故でニュートンのトラックが爆発していたので、デューイの持っていた積荷証券のコピーも手に入れることはできなかった。

「ミズ・バルヤード、受取時間と引渡時間のあいだがタイトすぎたことについて、ご主人が話したこと以外にも、個人的に何かご存じじゃないですか？」

彼女は首を横に振った。「バックが話してくれたことだけよ」

リックは気分が落ち込んでくるのを感じていた。フェイス・バルヤードが、バックが話したこと以外に何か個人的に知っていれば、ウィリストーンにダメージを与え、おそらくウルトロンを被告に追加することができるだろう。積荷をより早く届けさせるためにウィリストーンのドライバーにスピード違反をさせ、時間通りに届けるように強制したこととの共同謀議。ウィルマの証言とデューイ・ニュートンが六十五マイル制限のところを八十マイルで走っていた証拠を合わせれば、ウルトロンとウィリストーンは、数百万ドルの和解を求めてくるだろう。だが、このままでは証拠となる書類がないうえに、伝聞証拠以外のなにものでもなかった……

リックは深く息を吸った。もし彼がウルトロンを訴えれば、バックがフェイスに話したことは伝聞証拠とはみなされないとわかっていた。被告自身による供述。リックは教授の証拠論の授業を思い浮かべながらそのことを思い出していた。バックはウルトロンの工場長だった。彼がフェイスに話したことは被告自身の供述にあたり、伝聞証拠の定義にはあてはまらない。だがリックは胃が縮まるように感じた。彼らは夫婦間の秘匿特権に守られている。もしバックが彼女に話したという記憶だけに基づいてウルトロンに訴訟を起こせば、フェイスは秘匿特権を主張して訴えを無効にするだろう。

「ほかに何か？」リック、そしてドーンを見てフェイスは訊いた。「夕食を作るのに間に合わせるには、ほんとうにもう行かなければならないの」

「ミズ・バルヤード、もし我々がウルトロンを過失で訴えた場合、証言台に立ってご主人が積荷証券についてあなたに話したことを陪審員にも話してもらえますか？」リックが訊いた。

胸の中では心臓が高鳴っていた。フェイスは眉を吊り上げた。「あなたを裁判で勝たせるために、自分の夫を売れっていうの？」

「いいえ、わたしはあなたにふたつの大会社のあいだの共謀が、結果としてわたしの依頼人の家族を殺したことを暴いてほしいんです」とリックは言った。断固とした口調だった。

「ハンク・ラッセルも自分の職を危険にさらしてまで我々を助けはしない。書類がなくなった今、陪審員に真実を聞かせたいというわたしの依頼人の希望をかなえるには、あなたしかいないんです。お願いです、ミズ・バルヤード」

「無理よ」フェイスはそう言って首を振った。「わたし……わたしにはできない。ごめんなさい」

リックはすぐに抗議しようとしたが、ドーンの興奮した高い声がそれをさえぎった。

「ミズ・バルヤード、ウィリストーンかウルトロンがあの火災に関係していると考えたことはありませんか？　書類を燃やし、あなたのご主人を殺した火災に」

くそっ。フェイスの顔が赤くなったのを見て、リックはチャンスを失ってしまったことを悟った。「気にしないでください、ミズ・バルヤード」そう言ってドーンを険しい眼つきでにらんだ。「我々がほんとうに必要としているのは――」

「あなたのほしいものを与えるつもりはないわ」フェイスはテーブルから立ち上がって言った。彼女の手は怒りで震えていた。彼女は震える指でドーンを指さして言った。「消防保安官は放火の可能性はないと言ってる」そしてリックのほうを向くとドアを指さして言った。

「あなたにあげた十五分は終わりよ」

33

「ごめんなさい」ふたりが車に戻ると、ドーンはそう言って顔を伏せた。

「気にするな」とリックは言った。怒りを表さないように努めた。ドーンが邪魔をしなかったとしても、フェイス・バルヤードは証言について意見を変えることはなかっただろう。

「素人みたいにあんなことを口走るべきじゃなかった。ほんとうにひどかった。それにあなたのしようとしていたことをめちゃくちゃにしてしまった」

リックは肩をすくめた。「たぶん彼女から得られるものは全部手に入れたと思う。それに、実際彼女は君の質問には答えなかった」

「その通りね」とドーンは言い、頷きながら、少し気分を持ち直した。「彼女は質問に答えなかった。でも彼女から夫とウィリストーンについて聞いたあとでは、火災の件は以前よりもうさん臭くなったわ。その積荷証券はウィリストーンの致命傷になったはずよ」

「ウルトロンにもだ」とリックは付け加えた。「もしバルヤードが運輸省規則違反を知っていて、会社の儲けのためにそれに嫌々ながら従っていたとしたら、ウルトロンも訴えることができただろう。だが、バルヤードの死と書類が消失したことで……」彼はため息をついた。このミーティングはまるでひどい嫌がらせのようだった。得た情報は素晴らしかったのに、それを法廷で証明することができない。

「おそらく、ウルトロンを訴えることができなければ、バック・バルヤードがミズ・バルヤードに話したことはすべて伝聞証拠になる」リックの心を読むようにドーンは言った。

「ああ」とリックは言った。「ウルトロンが被告となれば、被告自身の供述になる。しかしウルトロンが被告にならなければ、伝聞証拠となってしまう」

「でも、ウルトロンが被告になっても夫婦間の秘匿特権があるから彼女に証言させることもできない」ドーンは付け加えた。

「ビンゴだ。証拠に注意を払っているのが、ぼくだけじゃないとわかってうれしいよ」

「じゃあ彼女が話してくれたことは何も証拠にはならないってこと？」とドーンは訊いた。

リックと同じように動揺していた。

「ああ、駄目だ」

「ウィルマは？　彼女は積荷証券を持ってないかしら？」

「可能性はある」とリックは言い、肩をすくめた。「だがディック・モリスを見つけるほうがより確かだろう」

再び、ドーンが顔を伏せた。「ごめんなさい、リック。ほんとうならもうモリスを見つけていなきゃならなかったのに。先月はひどく忙しくて、それに――」

「君のせいじゃないよ」彼はさえぎって、車を事務所の駐車場に入れた。「ぼくも彼を見つけようとしたが駄目だった。それに毎年ファウンズデールのザリガニ祭りに行っていて、あの土地になじみのあるパウエルでさえまだ見つけていない」

「ザリガニ祭りはこの週末じゃなかった？」

リックはクスッと笑い、車のドアを開けた。「ああ、あいつは今週も行くつもりだ。訊いて回ると言ってた。たぶんうまくやってくれるさ」

ふたりがビルに向かって歩いているとき、ドーンがリックの腕をつかんで言った。「ミズ・バルヤードとの話し合いをだめにしてしまって、ほんとうにごめんなさい。熱くなりすぎた」

「気にするな」リックはそう言うと、階段に続くドアを開けた。「いずれにしろ彼女は話を終えていたよ」

リックはドーンが通るのを待ち、彼女のあとに続いて階段を上がった。

ふたりが受付エリアに入ると、フランキーの机の上のコンピュータースクリーンに、一枚の書類がテープで留めてあった。今日の午後に何か郵便を受け取ったんだろう。フランキーは、裁判所の期限や証言録取に関する通知について、スケジュールを調整するのを忘れないように、よくコンピュータースクリーンに貼り付けていた。リックは自分の部屋に向かって歩き始めた。だが、ドーンの声を聞いて立ち止まった。

「リック、こっちに来て」

彼は言われた通りにした。ドーンはコンピュータースクリーンを指さしていた。

「見て」と彼女は言った。不安そうな眼をしていた。

リックはフランキーの机のほうに大股で進むと、その書類をスクリーンからはがした。訴訟に関する通知だとわかって、胃がひっくり返りそうになった。そしてそこに書かれていることばを読んだ。

嘘だろ。

それはヘンショー郡巡回裁判所からの命令だった。リックは上目遣いでドーンを見た。自分のまなざしがひどく取り乱して見えていることがわかっていた。それからその書類に眼を戻した。その命令をもう一度読み直すあいだ、彼の手は震えていた。

〝本訴訟は二〇一〇年六月七日に開廷する〟

34

フェイス・バルヤードはスポーツジムには行かなかった。その代り、ワインのボトルを開けてグラスに注いだ。もう一杯。さらにもう一杯。四杯目には手の震えも治まっていた。そして別のボトルを開けると、廊下をベッドルームへと向かった。子どもたちは元気だ。バックが死んでこの数カ月、彼らは互いに頼りあって生きてきた。ふたりのどちらかが階下《した》にやって来て、キッチンのテーブルに空のボトルを見つけたときは、彼女をひとりにしておいてくれた。フェイスは寝室のドアを閉めて鍵をかけると、グラスからごくごくとワインを飲んだ。バックが死んで最初の一カ月、彼女は毎晩酔って眠りについた。翌月は一週間に二回に減らした。十一月の末には、飲まずにいる時間を長くすることができた。誰かがバックのことを話すか、特に何かを思い出したときにだけ、酒に手を伸ばした。

今晩はそのうちのひとつだ。リック・ドレイクとドーン・マーフィーと話をしたことですべてが心によみがえってきた。悲しみ。虚《むな》しさ。そして何よりも罪悪感。

わたしの過《あやま》ちだ。彼女はそう思った。わたしがもっと理解してさえいれば……

火事の夜、バックはいつもの彼ではなかった。仕事から帰ってくるとすぐにジャック&コークを飲んだ。バックは酒好きではなかったので、週の半ばに飲むことはなかった。それは異常なことだった。フェイスは何かおかしいと思い、そのことを尋ねた。だが、彼は答えなかった。彼女と息子たちが夕食をとっているときも、書斎をうろうろしてはニュースを見ていた。ガラスが割れる音を聞いて書斎に駆け込んだときも、バックはそれを片付けようともしなかった。テレビの画面ではレポーターが燃えている野原を背に話していた。

「みんな死んでしまった」とバックは言った。「みんな」

レポーターは、ヘンショーであったウルトロンのガソリンを運んでいたウィリストーンの十八輪トレーラーとホンダ・アコードの事故のことを伝えていた。フェイスはバックを慰めようと肩に手を回した。彼女はすぐにわかった。これこそが、バックがウィリストーンと仕事をするときにいつも心配していたことなのだと。

「ハンクにはもう話したの?」と彼女は訊いた。

バックが彼女のほうを向いたとき、彼の眼には明らかに恐怖の色が浮かんでいた。「彼も助けにはならない。今回ばかりは」もっと何か言いたそうだった。が、代わりに彼女の脇を通ると鍵を手に取った。ガレージへ続くドアの前で立ち止まると、振り向くことなく言った。

「すまない、フェイス。いろいろと」

五時間後、フェイスは消防署からの電話を受けた。

もし話をしていたら。もっと話していたなら……

彼女はワインをグイッと飲み、グラスをベッドサイドテーブルの上に置くと、体を前後に揺り動かした。ふたりの結婚生活について、ここ二、三年間フェイスは何かがおかしいと感じていた。バックはめったに彼女に触れなかった。だが、フェイスは自分のことばかり考え、そのことを考えようとしなかった。子どもたちの活動や自分自身の仕事、そしていろいろなつきあいで忙しく、ほとんどセックスをする時間もなかった。工場長になってバックは遅くまで働くようになったが、時々帰ってきたときに変なにおいをさせていた。バーに行っていたような煙草くさいにおい。浮気をしてるのだろうか？　そうかもしれない、いやたぶんそうだろう。ふたりの生活は子どもたち中心になってしまい、ふたりともお互いのための時間を作ることはなかった。

最後の何カ月間、バックは何回かウィリストーンに関する不安を口にしていた。だが、彼女はちゃんとアドバイスをしてやらなかった。関係を切るのよ。今、どんなにうまくいってるかは関係ない。最後にはジャックとの取引で大やけどするわよ。

そしてその通りになった。まさに文字通りに。苦々しい思いで笑うと、涙が頬を伝った。火事が意図的なものだという証拠はなかったが、彼女には決して偶然には思えなかった。

ワインをもう一口飲み、さらにもう一杯飲もうかと考えていたとき、ベッドサイドテーブルの電話が鳴った。眼を閉じて出ないことにした。きっと子どもたちにでしょう。が、下の子の甲高い叫び声を聞いて思わず身をすくめた。

「ママ、ママに電話だよ！」

参ったわね。そう思い、坐り直して受話器を取った。さっさと済ませてちょうだい。

「もしもし」

「やあ、フェイス」男の声だった。大きく、不気味なほどなれなれしかった。「ジャック・ウィリストーンだ」

35

リックはほこりをかぶったソファに坐り、紙コップからまずいコーヒーを飲んでいた。神経が高ぶっているときの常として今も吐き気と戦っていた。今朝はもうすでに四回もトイレに行っていた。だが、今、テキサコの裏にあるミズ・ローズのアパートのリビングでは、どこにも行くことはできなかった。何とかごまかして、抑えるしかなかった。身を乗り出して見下ろすと、ズボンのすそが短いせいでソックスとのあいだに足が見えていた。素晴らしい、とリックは思った。彼の隣には、ジェイムソン・タイラーがクールを絵に描いたように坐っていた。ダークグレーのスーツに赤の勝負ネクタイ。足を組み、髪の毛は一本の乱れもない。彼らはミズ・ローズが接客から戻るのを待っていた。もうすぐのはずだった。

深く息をしてノートを見直しながら、リックはドーンかパウエルがディック・〝ミュール〟・モリスを早く見つけてくれることを祈っていた。リックは昨晩ウィルマに電話をした。彼女は積荷証券については、見た記憶はないと言っていた。ということは、彼らがミュール・モリスを見つけ、ミュールが積荷証券のことかデューイ・ニュートンの狂ったスケジュールのことを思い出さない限り、フェイス・バルヤードから聞き出した情報はすべて無駄になってしまう。

ドーンは、今もオフィスで電話をかけまくり、インターネットの隅から隅まで検索しているはずだった。一方でパウエルはザリガニ祭りに行っていた。ミュールを見つけてくれるはずだ。裁判の日まで二カ月を切っていることを思い出しながら、自分に言い聞かせた。ミュールを見つけなければならないと。

パタパタという足音がリックの眼を開かせ、胃を締めつけた。何秒かして部屋のドアが開き、ローズ・バットソンが入って来た。イライラしているようで、今にもやっつけてやる、という表情をしていた。

「さあ、いいよ。さっさと終わらせよう。三十分だよ」

「ミズ・バットソン、被告側資料Aとして記録する予定の書類を見てください」とタイラーが言った。声は優しく敬意にあふれていた。リックに言わせれば、そのどちらもジェイムソン・タイラーが持ち合わせているはずのない資質だった。こいつにオスカーを。リックはそう思い、うんざりした表情をしないようにと努めながら、タイラーが彼女の前に供述書を置くのを見ていた。

リック、タイラーそしてミズ・ローズ以外には、部屋にはヴィッキという名の魅力的なブロンドの法廷速記者しかいなかった。ヴィッキは速記用タイプライターをリビングのコーヒーテーブルの上に準備していた。

「わかったよ」ミズ・ローズが供述書を取り、ちらっと眼を走らせた。彼女は使い古された〈Ｌａ‐Ｚ‐Ｂｏｙ〉（米国の家具メーカー）の椅子に座っていた。リックは彼女が毎晩その椅子に座ってテレビを見ている姿を心に描いた。

「ミズ・バットソン、資料Aは何ですか？」

「事故のあとにあたしが書いた供述書だよ」ミズ・ローズはしっかりと、だが警戒するような口調で答え、危険な動物でも見るようにタイラーを見た。そうだ、いいぞ、とリックは思った。

「記録のために読み上げていただけますか、マァム」

ミズ・ローズは遠近両用眼鏡をポケットから出してかけると、眼の前に書類を持ち上げて読み始めた。「新鮮な空気を吸おうと外に出ました。八十二号線を西から十八輪トレーラーが来るのが見え、東からはホンダが来るのが見えました。ホンダがライムストーン・ボトム・ロードに曲がろうとウインカーを出しました。ホンダはトレーラーの前を横切り、トレーラーの運転手がブレーキを踏みました。衝突が起きたときはしばらくのあいだ、気を失っていました」ミズ・ローズは眼鏡をはずし、書類から顔を上げた。

タイラーはほほ笑んだ。「あなたが今読み上げたものは、事故のときのあなたの記憶を適切かつ正確に表現したものですか？」とタイラーは言った。彼の声はまだ、リックがこれまでに聞いたことのない敬意に満ちていた。

「事故のことはあまり覚えていないけど」とミズ・ローズは話し始めた。「これは事故が起きた直後に書いたものだよ。嘘をつく理由はないさ」

タイラーは足を組み、一呼吸おいた。「ミズ・バットソン、あなたは資料Aを事故が発生した直後に書いた。間違いありませんね？」

「ああ、そう言っただろ」

「そして、ページの最後にはあなたの署名があります。そうですね？」

「そうだよ」

「ミズ・バットソン、あなたの供述書にはこうあります――引用しましょう――〝ホンダはトレーラーの前を横切り、トレーラーの運転手がブレーキを踏みました〟間違いありませんね？」

「ああ」とミズ・ローズは言い、リックに視線を投げた。「その通りだよ」

「そしてあなたは電話で、ホンダの運転手が曲がり始めたとき、トラックはホンダからちょうど百ヤード手前にいた、とわたしに話してくれました。間違いありませんか?」

リックは緊張した。聞いた瞬間に前もって決められた質問だとわかった。恐怖心が襲ってきた。

ローズは頷いた。「ああ、だいたいそのくらいだったよ」

「わたしからは以上だ」とタイラーは言い、リックにほほ笑みかけた。リックの恐怖心はさらに高まった。

彼は専門家証人を用意している。うつむいて砂利道を自分の車へと向かいながら、そう思った。不安が血管の中を脈打っていた。そうじゃなければなぜ距離のことを彼女に確認したんだ? 彼はぼくがしたように事前に彼女と話している。そしてブラッドショーがトラックを見ていたはずだと証明できる鑑定人を見つけたんだ。吐き気が波のように押し寄せてきた。もしタイラーが事故鑑定人を雇っていて、そのことを隠しているとしたらそのときは……。いや彼はまだ専門家証人の名前を開示していない。考え過ぎだ。

リックは不安を振り払おうとした。が、できなかった。この証言録取が彼にとって不利に働くことははじめからわかっていた。だが、不安な気持ちになった。何か重要なことを見落としているような気がした。

もう少しで車に着くところで、タイラーの声が彼を止めた。

「裁判の期日を知らせる命令は見たかい、リック?」とタイラーは尋ね、リックのサターンの隣にとめてあった深紅のポルシェに、キーレス・エントリー装置を向けた。法廷速記者のヴィッキが彼の隣を歩いていた。

「六月七日だ」とリックは答えた。

タイラーはファイルをポルシェの中に置くと、腰をかがめてエンジンを始動させた。ヴィッキは車の反対側に回って助手席のドアを開けた。リックはふたりが同乗して来たとは知らなかった。

「あっというまだ」とタイラーは続けた。車のドアを開けたまま、リックに近寄った。「わかってるだろうが、ミズ・バットソンの証言がある以上、我々の勝利は確実だ。だが、クライアントはそれでも和解してもいいと言っている。当事者間で合意すれば裁判の必要はないからな」

ろくでなし野郎の傲慢な物言いにもかかわらず、和解の申し出を聞いて、リックは腕に鳥肌が立つのを感じていた。「ミズ・ウィルコックスに話して回答する」とリックは言った。

「ああ、そうだな」とタイラーは言った。「教授にも相談するといい。彼はなるべく損失を抑えて、友だちのために何がしかのものを与えたいんじゃないかな」

リックは鼻を鳴らした。血圧が上がるのを感じた。「ひとりで決められる」

「もちろん、そうだろう」とタイラーは笑いながら言った。「ところで、ぼくにはなぜ教授が君にこの事件を紹介したのか、どうしても理解できないんだ。どうやら、彼はジェリーにこの事件を紹介したくなかったみたいだな。たぶんジェリーの部下ならこの件をすぐに和解にできただろうに。何で君なんだろうか？」彼はことばを切った。「ぼくの考えを聞きたいか？」

「選択の余地はないんだろ？」とリックは言った。

「彼は自分をめちゃくちゃにした学生に復讐がしたいのさ。ミズ・ウィルコックスのこともよく思っていないに違いない。たぶんうまくいかなかった昔の恋人か、ジュリーの友人のひとりで、彼のことを相手にしなかったんだろう。とにかく、彼がこの事件を君に紹介したのは、君の手には負えないとわかっているからだ。君とのトラブルは彼の退職の理由のひとつだ。だから彼は負けが確実な事件を君に紹介することで、仕返しをしようとしてるんだ」タイラーは一呼吸おいた。「なんてひどい奴だ」そう言ってクスッと笑った。「しかもそれだけじゃない。愛人を雇って、君のために働かせてる。ほんとうにあきれたもんだ」

リックは体から血の気が引くのを感じた。「今、何と言った？」

タイラーは満面に笑みを浮かべて言った。「彼の愛人だよ」

タイラーはジャケットのポケットに手を入れ、マニラフォルダーを取り出した。「ほら、自分で見るといい」

リックはフォルダーを取った。最初の写真を見たとき、心臓が締めつけられる思いがした。

何だこれは――？

「わたしのお気に入りは濡れたTシャツのやつだよ」タイラーは写真をめくるリックの手元を指さして続けた。「いい年をして、と責めることはできないよ。ミズ・マーフィーはわたしが今まで会った中でもとびきりいい女だからな」タイラーは、驚きのあまり何も言えないリックから写真をもぎとった。

「君の依頼人がこの事件を何とかしたいと思っているなら知らせてくれ」タイラーはそう言ってリックの背中を叩き、開いたままのポルシェのドアをつかんだ。「我々は事故鑑定人を押さえているが、費用を抑えられればそれに越したことはないからね」タイラーは歯をむき出しにして笑った。「まだ専門家は雇ってないのか、リック？」

「あ、あ、あんたは間違ってる」リックは質問を無視して、どもりながら言った。「ドーンのことだ」

タイラーは首を振った。「わたしが？　そもそも君はマーフィーに給料を払ってるのかい？」リックが答えないでいると、タイラーは笑い転げた。「ドン・マーフィーはクラスの上位二十パーセントに入る学生だぞ、君。母親と一緒に暮らしていて、五歳の子どももいる」彼はことばを切った。「無料奉仕《プロボノ》で働くような娘《こ》じゃないだろ」

リックは何とか言い返そうとしたが、何も言えなかった。タイラーはポルシェに乗り込んだ。車のギアを入れると砂利を脇に飛ばしながら車の向きを変えた。そしてリックの前に車を回し、ウインドウを下ろした。

「いいかげん眼を覚ますんだ、リック。教授は君をもてあそんでいるだけだ」

36

リックは、呆然《ぼうぜん》としたままタスカルーサまでの道のりを急いだ。あの写真が心を占めていた。教授に抱きついているドーン。濡れたTシャツを着て、教授にもたれかかっているドーン。濡れたTシャツを通してドーンの乳首の形が見えていた。そして教授の顔に浮かんでいる、愛を求めるようなまなざし。混乱する頭の片隅では、事件のことを心配するべきだとわかっていた。リックが恐れていたようにタイラーは事故鑑定人を押さえていた。一方リックは、テッド・ホルトに打ちのめされ、セカンドオピニオンを得る余裕もなかった。タイラーの専門家証人に関する心配は、写真を見たときの怒りにかき消されてしまった。もしほんとうなら……。彼はこぶしが白くなるまでハンドルを握りしめた。タイラーの罠だ。ほんとうであるはずがない。絶対に……

しかし、タイラーの言うこともっともだった。なぜドーンはぼくのために働いているんだ？　彼女は幼い子どもを抱え、母親と一緒に暮らしている。どうしたら無償で働く余裕があるというんだ？　リックはずっとドーンの動機について疑問に思っていた。もし、彼女が嘘をついているなら、ぼくの代わりに彼女に給料を払っているのは誰なんだ？　リックにはひとりしか思い浮かばなかった。そして写真をパワーポイントのプレゼンテーションのように次々と心に思い浮かべながら、またハンドルを強く握りしめた。確かめる方法はひとつしかない。ダウンタウンに着き、グリーンズボロ・アヴェニューに入ったとき、そう思った。

彼はサターンを事務所の前に止めて車を飛び出した。鼓動が高まった。落ち着け。階段を二段飛ばしで上がりながら自分に言い聞かせた。階段を一段上がるごとに怒りが高まった。落ち着け……。

リックはドアを開け、閉める前にはもう叫んでいた。「ドーン！」写真のこと以外は何もかも忘れていた。教授は君をもてあそんでいる、とタイラーは言っていた。あのろくでなしの顔に浮かんだ表情を思い出し、リックの全身が張りつめた。「ドーン！」

「あら、おかえりなさい」とフランキーが言った。リックは自分の秘書に顔を向けた。部屋に飛び込んできたとき、彼女がいることにさえ気づいていなかった。

「彼女はどこ――？」

「会議室よ」

リックがドアに向かったとき、フランキーが付け加えた。「お客様と一緒よ」

リックはドアを乱暴に開けると、部屋の中を凝視した。「君たち……？」彼はそこに誰がいるのかを見て、ことばを飲み込んだ。

「よう、兄弟《ブラザー》」とパウエルが言った。大きな袋からビネガー&ソルト味のポテトチップを食べながら、〈ミラー・ハイライフ・ビール〉を飲んでいた。「冷えたやつをどうだ？」パウエルはテーブルの上にあった六パックのパッケージから缶ビールをひねって外し、リックに投げた。リックはそれをつかんで、ドーンを見た。彼女の顔は赤くなっていた。彼女も〈ミラー・ハイライフ〉を飲んでいた。濡れたTシャツの写真を思い出さずに彼女を見るのは難しかった。

「いったいどうなってるんだ？」とリックは訊いた。「君たちふたりは知り合いだったのか？」

「たった今、会ったところよ」とドーンは言った。浮かれているようだった。「わたしも人を探すのは得意だと思ってたけど、ここにいるあなたの友だちときたら……」ドーンはそう言うと、ポテトチップを口に放り込み、リックにウインクをしているパウエルを見た。

「誰か、何が起きてるのか説明してくれないか？」とリックは言った。生ぬるいビールを手に持ったまま、状況を理解できずにいた。

「彼を見つけたんだよ、兄弟《ブラザー》」とパウエルが言った。立ち上がって、指をなめながら続けた。

「ミュールを見つけたんだ」

37

ファウンズデールはタスカルーサの西、四十五分のところにある静かな町だった。あらゆる点で州内のほかの小さな町と似ていた。学校はひとつ——子どもたちはみんなそこに通っていた——、信号もひとつ、レストランはふたつしかない。だが、毎年四月のある週末、ファウンズデールはアラバマの中心になる。アラバマザリガニ祭りは一九九二年にジョン・〝ケイジョン〟・ブルサード——彼のニックネームは彼の故郷である南ルイジアナから来ている——によって始められた。祭りの中心はケイジョンが一九九五年に買い取った〈ファウンズデール・バー&グリル〉——ケイジョンズとも呼ばれていた——だった。レストランの前の通りには調理エリアが設けられ、そこには何千ポンドものザリガニが用意されていた。ザリガニは祭りの金曜日朝十一時から提供され、土曜日の夜に最後の曲が流れるまで出され続けた。ファウンズデールは旨いザリガニ、旨いビール、そして素敵な音楽で知られ、毎年四月はアラバマ州の各地や他の州からやって来る人々でごったがえしていた。

パウエルはザリガニ祭りが大好きで、ここ三年ずっとひとりで参加していたが、今年は早めに来て訊き込みをしていた。三時間後、二杯のビールと半ポンドのザリガニを食べた彼は、ドゥーリトル・モリス——みんなはドゥーと呼んでいるそうだ——という男に出くわした。

祭りでのドゥーの仕事はケイジョンの店のすぐ外に置かれたロデオマシーンを動かすことだった。ロデオマシーン――パウエルはたいそう気に入った――の操作について真面目にいくつかの質問をしたあと、やっとのことでドゥーにディック・モリスを知らないかと尋ねた。ドゥーは笑い転げた。「生まれてからこのかたずっと」とドゥーは言った。「ミュールはおれの従弟《いとこ》さ」

そして今、リックとドーンはここにやって来た。ふたりはケイジョンの店の裏で、テーブル越しにディック・〝ミュール〟・モリスを見つめていた。リックはすぐにニックネームの由来がわかった。その男は身長百九十五センチ、優に百四十キロはあるに違いなかった。

「さあ聞いてくれ、手短に話すから」とミュールが言った。彼は少し舌足らずな話し方で、眼元が垂れ下がっていた。「デューイが死んだ日、あいつはトラックが準備できてなかったとかで、九時四十五分になるまでうちの工場に着いてさえいなかった」ミュールは含み笑いをした。「デューイの野郎、文句たらたらだったよ。大急ぎでトレーラーをつないでやったが、あまり意味はなかった。野郎が出発したのはほぼ十時だったからな。そして十一時までにモンゴメリーに着いてなきゃならなかった」ミュールは大きなひじをテーブルの上に置き、声をひそめてつけ加えた。「あいつが最後におれに言ったこと、今でも覚えてるよ」

リックは大量のアドレナリンに襲われた。が、持ちうる限りの冷静さをかき集めて、何とか質問を口にした。「彼は何と言ったんだ、ミュール」

「あいつは言った。〝ぎりぎり間に合うか、キップを切られるかのどっちかだ。毎日同じことの繰り返しだよ〞ってな」

リックはミュール・モリスの額にキスしたかった。

「ミュール、君は事故の前にもデューイ・ニュートンの積載を担当したことがあるのか？」

「ああ、もちろんだ。おそらくあそこで週に一回、いやたぶん二回は会ってるはずだ」

「事故の前にもスケジュールのことで不平を言ってなかったか？」

ミュールは頷いた。「デューイはそのことでいつも文句を言ってた。やつだけじゃない。ウィリストーンのドライバーはみんな言ってたよ」

リックは一瞬ドーンのほうを見た。彼女の眼が皿のように開いていた。やったぞ！　彼はそう思った。

「あんたらが必要なことを話すよ」ミュールは後ろにもたれかかり、顎をなでながら続けた。「ドライバーが荷物を積んで出ていくときはいつも、積荷証券を受け取る。そいつには連中が荷物を引き渡す予定の時間がすでに書かれてるんだ。そしておれたちは引渡時間をスタンプする。事故の日のデューイの積荷証券には九時五十七分だったか、そのくらいの時間と、さっき言った通り到着時間の十一時が書かれていた。制限速度を守っていたら、一時間じゃあモンゴメリーに着くわけがない」彼はことばを切った。「山のような積荷証券にスタンプを押してきたが、そんなのがたくさんあるのさ。そのことを工場長にも言ったが、心配するなど言われたよ」ミュールは肩をすくめて、首を振った。「だからそうした」

「その積荷証券を入手しようとしたけど」ドーンが割って入った。「ウルトロンの工場は事故の日の夜に焼失してしまった」

ミュールは口を開け、そして頷いた。何かを思い出したかのように。「あの火事は……」

彼は首を横に振ると、深く息を吸った。一瞬、彼が何かを言おうとしたように見えた。が、ミュールは代わりにほほ笑むだけだった。「ほかに力になれることはあるかな？」

リックはミュールを見た。もうひとつあった。最も重要なことが。「ミスター・モリス、今我々に話してくれたことを裁判で証言してくれないか？」

ミュールは顔いっぱいに笑みを浮かべ、両手をテーブルに叩きつけた。「もちろんだ。デューイ・ニュートンのことは好きだった。あんなスケジュールのせいで奴は死んじまった。ホンダに乗ってた人たちもそうだ」ミュールは立ち上がると彼らを隔てていたテーブルからコースターをつかんだ。それを裏返すと電話番号をふたつ書いた。「おれの連絡先だ。時間と場所を教えてくれれば、そこに行くよ」彼はリックの背中を叩いて言った。「名刺はあるか？」

リックは財布の裏のポケットを探り名刺を取り出した。ミュールはリックの手から名刺を受け取ると、覆いかぶさるようにして言った。「あんたたちに郵便でちょっとしたサプライズを送っておこう。何て言うか、パンの上に追加のバターをちょい足しするようなもんだ」

彼の言ってることがさっぱりわからなかったが、リックはほほ笑みを返した。「そりゃ……いいね」と口ごもるように答えた。

「オーケイ、それじゃあ祭りを楽しむとするか。ドゥーのロデオマシーンに一晩中乗るつもりで来たんだ」そう言うと彼は手を突き出し、リックはその手を握った。

「会えてよかったよ、リック。ミズ・ドーン」

リックはミュールがバーの外に立ち去るのをずっと見ていた。それからドーンのほうを見た。彼女の眼は彼と同じくらい興奮していた。

「信じられない!」ふたりが同時に叫んだ。

リックはドーンに抱きつくと強く抱きしめた。ドーンは痛みと喜びで悲鳴を上げた。ジェイムソン・タイラーとの会話について考えていたことはすべて吹っ飛んだ。ディック・"ミュール"・モリスがチームに加わって、クリーンナップを打つのだ。うまくいくどころか満塁ホームランだ。リックはそう思った。

興奮のあまり、ふたりとも無精ひげの男がミュールを追って外へ出ていったのに気づいていなかった。

38

ミュール・モリスはファウンズデール・バー&グリルから三マイル離れた下見板張りの家に住んでいた。彼の愛車は一九八七年製フォードF-150ピックアップトラックだった。彼はさらに三杯のビールと一ポンドのザリガニを食べたあと、従兄《いとこ》に別れを告げ、家に向かった。ほかの誰かとデューイのことを話せて気分が良かった。事故が起きたあとすぐに何も言わなかったことに、六カ月ものあいだずっと罪悪感を覚えていたのだ。そして沈黙を守って五千ドルを受け取ったことで、さらに罪の意識を感じていた。彼は誰にも何の借りもなかった。そして罪の意識を抱えることにうんざりしていた。

ミュールは彼のささやかな我が家を右前方に見ると、ブレーキを踏んで減速しようとした。

何も起きなかった。

何だ……？ 今度は足を強く踏み込んだ。それでも何も起きなかった。「何てこった」家を通り過ぎると、二十五号線は前方で右に鋭くカーブしている。彼はもう三回ブレーキを強く踏んだ。それでも何も起きなかった。黄色の看板が九十度のカーブを安全に曲がるために、時速二十五マイルまで減速するよう指示していた。ミュールはスピードメーターを見た。五十五マイルだった。

「くそっ！」

ミュール・モリスはハンドルを急激に右に切って身構えた。

トラックは二十五号線の反対車線の金属製のガードレールにぶつかった。一瞬、ガードレールで車がとまると思った。だが、スピードを出し過ぎていた。トラックはガードレールを突き破り、急な土手を猛スピードで転がり落ちて行った。ミュールはこぶしが青白くなるまでハンドルを握りしめた。何とか底まで行けば、きっと平らになっている……

トラックは横倒しになった。ミュールの肩は痛みで爆発しそうだった。

誰かがブレーキに細工をしたのだ。彼に賄賂を贈った男のことを思い浮かべながらそう思った。そして眼の端からフロントウインドウ越しに木の茂みが見えた。

おれは死ぬ。

39

リックとドーン、そしてパウエルはタスカルーサへの帰路のあいだ、ずっと笑いどおしだった。リックとドーンがミュールと会っているあいだに、パウエルは年に一回のザリガニ大食いコンテストで優勝していた。勝者にはザリガニカップ——横にザリガニの飾りのついた巨大な優勝カップ——が与えられた。コンテストのあと、パウエルはカップにビールを入れて飲み、勝利を祝っていた。彼は今それをサターンのバックシートでやっていた。

「よーし、デルタ・ドーン（一九七二年のタニヤ・タッカーのヒット曲）、次は君の番だ」パウエルがそう言ってビールが注がれたカップを彼女に手渡した。

「パウエル、わたしはもう飲めないわ。それにその呼び方はやめて」

もちろん彼女の抗議は無駄だった。元の夫がいつも彼女に唄っていたので嫌いだと言ったにもかかわらず、結局リックとパウエルに十回目の〈デルタ・ドーン〉を唄わせるだけだった。

「わかったわ！　もう十分！」ドーンはパウエルからカップを取って高く上げた。しずくを少し顎にこぼしながら飲み干して、パウエルに返した。「どう、これでいいでしょ」彼女はそう言ってほほ笑んだ。

パウエルはまじめな顔のふりをして言った。「ミズ・ドーン、君がぼくのトロフィーから飲んでくれて心からうれしいよ」

ドーンは首を振って何かを言おうとしたが、パウエルがまた唄い出し、リックもつられて唄い出した。パウエルの声がリックよりも高くなると、ドーンは耳を塞いだ。リックの全身は幸福感に震えていた。

楽しいな。彼はそう感じていた。

40

ミュールは眼を開けた。トラックはあおむけになっていたが、彼はまだ生きていた。右腕を動かすことはできなかったが、そのほかはすべて問題ないようだった。フロントウインドウを蹴った。三回目でガラスが砕けた。

何とかなりそうだ、と思った。

左の腕を使って体を前へ動かし、もう少しでトラックから出ようというとき、地面の上にブーツを見た。ミュールは眼を細めて前を見た。

「おまえ……」と彼は言った。自分の眼が信じられなかった。

「ああ、おれだよ」と男が言った。「ブレーキが故障してちゃあ、止まるのは難しかったんじゃないか、ああ、ミュール？」

「このくそ野郎――」

ミュールは男が近づいてくるのを見ていたが、何もできなかった。鼻は血と痛みで爆発しそうだった。ミュールは前に動こうとした。だが、男が彼の手を踏みつけた。

「死ぬ前にミュール、お前の娘と元のカミさんについては見逃してやったことを言っておきたくてな。あまりにも不細工だからその気にならなかったよ。だが、ドゥーリトルは殺さなきゃならんだろうな。それと奴のカミさんも……」男は口笛を吹いた。「ありゃあいい女だ」

ミュールはもがいたが、動くことができなかった。

ドゥー……

彼はブーツがまた近づいてくるのを見て、眼をつぶった。

ジムボーン・ウィーラーは二、三歩後ろに下がると煙草に火をつけ、自分の手際に惚《ほ》れ惚《ぼ》れとしていた。あまりにも簡単だった。ドレイクとあの女を尾行することが思わぬ余禄《よろく》につながった。昨日の晩はフェイス・バルヤード――彼女はボスが自分で扱うと言った――、今晩はミュール・モリスを手に入れることができた。ミュールはもう完全にこっちのものだ、とジムボーンは思った。バーで見聞きしたことを考えると、問題に対処するにはこれしかなかった。

はしゃぎ過ぎかもしれない。そう思った。実際にはミュールの従兄《いとこ》を殺すつもりはなかったし、ドゥーリトル・モリスに女房がいるかどうかも知らなかった。「冗談だよ、ミュール」彼はそう言うと、声に出して笑った。

煙草を十分味わってから、地面にガソリンのしみが広がるところへと歩き、煙草を指から落とした。小さな炎が蛇のようにトラックのほうに進むのを見た。そして立ち去った。

土手を半分ぐらい上ったところで爆発音が聞こえた。だが、振り向かなかった。ジムボーンは、かつてボスが話してくれたことを思い出しながら、ただ笑みを浮かべるだけだった。ときに火を消すための唯一の方法は火をつけることだ。

41

リックとドーンはパウエルを彼のアパートまで送った。「大丈夫か？　階段を上れるのか？」リックは笑いながら言った。

「飲んで歩くのは法律違反じゃありませんよ、旦那」パウエルはリックを指さして言った。「地方検事として、それくらいのことは知ってます」

パウエルはドーンの手を取って、キスを浴びせた。「ミズ・ドーン、君に会ってタニヤ・タッカーをあらためて好きになったよ」彼はドアを開けて、よろめくように外に出ると、歩きながら〈デルタ・ドーン〉の歌詞を口ずさみ、トロフィーを高く掲げた。

「ほんとうに楽しい人ね」歩き去るパウエルを見ながらドーンが言った。事務所へ帰る途中、リックは気がつくと何秒かおきにドーンを見ていた。パウエルの無理強いで、ドーンはさらに二、三杯の〈キャノンボール〉（オレンジラムとコーラのカクテル）をザリガニカップで飲んでいたが、酔っているようには見えなかった。くつろいでいて、そして美しかった。

「中に入ってコーヒーを飲んでもいいかしら？」事務所の前に車をとめたときにドーンが訊

いた。「運転しないほうがいいものね」

「かまわないよ」とリックは言った。全然かまわない。

二階に上がり、リックがポットにコーヒーを作った。ふたりは受付エリアに立っていた。彼女をチラチラ見るのをやめるんだ。彼は心のなかでそう思った。

「何よ?」彼の肩をこぶしで叩きながら、ドーンが訊いた。

リックは首を横に振った。

「何でもない、ただ……今日のことが信じられないんだ。ミュールの証言があれば、ウルトロンを被告に追加することができる。陪審員にルース・アンの家族が死んだのはふたつの大企業が、金儲けのためにドライバーにスピード違反と運輸省規則違反をさせようと共謀したからだと言うことができる。ニュートンは事故のとき、スピード違反をしていて、荷物を積んだときにはスケジュールについて文句を言っていた。彼がミュールに言っていたことを聞いただろ。〝ぎりぎり間に合うか、キップを切られるかのどっちかだ〟」

「〝毎日同じことの繰り返しだ〟」とドーンが付け加えた。

リックはピシャリと手を叩いた。「ミュールは工場長の――」

「バック・バルヤード」ドーンが口をはさんだ。

「彼に何が起きたかについて話して――」

「バルヤードはそのことについては心配するなと言った」

「その通りだ」リックはそう言ってもう一度手を叩いた。「つまりぼくらはウルトロンのお偉方が状況を知っていたのに、それをほったらかしにしていた証拠をつかんだんだ」

「ろくでなしどもを訴えるときよ」ドーンはそう言って笑い、リックを笑わせた。

「ろくでなしどもを訴えろ」とリックは繰り返した。何も持ってない手で乾杯をするふりをした。

「ウィリストーンとウルトロンは和解を望むと思う？」とドーンは訊いた。

リックは額にしわをよせて答えた。

「冗談だろ？　望むどころか懇願してくるよ。タイラーの顔が眼に浮かぶ――」

「あの傲慢なクソ野郎」ドーンがさえぎった。「ところでミズ・バットソンはどうだったの？　ミュールの件でバタバタしてて聞いてなかった。タイラーはあいかわらずろくでなしだった？」

タイラーとの会話に話が戻って、リックの胃がギュッと締めつけられた。タイラーが事故鑑定人を雇っていること。ドーンに対する疑惑。そして写真……

「今日はいい日だった」とリックは言った。「あいつの話で台無しにするのはやめよう」一歩近づくと彼女の胸をちらっと見下ろした。黒い地味目のブラウスの下に、かろうじてその輪郭が見えていた。彼は濡れたTシャツを思い浮かべていた。湿った布地を突き刺す固い乳首を。

「そうね」少し顔をしかめながらドーンは言った。「その……わたし、ザリガニ祭りが楽しかったから。パウエルはほんとうに面白い人ね」

リックはさらにドーンに近づいた。「ああそうだね」

再び、ふたりとも口を閉ざした。リックはさらにもう一歩近寄り、彼女の個人空間《パーソナル・スペース》に侵入した。自分が何をしようとしているのかわからなかった――タイラーの言ったことを彼女に突きつけるべきだとわかっていた――。だが、下腹部に感じる興奮を我慢することができなかった。タイラーとの会話から受けた混乱と憤り、ミュールとの会話による高揚感、そして長いこと抑えてきて鬱積した、ドーンに対する思いが、アルコールと一緒になって彼をおかしくしていた。

ドーンは眼をそらして顔を伏せた。「どうしたいの？」と彼女は訊いた。声は優しかった。

彼女が彼を見つめ、リックはとうとう自分の思いに身をまかせた。

彼は唇を彼女の唇に押しつけ、なかばやけになり、抑制できない勢いに任せて舌を彼女の口に入れた。写真のことを思い出しながら眼を堅く閉じ、さらに激しくキスをし、手を彼女のシャツの下に入れ上へと動かした。彼は彼女が抵抗すると思っていた。が、彼女はしなかった。代わりに彼女も体を押しつけ、手でリックのベルトバックルをまさぐり始めた。

リックは彼女の胸に触れた。しかし濡れたTシャツのことを頭から追いやることができなかった。ドーンは教授にもたれかかり、彼に抱きついていた。ちょうど今、リックにもたれかかっているように。タイラーの笑い声が聞こえるようだった。眼を覚ませ、リック。教授は君をもてあそんでいるだけだ。

リックはもう一度ドーンにキスをした。が、突然彼女から離れた。背を向けると、首の周りを手で覆いながら言った。「すまない」

「あの……気にしないで」とドーンは言った。困惑しているようだった。「いいのよ。あの……わたしがそうしたいの」彼女は彼に近づき、彼の腕に優しく手を置いた。「わたしがそうしたいの」彼女はささやいた。

背伸びをして彼の首にキスをした。

「リック――」

彼女が何かを言う前に、リックは背を向けた。言っちゃだめだ。そう思ったが、ことばが口を出ていた。「教授が給料を払ってるのか？」

「何ですって？」ドーンは後ずさった。

「簡単な質問だ。ぼくのために働く給料は教授が払ってるんだろ？　ジェイムソン・タイラーがそう言っていた。ぼくはタイラーの言うことを無視したさ。なぜなら君は経験のために働きたいと言っていたからね。ぼくは君が嘘をついてるとは思わなかった。だけど教えてくれ。彼が払ってるのか？」

ドーンの唇が震え始め、床を見下ろした。「リック――」

「質問に答えてくれ」リックはさえぎった。ドーンの顔に真実が現れてくるにつれ、自分の中から怒りが湧き出てくるのを感じていた。

「そうよ」ドーンが眼を閉じて低い声で言った。「ごめんなさい。言うつもりだったの。でも――」

「嘘だ」と彼は言った。彼女の答えが散弾のように彼に突き刺さり、体を焦がしたかのようだった。「君は嘘をついた。そしてぼくに言うつもりもなかった」リックは顔を背けた。眼の奥に熱いものを感じていた。若くて美しく、優秀な法学生が無償で自ら進んで彼のために働いてくれると信じるなんて、どこまでお人よしだったんだろう。お前は間抜けだ。

「リック、お願いだから聞いて」とドーンは言った。その声は興奮のあまりひずんでいた。

「教授があなたの代わりにわたしに給料を払っているのは確かよ。わたし……もっと早く言うべきだった。でも、教授がこのことはあなたに言うなと言ったの。教授は言ってたわ。あなたは、彼が助けようとしていることを喜ばないだろうって」

リックのあごが強《こわ》ばった。こんなたわ言は聞きたくなかった。「教えてくれ、ドーン。教授がその指示を君に与えたのは彼の寝室でかい？　それとも学内にそういう場所があるのかな？」

「何ですって？」ドーンの身震いが止まり、リックをにらみつけた。が、それは彼の怒りに油を注ぐだけだった。彼は彼女に一歩近寄った。

「君が教授によりかかっている写真や教授に抱きついている写真、それに濡れたTシャツを着た写真をタイラーから見せられた。そうさ、訊きたいのは教授と取引をしたのはセックスをする前なのか、あとなのか、それとももしている最中だったのかということさ。週末に彼に会って、支払に対するちょっとした対価を払ってるのかい？　タイラーは君のことを教授の愛人と呼んでいた。それは——？」

リックは最後まで言うことができなかった。ドーンの平手打ちがリックの顔をとらえた。何か言おうとしたが、もう一度平手打ちをくらった。今度はさらに強く。ドーンは指を彼の胸に突きつけた。「二度とそんなことを言わないで。教授があなたの代わりに私に給料を払っているのは、わたしを学生アシスタントに雇ったあとに退職せざるを得なくなったことで罪悪感を覚えたからよ。わたしは受けたわ。なぜならわたしはシングルマザーだし、彼の申し出はこの街のほかの法律事務所で法律事務員として働くよりもいい話だったから。そうよ、わたしは取引をしたわ。それにそう、そのことをあなたに言うべきだった。でもあなたが言ったそれ以外のことはまったくのデタラメよ」

リックは落ち着く必要があるとわかっていた。だが、感情を抑えることができなかった。

「写真を見たんだ。君が彼によりかかって、抱きついている写真を」

「何のことを言ってるのかわからないわ」とドーンは言った。「何の写真？　雨の晩にわたしが傘を持っていなくて、教授が車まで送ってくれたことがあったわ。車のところでお礼にハグした。それだけよ！」

「そんな話、どうしたら信じられるっていうんだ？」とリックは言った。ことばには皮肉が込められていた。「君は最初からぼくに嘘をついていた。全部だ。どうして君の言うことを信じられる」

ドーンは腰に手をあてて、無言のまま彼をにらんでいた。彼女の唇はまた震えだしていた。「リック……」彼女はことばを切り、唇をかんだ。「あなたに何がわかるの？　あなたが信じようが信じまいがもうどうでもいいわ」そう言うと、まばたきをして涙をこらえ、コーヒーが出来上がっているカウンターのほうに静かに歩いた。彼女は自分でカップに注ぐと、床からハンドバッグをつかんだ。ドアのところに着くと立ち止まり、振り向きもせずに言った。

「辞める」

「ああ、気をつけて出ていけよ」リックはそう言うと、ドーンが出ていったドアに向かって歩き、閉まる前にドアノブをつかんだ。「教授に、あんたの助けもいらないし、あんたのお古も必要ないと言ってくれ。すぐに彼に会うんだろ。忘れるな！」

リックは彼女がゆっくりと階段を降りていくのを見ていた。血が怒りと苦々しさで煮えたぎっていた。心の片隅では彼女を止めたかった。が、あまりにも熱くなってしまった。ドアを閉めようとすると、ドーンの声に止められた。

「聞いて、リック？」彼女の声は興奮に震えていた。彼女が振り向いたとき、涙がほほを流れ落ちていた。「教授はひとつのことでは正しかったわ。あなたは熱くなりすぎる。あなたの欠点よ。法廷ではそうじゃないかもしれない。でもあなた自身があなたの足かせになる。ただ落ち着いて、わたしに説明させてくれれば……」彼女は苦々しそうに笑い、眼をぬぐった。「もうそれもどうでもいいわ。問題はあなたがまだ教授とのあいだにあったことにこだわってるってことよ」

42

ジェイムソン・タイラーは午前五時に起き、仕事の準備をする前にオフィスのコンピューターをチェックした。タスカルーサ・ニュースのウェブサイトをクリックしてからサイトが開くまでの二秒間が待ち切れなかった。第一面の見出しを見て、彼は声に出して笑った。〝教授と学生との不適切と思われる関係、暴露される〟

前日に情報をリークしたとき、タスカルーサ・ニュースがこれを載せることはわかっていた。だが一面だって？　期待以上の成果だ。写真も完璧だった。過度に際どくもない。ドーン・マーフィーのロースクールの学生名簿からの写真だった。タイラーは笑った。裁判は、完璧ではないにしろいい方向に進み始めている。ローズ・バットソンの証言によって、ドレイクの確保できていない事故鑑定人を手にすることができた。それに加え、ジャック・ウィリストーンによればウィルマ・ニュートンは彼が対処しており、供述させる必要はないとのことだった。依頼人に何かを対処させるのは気に入らなかったが、保険査定人のボビー・ホーキンスからは、ウィリストーンにやらせておくよう指示を受けていた。ホーキンスいわく、ウィリストーンの〝くそカウボーイ〟がいつも解決するのだと。タイラーは彼の方針に従うつもりだった。ミズ・バットソンや専門家に供述させるほうがはるかに簡単だった。今やウィルコックス陣営にはかなり張りつめた空気が漂っているはずだ。タイラーはそう思い、笑いながらホールへと降りて行った。

「すべてお前の思い通りだよ、ジャモ」彼はシャワー室に入りながらそう言った。「何てろくでなしだ」

43

リックはもう何時間も運転していた。マクファーランド・ブルヴァードを何度も往復し、さらにユニバーシティ・ブルヴァードやポール・ブライアント・ドライブを何度も往復した。ラジオのボリュームを上げて、ただひたすら運転した。ドーンとの会話がなかったことにできたらとだけ考えていた。なぜあんなに熱くなってしまったんだろう？　全国大会で失敗したようにその性格でドーンとのことも台無しにするつもりなのか？

午前七時三十分、マクドナルドに寄って、ソーセージ・ビスケットふたつとコーヒー二杯を買った。パウエルがたぶん昨晩からの二日酔いで、何か潤滑剤を必要としているはずだ。

車に戻ろうとしたとき、ニューススタンドのタスカルーサ・ニュースの第一面が眼に飛び込み、もう少しでコーヒーのひとつをこぼしそうになった。急いで食べ物を車に置くと、ポケットの中の小銭を探った。スタンドに戻って新聞を買い、記事の内容に慌てて眼を通した。

読み終わると、怒りとアドレナリンがふたたび疲れを吹き飛ばした。確かな筋から情報を得ていない限り、こんな記事を書いたりはしないだろう。彼は頭を振り、重い足取りでサターンに戻ると、落ち着きを取り戻そうとした。記事は「不適切と思われる」と言っている。「である」でも「だった」でもない。彼らはその点はあいまいにしていた。ため息をついた。彼女がほんとうのことを言っていた可能性もまだある。リックは第一面の写真を見た。彼女がその写真を見たときに覚えるだろう不快感が一瞬頭に浮かんだ。彼は眼を閉じ、頭をハンドルにそっとぶつけた。最悪だ。

混乱してぼんやりしたまま、リックはパウエルのアパートに向かった。休息が必要だとわかっていた。だが眠れなかった。馬鹿な考えが頭の中を渦巻いていては。

パウエルのアパートメントを見ることでまた深い悲しみに襲われた。階段を上がりながら頭はまひしてしまっていた。昨晩、彼とドーンがパウエルを降ろしたときには、すべてうまくいってたのに。今はすべてのことが信じられないほどめちゃくちゃになっていた。

ドアの前に着き、ノックをしようと手を伸ばすと突然ドアが開いた。パウエルが眼を大きく見開き、警戒した顔つきでリックを見つめた。

「お前、どこにいたんだよ？」パウエルは取り乱した口調で言い、リックを中に入れた。

「お前の家に行こうとしてたところだ」

「あぁ、ちょっと出かけてたんだ」とリックは言った。「買ってきてやったぞ――」

「今朝の三時から電話してたんだぞ」パウエルはことばをさえぎった。彼の顔は赤く、リックがこれまでに見たことがないくらい動揺していた。

「事務所に携帯電話を忘れてきたんだ。パウエル、いったいどうした――？」

「ドゥーリトル・モリスが電話をしてきたんだ」パウエルはリックの話を無視するかのように続けた。

リックは全身が緊張するのを感じた。ドゥー？　ミュールの従兄《いとこ》だ。「ああ、で、何が――」

「いいかよく聞け」パウエルはまたことばをさえぎった。手で薄茶色の髪をかき、ため息をつくと言った。

「ミュールが死んだ」

第五部

44

　トムは釣り糸《ライン》を小川の上にキャストし、ゆっくりとリールを巻いた。季節の変わり目に感謝していた。彼は常に暑い気候のほうが好きだった。六月の最初の週だというのに気温は三十度を超えていた。どういうわけか暑さは彼の骨の痛みを和らげてくれるようだった。それに〝拷問〟――彼は化学療法のことをそう呼んでいた――もいつもより我慢できるようにしてくれた。山猫の鳴き声が空気を切り裂いた。トムは釣り糸《ライン》をキャストし、ボーセフィス・ヘインズが何カ月か前に同じ鳴き声を聞いたとき、彼が眼に恐怖の色を浮かべたのを思い出してほほ笑んだ。鳴き声は、トムの隣で寝ていたムッソも眠りから覚ました。ブルドッグは頭を左右に傾け、のどを鳴らした。

「落ち着くんだ、ボーイ」とトムは言った。

「落ち着け、ムッソ」トムの背後で声がした。誰の声かすぐにわかった。

　トムは笑った。「ボーセフィス、ちょうど君のことを考えていたところだ」

「あいつら、害はないんですよね」とボーは訊いた。

「ネズミみたいなもんさ」とトムは答えた。首を振りながら、釣り糸《ライン》を調べた。「山猫が危険なのは狂犬病にかかっている場合だけだ。それにあいつは君が考えているほど近くにはいないよ」

トムはもう一度釣り糸《ライン》をキャストした。今度は釣り針が優に十メートル先まで飛んだ。

「ナイス・フォーム。何か釣れましたか？」

「いや。しばらくそこで飲んでいてくれ。トラックの後ろのクーラーにビールがあるから」

その小川は農場の端にあり、家からは優に二マイル離れていた。トムはこの距離をこれまで何度も歩いていたが、午前中の〝拷問〟の痛みもあったので今日は車で来ていた。ボーは轍《わだち》を追って、彼を見つけたに違いない。

「こんなところまで追いかけてくるとは、どういう風の吹き回しだ」とトムは訊いた。ボーが彼にビールを渡し、ふたりはふたをあけた。「ずっと一緒にいて、もううんざりですか？」

ボーは今朝早くトムを治療に連れていき、いつもの通りトムの膀胱から毒が抜けるまで待っていてくれた。

「これを見たいんじゃないかと思ってね」ボーはそう言って、ズボンのポケットに手をやり、折りたたんだ新聞を取り出した。「タスカルーサ・ニュースのウェブサイトから印刷してきました。アラバマ大のフットボールチームの記事を読むために時々見てるんです。それでこの記事が眼に飛び込んできました。今日の新聞に載っています」ボーはことばを切った。「第一面に」

トムは釣竿《つりざお》を地面に置いて記事を開いた。見出しを見た途端、指が強ばった。〝未だ語らず"その下には彼の写真があった。

「なんてことだ、いつになったら放っておいてくれるんだ」とトムは言い、ため息をつくとビールを一口飲んだ。

「ちょっと、読んでみてください」とボーが言った。

トムは視線を落とし、素早く眼を走らせ、ドーンに関する部分で眼をとめた。「結局のところ教授は、退職を余儀なくされた理由が、理事会が信じているように学生――本紙が四月に報じたところによると彼の学生アシスタントであったドーン・マーフィー――とのあいだの不適切な関係にあるという主張にまだ答えていない」

トムは記事から顔を上げた。ボーは眼を細めて彼を見た。

「あなたが女性のことで何か口にした記憶はありませんよ、教授」

「君は四月からこの記事を見てたのか？」

ボーは頷いた。ポケットに手をやってもうひとつの記事を取り出した。トムはそれを彼の手からひったくり、写真を見て思わず身をすくめた。それはロースクールのフェイスブックにあるドーンの写真だった。彼が授業で初めてドーンに発言を求めたときに見たのと同じ写真だった。

彼女は何も悪くない。トムは読みながらそう思った。タイラーは言っていた。理事会は彼女には何もしないと。なぜ彼女の名前が出てくるんだ？　それも今になって？

トムはふたつの記事を折りたたむと、突き刺すような黒い眼でずっとトムをにらんでいるボーに眼をやった。

「それで？」ボーが答えを求めた。

「ドーンはわたしの学生アシスタントだった。わたしは彼女を雇った。彼女に職を与えたとき、彼女が感極まってわたしの手をつかんだんだ。それを学部長が見ていた。それから二、三日後、雨の中を車に向かう彼女を助けた。彼女がわたしにハグをして、それを誰かが見ていた。彼らはそれを写真に撮って、理事会で見せたんだ」

「それだけですか？」とボーは訊いた。

トムは頷いた。怒りの鼓動が体を走るのを感じていた。

「でたらめじゃないですか、親父《おやっ》さん」

「辞めると告げたとき、彼らはドーンに対しては何もするつもりはないと言っていた」

「彼らというのはジェイムソン・タイラーですね」

トムは頷いた。

ボーは鼻を鳴らし、小川の川床の脇を歩き始めた。「言ったでしょ、教授。タイラーはクソ野郎だって。クソ野郎に対抗する方法はひとつしかない。あなたはそれを知ってる。知ってるはずだ」

ボーが行きつ戻りつするあいだ、トムは小川の両岸を取り囲むように生えている松の木を上目使いに見た。トムの父は、考える時間が欲しいときにはいつもここへ来ていた。トムは彼の母親《マンマ》によく〝サットを探してきて〟と言われたものだ。そんなときトムは、決まってこの川床の近くで、釣りをしている父を見つけた。聞こえているのはコオロギのさえずりと、時折耳にするルリツグミの唄だけだった。今、陽は沈み始め、太陽の光は松の木の枝のあいだから輝いている。トムは釣り糸《ライン》をキャストし、自分自身の答えを探した。まだドーンからは何も聞いていなかった。彼女は農場の電話番号を知っている唯一の人間だった。彼はリックのために働くように彼女を雇ったときに電話番号を渡していた。

彼女はなぜ電話してこない？　トムはもう一度記事を開いて日付を見た。記事は二〇一〇年四月十日となっていた。ほぼ二カ月前だ。トムは四月と五月に小切手を送っている。だが郵便物はチェックしていなかった。彼女は送り返してきたのだろうか？

トムがゆっくりとリールを巻き、岸辺まで釣り糸《ライン》を戻すと、ボーはやっと歩くのをやめた。

「教えてくれてありがとう」とトムは言った。

「で、どうするんですか？」とボーは訊いた。挑発するような口調だった。

トムはため息をついた。ボーのほうを見ず、沈みゆく太陽が小川の水面に揺らめいているのをじっと見ていた。一時間もしないうちに暗くなるだろう。

「わたしに何ができる、ボー？」とトムは言った。自分の口から出て来たことばに嫌気がさしていた。

眼の端で、ボーが腕を組むのが見えた。が、彼の元の教え子は何も言わなかった。ムッソのいびきとコオロギたちのさえずる音だけが聞こえるなか、何秒か過ぎていった。

「本気で言ってるんですか？」ボーがやっと言った。うんざりしたような口調だった。

トムは彼を見た。「ああ、本気だよ。わたしに何ができる？　わたしは六十八歳の癌患者だ。今朝の治療の内視鏡検査で、またいくつかくそったれが見つかった。でかいやつじゃない、ちょっとした断片《かけら》だ。その医者はビルが最初のときに全部取り切れてなかったんだと言ってる。よくあるんだそうだ。もちろん、癌が再発したってわけじゃない。だがいずれにしろ将来また手術を受けなければならない」

ボーはまだ腕を組んだままだった。「だから、何だと言うんですか？　まだ手術を受けなければならない。だからってあきらめるんですか？」

トムは首の後ろが熱くなるのを感じた。「聞くんだ、ボー」

「いいや、あんたが聞くんだ、教授。キッチンのテーブルの上に積み上げられている郵便物を全部見たんだ。おれは来るたびに持ってきた。だがあんたはいつも受け取るだけだ。何カ月も手紙を開けてもいない。あきらめていないと言うんなら、いったい何なんですか？」

トムは釣竿を投げ捨てると丸太から立ち上がった。抑えようとしても両脚の震えが止まらなかった。「君の説教はいらない」

ボーも立ち上がり、トムの前に歩み寄った。「それこそがまさにあなたの必要としてるものなんですよ、親父《おやっ》さん。こんなところで何をしてるんですか。残りの人生をずっとここに引きこもってるつもりなんですか?」ボーはトムの肩をつかんで止めた。「おれがどう思ってるかわかりますか?」とボーは訊いた。

「いいや、ボー」トムは背中を向けて、ボーの手を肩から振り払った。「どう思ってるんだ?」

「あんたは怖がってる、教授」

トムは彼をにらみ返した。「君はわたしが怖がってるというのか。わたしが?」

「まるで神経質な女学生だ」とボーは言った。

トムは激しい怒りを感じ、ボーに詰め寄った。彼のこぶしは固く握られていた。「いいか、聞くんだ、ボーセフィス。君がしてくれたことには感謝する。だが、いい加減にしないと——」

「いい加減にしないと、どうしようってんですか?」

トムはまばたきをして、口ごもった。

「さあ、言ってくれ。何て言いたかったかわかってるはずだ。あんたはおれの黒いケツをぶっとばすって言いたかったんでしょ。違いますか? あんたはそう言いたかったはずだ。おれが挑発すればあんたはやり返す。あんたはもうすぐ七十で、化学療法から解放されてまだ十八時間しかたっていない。おれは百九十五センチ百十キロの黒人で、今朝も懸垂を五十回やってきた。それ以上できないわけじゃない、やめようと思ってやめたんだ。だが、おれが脅すと、あんたが最初に見せた反応は戦うことだった。挑発されてあんたがやるのはそれなんですよ、教授。あんたは戦う。それがあんたなんだ」

トムは背中を向けた。

「何が問題なんですか？」ボーはまだ怒鳴り散らすように訊いた。「癌が再発した？　それがどうした？　医者が取ってくれるでしょう。また化学療法で体をきれいにすれば完全に消える。歳を取った？　それがどうした？　おれはあんたが二十も若いやつよりもハードに働いてるのを見てきた。あんたはまだ雄牛なみに強いよ、親父《おやっ》さん」

「何をしたらいいかわからないんだ、くそっ」トムが我慢できずに叫んだ。「ああ、そうだ。君は正しいよ、ボー。認めよう。わたしは怖いんだ。そうだよ。それで満足か？　この老いぼれは怖いんだ。わたしは六十八で、妻は死んだ。仕事もない。家族はみんな去ってしまった。年老いた愛犬ももう死にそうだ。そして、わたしは何をしたらいいか、さっぱりわからないんだ」

「何がしたいんですか」とボーは訊いた。静かな口調に変わっていた。

「心の片隅では戻りたい。戦いたい……」「だがもう一方では」――寝ている愛犬に眼をやった――「ムッソが行こうとしているところに行きたい……もう一度一度ジュリーに会いに」彼はことばを切った。感情が胸を満たすのを感じた。「ボー、心の片隅では今日のことを喜んでるわたしがいる。医者に癌が見つかったと告げられたとき、心の片隅では良かったと思った。わたしは……」トムは言いかけてやめた。続けることができなかった。彼は足元を見つめていたが、ボーの靴が視線の先に見え、顔を上げた。「聞いてくれ、ボー――」

「いや、あんたが聞くんだ」ボーが指をトムの胸に突きつけてことばをさえぎった。彼の眼は今にも火を放ちそうだった。「ただ死にたいって？　死ぬことが選択肢だって？　そりゃあ失礼しました、教授。だが、くそったれだ。おれの父はおれが五歳のときに死んだ。シーツとフードをかぶった二十人の白人にロープで吊《つ》るされたんだ。あんたはおれがなぜプラスキで開業したのかと訊きましたよね。理由を教えましょう。おれは父を吊るしたくそったれどもに、ボーセフィス・ヘインズは忘れてないってことを毎日見せてやりたいんだ。おれは戦うことをやめない、教授。絶対に。戦うことはおれの血の中にある。おれは戦うために生まれてきた。あんたも自分自身をだませやしない。あんたが怖がってるとおれが言ったとき、あんたは躊躇せず反論した。あんたは戦うために立ち上がった。あきらめることであんたは自分自身を否定しようとしているんだ」ボーはことばを切って、大きく息を吸った。

「わたしはあきらめていない」とトムは言った。説教にうんざりしたようにボーをにらみつけた。

ボーもにらみ返した。が、数秒後、彼は突然笑みを浮かべ、地面に眼をやった。「おれたちはそういう人間なんですよ、トム。おれもあんたも、そこにいるブルドッグみたいなもんだ」

トムは困ったように顔をしかめ、いびきをかいて寝ているムッソを見た。

「ほら」とボーは続け、ムッソにほほ笑みかけた。「ムッソを見てください。何が見えます？あなたの顔を舐め、日がな一日、寝転がってる従順な可愛い犬。彼がそうしてるのは長年にわたって人々がそうするように躾けてきたからなんです。こいつは飼いならされちまったんです。聞いてます？」

「ああ聞いてるよ、だが何が言いたいんだ――？」

「まあ待ってください。イングリッシュ・ブルドッグは本来そんな愛玩犬じゃない。彼らはブル・マスチーフの子孫なんです。闘う犬。闘犬です。ずっと昔、警察官は、逃げだした暴れ牛をつかまえるためにブルドッグを使っていました。雄牛です。奴らは眼を閉じたまま雄牛の鼻にかみついて、警官が牛を柵の中に入れるまで離さないんです。それがムッソです。こいつの本質なんです。言わせてもらいますが、それを理解していないのは恥ずかしいことです。ムッソは死にかけているし、挑発されたこともない。でも教授、確かなことは、たとえ今でも、犬としては長生きと言っていいほど歳を取ってしまった今でも、ムッソは脅されたからといって逃げて草の上で横たわって死んだりはしない」ボーはことばを切った。「忘れないでください。神が証人です。ボーセフィス・ヘインズの名にかけて言いましょう。犬は闘うものなんです」

しばらくのあいだ、トムはボーセフィスをにらんでいた。そのときそよ風が松の木のあいだを通って吹いてきた。最後には笑わずにはいられなかった。

「どこでブルドッグについてそんなに学んだんだ？」

「ジャズがヒストリー・チャンネルが好きなんです」ボーはニヤニヤと笑いながら言った。「年がら年中見てるんですよ」

トムは笑った。股間に痛みが走った。眼を細めてボーを見た。「で、君はわたしがブルドッグだと言いたいのか？」ボーはほほ笑んだが、眼はまだ真剣だった。そして一歩近づいて言った。「おれが言いたいのは、あなたはロースクールとジェイムソン・タイラーに挑発されたのに、やり返そうともせず自分自身に嘘をついているってことです。病気だとか、歳を取ったとかは関係ない。あなたはあなたなんだ。おれのように」彼はことばを切った。「ムッソのように」

ボーは手を前に差し出し、トムの背中に手を回すときつく抱きしめた。「これがおれの最終弁論です、親父《おやっ》さん」

そう言ってボーは立ち去りかけたが足を止め、トムに背中を向けたまま言った。「教授、今日の記事の最後の一文については申し訳ありません。ただ、あなたを正しい方向へ押してやる必要があると思ったんです」

トムは眉をしかめ、記事を取り出した。彼はドーンについて書かれた部分のところで読むのをやめていた。最後の一文に眼を通した。彼はそれを声に出して読みながら頭に血が昇るのを感じた。

〝教授は病気でほとんど死の淵《ふち》にあると思われ、アラバマ州ヘイゼル・グリーンの家族の農場で隠棲《いんせい》生活を送っている〟

「〝病気で死の淵にある〟とは言いませんでしたが、悪くない表現だと思いますよ」ボーは立ち去りながら言った。

「なんてこった」とトムは言った。「奴ら、ハゲタカのようにここに押し寄せて来るぞ。何を考えてるんだ、ボー？」トムは憤慨して言った。「ボー！」

ボーは空地の端に着くと、振り返ってほほ笑んだ。「ここに永遠に隠れているわけにはいきませんよ、親父《おやっ》さん」

45

太陽がとうもろこし畑の上を昇り始めるなか、リックは煉瓦造りの母屋を見つめていた。先延ばしにするのはやめよう、と自分自身に言い聞かせた。今、やるべきことをやるんだ。彼は〈ハーディーズ〉のスタイロフォームのカップからコーヒーを一口飲んだ。だが、まだ車から動こうとしなかった。助手席に眼をやった。そこには昨日の新聞に載っていた記事が置かれていた。パウエルが昨日の晩、住所と一緒にこの記事を持ってきた。「行って彼に会うんだ、リック」パウエルはそう言って促した。「行って本人の口から聞いてこい。彼は教授なんだぞ。助けてくれるさ」

リックにはわからなかった。去年、教授はまったく助けてくれなかった。彼のせいで、州で一番の法律事務所での仕事を駄目にした。失敗に終わるような案件を紹介された。そして干渉しないように言ったにもかかわらず、今はもう去ってしまった法律事務員をリックのために雇った。彼の〝愛人〟を。リックはジェイムソン・タイラーのことばを思い出しながらそう思った。

コーヒーをもう一口飲んだ。だが、そういったことはどれももはや重要ではなかった。裁判まで三日と迫っているのに、万策尽きていたのだ。ファウンズデール警察は、ミュール・モリスのピックアップ・トラックは二十五号線の土手で横転し、木にぶつかった衝撃で爆発したとしていた。暫定的な結論として、ミュールの車のブレーキが壊れ、彼が車のコントロールを失ったのが原因だと見ていた。

だが、ドゥーリトル・モリスは納得しなかった。「ミュールは神様認定のメカニックだ。それにトラックは古かったが、ちゃんと走ってた。ブレーキが壊れるなんてありえない」ドゥーは従弟《いとこ》の死に取り乱し、リックとパウエルが事故の翌日に会いに行ったときには、ふたりに責任があると言い張った。ドゥーは彼らふたりにこぶしを振り上げ、何人かの友人たちが取り押えなければならないほどだった。瞳は激しい怒りに燃えていた。「貴様らなんかに会わせなければよかったんだ。従弟《いとこ》はお前らのせいで死んだんだ」

心の底では、リックはドゥーの言う通りだと思っていた。ミュールはぼくとドーンと話した三時間後に死んだ。彼は彼のトラックを新品同様に維持していた。だが敵のことをわかっていなかったのだ。リックはそう思った。リックの頭の中には論理的な結論はひとつしかなかった。殺人。ジャック・ウィリストーンが誰かを雇って彼を尾行し、その人物がミュールを殺したのだ。そうに違いない。被害妄想にならないよう自分に言い聞かせたが、自分が正しいとわかっていた。そのことを考えると全身に鳥肌が立った。それからというものリックは片方の眼をバックミラーにずっと向けたまま運転するようになっていた。

それにウィルマ・ニュートンの問題もある。タイラーはまだ彼女の供述を取っていなかった。ジェイムソン・タイラーが自分のクライアントにダメージを与える証人を見落とすはずはなかった。タイラーは最高の弁護士だ。彼が彼女の供述を取らないなら、そこには何か理由があるはずだ。リックは胃に穴があくような感覚を覚えた。リックは何週間か前に、ウィルマに宣誓供述書を送っていた。そこにはウィルマがサンズで彼とドーンの前で話したことが記載されていた。だが、彼女はまだそれを送り返していなかった。さらに彼女は電話に出たり出なかったりという状態になっていた。先週は三回電話したのに一度も出なかった。彼女を証言台に立たせる前に宣誓供述書にサインさせる必要があるのに。

ため息をついた。多くの難問や疑惑を抱えて頭が痛かった。農場の母屋を見つめながら、どこかに、どこか別のところに行きたいと思った。だが、そんなところはなかった。パウエル以外には彼を助けてくれる友人は法曹界にはいない。そのパウエルがここに行くように言ったのだ。

リックはドアの取っ手を握り、動き出す勇気を奮い起こそうとした。もう一方の手はポケットの中で最近ずっと持っている写真に触れていた。ルース・アンが最初に会って話をしたときにくれた写真だった。見る必要はなかった。画像は心に焼き付いていた。ボブ・ブラッドショーの輝くような誇らしげな笑顔。誰かが笑わせたのか、口を少し開けているジーニー・ブラッドショーの笑顔。そしてテディーベアを抱えた、内気で傷つきやすそうな、幼いニコル・ブラッドショー。

これはお前の事件じゃない、とリックは自分自身に言い聞かせた。これは彼らの事件なんだ。

深く息を吸ってコーヒーの最後の一口を飲むと、リックは車のドアを開けた。

46

トムはノックの音で起きた。時計を見ようと体の向きを変えたときに、昨日の拷問による痛みがふいに炎のように股間を走り、思わず声を上げた。「いったい誰が……？」ベッドから転がり出て、床に眼をやった。そこではムッソがまだいびきをかいて寝ていた。「おいおい、ボーイ。少なくとも起きようとはしろよ」トムがスウェットパンツをはいているあいだもノックの音は続いていた。「今行く！」彼は叫んだ。そしてまた股間に引っ張られるような痛みを感じた。やっとムッソが弱々しい吠え声をあげ、ベッドから這うようにして離れた。「それだけか？」トムがきつい口調で言って首を横に振った。「たいした闘犬だな」そうつぶやくと廊下を通って居間に向かった。「もしボーなら、奴のケツに鞭《むち》を打つのを手伝ってくれよ」トムはそう言うと、居間を通って玄関へ向かった。頭がだんだんとはっきりしてきた。

ガラス窓の向こうにリック・ドレイクの顔を見て立ち止まった。

「入っていいですか？」とリックがガラス越しに尋ねた。

トムは眼を細めて彼を見た。自分の眼を疑った。

「入っていいですか？」リックはもう一度言った。「お願いします、教授……あの……早いのはわかってたんですが、どうしても話がしたくて」

トムはやっと足を前に動かした。デッドボルトを外し、ドアを開けた。が、戸口に立ったまま、なかに招き入れるために後ろに下がろうとしなかった。

「いったいどうしたんだ、坊主《キッド》」

リックは大きく息を吐いた。顔色が悪く、眼も充血していた。

「助けてほしいんです」

ふたりは居間に坐っていた。キッチンのテーブルが開封していない郵便物ですっかり散らかったままだったからだ。トムは自分の揺り椅子に坐り、リックはソファに坐った。トムはポットにコーヒーを作り、リックは身を乗り出して両手でカップを握っていた。疲れて脅えているようだった。

「で、どうやってわたしを見つけたんだね？」足を組んでコーヒーを飲みながらトムが訊いた。

「パウエルが」とリックは言い、カップを眼の前のテーブルに置くと、ポケットから折りたたんだ新聞記事を取り出した。「彼がこの記事をくれたんです」リックが手渡すと、トムはそれを開いた。中身についてはよく知っていた。

「記事にはあなたがヘイゼル・グリーンの農場で隠棲生活をしているとありました」とリッ

クは言った。そしてカップを手にすると中を覗き込んだ。「パウエルはタスカルーサの郵便局にいる友人を通じて、あなたの転送先住所をなんとか手に入れたようです。そのほかのことは話してくれませんでした」

「なるほど、それで君はわたしを見つけたというわけだ」とトムは言った。「で、何を悩んでる？」

リックはさらに何口かコーヒーをすすると、やっと疲れた眼を上げた。「あなたが紹介してくれた事件について相談したいんです。だけど……最初に……」リックはため息をつき、またカップに眼を戻した。

「最初に、何だね？」とトムは訊いた。彼は椅子を揺らすのをやめ、リックを見た。額に玉のような汗をかいていた。コーヒーを半分飲んだあと、やっと頭がはっきりし、リックにとってここにいることがどんなに難しいことなのかわかってきた。ここに何をしに来たにしろ、そうすることは彼にとって死ぬほど大変なことなのだ。

「最初に……ワシントンであなたを殴ったことを謝りたくて。あんなことをするべきじゃなかった。カッとなってしまって。ぼく……ぼくが感情をコントロールできず、そのせいで全国大会で優勝できなかった。すみませんでした」

リックはそう言うと、トムの眼を見た。が、トムは何も言わなかった。彼は今何と言った？

「それから」とリックは続けた。「ロースクールがあなたを辞めさせたことについても謝らなければ。これもぼくの失敗のせいで……」

「待て」とトムはさえぎった。リックを止めるために手を上げた。「リック、謝罪は感謝する。だが君のせいで職を失ったわけじゃない。それはワシントンの件とは関係なく起きていたはずだ」

リックは困ったように顔をしかめた。トムは小声で悪態をついて続けた。「事件は口実に過ぎないんだ、わかるか？　我々のいざこざがなければ、何か別なものをでっちあげていた。ランバート学部長は新しい血を求めていた。そしてタイラーがわたしを追い出すための攻撃材料を彼に与えたんだ」

「タイラー？」とリックは訊いた。「ジェイムソン・タイラーですか？」

トムは頷いた。「彼はわたしが辞めさせられる直前に、大学の顧問弁護士になっていた。彼がすべてを画策したんだ」トムは首を振ると立ち上がった。次第に感情が高まっていった。「ルース・アンの事件で、何か訊きたいと言ってなかったか？」

リックはカップから顔を上げた。「ええ、言いました。ただ……もうひとつあるんです」

リックの苦悩の表情がトムにすべてを物語っていた。

「ドーンのことか？」とトムは尋ねた。

リックは頷いた。「取決めのことを知りたいんです。新聞は……」

「単純なことだ」とトムは言った。「辞める前の最後の週にドーンを学生アシスタントに雇った。彼女を雇ったとき、彼女は仕事を得た安堵のあまり泣き出してしまった。彼女の手にわたしが手を置いたときに学部長が研究室に入ってきた」トムは肩をすくめた。「その週の後半に、土砂降りの雨が降り、わたしは濡れないようにとひとつの傘で彼女を車まで送った。彼女は感謝の気持ちとしてわたしにハグをした」トムはため息をついた。「どうやってかタイラーはそのときのことを写真に撮って、事実を歪曲《わいきょく》したものに仕立て上げた。ドーンは……」トムは静かに笑った。「そうか、君は彼女に会ってるんだったな。彼女は美しい。写真の中の彼女のＴシャツは濡れていた。おそらくまずく映って見えたと思うが、実際には何もなかったんだ」

「ほんとうなんですね？」とリックは訊いた。

「ああ、ほんとうだ」

「ぼくの代わりに給料を払ってたんですか？」

トムが腕を組んで言った。「ああそうだ。わたしが辞めることで、彼女も職を失った。そのことを悪いと思った。そして……君の役にも立つと思った」

「干渉しないでくれと言ったはずです」とリックは言った。

「わかってる」とトムは言った。「だが、君には助けが必要だった」彼はことばを切った。

「彼女は役に立ったんじゃないか？」

今はリックが立ち上がっていた。彼は質問に答えなかった。

「そうだろ？」トムは答えを求めた。

「彼女のことはもういいんです」リックはやっと答えた。ソファの後ろに進み、デッキにつながるガラスのスライディングドア越しに外を見た。太陽の光がガラスを通して降り注ぎ、リックの全身をオレンジ色に染めていた。「彼女はあなたとの取決めについて告白した。なのにぼくは彼女が怒ってやめるようなこと言ってしまった。ぼくが短気なせいで……」リックの声はいつのまにか消えいっていた。トムは彼の眼に後悔の念を見てとった。ドーンとのあいだに何があったんだ？　そう尋ねようと思ったが、黙っていることにした。

「そう、彼女のことはもういいんです」とリックは繰り返した。ため息をつくとトムに顔を向けた。「今、重要なのは、ぼくの人生で最も大きな裁判まであと三日と迫っているのに、ぼくにはどうしたらいいか手がかりすらないということなんです」

トムはリックの声と仕草に表れた絶望に驚いた。彼は死ぬほど恐れている。トムはそう思い、揺り椅子まで歩くと、どさっと腰を掛けた。彼はソファを指さし、リックも坐った。

「わかった」トムはそう言い、足を組んで眼を細めた。「話してくれ」

それから一時間かけて、リックは教授にすべてを話した。

「ほんとうにどうしたらいいかわからないんです」リックはそう言って締めくくった。「ただひとつだけわかってることは、ルース・アンはどんな金額であっても和解するつもりはないということです。彼女が望んでいるのはウィリストーンにこれまでしたことすべてを謝らせたいということなんです」リックはため息をついた。「問題はミュールが死んだことから、ウィリストーンを暴く唯一の方法はウィルマ・ニュートンを証言台に立たせることになってしまったんです。つまり、トラック運転手の妻は会社に苦情を言っている。だが――」

「君は彼女から宣誓供述を得ていないことを心配している」トムは顎をなでながら言った。

「その通りです。それにウィリストーンの弁護士もまだウィルマに供述をさせていない。我々は何カ月も前に彼女が証人であることを開示しています。彼らが彼女に供述させないなんて、考えられない。もし――」

「彼らが彼女と話をして、特に心配ないと思ったのなら別だが。もちろんそうじゃないかもしれない。ウィリストーンはたぶん保険をかけているのだろう。保険会社は費用を押さえようとすることで知られているからな。彼らは彼女に供述させないよう弁護士に指示したのかもしれない」

リックは頷くと、両手を上げて手のひらを上に向けた。「そこが問題なんです。何かアドバイスをくれませんか？」

トムは両方のコーヒーカップにもう一度コーヒーを注いだ。リックのコーヒーはカタカタと音をたててあふれそうだった。が、彼は何も言わずカップを受け取った。ほぼ二十四時間寝ていなかったので、得られるものはすべて燃料として必要だった。

「難しい問題だ、リック。だが安全策は彼女を証言台に立たせないことだ。彼女なしでも戦うことはできるが、もし彼女が寝返ったら……」

「そのときは負けるでしょう」

トムは同意のしるしに肩をすくめた。

「でも、彼女なしでも負けるかもしれません。ローズ・バットソンは自分の証言にこだわってるし、タイラーの専門家証人はブラッドショーが曲がる前にトラックを見ていたはずだと言うでしょう。彼らの訴訟に対する影響はとても大きい。教授もご存じのように、アラバマ州では、原告に一パーセントでも過失があると判断すれば、陪審員は被告勝訴の評決を出します。それにこの裁判は論点がずれてしまっている。つまり、真実はウィリストーンが運転手らにスピード違反と運行記録の改ざんをさせ、法を犯しているということなんです。ニュートンは二〇〇九年九月二日にスピード違反を犯しています。荷物を予定通りに届けるためにそうしなければならなかったからです。彼は事故の前の何カ月かで二枚のスピード違反チケットを切られています。ミュール・モリスがいればウィリストーンとウルトロンを糾弾できたはずなのに」

「リック、わかってるだろうが、真実は証明できなければ価値がない。モリスが死に、火事で証拠となる書類も消失してしまった。ミズ・バルヤードも力になってはくれない。だから

――」

「こちらにはウィルマしかいない」欲求不満が高まって、リックは思わず口をはさんだ。

「わかってます、わかってます。じゃああなたなら彼女を喚問しないっていうんですね？」

リックはトムの眼を見て尋ねた。

トムは曖昧なまなざしで彼をちらりと見返した。「そうは言っていない。安全策と言っただけだ。誰もそのことで君を責めることはできない」

リックはため息をついた。怒りによる心の疼《うず》きを感じ始めていた。そうかもしれないし、そうじゃないかもしれない。ハァ？　ほんとうにありがたいよ、先生。

「リック、訴訟を戦うということは九十五パーセントの準備と五パーセントの直感だ。君が十分に準備をして、前からも後ろからも君の知る限りあらゆる方向からこの訴訟のことを理解したのなら、あとは直感を信じて身を任せるんだ。すべてを台本にすることはできない。もちろん計画を作り、それに従う。だが、裁判では準備してきたことすべての意味がなくなるときがある。そういった状況では、君は直感を信じて取りうる最高の決断をしなきゃならない」

「直感を信じる？」とリックは訊いた。皮肉を隠すことができなかった。「ぼくの直感は助けが必要だと言ってます。だからここに来たんです」

「できる限りのアドバイスをしたつもりだ」とトムは言った。

リックは彼の師のグレーの瞳を見上げ、その中に真実を見た。アドバイスは素晴らしかった。リックは感謝していた。だが、もっと必要だった。ボブ、ジーニーそしてニコル・ブラッドショーはもっと報われるべきだ。そして、ルース・アンも。

「教授……アドバイスをありがとうございます。だけど……」彼はため息をついた。

「だけど、何だね？」とトムは訊いた。

「お願いするのが遅すぎたということはわかってます。だけど……」リックはことばを飲み込み、深く息を吸った。自分でも言おうとしていることが信じられなかった。「一緒に裁判を戦ってくれませんか？」

47

「だめだ」とトムは言った。そしてそのことばが口から出た瞬間、自己嫌悪を覚えていた。立ち上がって、リックに背を向けるとキッチンのほうを見た。テーブルの上の未開封の郵便物が非難するように彼をにらみ返していた。無理だ、とトムは思った。歳を取りすぎているし、病気だ。それに準備する時間もない。

「どうして？」とリックは訊いた。トムは青年の声に失望の色を聞き取っていた。「聞いてくれてました？　ぼくはほんとうにあなたを必要——」

「いや、違う」トムはことばをさえぎり、振り返ってリックを見た。「君に準備できないようなら、この件を君に紹介したりしない。君は半年間この案件に必死で取り組んできたはずだ。君は難しい決断を迫られているが、君に進むべき方向を示してやることはできない。君が選ばなければならないんだ。たとえわたしがイエスと言ったとしても、ウィルマ・ニュートンの問題が変わるわけではない。君の直感を信じて決断を下すべきだ。わたしは邪魔にしかならない。タスカルーサ・ニュースやテレビがこのことをかぎつけたら、彼らは裁判をサーカスにしてしまう。君はそんなことは望まないだろうし、わたしもそうだ」

「本気でそう言ってるんですか?」とリックは言った。まだ信じられなかった。

「君にわたしは必要ない。わたしは……」彼は自分が癌だということを話そうとしたが、思いとどまった。

「あなたが必要でなければ、ここに来たりしません」リックはそう言ってトムの脇をかすめてキッチンに向かった。「朝の六時にあなたの家のドアを叩いたりしません。それは言い訳だ、教授。そしてあなたにはそのことがわかってる」

リックはキッチンのドアまで歩くと立ち止まった。「ここで何をしてるんですか、教授?」彼はゆっくりと振り向いた。彼の眼は怒りで燃えていた。「本気なんですか? ロースクールから追い出され、町からも離れて。大学はあらゆることを勝手にねじまげてるというのに、あなたは何も言い返さない。それでいいんですか?」

トムはもう一度自分の病気のことについて話そうという衝動と戦った。

「あなたは以前、ぼくらに言いました。もしぼくらが現場に出て、何か必要になったときには、いつでも駆けつけると」リックの声は震えていた。「あなたはうそつきだ、教授」

「無茶を言うな、リック。裁判の始まる三日前になって裁判に参加してほしいなんて、正気なのか？」

「あなたはうそつきだ、教授」トムの答えを無視してリックは繰り返した。「それにぼくはあなたが言っていた写真を見ました。濡れたTシャツのやつです。あなたの言う通り、あれはまずい」

トムは凍りついた。トムの知る限り、その写真は新聞には載っていなかったはずだった。

「どうして……？」

リックは苦々しげに笑った。「ああ、肝心のことを言ってませんでしたね。ウィリストーンの弁護士がその写真を見せてくれたんです。彼はドーンがぼくのために働いているのを見て、彼女のことを思い出したんでしょう。彼はその写真をぼくに見せるのが楽しくてしかたがない様子でしたよ。彼女をあなたの愛人だと呼んでね。それに彼は言ってました。あなたがぼくにこの事件を紹介したのはぼくが失敗するところを見たかったからだと。それ以外になぜ数百万ドルの不法死亡事件を、ロースクールを出て九カ月の小僧に任せるのかってね」

「誰だ？」とトムは訊いた。が、答えはすでにわかっていた。

「知らないとは言わせませんよ」とリックは言った。「この訴訟の答弁書は全部送ったはずです」

「言うんだ」とトムは言った。怒りのあまり声はくぐもっていた。

リックは皮肉な笑みを浮かべ、ドアを開けた。トムは彼を追って飛び出し、彼の腕をつかんだ。「言うんだ、くそっ」

「そもそもこれがすべてのトラブルの始まりじゃないですか？」リックは自分の腕を見ながら言った。「またあなたを殴ればいいんですか？　ユーチューブのカメラはどこですか？」

トムはリックの腕を放し、青年をにらみながら繰り返した。「言うんだ」

「タイラーですよ」リックはそう言うと、後ずさりしながらドアから出た。「被告側弁護人はジェイムソン・タイラーです」

48

リックはタイヤの音を立て、猛スピードで私道から飛び出していった。だが、トムは見ていなかった。彼はすでにキッチンテーブルからすべての郵便物を払い落とし、ひざまずいて、これまで何カ月も無視してきたリックから送られてきた手紙と小包に眼を通した。探しているものを見つけるのにそれほど時間はかからなかった。訴状に対するウィリストーンの答弁書は二十ページの長さに及び、あらゆる主張を否認し、寄与過失を含む多くの抗弁を主張していた。トムは急いで最後のページをめくり、署名欄に指を置いた。胃酸が一瞬にして湧き出てくるように感じた。

「被告側弁護人ジェイムソン・R・タイラー」

「あのクソ野郎」部屋中にその答えを投げるように罵った。めまいを感じテーブルにもたれかかった。治療の翌日にあまり多くのことをしてはならなかった。胃のあたりに不調を感じていた。部屋がぐるぐる回り始めた。

「くそっ！」彼は叫ぶと、頭を横に振りながらキッチンを歩き始めた。あのクソ野郎。模擬裁判を指導したあとの彼のことばを思い出していた。「その女性のために誰か見つかるといいですね。そいつが誰であれ、法廷で顔を合わせないよう祈ってますよ」

トムの全身は怒りで震えていた。彼には全部話していた。このいまいましい訴訟のことをすべて話し、リックに紹介するつもりだとも口にした。あいつはこの件が舞い込んできて笑い転げたに違いない。トムは血が出るほど強く唇を嚙んだ。あいつはリックに写真を見せ、ドーンをわたしの愛人だと言った。トムは電子レンジの上のキャビネットをこぶしで強く叩いた。あまりの強さに大きな音とともにキャビネットが壊れ、木の破片がそこら中に飛び散った。

居間ではムッソが唸《うな》り声をあげながら立ち上がり、耳を立てて主人のほうを見ていた。

トムはこぶしを舐めると愛犬のほうをにらみつけた。「何か言いたいのか？」ムッソはさらに唸り声を上げげた。トムは背を向け、郵便物につまずきながら、リックが去ったときから開いたままになっていたドアに向かった。トムは坐って落ち着くべきだとわかっていた。しかしできなかった。動かずにいられなかった。考えずには、何かをせずにはいられなかった。ムッソのほうを振り返って見た。が、犬はもうすでにかかとのところまで来ていた。

「来るんだ、ボーイ」彼は命令すると、外に出てドアを閉め、とうもろこし畑に向かって歩き出した。「散歩に行くぞ」

49

トムは岩の上に坐り、農場の端にある小川を見ていた。疲れ果てていた。家まで帰れるかどうかもわからなかった。何を考えてるんだ。治療の翌日にこんなに歩くなんて。ひどく気分が悪いというのに二マイルも歩くなんて。足元ではムッソがあえいでいた。彼にとっても、この暑さの中こんな距離を歩くのはひどく辛かったのだろう。水を飲みに小川に降りて行ったあと、ムッソはトムの足元でへたり込んでしまった。

眼を閉じて、心をさまよわせた。リックは彼を必要とした。トムはルース・アンの事件をリックに紹介した。そのリックが彼のところにやってきた。白旗を掲げ、彼に助けを求めてきた。彼にとっては大きな決断だったことだろう。ほんとうに大きな。

トムはそれを断った。

ふらつく足で立ちあがると、太陽を見上げた。タイラーの名前を聞いたとき、フットボールの試合以来感じたことのなかったアドレナリンの高まりを感じた。リックを追いかけ、気が変わったと告げたかった。

しかし、今やアドレナリンは去っていた。現実を感じていた。ボーセフィスはああ言っていたが、歳を取り、身体の具合も悪い今の自分ではタイラーをやっつけるなど到底無理だった。

山猫の鳴き声が左のほうから聞こえてきた。だが、トムは顔を向けようとさえしなかった。いったい何の役に立てるというんだ？　足元ではムッソが低くしわがれた唸り声を上げていた。だが、トムは気に留めなかった。確かにわたしはリックに手を貸してやった。だが彼にしたところで、彼にとっての最初の裁判を化学療法でふらふらの役立たずにベビーシッターを務めてもらいたくはないだろう。たとえ、最初の時点で少しは役に立てたとしても、裁判全体を持ちこたえることはできない。それに、裁判からは四十年も離れている。しかもタイラーは……最高の弁護士だ。

山猫の鳴き声がまた聞こえた。コック判事はああ言っていたが、タイラーは脂が乗り切っている。彼は州で最高の弁護士だ。リックは少なくともルース・アンにわずかな望みを与えている。今朝、彼はうろたえていただけだ。わたしに訴訟に参加してほしいと頼んだ理由はそれだけだ。わたしが安易な答えを与えなかったから取り乱したが、月曜日になれば立ち直るだろう。彼は自分の庭で裁判を戦うのだ。うまくやるはずだ。

ムッソがクーンと鳴き、トムは彼を見下ろした。十三年間で、外に出たがっているとき以外にムッソがこんな風に鳴くのを聞いたのは初めてだった。「ムッソ、どうした……？」

今度は山猫の声がさらに大きくなった。トムは周りを見回し、鳴き声の出どころを探した。さっきよりもかなり近くなっていた。後ろではムッソのクーンという声が大きくなっていた。だが、犬は動こうとはしなかった。

トムは無意識に散弾銃を探した。が、そこにはなかった。タイラーのことを聞き、怒りのあまり銃も携帯電話も持って来るのを忘れていた。トムは体がこわばるのを感じた。

「どこだ？」と彼は叫んだ。叫び声に動物が脅えて去るのを期待しながら。

代わりに返ってきた甲高い鳴き声に背筋を凍らせた。トムはゆっくりと向きを変え、眼を細めて焦点を合わせようとした……

そこだ。二十ヤード先の小川のほとりの藪《やぶ》の中に身をかがめていた。黒い斑点《はんてん》におおわれた黄色いコートをまとい、黄色い眼をまっすぐトムに向けていた。トムはこの地所で山猫を見かけるようになって何年にもなる。通常、彼らは遠く離れていて、時たま鳴き声を聞くらいだった。ボーセフィスに何度も言ったように、山猫は無害だった。そう、彼らが……トムはその動物の口から泡が吹きだしているのを見た。さらに歯をむき出しにしてぞっとするような鳴き声をあげるのを聞いた。

……狂犬病だ。あいつは狂犬病だ、それに……

……しまった。家から二マイルも離れたところで銃も携帯電話も持っていない。彼は一歩後ずさり、すぐにそれが間違った動きだと悟った。山猫はまっすぐ彼に向かって突進してきた。トムに襲い掛かるのにわずか数秒しかかからないだろう。トムは体を横にしてよけ、左足を前に出して両手を突き出した。山猫の黄色い眼が彼に迫ってきた。

やられる、と思った。もしつかまったら……。さらに後退すると、山猫の黄色い眼が左のほうを見た。そのとき、でこぼこの岩に足を取られてトムがよろめいた。身を守ろうと両手を上げ、その瞬間《とき》を待った。山猫に襲い掛かられ、黄色以外何も見えなくなる瞬間を。終わりだ。そう思った。

だが、トムの頭に何か鋭いものがぶつかった。眼にしたものは黄色ではなかった。

眼の前は真っ白になった。

50

「全員起立！」裁判所職員が大きな声で宣言した。「これよりヘンショー郡巡回裁判所を開廷します。ビュフォード・カトラー裁判長出廷」

胸の中で心臓が高鳴るなか、リックはビュフォード・J・カトラー判事が法廷の扉から大股で入って来て判事席に坐るのを、起立したまま見守っていた。リックは以前父親がこの判事のことを犯罪に厳しく、まったく親しみを感じさせない――多くの人がJは〝愚か者《Jackass》〟のJだと言っていた――と評すのを聞いたことがあった。

「よかろう」とカトラーが言い、小槌を二回叩いた。「ウィルコックス対ウィリストーン・トラック運送会社。両当事者は出廷してるかね？」

「原告側代理人、リック・ドレイクです」とリックは言った。自信たっぷりに聞こえるように。彼の隣にはルース・アンが立っていた。くるぶしまでの長さの黒いスカートと白のセーターを優雅に着こなしていた。

「ウィリストーン・トラック運送会社代理人、ジェイムソン・タイラーです」とタイラーが言った。紺のピンストライプ・スーツに白いシャツ、そして空色のネクタイでいかにも優秀な弁護士といういで立ちだった。その隣にはジョーンズ＆バトラーのもうひとりの若手弁護士が坐っていた。ジャック・ウィリストーンは、やはりダーク・スーツを着て、被告席の端に坐っていた。

「正式審理前の申立ては?」と判事が尋ね、判事席から覗き込んだ。

「裁判長、我々は二〇〇九年九月二日にウルトロン工場を全焼させた火災に関する言及の排除について、申し立てています」とタイラーが答えた。「火災はタスカルーサの消防保安官によって事故と裁定されており、この火災に関する何らかの言及は見当違いであり、被告側に大きな偏見を抱かせるものです」

「異議はありません」とリックは言った。タイラーが正しいことはわかっていたし、勝てない戦いを挑むつもりもなかった。

「わかった、よかろう。認める。陪審員を席に着かせてもいいかね?」

「はい、裁判長」とタイラーは言った。

「はい、裁判長」リックも続いた。さあ、始まった。

51

フェイス・バルヤードはバーミングハム国際空港デルタ航空発着ウイングのA二十二番ゲートにいた。搭乗開始まではまだ十五分あったが、子供たちにトイレに行っておくように言った。長旅が待っていた。フェイスは右手に持った三枚の航空券を見つめ、涙をこらえた。ここに来るまでに、なんとか気持ちを落ち着かせなければならなかった。すでに朝にザナックス（抗不安薬）を二錠飲んでいた。ザナックスが効かなければヴァリウム（精神安定剤）を飲まなければならないだろう。これは間違ってる、と彼女は思った。間違ってる。間違ってる。間違ってる。

　フェイスの手は震え始め、ヴァリウムを求めてハンドバッグに手を伸ばした。そのとき、新しいメールの到着を知らせる聞きなれたビープ音が鳴った。携帯電話を開くと、見覚えのない番号からメッセージが届いていた。そこには写真が添付されていた。フェイスは深く考えもせず、それをクリックした。

　写真を見て、携帯電話を落としてしまった。隣に坐った男が拾おうと手を伸ばした。

「やめて！」フェイスが叫んだため、男——年配の黒人の紳士——はびくっとして手を引き、取り乱したような脅えたまなざしで彼女を見た。フェイスは電話をつかむとスクリーンに顔を押しつけるようにして近づけた。それは粒子の粗い写真だったが、そこに写っているものは見間違えようがなかった。ひざまずいたバックの背後に男が立っていた。写真の下には簡潔なメッセージがあった。「飛行機に乗れ。これが間違った人間の手に渡ってほしくないだろう」

　フェイスはメッセージを閉じ、両手で顔を覆った。

「ニューヨーク行き一四三二便のご搭乗を開始します」女性の声がスピーカーから流れた。

「行こう、ママ！」ダニーが叫んだ。真後ろにいた彼女に向かって、弟と一緒に興奮気味に近づいてきた。子どもたちはバッグをつかむと列に並んだ。だが、フェイスは足を動かすことができなかった。写真だけじゃない。あれは氷山の一角よ。ビデオが……

フェイスは、リック・ドレイクとドーン・マーフィーが彼女の家を去ったあとにジャック・ウィリストーンと交わした短い会話を思い出して身をすくめた。「一時間もすればドアのところにビデオが届くはずだ。一時間やるからそれを見て……しっかりと理解するんだ。そうしたら電話する」

フェイスはビデオを見た。彼女がバックとともに過ごしていたと思っていた人生の最後の日々が眼の前で砕け散った。次に電話がかかってきたとき、メッセージはもっと明快だった。「子どもたちに父親がおかま野郎だと知られたくなかったら、今日会った弁護士とは二度と話をするな」ジャックが言い終わると電話はぷつんと切れた。それ以来、ずっとびくびくして生きてきた。先週、飛行機のチケットが手書きのメモとともに封筒に入って送られてきた。「ビデオを公開してほしくないだろうから、来週ニューヨークで過ごす計画をプレゼントしよう」

そして今ここにいた。言われた通りのことをして。これは間違ってる。もう一度そう思った。脅迫は絶対に終わらない。次は金を要求してくるだろう。あるいはセックスを……。フェイスは何年か前の資金集めのパーティーで、ジャックが獲物を漁《あさ》るような眼で彼女を見ていたのを思い出した。金ではおさまらない……

「ママ、行こうよ！」ジュニアが列の先頭から彼女に手を振った。彼らの隣では係員が、フェイスがまだ手に握ったままの航空券を待っていた。

フェイスは無理やり足を前に動かした。間違っていようが問題じゃない。彼女のすべては子どもたちだった。そして子どもたちにとっては、父親の思い出がすべてだった。それを壊してはならない。何が正しいかなんてどうでもいい。

52

午後一時。カトラー判事が小槌を叩き、陪審員を案内するように職員に身振りで示した。ここまでの三時間でリックとタイラーは、三十六名の陪審員候補を十二名までしぼりこんでいた。彼らは予備尋問を行い、最初はリック、次にタイラーが陪審員にトラック運転手や交通事故、訴訟に関する過去の経験について、そしてこの訴訟で弁護士や証人に知人がいるかどうかについて尋ねた。両陣営は人種以外のあらゆる理由で候補者の中からそれぞれ十二名を忌避することができた。その手続きの結果が今、法廷に入ってきた。男性七名。女性五名。リックは男性よりも女性を多く選びたかった。なぜなら、女性のほうがより同情の念を抱くだろうと考えたからだ。だが残念なことに陪審員候補自体が男性のほうが多く、さらにタイラーは女性のほとんどを忌避することができた。

幸運なことに、タイラーはリックかドレイク家のいずれかを知っている陪審員を忌避することはできなかった。サム・ロイ・ジョンソンは町の西側で自動車部品の販売店を営む黒人男性だったが、リックの父と一緒にフットボールをした仲だった。ジュディ・ヒーコックは引退した教師だったが、リックの両親はともに彼女の教え子だった。彼らはふたりとも陪審員に入った。

ぼくの陪審員。リックはそう思いながら、最前列に坐ったサム・ロイに頷きかけた。リックはやっと教授が自分を推薦してくれた理由がわかりかけてきた。ぼくにはタイラーと張り合うだけの経験もなければ才能もない。だが、ぼくには地の利というやつがある。誰だってランボー・フィールドで〈パッカーズ〉と戦いたくはないだろう。それはビッグ・キャットといえども同じはずだ。無意識にリックは被告席に眼をやった。タイラーのうぬぼれに満ちた顔は完璧な陪審員——まさに自分が望んだ十二人——を選んだと言っていた。実際はどうであれ、リックにはわかっていた。タイラーはただ教授の教え《マントラ》のひとつに従っているだけだ。自分が汗をかいているところを相手に見せるな。

リックは傍聴席に眼をやり、パウエルと眼を合わせた。彼は、今週はリックの裁判を助けるために休みを取っていた。パウエルが頷き、親指を上げるサインを送った。

リックは頷き返した。胃がねじれて締めつけられるようだった。彼はふた通りの冒頭陳述を練習していた。ひとつはウィルマが証言台に立つバージョン、もうひとつは彼女抜きのバージョンだった。そして、そのどちらを使うかまだ決めかねていた。昨晩、ウィルマはリックにメールを送ってきて、一日しか仕事を休めないのでどの日に行って証言すればいいのかと訊いてきた。その申し出は妥当なものだった。ほとんどの証人は法廷で一日以上坐って待つことを望まない。だが、そのことはリックを不安にさせた。もし彼女が姿を見せなかったらどうする？

彼女に何度電話をしても返事がなかったので、リックはメールの返信を送り、火曜日の朝に法廷に来て、そのときに署名した宣誓供述書を持ってくるように伝えた。

もうその日が迫っていた。彼女に電話しなければならなかった。自分の直感を信じるんだ。教授のアドバイスを思い出してそう思った。それに従うべきだとわかっていた。

「大丈夫？」とルース・アンが訊いた。

リックは彼女を見た。だが彼が答える前にカトラー判事が判事席で小槌を打ち鳴らした。

「弁護人、冒頭陳述の準備はできたかね」判事が尋ねた。

「はい、裁判長」タイラーはそう言うと、上着のボタンをかけた。

リックは腕に鳥肌が立つのを感じた。で、どうするんだ、ドレイク？

「原告側は準備ができたかね？」カトラー判事はリックをちらっと見た。足を動かせそうになかった。君が選ぶんだ。

「ミスター・ドレイク？」判事席から身を乗り出してカトラー判事が尋ねた。「冒頭陳述の準備はできたのかね？」

「はい、裁判長」リックはやっと答えた。

「いいだろう」とカトラー判事は言い、陪審員のほうを示す仕草をした。「始めたまえ」

リックはゆっくりと立ち上がって上着のボタンをかけた。「それでは始めさせていただきます」彼は話し始めた。「裁判長……弁護人……」リックは判事とタイラーの両方を身振りで示し、そして陪審員席に眼を向けた。

「陪審員の皆さん……」

「……最後に……」リックは一瞬間《ま》を置いた。とっておきを最後に持ってきた。「皆さんはデューイ・ニュートンの運行スケジュールが常軌を逸したものだったということを知るでしょう。彼がスピード違反をしなければならないようなスケジュールを強いられていたことを知るでしょう。ここにいる連中は——」悪意を込めて被告席を指さし、タイラーをにらみつけると、陪審員席に視線を戻した。「——デューイ・ニュートンにアクセルを踏む以外の選択肢を与えなかったのです。二〇〇九年九月二日、デューイ・ニュートンは、六十五マイル制限のところを八十マイルで運転するつもりなどありませんでした。なぜなら、そんなことはしたくなかったのです。不注意で制限速度を十五マイルもオーバーしたわけではありません。そうではないのです。陪審員の皆さん、もっと深い理由があったのです。皆さんはデューイ・ニュートンがスピード違反をしなければならなかったことを知るでしょう」リックはことばを切って、サム・ロイ・ジョンソンとアイコンタクトを交わした。そしてジュディ・ヒーコックと。「自信を持って言えます。あらゆる証拠を眼にし、あらゆる証言を聞いたあと、皆さんはこの訴訟が交通事故に対する訴訟ではないとわかるはずです。この訴訟は強欲に対する訴訟なのです。ウィリストーン・トラック運送会社は荷物を届けるために運転手に法を犯すことを強いました。そしてその怠慢で身勝手な行為によって三人の罪のない人たちが命を落としたのです」リックはもう一度、間《ま》を置いて、自分のことばが陪審員の心に浸み込むのを待った。そして頷くと言った。「ありがとうございました」

彼は席に戻って坐った。シャツには汗がにじんでいた。が、上着を着ていたので誰も気がついていないはずだ。まずまずだ、とリックは思った。まずまず以上の出来だとわかっていた。ウィルマを証言台に立たせることをはっきりと約束することなく、共謀に関する疑惑の種を何とか陪審員に植え付けることができた。ウィルマなしには彼の主張は何も証明できないということはわかっていた。彼女に電話をしなければならないことに変わりはない。しかし彼女の名前に触れなかったことで、彼女が約束を守らなかったときのダメージはそれほどひどくなくなる。とっさに機転を利かせて、何とか妥協案を見つけたのだった。

リックは振り向いた。パウエルの輝くような笑顔が、彼の知りたかったことを教えてくれた。うまくやったのだ。

結局のところ、ぼくはこのクソみたいな仕事に向いているのかもしれない。

53

ジミー・〝スペックス〟・バラードはヘンショー郡の保安官を十八年間務めていた。バラード保安官を見た者が、決して忘れることのできない彼の身体的特徴は、顔の隅々まで覆っているそばかすだった。彼は、七年生のときにサイラス・ムーニー・コーチと初めて会ってから、ずっとスペックスと呼ばれていた。顔が汚れた染み《スペックス》で覆われているようだったからで、すぐにそのニックネームが定着した。ヘンショーでは、ほとんどの人が彼をスペックスか、スペックス保安官と呼んだ。ローズ・バットソンだけは例外で、ムーニー・コーチが死ぬまで、彼女はそれを意地の悪いあだなだと言って、コーチが彼女の店に来るたびにそのことで彼を責めた。

火曜日の午前中、保安官が宣誓をするために大股で法廷に入って来たとき、リックは興奮を抑えようと必死だった。カトラー判事は昨日、タイラーの冒頭陳述――予想通りローズ・バットソンの陳述書と事故鑑定人の証言に焦点をあてたものだった――のあとに休廷を宣言した。そしてついに彼の主張を述べるときが来た。リックは最初の証人は保安官だとずっと決めていた。「先手を取れ、そして徹底的に攻めろ」が教授の教え《マントラ》だった。リックはこの裁判の主張のうち、最も強固な部分から始めようとしていた。デューイ・ニュートンのスピード違反だ。

　バラード保安官が宣誓をして、証人席に坐った。背もたれにもたれかかり、陪審員に向かって頷いた。リラックスしているようで、カーキの制服の一番上のボタンをはずしたあたりからは赤い胸毛がのぞいていた。リックが判事席に近づくと、保安官が彼に向かって頷いた。

「バラード保安官、陪審員に自己紹介をしていただけますか」リックはそう言い、腕で陪審員席のほうを示した。陪審員たちの多くはほほ笑んでいた。

「スペックス・バラードです」と保安官は言い、陪審員に向かって笑みを返すとリックを見た。

「保安官、わたしもスペックスと呼んでもかまいませんか？」父から前の晩に聞いたちょっとしたアドバイスに従ってそう訊いた。

　保安官は誇らしげに顔を輝かせると言った。「ああ、君のママもパパも五十年にわたってそう呼んできたんだ。君がそうしていけない理由はないさ」

　陪審員席から笑いが起きた。リックはほほ笑み、時間をかけてジェイムソン・タイラーを真っすぐ見つめた。ヘンショーへようこそ、ベイビー。

リックはスペックスのいる証人席から陪審員席の端まで、優に六メートルはある距離をゆっくりと歩いた。彼は保安官をセンターステージに立たせたかった。主尋問のあいだ、証人はスターだ、と教授はいつも言っていた。証人が陪審員と話しているかのようにしなければならない。君の役割はその会話を促すことだ。

リックはことばを切った。陪審員をちらっと見て、そしてスペックスに眼を戻した。リックはこれがこの裁判の中で、彼にとって最も重要なポイントだとわかっていた。リックが与えることのできる最も激しい一撃はニュートンのスピードだった。そしてそれは保安官がうまくやってくれるかにかかっていた。

「スペックス」リックは始めた。深く深呼吸をした。「あなたは二〇〇九年九月二日の事故の調査をしましたか？」

一時間後、リックはこのうえなくうまくいったと感じながら席に着いた。スペックスは素晴らしかった。デューイ・ニュートンが事故当時に六十五マイル制限のところを八十マイルで走行していたことを、疑問の余地なく証明した。リックが彼を証人席から降ろし、黒板に事故の略図を書かせたときも、現場で発見されたタイヤのスリップ痕に基づいてどうやってニュートンのスピードを計算したかを陪審員に示し、わかりやすく説明して見せた。リックが最後に席に着いたとき、黒板に残されていたのは大きく〝八十〟と書かれた文字で、タイラーは反対尋問を始める前にわざわざ黒板まで歩いてその文字を消さなければならなかった。

「保安官」タイラーが始めた。「あなたがこの事故を調査したとき、誰が事故を目撃していたかご存じでしたか？」

「はい、ミズ・ローズが目撃していました」

「〝ミズ・ローズ〟というのはローズ・バットソンのことですね、よろしいですか？」

「はい、そうです」

「そしてミズ・バットソンが事故の唯一の目撃者だというのはほんとうですか？」

「はい、そうです」

「あなたは、現場に到着したとき、ミズ・バットソンに陳述書を書くように言いましたか？」

「はい、言いました。目撃者にはいつも彼らが見たものを書き留めてもらうように頼んでいます」

「なぜそうするのですか、保安官？」タイラーは陪審員に眼をやった。スペックスが答えるあいだ、タイラーは彼らを見ていた。

「そうですね、そうすると何が起きたかを理解するうえで役に立つからです。目撃者は普通嘘をつく理由がありません。彼らは見たままを書き留めます」

「ローズ・バットソンが事故の直後にしたことがそれなんですね」

「はい、そうです」

タイラーは頷きながら、陪審員席の縁に沿って歩いた。「あなたはミズ・バットソンの陳述書を読みましたね？」

「はい、読みました」とスペックスは答え、不安げなまなざしをリックのほうに投げた。

「それでは、保安官、ローズ・バットソンはボブ・ブラッドショーがデューイ・ニュートンのトラックの前に飛び出したと言っているのはほんとうですか？」

リックは椅子から飛び出した。「異議あり、裁判長。伝聞証拠です」

カトラーはタイラーをちらっと見た。タイラーは両手のひらをうえに向けて差し出した。

「裁判長、事実について述べようとしているわけではありません。少なくともこの証人を通じては。調査を行っているときの保安官の心理状態を明らかにしようとしているだけです」

判事の裁定を待つあいだ、タイラーはどこから見ても自信たっぷりだった。

「棄却する」とカトラー判事は言った。「質問に答えたまえ、スペックス」

「ええ、彼女の陳述書にはそうあります」とスペックスは言った。

「あなたはローズ・バットソンが陳述書のなかで嘘をついていると言うのですか、保安官？」

「いいえ、とんでもない。ミズ・ローズは決して嘘をつきません。彼女が何か言うとき、それは間違いなく絶対的な真実《ゴスペル》です」

「絶対的な真実《ゴスペル》ですか」とタイラーは言い、スペックスに、そして陪審員にほほ笑んだ。

「はい、そうです」とスペックスは言った。

「質問は以上です」タイラーはそう言うと、坐りながらリックにウインクをした。

カトラー判事がリックのほうを向いた。リックはタイラーの尋問の短さに驚いていた。何だあれは？　たった六つ？

「弁護人、再尋問は？」

リックは何か言おうとしたが思いとどまった。タイラーの反対尋問に反論するすべはなかった。簡潔で効果的、そしてタイラーの主張に直接結びついていた。バットソンの証言の導入として完璧だった。スペックスの〝絶対的な真実《ゴスペル》〟という証言。その印象を持って陪審員は彼女の陳述を耳にすることになるだろう。リックはそう悟った。

「弁護人？」カトラー判事は繰り返した。苛立たしそうにリックをにらみつけていた。

「いいえ、裁判長」とリックは言った。自信ありげに聞こえるように努めた。大したことはない。まだニュートンのスピード違反の件がある。タイラーは最低限のポイントを稼いだだけだ。さすが州で最高の法廷弁護士と呼ばれるだけのことはある。

「よかろう、次の証人を呼びたまえ」とカトラー判事は命じた。

リックはテーブルに眼をやった。携帯電話をノートとファイルのあいだに置いていた。赤いライトは瞬いていなかった。彼はパウエルに裁判所を探し回って、ウィルマを見かけたらメールをするように頼んでいた。また今朝ウィルマにも、裁判所に着いたらできるだけ早く連絡するようにというメールを送っていた。彼女はまだ来ていない。リックは携帯電話を見つめながら胃がひきつるのを感じていた。最も困ったことはウィルマが日曜日の夜にメールを送ってきて以来、リックと一切連絡を絶っている——電話もかかってこず、メールも何もなかった——ことだった。これはおかしい、と彼は思った。

「弁護人?」カトラー判事が答えを求めた。リックは眼を上げ、自分がほとんど十秒間ことばを発していないことに気づいた。彼は陪審員に眼をやった。ジュディ・ヒーコックが心配そうな顔つきをしていた。考えをまとめろ、ドレイク。リックは自分自身に言い聞かせた。ウィルマはここにいない。そしてローズを今すぐ——スペックスが証言したあとに——尋問することはできない。彼らが〝絶対的な真実《ゴスペル》〟を聞くまでに少し時間を稼ぐ必要があった。

リックは自分の右側を見た。ルース・アンと眼が会った。「準備はいいですか?」リックがささやいた。

ルース・アンは頷いた。不安そうに、しかしきっぱりと。

「裁判長」リックは立ち上がると言った。「原告側はミズ・ルース・アン・ウィルコックスを証人として喚問します」

54

三十マイル離れた場所では、ジャック ダニエルのせいで半分酔っぱらったドゥーリトル・

モリスが、二十五号線から外れた砂利道にピックアップトラックを止めていた。ドゥーは両足のあいだにはさんだジャック ダニエルブラックの一パイント瓶から一口飲んで口を拭うと、よろい下見板張りの家をじっと見た。ミュールがいつもゴルフ場のグリーン並みに芝生を短く刈りそろえていた前庭は、今は雑草が長く伸び、フロント・ポーチを覆っていた。月曜の夜になると、ドゥーとミュールはそのポーチに坐ってよくギターをつま弾いたものだった。ふたりともちっともうまくなかったが、少しウィスキーを飲んで憂さを晴らしながら、知っているコードを弾くのが好きだった。ドゥーはため息をつき、トラックからよろめきながら出るとドアを閉めた。「ちくしょう、ミュール」ドゥーは声に出して言うと、前庭に置かれていた空のペンキ缶を蹴飛ばした。

ドゥーは一カ月以上もこの仕事を先延ばしにしてきた。遺体の確認、葬儀そして捜査のあと、ドゥーはミュールの家を片づけることができなかった。しかし、永遠にそのままにしておくことはできない。その家は今はドゥーのものだった。決して多くはなかったが、ミュールはその財産のすべてをドゥーに残していた。彼にはわかっていた。長くほっておけばおくほど、売るのが難しくなる。ミュールのがらくたをきれいにして、庭の草を刈らなければならなかった。家の壁には色合いが違う部分があり、空のペンキ缶がころがっていたことから判断すると、どうやら従弟《いとこ》が始めていた壁の塗装を彼が完成させなければならないようだ。

「ちくしょう」ドゥーは繰り返した。ポーチの階段を上り、ミュールのギターがロッキング・チェアのひとつに立てかけてあるのを見ると、涙で眼がひりひりと痛んだ。たぶん、一日か二日で全部終わるだろう。ドゥーはそう考えていた。鍵をポケットから取り出し、玄関の扉を開けた。腐った食べ物とかび臭い家の悪臭が猛烈な勢いで彼を襲った。

無理かもしれない。

55

ルース・アンはまさにリックが考えていた通りの印象を陪審員に与えた。落ち着いて礼儀正しく上品だった。そしてときに感情的にもなった。ニコルが死んだとき何歳だったかを、涙を流しながら説明したときのように。リックの主尋問は正午まで続いた。その後カトラー判事は昼食のための休廷を宣言した。

午後一時、陪審員が席に戻ると、カトラー判事がタイラーに尋ねた。

「反対尋問の準備はできているかね、弁護人?」

リックの胃がぎゅっと締めつけられた。リックはタイラーをちらっと見て、そしてルース・アンに眼を戻した。ルース・アンには十分準備をさせたので、タイラーがスコアを稼げるようなポイントはほとんどないはずだった。それでも怖かった。リックはパウエルや教授が話すのを何度も聞いていた。裁判で自分の依頼人や証人が尋問でひっくり返され、相手方の手に落ちることほど恐ろしいことはないと。

「裁判長」タイラーはそう言って立ち上がり、上着のボタンをかけた。「我々はミズ・ウィルコックスを、あの恐ろしい事故のことでこれ以上苦しめたいとは思いません。反対尋問はありません」

タイラーはかすかにお辞儀をし、一方、ルース・アンは明らかに安堵の表情を浮かべて言った。「ありがとう」

リックは信じられなかった。反対尋問なしだって。陪審員をちらっと見ると、ジュディ・ヒーコックを含む何人かが頷いていた。あのろくでなしはポイントを稼ぎやがった。しかも何も質問をせずに。

「よかろう、では」と判事は言った。判事も少し驚いているかのような表情でリックに視線を移した。「次の証人を」

リックはもう一度携帯電話に眼をやった。ウィルマからもパウエルからもまだ何の連絡もなかった。だが、今はそれも問題ではなかった。彼は自らの立証をミズ・ローズで終えることはできなかった。不利な状態で終わらせたくはなかったからだ。彼女をまったく尋問しないことも考えていた。しかし、タイラーがそのことで鬼の首でも取ったように騒ぎ立てることがわかりきっていた。「彼らは目撃者の話を皆さんに聞かせたくなかったんです」とタイラーは最終弁論で主張するだろう。あいだにローズを挟んで、最後をウィルマで華々しく締めくくるほうがいい、とリックは考えた。ウィルマからすぐに連絡があることを祈りながら。
「裁判長」とリックは言った。立ち上がると素早く息を吸った。これは愉しいことにはならないだろう。彼にはわかっていた。「原告側はミズ・ローズ・バットソンを証人として喚問します」

リックはミズ・ローズをバンドエイドをはがすように慎重に扱おうと心に決めていた。彼は一切手加減せず、彼女に覚えていることすべてを説明させた。質問を終えたとき、彼は本来ならタイラーが質問するであろうポイントをすべて訊き出していた。ただし相手側がするようにそれらを強調することはしなかった。あいつに何か隠しているとは言わせない。テーブルに戻りながらそう考えた。席に着き、携帯電話をチェックした。新しいメールもなければ、電話の着信もない。時計を見た。午後三時。タイラーは三時三十分には尋問を終えるだろう。証人をもうひとり喚問する時間が残る。だがぼくにはもうあとひとりしか証人はいない。額に玉のような汗をかいているのを感じていた。ウィルマが三十分以内に現れなければ、ぼくはおしまいだ。

56

ウィルマ・ニュートンは〈エル・カミノ〉の助手席に坐っていた。彼女は葬式にふさわしいような黒のロング・ドレスを着ていた。「ボスが選んだ」今朝彼女が着替えているところを見ながらジムボーンがそう言っていた。ウィルマはため息をつき、この悪夢から覚めることを願った。だが、まだ始まりに過ぎなかった。彼女はこの四十八時間、ラフィリン（デートレイプ用のドラッグ）を飲まされ、頭に靄《もや》がかかった状態で過ごしていた。ジムボーンは彼女を車に乗せた瞬間から、ドラッグを飲ませた。日曜日の朝だった。そして彼女が正気に戻るたびにまた無理やりドラッグを飲ませた。

昨晩、彼女は自分たちがタスカルーサのクオリティ・インに泊まっているとわかるくらいのあいだは正気でいた。その部屋は、部屋の真ん中にジャクジーがあるビジネススイートだった。いい部屋だ、とウィルマは思った。だが、その後またドラッグを飲まされ、靄《もや》のなかに戻った。時折、彼女は眼を開けると、彼が自分の上にいるのを見た。だが、何も感じなかった。まるで自分が主人公のホラー映画を見ているようだった。

彼らが裁判所の前の広場に車を停めたとき、恐怖感がウィルマを襲った。いよいよだ。彼女は思い出した。リック・ドレイクと、彼と一緒にサンズに来た美しい女性のこと。家族を失った女性のこと。デューイのこと。かわいそうなデューイ。すべて間違ってる。彼女は眼を閉じてその思いを振り払おうとした。もう戻れない。口紅をハンドバッグから取り出して塗り直した。

「オーケイ、どうするかわかってるな」ジムボーンはそう言うと、裁判所から一ブロック離れた駐車スペースに車を回した。「そうしなかったときにどうなるかも」

彼のまなざしは冷たく、ビジネスライクだった。

「わかってる」

まるで忘れることができるかのように。取引をしてからというもの、ジムボーンは週に一回はサンダウナーズ・クラブを訪れ、ウィルマにその重大さを思い出させた。ちょうど二週間前にはジャック・ウィリストーン自ら姿を現した。

ウィルマはドアを開けて歩道に降り、娘たち以外のすべてを心から振り払った。「わたしのためじゃない。すべてあの娘《こ》たちのためよ」そう自分自身につぶやくと、〈ヘンショー郡裁判所〉という文字が正面に刻まれた大理石のビルに向かって歩き出した。

57

十五分たっても、まだウィルマが現れる気配はなかった。リックはタイラーの尋問が終わりに近づいているとわかっていた。

「ミズ・バットソン、あなたはこの事故の唯一の目撃者ですね？」とタイラーは訊いた。その声は法廷の隅々に届くほど大きかった。

ミズ・ローズは肩をすくめた。「知ってる限りではね。ほかには誰も店にはいなかったから」

「あなたの陳述書によると、ホンダはトラックの前で曲がったんですね」

「ええ」

「そして、ホンダが曲がり始めたとき、トラックはちょうど百ヤード離れたところにいた」

「ええ、そうよ」

タイラーは頷き、陪審員を見た。まるでことばにせずに言っているようだった。言った通りでしょ、と。「質問は以上です」

カトラー判事はすぐにリックのほうを向いた。「再尋問は？　ミスター・ドレイク」

「いいえありません、判事」とリックは言った。ミズ・ローズに何か質問できればと思っていたが、それはないと悟った。時間切れだった。

「いいだろう」とカトラー判事は言い、陪審員のほうを向いた。「ミスター・ドレイク、次の証人を」

胃がひきつるのを感じながら、審理を遅らせる手だてがないかと考えた。トイレ休憩ぐらいしかできることはなかった。椅子から立ち上がって話し始めようとしたそのとき、肩を強く叩かれた。振り向くとパウエルがいた。にっこりと笑い、顔はビーツのように赤かった。

「来たぞ。彼女が来た」

「裁判長」判事席に向き直り、声が上ずらないように注意しながら言った。「原告側はミズ・ウィルマ・ニュートンを証人として喚問します」

58

裁判所職員が両開きのドアを開け、ウィルマを中に案内した。ウィルマは、法廷の後ろから法廷全体を見渡した。判事。陪審員。ブラック・チャコールのスーツを着て颯爽《さっそう》と見えるリック・ドレイク。そして左側には被告席に坐るジャック・ウィリストーン。彼女は優雅に見えるようにゆっくりと歩いた。わたしのためじゃない。すべて娘たちのため。わたしのためじゃない。すべて娘たちのため。頭の中で何度も何度も繰り返しながら、リックの脇を通って証人席に着いた。

「右手を上げてください、マァム」カトラー判事がとどろくような声で言った。

ウィルマは言われた通りにした。

「真実を、あらゆる真実を、そして真実のみを話すことを神に誓いますか」

ウィルマはドアが開いて法廷にひとりの男が入って来るのを見た。胃がぎゅっと締めつけられた。その男は砂のような色の金髪をし、百九十五センチ近い体格でいつものようにゴルフシャツとカーキのパンツ姿だった。ジムボーン・ウィーラーが法廷に現れた。

「誓います」

「ミズ・ニュートン、陪審員に自己紹介をしていただけますか」リックはそう言うと、陪審員席の柵に沿って歩き、何人かの陪審員の眼を見てからウィルマに視線を戻した。ウィルマが遅れて登場したことで、彼女と話す時間も宣誓供述書について尋ねる時間もなかった。今は思い悩むな、とリックは思った。集中し落ち着くように努めた。心臓の鼓動が高まり、声が上ずらないように抑えるのが精一杯だった。

「ウィルマ・ニュートンです」

「出身はどちらですか、ミズ・ニュートン？」

「生まれはテネシー州のブーンズ・ヒルです。十八歳のとき、夫と結婚するためにタスカルーサへ来ました」

「あなたのご主人はどなたでしたか、ミズ・ニュートン？」

「デューイです」

「ご主人のフルネームは？」

「ハロルド・ニュートン」

「今日、我々が話している事故で亡くなったハロルド・ニュートンのことですね？」

「はい、そうです」

彼女はうまくやっている。リックはそう思った。彼の心臓はまだ胸の中で弾んでいた。見映えはいい。誠実そうに聞こえる。そろそろ行こう。

「ミスター・ニュートンは、亡くなったときウィリストーン・トラック運送会社に雇われていましたね？」

「はい、そうです」

「ご主人はウィリストーンには何年勤めていましたか？」

「正確にはわかりません。七年か、八年」

「ご主人の会社での地位は何ですか？」慎重にいけ。

「運転手です。トラック運転手だと思います。役職か何かがあったかはわかりません。ただトラックを運転してました」

「彼がどのくらいの頻度で勤務していたかについて個人的にご存じですか？」小さな基礎から築こう。

「妻ですので、もちろんです。夫は、家にいないときは運転していました。それに夫は自分の勤務スケジュールについてもよく話してくれました」

「ご主人はかなりの時間、運転していたのですね？」とリックは訊いた。

「異議あり、裁判長。弁護人は証人を誘導しています」タイラーが立ち上がって言った。

「認める」とカトラー判事は答えた。「誘導しないように、弁護人」

リックはウィルマのほうに少し進み、立ち止まった。異議はむしろ劇的な効果を与えてくれた。陪審員全員が彼を注目していた。

「ミズ・ニュートン、陪審員にご主人のウィリストーンでの勤務スケジュールがどうだったか説明してもらえますか？」リックは柵の端に戻り、何人かの陪審員と眼を合わせた。だが、彼らのほとんどはウィルマを見ていた。完璧だ。彼は彼女のほうを向いて答えを待った。

神様、お許しください。ウィルマは傍聴席のジムボーンとジャック・ウィリストーンを見た。わたしのためじゃない。すべてはあの娘《こ》たちのため。

「問題ありませんでした」ウィルマは落ち着いて答えた。澄んだ声だった。

陪審員のひとりがハッと息を飲んだ。リックは聞き間違えたのだと思った。

「ミズ・ニュートン、もう一度言ってもらえますか？　聞き逃したようなので」

「問題ありませんでした。デューイはいつもスケジュールに満足してると言っていました。普通の勤務時間で、給料もそこそこいいと」

彼女がほほ笑み、リックは凍りついた。ああ、なんてことだ。

「ですが……あなたは……？　あの……わたしが会ったとき」リックは苦労してことばを組

み立てていった。「あなたは言いましたよね……アシスタントのミズ・マーフィーとわたしに。あれはめちゃくちゃだったと。デューイがあなたにあれはめちゃくちゃだと言ったと。デューイがあなたに、ウィリストーンは法律が認めている以上の時間を運転するように強制していたと言ったと。違いますか」

「異議あり、裁判長。弁護人は証人を誘導しています。また彼の質問は伝聞証拠を求めています」タイラーは言い終えるとリックを見た。不愉快なまでの自惚《うぬぼ》れがその表情に見て取れた。あいつはこれを予想していたんだ。

「誘導尋問について認める。証人を誘導しないように、弁護人」カトラー判事は机に身を乗り出すようにして、リックと眼を合わせた。判事は不安そうな顔をしていた。証人がリックの冒頭陳述と異なる証言をしようとしているということが判事にもはっきりとわかっていた。

「ミズ・ニュートン、この事件について話し合うために二月にお会いしましたね？」もう一度やりなおすんだ。

「ええ」ウィルマはたじろぎもしなかった。ポーカーフェイスで、それどころか愉しんでいるようだった。

「ウィリストーンでのデューイの勤務スケジュールについて話しましたね？」

「ええ、話しました」

「そのときあなたはどう説明しましたか？」

「答えは同じです。と言うか、かなり前のことなので」彼女はリックを真っすぐに見て、それから陪審員を見た。陪審員の多くは興味津々で見守っていた。

くそっ、くそっ、くそっ。

「ミズ・ニュートン、あなたはわたしにデューイのスケジュールはめちゃくちゃだと言いませんでしたか？　それはあなたのことばですよね？　〝めちゃくちゃ〟だと？　そう言いませんでしたか？」

「異議あり、裁判長。ミスター・ドレイクはミズ・ニュートンに四つの質問をしています。少し分けていただけないでしょうかね」

タイラーの尊大で見下したような言い方がリックの胃をむかつかせた。が、リックは無理にでもそのろくでなしのほうを見ないように我慢した。落ち着くんだ。

「言い換えます、裁判長」とリックは言い、ウィルマのほうに進んだ。

「続けたまえ」とカトラーは言った。

「ミズ・ニュートン、あなたは以前わたしの前で、デューイのウィリストーンでの勤務スケジュールを〝めちゃくちゃだ〟と言いましたね？」

彼女はリックのほうに身を乗り出してにらみ返した。

「とんでもない」と彼女は言った。「そんなことは絶対に言っていません」

「あなたは以前わたしの前で、デューイが二十時間連続で運転させられたと言いませんでしたか?」

「いいえ。あなたがそのような質問をしたことは覚えています。わたしにそう言わせたがっていたことも。ですが、そんなことは言ってません。デューイはあの会社を愛していました」彼女はそう言うと陪審員を見た。「会社も彼に良くしてくれました」

信じられなかった。リックは立て直さなければならないとわかっていた。だが、次の質問が口から出るのを抑えられなかった。

「あなたはデューイが二回のスピード違反を犯したのは、ウィリストーンのスケジュールのせいだと言いましたよね?」

「いいえ、ミスター・ドレイク。そんなことは言っていません」

「あなたはこうも言った。ジャック・ウィリストーンは毎週運行記録を調べて、実際に何時間運転していようが、記録上は必ず運輸省の規則を遵守するように修正していたと。違いますか?」

「いいえ、そんなことはあなたにもほかの誰にも言ったことはありません」

「ミズ・ニュートン、デューイはジャック・ウィリストーンをとても恐れていて、運行記録が十時間以内に収まるよう修正するのをあなたも何回か手伝ったとわたしに言いましたよね」

ウィルマは首を横に振った。「何のことを言っているのかわかりません。夫はそんなことは決して言いませんでしたし、わたしが彼の運行記録を修正するのを手伝ったこともありません」

リックは額に熱く刺すような痛みを感じた。ちくしょう、これは不意打ちだ。「ミズ・ニュートン、わたしがあなたと会ったとき、あなたは今わたしが尋ねたことを全部わたしに言ってくれた」

タイラーが立ち上がったが、首を横に振って異議を申し立てることなくそのまま坐った。

「ミスター・ドレイク、あなたと会ったことは覚えていますし、あなたがわたしにそう言わせたがっていたことも覚えています」ウィルマは陪審員をまっすぐ見た。「でも、わたしは絶対にそんなことは言っていません。デューイのウィリストーンでのスケジュールは妥当なものでした。彼は……」声はかすれ、唇も震えていた。「デューイはあの会社を愛していました」

リックが七年生のとき、五年生の子が彼に生意気な口をきいた。リックがその子の襟をつかむと、五年生の子に思いっ切り急所を蹴られた。リックは痛みのあまり学校の駐車場で十五分間横たわっていた。

これはそれよりひどかった。

彼は陪審員の眼が自分に向けられているのを感じた。判事。そしてタイラーも見ていた。彼は自分の直感を信じた。そして……。間違いを犯した。彼はルース・アンに眼をやった。

彼女はウィルマをにらみつけていた。ぼくは彼女を裏切ってしまった。彼女はぼくを頼って来たのに……裏切ってしまった。リックは手をフロントポケットに入れ、ボブ、ジーニーそしてニコル・ブラッドショーの写真がそこにあるのを確かめた。写真のことを思い浮かべると足が震えた。ぼくは彼らも裏切ってしまった。

立て直さなければならないことはわかっていた。が、どうしたらいいかわからなかった。罠にはまってしまったのだ。タイラーをちらっと見た。ビッグ・キャットのにやけた表情がすべてを物語っていた。彼は最初からずっと知っていたのだ。リックはあらためてそう思った。

法廷は死体安置所《モルグ》のように静まり返っていた。リックが傍聴席を振り向くと、パウエルが両手で頭を抱えていた。リックも同じことをしたい気分だった。宣誓証言を取るか、宣誓供述書に署名させるべきだった。彼女に約束させることなく証言台に立たせるべきじゃなかったんだ。

リックは正面に向き直った。額に汗をかいているのがわかった。そのとき法廷の後ろの両開きのドアが音を立てて開き、床の硬材の上を歩く足音が沈黙を破った。だがリックはその場で凍りついていた。何も言えず、何もできなかった。

「ミスター・ドレイク」とカトラー判事が言った。リックは何とか顔を上げて判事を見た。

「少し休憩を取るかね？」

「あの……」休憩を取っちゃだめだ。リックはそう思った。こんな風には。ウィルマの証言が陪審員の心に刻まれたままでは。だが、ほかに何ができる？　彼女に質問することはもうなかった。「あの……」

「裁判長、そちらに伺ってよろしいでしょうか？」

荒々しく、しゃがれた声がジャックナイフのようにその場の空気を切り裂いた。それはタイラーのものでも彼のアソシエイトのものでもなかった。それは聞き覚えのある声だったが、リックはショックで呆然とするあまり、振り向くこともできなかった。

「君は誰だね？」カトラー判事は苛立ちも露《あら》わに尋ねた。そのとき、リックはカトラーの眉が上がるのを見た。「いいか、わたしは……」そこまで言うと判事は首をかしげ、口にしかけたことばを飲み込んだ。彼の表情は苛立ちから畏敬に変わった。

やっとリックは声のしたほうに顔を向けた。そこにいる人物を見たとき、両膝が崩れそうになった。これはいったい……？　そしてジェイムソン・タイラーを見たとき、尊大なろくでなしの顔にこれまで見たことのない感情が浮かんでいるのを見た。

怖れを。

「裁判長、わたしはトーマス・ジャクソン・マクマートリーです」

59

「遅れて申し訳ありません」とトムは言い、ブリーフケースをルース・アンの隣の弁護人用テーブルに置いた。彼は彼女の眼を見ると顔を近づけた。「すまなかった」彼はささやいた。「言いたいことはたくさんあるだろうが、わたしを信じてほしい。いいね？」ルース・アンの表情はショックで青ざめていた。が、彼女は頷いた。トムが彼女の手を取って言った。「わたしがちゃんとうまくやる。約束する」

「遅れた？」とカトラー判事が訊き返した。困惑しているようだった。

トムはルース・アンの手をぎゅっと握ると判事席のほうを向いた。「はい、裁判長。昨日のうちに来るつもりでしたが、農場でちょっとやっかいがありまして」

「あなたはマクマートリー教授……ですよね？」カトラー判事はテーブルに置いてあった本を手にして訊いた。それはマクマートリーの証拠論第二版だった。

「はい、裁判長」

「わたしはてっきり……、いやつまり新聞によるとあなたはもう……」カトラーはことばを発する前に気づいて赤面した。だがトムには彼の言おうとしたことがわかっていた。

「死んだと？」トムは自ら言った。ほほ笑みながら、そして映画〈百万ドルの血斗〉のジョン・ウェインのセリフを思い出しながら。「とんでもない《Not hardly》、判事」そして今は判事席の前に立っているジェイムソン・タイラーのほうを向くと大きな歩幅で歩み寄り、もう一度言った。

「とんでもない」

トムはまっすぐ立ち、彼のかつての教え子を見下ろした。彼のかつての友人を。タイラーはカトラー判事のほうに眼をやった。

「判事、教授がここで何をしようとしているのかわかりませんが、この妨害行為に対し異議を申し立てます」

トムはタイラーに一歩近寄った。ふたりのつま先はほとんど触れそうだった。

「裁判長、原告ルース・アン・ウィルコックスの追加弁護人として参りました」そう言うあいだもトムはタイラーから視線を外さなかった。

タイラーは眼をむくと、トムの肩をかすめるようにして彼の前に進んだ。「判事、もう試合《ゲーム》も終盤に差しかかろうというところであまりにも遅すぎます」

「これは試合《ゲーム》じゃありません、判事。わたしがミスター・ドレイクとともにこの裁判に臨みます。民事訴訟手続きにおいて当事者が裁判中に弁護人を追加することを妨げる規則はありません」

カトラー判事は椅子にもたれかかって顎をなでた。彼はふたりの後ろにいるルース・アンに眼をやると、小槌を叩いた。

「ミズ・ウィルコックス、判事席へ」

ルース・アンは彼らのほうへ進み、トムを見てから判事に眼を向けた。

「ミズ・ウィルコックス、ここにいる教授――あー、いやミスター・マクマートリーがミスター・ドレイクとともに本件の弁護人となることを申し出ています。問題ありませんか？」

ルース・アンがトムを見た。一瞬、トムは彼女がノーと言うのではないかと思った。彼女の唇が動いてほんのわずかにほほ笑むと、彼女は判事に頷いた。「はい、判事。そう希望します」

「裁判長、異議あり」タイラーが不満を露わに言った。「ばかげています……つまり――」

「棄却する」カトラーはさえぎった。「すでに決定した」そう言うと小槌を叩いた。「陪審員の皆さん」と判事は陪審員に顔を向けて言った。「トーマス・マクマートリーがリック・ドレイクとともに原告側弁護人に加わります」彼は弁護士らのほうを向くと言った。「さあ、進めようかね、君たち」

トムとリックはルース・アンの後ろに続いて弁護人席へ戻った。

「何をするつもりなんですか？」とリックは訊いた。

トムには青年がショックで動転しているのがわかった。

「君の申し出に応じたんだ」とトムは言った。

「少し遅いんじゃないですか？」

トムはほほ笑んで言った。「来ないよりましだろ。どうやらミズ・ニュートンが証言を変えたようだな」

「百八十度ね」リックはそう言うと眉をしかめた。「あなたは見抜いて――」

「すべて見抜いていた」とトムは言った。

リックは眼を見開いてトムをじっと見ながら、弁護人席に着いた。「どうやって？」

トムが答えようとしたとき、腕を手荒につかまれた。トムは腕を払い、タイラーと向き合った。

「ここに現れるなんてずいぶんと神経が図太いんですね、教授」タイラーは含み笑いをしながらそう言い、リックを見てからもう一度トムを見た。「いやはや、これはどうしたことですか？　リック・ドレイクと教授がまた一緒にいるなんて。新聞が大騒ぎしますよ。まあふたりとも仲良くやってくださいよ、喧嘩《けんか》せずに。またユーチューブで喧嘩を見せられるのはごめんですからね」

タイラーは笑みを浮かべて歩き去ろうとした。が、トムが彼の腕をつかんで近くに引き寄せ、彼を行かせなかった。完全に冷静な仮面をかぶったまま、トムはタイラーの耳元でささやいた。「お前をこらしめるのが愉しみだよ、ジャモ」トムはウインクをすると、タイラーが腕を引き離そうとしたちょうどその瞬間に手を離し、ビッグ・キャットをよろめかせた。

彼の顔は真っ赤だった。タイラーはスーツを直すと被告席のほうに後ずさりして戻った。視線は決してトムから離さなかった。

「弁護人、この証人に追加で質問はあるかね？」カトラー判事はリックを見てウィルマ・ニュートンを身振りで示しながら尋ねた。彼女はまだ証人席に坐ったままだった。

「あの……」リックは言いかけて、トムのほうを見た。

「はい、裁判長」とトムが言った。「そちらに伺ってもよろしいですか」トムはもう歩き始めていた。リックがあとに続いた。「わたしにまかせろ」トムは小声でリックにささやいた。

「今度は何だね？」と判事は尋ねた。明らかに苛立っていた。

「裁判長」ふたりが判事席に着くとトムが話し始めた。「我々はミズ・ニュートンを敵性証人として扱い、反対尋問を行いたいと思います。さらに、わたしがリックを引き継ぎます。リックはミズ・ニュートンに対する反証人になるでしょうから、彼がこれ以上彼女に質問することは適切ではありません」

「反証人？」憤慨したようにタイラーは言った。「判事、弁護人は自らの訴訟で証人になることはできません。それに彼らはミズ・ニュートンを敵性証人として扱う適切な根拠を有していません」

「ミスター・ドレイクが証言することについては何とも言えないが、ミズ・ニュートンは明らかに原告側に不利な立場をとっているようだ」カトラー判事はそう答え、下を向いて眼をこすった。

「しかし――」タイラーが何か言おうとしたが、判事はそれをさえぎった。

「わかった、反対尋問は認めよう。だが、もう四時二十分だ。今日は切り上げないかね？陪審員は疲れている。わたしも疲れた……」

「判事、時間は取りません」とトムは言った。「五時まで時間をいただけないでしょうか」

カトラーは長いことトムを見つめた。「あなたは図太いですな、マクマートリー」彼はため息をついた。「あなたはブライアント・コーチのもとでプレイしたんでしたね？」

「一九六一年のチームで。ディフェンシブ・エンドでした」とトムは言った。

カトラーは首を振ると疲れた笑みを向けた。「素晴らしいチームだった。いいでしょう、五時まで時間をあげましょう」

ふたりが弁護人席に戻ると、リックがささやいた。「教授、どうするつもりですか？」

大丈夫、きっとうまくいく、とトムは思った。四十年ぶりに陪審員の前で訴訟に臨むのだと実感し、神経が昂るのを感じた。彼はリックを見ると、無理に笑顔を作って言った。

「この老いぼれにまだ切り札があるかどうか試してみようじゃないか」

60

「いいだろう。ミスター・マクマートリー、始めたまえ」カトラー判事が言った。

トムはゆっくりとウィルマ・ニュートンのほうに進み出た。ここ三日間は嵐のように過ぎた。やっとこのときが来た。彼はすべての訴答書面を見直した。すべての開示された証拠とすべての証言、そしてリックが送ってくれた書類のすべてを。彼はリックのウィルマに関する懸念を理解し、ちょっとした調査も行った。トムはウィルマが証言する前に出廷したかったが、すべての準備ができたという確信を得るのに思ったよりも時間がかかった。だが、やりとげた。アドレナリンが血管に勢いよく流れ込むのを感じていた。願わくば、手遅れとなっていなければよいのだが。

トムが陪審員の前で反対尋問を行うのは四十年ぶりのことだった。心臓がドラムのように速く脈打つのを感じていた。〝落ち着け、ゆっくり、アンディ〟。彼は自分に言い聞かせた。それは彼が裁判に臨むときによく心のなかで唱えていたフレーズで、彼の模擬裁判チームにも教えていた。〝落ち着け、ゆっくり、アンディ〟。〝落ち着け〟と〝ゆっくり〟はことばの通りだ。落ち着くこと。ゆっくり話すこと。〝アンディ〟はちょっとした冗談だった。アンディとはアンディ・グリフィス（米国のコメディ俳優）のことだ。アンディのように話し、振舞えば、落ち着いてゆっくりと話すことができる。誰もが理解できる視覚効果だった。落ち着け、ゆっくり、アンディ。

トムは視線をミズ・ニュートンから陪審員へと移し、できるだけ多くの陪審員と眼を合わせようとした。そして証人席と陪審員席のあいだ、四十五度の位置に立ち、ウィルマを見た。ウィルマが彼をにらみ返した。

「ミズ・ニュートン、わたしの名前はトム・マクマートリーです。リック・ドレイクとわたしがルース・アン・ウィルコックスの代理人を務めます」トムは腕を大きく広げてリックとルース・アンを示した。「あなたは今日、証人として召喚されたということを理解していますね？」

「はい」

「では」――彼は顎をなでながら陪審員のほうを見た――「なぜ我々がそうしたと思いますか？」彼の視線はまだ陪審員に向けられたままだった。彼は自らの鉄則をふたつ破っていた。ひとつはイエス・ノーで答えられない質問はするな。ただし、答えによってダメージを受けない場合は除く。ふたつ目は、答えのわからない質問をするな。ただし、答えは重要ではなく、質問自体に意味がある場合を除く。

「わかりません。わたしは……」ウィルマが言い淀んだ。

「わからない――けど、たぶんあなたが我々の主張に有利なことを言ってくれるのだと我々が思っていたからでしょう」

「わからない」トムは疑わし気に言った。「我々のことを間抜けだと思っているんじゃありませんか、ミズ・ニュートン」

「異議あり、裁判長」タイラーが立ち上がった。「弁護人は論争的であり、証人を困らせています」

「裁判長、わたしには徹底的かつ詳細にわたる反対尋問をする権利があります。またわたしには証人の信頼性に疑問を投げかける権利があります」

「棄却する」とカトラー判事は言った。

トムは視線をウィルマに戻した。「ミズ・ニュートン、あなたがここに来て、被告がデューイに親切で良くしてくれ、適切なスケジュールでデューイに仕事をさせていると証言することを知っていたなら、我々はなぜ……あなたを証言台に立たせようなんて考えたのでしょう?」

「あの……」

「質問に答えてください、ミズ・ニュートン」トムが迫った。

「わかりません。さっき言った通り、ミスター・ドレイクはわたしにデューイのスケジュールがめちゃくちゃだったと言わせたがっていました、そしてわたしはそんな証言はしないと彼に言いました」

彼女は少し狼狽《ろうばい》してきたようだった。顔が赤くなってきた。いいぞ。何か気に障ることでもあったかな？

トムは陪審員席の柵の前まで進んだ。全員の眼が彼に向いているのを感じていた。反対尋問は弁護士の腕にかかってくる。君はスターだ。君は陪審員に自分を見てほしいと思っている。君に注意を払ってほしいと。彼は生徒たちにそう教えてきた。今、彼がそれを実践していた。

「あなたはそんな証言はしないと彼に言った」

「はい」

「間違いありませんね」

「はい、絶対に」彼女はそう言ってトムをにらんだ。

トムは弁護人席まで戻り、リックからおよそ一メートルの範囲まで近づいた。

「では、はっきりさせてください。あなたはミスター・ドレイクに言った……」トムは弁護人席の机に両手を置いて、リックの顔から数十センチのところまで身をかがめた。「わたしは……デューイの……スケジュールが……めちゃくちゃだったとは……証言……しない。そう言ったんですね？」

「ええ、どういうことでしょうか。わたしが――」

「間違いないんですよね。たった今あなたは絶対に間違いないと言いましたよね」

トムはウィルマのほうへと数歩近づいた。ウィルマから六メートルの距離にいた。

「はい」

「あなたは彼にデューイの運行スケジュールがめちゃくちゃだと証言するつもりはないと言った。そうですね？」

トムはじりじりと近づいていった。五メートル。

「はい」

「あなたは彼にデューイがスケジュールのせいでスピード違反をしたと証言するつもりはないと言った。そうですね？」

さらに近づいた。三メートル。

「その通りです」

「あなたは彼にウィリストーンについても何も悪いことを言うつもりはないと言った。そうですね？」

二メートル。

「はい、その通りです」ウィルマは脅えた表情をしていた。

「そしてそのことは絶対に間違いないと言うんですね？」

一メートル。

「はい」

「だが、ミスター・ドレイクは、あなたがいくら証言しないと言おうがかまわず、あなたを今日証言台に立たせた」

教授は歩みを止め、彼とニュートンそして陪審員が四十五度の角度になるような位置に立った。

「はい」

「マァム、あなたがリックとのことで言ったことが絶対に間違いないとしたら、あなたを証言台に立たせるなんて、彼は地球上で最も馬鹿な男に違いない」トムの眼は陪審員に向けられていた。答えがどうであろうと問題ではなかった。

「なぜ、ミスター・ドレイクがわたしを証言台に立たせたかはわかりません。わたしは弁護士ではないので」

トムは待っていた取っ掛かりを見つけた。

「ではミズ・ニュートン、あなたはどうやって生計を立てているのですか？」トムは彼女の顔が赤くなるのがわかった。

「わたしはウェイトレスをしています。ブーンズ・ヒルのサンズ・レストランで」

「そこはあなたとリックが最初に会った場所ですね？」

「はい、そうです」

「そのときは、あなたとリックだけではなかった。そうですね？」トムは顎をなでた。

「ええ、彼は女性と一緒でした」

トムは陪審員を見た。「彼女の名前はドーン・マーフィー。間違いありませんか？」

「名前がドーンだと言うことは知っていますが、苗字までは覚えていません」

トムは弁護人席に戻り、ブリーフケースのなかに手を入れ、証拠論のクラスで教えているときに使っていた学生名簿を取り出した。

「教授、何をするんですか？」リックはささやき、陪審員から見えないように頭を寄せた。

「ドーン――」

「自分のしてることはわかってる」トムはささやき返した。それから証人席のほうを向いた。

「失礼ですが、ミズ・ニュートン、わたしはかつてロースクールの教授をしていて、ドーン・マーフィーはわたしの教え子でした。同じ人物のことを言ってるのか確認するために、ロースクールの学生名簿の彼女の写真をお見せしたいと思います」トムがドーンの写真を指さした。その写真の下に〝ドーン・マーフィー、二十六歳、アラバマ州エルバ出身〟と書いてあった。「その写真の人物が、あなたがリック・ドレイクとともにサンズ・レストランで会った女性ですか？」

「はい、そうです」

「裁判長、ミズ・マーフィーの写真を証拠番号一番として提出します」

写真が証拠として認められると、トムは手に取って陪審員に見せた。

「ミズ・ニュートン、あなたはミスター・ドレイクとこのミズ・マーフィー」――トムは指で写真を指した――「このふたりとデューイの運行スケジュールについて話した。そうですね？」

「はい」

「あなたの今日の証言では、ふたりの両方に対し間違いなく、デューイのスケジュールは問題ないと言ったということですね？」トムは尋ねると、再び彼女の前に立った。

「はい」

「ミズ・ニュートン、もしドーン・マーフィーが証言台に立って、あなたが彼女とリック・ドレイクに、デューイのスケジュールが〝忙しかった〟とか、〝めちゃくちゃだった〟とか、〝間に合わせるのが大変だった〟とか言ったと証言したら、彼女は嘘つきだということでしょうか？」

ウィルマは肩をすくめた。「そんなことは言っていません。ですが、……そうですね、彼女は嘘を言っていることになります」

「この女性が」トムはもう一度写真を掲げて陪審員に見せた。「デューイがスケジュールに合わせるためにスピード違反を強いられていた、とあなたが言っていたことを陪審員に話したなら、それは嘘だと言うんですね」

「はい」

「そして十時間ルールに適合させるためにデューイの運行記録を改ざんしていたことをあなたが彼女とミスター・ドレイクに話したと彼女が言ったなら、彼女は嘘つきだということですね？」

ウィルマは証人席で身を乗り出した。「はい、そうです」

トムは陪審員席の柵の端まで歩き、陪審員の顔を眺めた。全員が釘付《くぎづ》けになっているのがわかった。

「ミズ・ニュートン、あなたとリック・ドレイク、そしてドーン・マーフィーが会ったのは二月で間違いないですね？」

ウィルマは肩をすくめた。彼女の眼には疲労の色が浮かんでいた。

「そうだと思います。ずいぶん前のことです」

もうひとつの取っ掛かりだ。

「ミズ・ニュートン、では何週間か前の話をしましょう。この二週間であなたはリック・ドレイクと何回か電話で話をしましたね？」

「はい」

「そしてその電話での会話で、彼はあなたをこの裁判で証人として召喚するつもりだと言ったんですね？」

「そう言ったと思います。よく覚えてませんが」

「二週間前ですよ、マァム。ほんとうに彼があなたを今日証人として召喚するつもりだと言ったことを覚えていないんですか?」

「そのときまでに彼がそうするつもりだということを知っていたからだと思います」

ありがとう、ウィルマ。トムはそう思いながら弁護人席へと戻った。「召喚状」彼はリックにささやいた。リックはフォルダーを手渡した。リックはトムにメールのメッセージが表示された携帯電話も手渡した。トムはそれを見て言った。「いいぞ」

「その通りです、ミズ・ニュートン」とトムは言い、証人席に戻りながら、リックの携帯電話をポケットに滑り込ませた。「そのときまでにミスター・ドレイクは召喚状を出していた。そうですね?」トムが召喚状をウィルマに手渡した。

「はい」

「彼は時間と金と手間をかけてテネシー州の召喚状を発行させ、あなたに今日ここに出廷するよう求めた」

「そうみたいですね」

「あなたが出廷すると約束するだけでは十分ではなかった。彼はあなたを今日確実に出廷させたいと考えるほど重要な証人だと考えていた。そうですね?」

「彼がどう考えていたかはわかりません」

「裁判長、ウィルマ・ニュートンの本日の出廷を求めたテネシー州の召喚状を証拠として提出したいと思います」

「異議はあるかね？」カトラー判事はタイラーを見て訊いた。

「いいえ、裁判長」タイラーの口調はうんざりしているようだった。

「弁護人、そろそろ五時だ。まとめてくれるかね？」

「あと二、三、質問があるだけです」とトムは言った。「ミズ・ニュートン、日曜の夜のことを話しましょう。そのときあなたはミスター・ドレイクにメールを送ってますね？」

「覚えてません」

トムはポケットから携帯電話を取り出し、陪審員のほうを見てそれからウィルマを見た。

「これで思い出せますか？」

ウィルマは携帯電話を見たが、何も言わなかった。

「ミズ・ニュートン、二日前の夜にあなたがミスター・ドレイクに書いた内容を陪審員に読み上げていただけますか」

「仕事を二日も休むことはできません。いつ証言すればいいですか？」ウィルマが感情のこもらない声で読み上げた。

トムが陪審員を見ると、前列の年配の女性と後列の黒人の男性がウィルマをにらんでいた。彼女は信頼を失いつつある。トムはそう思った。

「それはあなたが二日前の夜にミスター・ドレイクに送ったメールのメッセージですね」とトムは訊き、ウィルマのほうを向いた。

「はい」彼女は平然と聞こえるように努めたが、声がかすれていた。

水のなかに血が落とされたように相手の態度にほころびが現れ始めた。いい頃合いだろう。

「ミズ・ニュートン、ジャック・ウィリストーンをご存じですか？」

ウィルマがわずかに眼を見開いた。「もちろん。夫は彼の会社で働いていました」

「そうですね」トムはそう言い、ジャック・ウィリストーンが坐った被告席を指さした。タスカルーサに四十年住んでいて、トムもジャック・ウィリストーンには何回か会ったことがあった。大抵はふたりが支持する政治家の資金集めのパーティーで。トムは、ジャックに対して腹に一物《いちもつ》ある人物という印象を持っていた。大声で話すお人よしの労働者を演じているが、頭が良く分析力にたけた男。名前を呼ばれても動揺を見せないところはたいしたものだった。

「ミスター・ウィリストーンは、ウィリストーン・トラック運送会社のオーナーですね」とトムは訊いた。

ウィルマは頷いた。「はい」

トムは陪審員にほほ笑んだ。「ですが、あなたが彼を知っている理由はそれだけじゃないんじゃないですか？」

「はい？　言ってることがわかりません」

「ミズ・ニュートン、サンズでウェイトレスをしていないときは別の仕事をしていますね？」

「はい」と彼女は答えた。ぶっきらぼうな口調だった。

「どちらで」

ウィルマはため息をつくと、うつむいたまま言った。「サンダウナーズ・クラブです。プラスキのはずれにあります」

「なるほど」トムはそう言うと、陪審員にウィルマがよく見えるよう陪審員席の柵に沿ってゆっくりと歩いた。

「そこもレストランですか？」

「いいえ」

どうやら彼女は彼にその先の質問をすることを認めてくれたようだ。トムは彼女にキスしたい気分だった。

「バーですか？」

今や彼女の表情は怒りに満ちていた。「クラブのなかにバーもあります。ええ、その通りです」

彼は陪審員席の柵の端に着くと、優しい口調で言った「どんなクラブですか、ミズ・ニュートン？」

「ダンスクラブです」と彼女は言った。

トムは少し身を乗り出し、驚いたように眉を上げた。さあ、続けて。彼は眼で伝えようとした。

「異国風のダンスクラブで……」と彼女は続けた。ことばを切ってから付け加えた。「そこでダンサーをしています」

「〝ダンサー〟として」——トムは両手の人差し指と中指でクォーテーション・マークを作った——「服を脱いでクラブのお客のために〝ダンス〟をしている。そうですね？」

「裁判長、異議あり」とタイラーが言った。「この質問は明らかに証人に嫌がらせをして困らせることを意図しています」

「いいえ、それどころか判事」トムは陪審員を見ながら言った。「この質問は証人の心理的偏向の核心に直接迫っています」

「棄却する」とカトラーは言った。「心理的偏向の部分に進みたまえ、教授」

トムは間《ま》を置き、そのまま陪審員を見つめた。彼らは眼を見開き、警戒し、耳をそばだてていた。

「ミズ・ニュートン、ジャック・ウィリストーンはあなたのお客のひとりですね？」

ウィルマが凍りついた。顔は青白くなった。「いいえ……あの……そんなことは言ってません」

「そんなことはない？」トムは迫った。

「はい」

「いいでしょう」トムはそう言うと、効果を狙って顎をなでた。「では、ちょっと別の話をしましょう。ミズ・ニュートン、今日は誰に法廷に連れてきてもらいましたか？」

ウィルマは眼を見開いた。「な、何ですって？」

「異議あり、裁判長」タイラーは驚きのあまり、顔を真っ赤にしていた。「ミズ・ニュートンが誰に連れられて裁判所に来たかに何の関係があるんでしょうか？」

トムはウィルマ・ニュートンから視線を外さずに答えた。「裁判長、これも証人の心理的偏向について証明しようとするものです」

トムは眼の端で傍聴席の動きをとらえ、直感的に何が起きているのか悟った。素早く眼をやり、自分の直感を確かめた。

「棄却する」とカトラー判事は言った。「手短に頼むよ、ミスター・マクマートリー。ここにいる皆はかなり疲れてるのでね」

「ミズ・ニュートン、今、立ち上がって外に出ていこうとする男――ジャック・ウィリストーンの後ろに立っていた男ですが……」トムは一瞬間《ま》を置いた。「彼が今日あなたを裁判所まで連れてきてくれたのではありませんか？」トムはゴルフシャツにカーキのパンツ姿の無精ひげを生やした百九十五センチ近い男を指さした。

　ウィルマは頷いた。死ぬほど脅えているようだった。

「声に出して答えてください、ミズ・ニュートン」とトムは言った。ちらっと見ると、無精ひげの男は自分の席に戻っていた。

「はい」

「あの男はジャック・ウィリストーンのために働いているんじゃないですか？」とトムは訊いた。最初に陪審員、次に無精ひげの男を見ると、最後にジャック・ウィリストーンをじっと見つめた。

「わ……わかりません」

「二週間前あなたは、サンダウナーズ・クラブのVIPルームでジャック・ウィリストーンと、傍聴席で彼の後ろに座っている男と何時間か過ごしましたね？」

　ウィルマ・ニュートンの顔はチョークのように白くなっていた。「お……覚えていません」

「覚えていない？」言い逃れの答えに喜び、今にも笑い出しそうだった。「ピーター・バーンズはご存じですか、ミズ・ニュートン？」

「はい」彼女の声は聞き取るのがやっとだった。

「彼はサンダウナーズのバーテンダーですね？」

　ウィルマは頷いた。

「二週間前あなたがVIPルームでミスター・ウィリストーンと今日あなたを裁判所に連れ

てきた男と一緒に何時間か過ごしていたことを、彼が覚えていたと知ったらさぞ驚かれるでしょうね？」

ウィルマはしっかりと握りしめた手のひらを見下ろした。

「記憶は戻りましたか、ミズ・ニュートン」一歩近づくと、トムは陪審員をちらっと見た。すべての陪審員の眼が大きく見開かれ、警戒心を露わにしていた。「あなたは二週間前、VIPルームでジャック・ウィリストーンと今日あなたを裁判所まで連れてきてくれた男と三時間一緒に過ごした。そうですね」

ウィルマはやっと顔を上げた。「ええ、そうよ。その通りよ」

トムの眼は女性の陪審員の何人かが驚きのあまり両手を口元へと動かす姿をとらえた。そしてひとりの男性陪審員は腕を組んでいた。彼の態度はある種の嫌悪感を表していた。

「わたしはダンサーよ」ウィルマは叫んだ。「わ……わたしはデューイが働いていた頃からミスター・ウィリストーンのことを知ってる。わたしは自分の仕事をしただけよ」

「三時間も」トムは繰り返した。「裁判の二週間前に」

「そうよ」とウィルマは言った。

「ずいぶんと思いがけない収入があったんでしょうね。経験上よく知らないのですが……そういったVIPルームのダンスはかなり高いんでしょうね」トムはことばを切った。「ジャック・ウィリストーンはあなたにいくら払ったんですか？」

ウィルマは肩をすくめた。またうつむいた。「覚えていません」

「また記憶喪失ですか。いいでしょう、ミズ・ニュートン、彼は三時間のダンスに対していくらかあなたに支払った。そうですね」

「ええ、そうよ」

「彼はその晩あなたのお客だったんですね」

「そうよ」

トムは頷いた。「このことも真実なのでしょうか、ミズ・ニュートン、今日法廷でミスター・ウィリストーンの後ろに坐っている男がこの三カ月のあいだにサンダウナーズ・クラブへVIPダンスを求めて少なくとも週に一回は訪れているというのは？」

「ええ、そうよ」

「そして毎回あなたに金を払っている」

「ええ、もちろん。彼は常連だから」

トムは陪審員を見た。「そしてその同じ男、法廷でジャック・ウィリストーンの後ろに坐っている、あなたの言うところの〝常連〟は、四時間半かけて今日あなたを裁判所まで連れてきた。そういうことですね」

ウィルマは頷いた。「そうよ」

トムはしばらくのあいだ、陪審員に眼をやった。そしてカトラー判事を見て言った。

「質問は以上です、裁判長」

リックはそのすべてを畏敬の念を持って見ていた。ウィルマはジャック・ウィリストーンが仕掛けた罠だった。だが、教授はそれを見破った。何かおかしいと感じ、調査をして、その結果を彼らにぶつけた。教授が彼の隣に坐ると、リックは信じられないというように首を振った。でもどうやって？　どうやって三日でできたんだ？

「ミスター・タイラー、明日、この証人に質問をするつもりはありますか？」カトラー判事は尋ねた。

リックは法廷の向かい側に眼をやった。そこではタイラーが窓の外を見ていた。

「ミスター・タイラー！」判事が怒鳴った。

タイラーは判事に視線を向けるとゆっくりと立ち上がった。彼はウィルマ・ニュートンをしばらく見ると、やがて首を振った。

「質問はありません、裁判長」

「いいだろう。証人は退出してよろしい。陪審員の皆さん、長い一日でした。皆さんほんとうに辛抱強く頑張ってくれました。明日はまた朝九時から始めましょう」

カトラーは小槌を叩いた。人々が扉のほうに向かい始め、ガサガサという音が法廷中を満たした。リックは教授のほうを向いた。

「どうやったんですか？」

トムは肩をすくめた。「たいしたことじゃない。君の言ったことをすべて整理してファイルを見直したあと、何かおかしいと感じたんだ。だから調査してみた」

リックは眼を見開いた。「三日で？」

トムはほほ笑んだ。「ちょっとした助けを借りてね」

リックは眼を細め、何かを言おうとしたが、教授が両手を上げた。「全部話すよ、いいだろ。だが、場所を変えよう。明日がある。奴らに鼻血くらいは出させることができたが、戦いはまだ終わっちゃいない。明日、陪審員はウィルマ・ニュートンが実際に君に話したことを知ることになる。陪審員にそれを見せることはできた」とトムは言い、ほほ笑んだ。「まさに一枚の絵を見せたんだ」

リックは胃が強張るのを感じた。ドーン。「教授、でもそれは――」

「選択の余地はないんだ、リック。判事のことばを聞いたろう。彼は君に証言させるつもりはない。ウィルマ・ニュートンが実際に言ったことを、誰かが陪審員に伝えなければならない。ドーンが唯一の選択肢なんだ」

リックは頷いた。「教授、彼女がどこにいるのかわかりません。もし見つけられなかったら――？」

「そのことは心配するな」トムは弁護人席から立ち上がると言った。「ある男に取り掛からせている。それに……わたしたちもやるんだ」

61

ジェイムソン・タイラーは弁護人席に坐ったままだった。足を組み、拳を顎にあてて考えていた。

「ミスター・タイラー、準備できましたか？」アソシエイトのクラーク・マクピーターが尋ねた。マクピーターはブリーフケースに書類を詰めていた。「ミスター・タイラー？」

「ああ、クラーク。えーと、何か言ったか？」タイラーはそう言いながら、ポケットからキーを取り出した。「車を回してきてくれないか。正面玄関で拾ってくれ。わたしはミスター・ウィリストーンとしばらく話をしていく」

マクピーターは笑みを浮かべると、車のキーを取った。

おそらくこれまでにポルシェを運転したことはないんだろうな、とタイラーは思った。しかしそこには彼のいつもの優越感はなかった。くそっ。そう心の中でつぶやきながらやっと席を立った。

タイラーは法廷の外でジャック・ウィリストーンを見つけた。アドレナリンがあふれ出て、まったく躊躇することはなかった。彼は大男の襟をつかむと壁に押しあてた。

「今日みたいなことはやめてもらおう、ジャック。わ……我々はあんなことは必要としていない」とタイラーは言った。興奮していた。

ジャックはただほほ笑んでいるだけだった。「あんたの邪魔をするつもりはなかったんだ、弁護士さん。だから上品にお願いしようじゃないか。そのいまいましい手をどけるんだ」

タイラーが握った手を緩めると、ジャックは彼を強く押し、後ろに二、三歩よろめかせた。

「何を企《たくら》んでいる？」すぐにバランスを取り戻すとタイラーは訊いた。

ジャックは再びほほ笑むと言った。「勝利さ」

タイラーはジャックに一歩近づいた。大男の息と服についた煙草のにおいがわかるほど。

「わたしもだ」とタイラーは言った。「わたしもだ。だがこんなやり方じゃない」

「何のことを言ってるのかわからんな」

「ウィルマ・ニュートンだ。わたしの言ってることはよくわかってるはずだ。ボブ・ホーキンスはわたしに、あんたには干渉せず、ミズ・ニュートンのことはあんたに任せるように言った。だが、あんたのとこのジョン・ウェイン気取りのカウボーイが今日のほとんどを駄目にしちまった。今じゃ陪審員はあんたが金を払ってウィルマに証言させたと思ってる。こんな形の助けは無用に願おう」

ジャックは一歩近づいた。ふたりは鼻と鼻をつきあわせそうな距離に立った。

「陪審員が聞いたのはわたしが長めのＶＩＰダンスに金を払ったということだけだ」ジャッ

クは笑った。「そうさ、おれはおっぱいが大好きなんだ。だからどうした？ うちの会社はプラスキでも車を走らせている。おれはテリトリーの中にいた。そして裸が見たくなった。あんたはこの件を処理できないと言ってるのか？」

「運転手のことはどうなんだ？ ウィルマをここまで連れてきた奴だ。そしてあんたと一緒にＶＩＰダンスを見ていた奴だ」

「プラスキの近くに住んでいる古い友人だよ。彼もおっぱいが好きでね。彼がなぜウィルマを車で連れてきたかは知らんよ。ほかでもないわたしが彼を法廷で見て驚いてるんだ。だが賭けてもいい、そいつは彼女のジッパーの下のダイヤモンドと関係があるね。あんたは女のあそこのために四時間半も運転したことはあるかい、タイラー？」ジャックはそう言うと、さらに近づいた。「ははーん、さてはあるな。そうさ、これは取引だ。だがあの老いぼれは今日何も証明できなかった」

タイラーは首を振りながら離れた。

「ところで」とジャックは続けた。「今日のざまはなんだ、タイラー？ おれはあんたが州で最高の弁護士だと聞いていた。とんだジェダイだ。ダース・くそ・ベイダーだな。なんだあのざまは？」ジャックは唾を飛ばしながら尋ねた。

タイラーは何も言わなかった。

「言ってやろう」とジャックは続けた。「あのくそったれの老いぼれがあんたのケツを蹴とばしたんだ」ジャックは息をつくと嘲《あざけ》るように両腕を組んだ。「質問はありません、裁判長」彼が真似《まね》をした。「あんたはビビったんだ、タイラー。この裁判で初めてあんたはやるべきことをしなかった。あんたは心底ビビっちまったんだ」

もうたくさんだった。タイラーはジャックに向かって歩くと、彼まで三十センチのところで立ち止まった。

「あんたはいろいろと手を回すのが得意みたいだな、ジャック。だが、今日やられたのはわたしじゃない、あんただ。わたしが質問をしなかったのは、あんたのヘマを取り返すことはできないと判断したからだ」タイラーは背を向けて立ち去ろうとした。が、立ち止まると振り向いた。「それからわたしがダース・ベイダーなら、あんたはただのクソ戦闘員だ」

「じゃあ、あの老いぼれは誰なんだ？　ヨーダか？」

「ああ」とタイラーはつぶやいた。振り向きもせず。くそったれのヨーダめ。

62

ジムボーンは最初のコールで電話に出た。法廷を出てから三十分が経っていた。ひどく不安だった。計画はすべておじゃんになった。彼はジャックがひどく怒っているとわかっていた。

「やあ、ボス」

「よくやった、ボーン。水曜日の六時半におれの家に来い、残りの金を渡す」

ジムボーンは自分の耳が信じられなかった。ボスは怒ってさえいないようだ。「ああ……、わかった、ボス。あんたの家に水曜日の六時半だな。あの女はどうする？」ジムボーンは〈エル・カミノ〉の助手席に坐っているウィルマ・ニュートンにウインクしながら尋ねた。

「車を借りて家まで帰るように言え、それから取引のことをもう一度説明するんだ。もし誰かに話したらどうなるか言い聞かせろ。少なくとも一ヵ月は残りの金は渡さない。少しほとぼりが冷めるのを待たなきゃならんからな」

「わかった、ボス」

「それから、ボーン……」電話の向こう側で一瞬の間《ま》があった。ジムボーンは煙草の煙らしいものを吐き出す音を聞いた。「あのくそったれのじじいにめちゃくちゃにされたのを修復しなきゃならん。奴が陪審員にみせた女の写真を覚えてるか？」

ジムボーンはほほ笑んだ。「ええ、もちろんです」

ウィルマは窓の外をじっと見ていた。ジムボーンはジャック・ウィリストーンとの電話を終えようとしていた。

「わかったよ、ボス」とジムボーンは言った。「まかせてくれ」彼は電話を切り、ウィルマを見た。「さて、さて。金に見合うだけの仕事はしたようだな、スモーキー・ザ・ベア」

ウィルマはすぐには答えなかった。まだ窓の外を見ていた。終わった、と彼女は思った。ほんとうに終わったのだ。残り十万ドル。そんな価値があったのだろうか？

「おい、貴様」とジムボーンは言った。「お前に話してるんだぞ」

いや、そんな価値はない、絶対に。

「すぐに家に帰れる？　どうしても家に帰りたいの。でもわたしが何をしたいかなんてどうでもいいのよね」ウィルマは窓の外を見つめながら言った。

「ああ、そんなことはどうでもいい、ウィルマ」とジムボーンは言い、笑った。「見かけほど馬鹿じゃないんだな」

「で、どうするの？」と彼女は訊いた。

「お前は車を借りて、あんたのスイートくそったれホームに帰る。だが」――彼は時計を見た――「タスカルーサのレンタカー店はたぶんもう全部閉まってるだろうから、ホテルまで連れてってやるよ」

「どうするつもり？」とウィルマは訊いた。

ジムボーンはポケットに手を入れると、煙草のパッケージを取り出し、煙草に火をつけると深く吸い込んだ。煙を車の天井に向かって吐き出し、静かに笑った。

「心配するな」彼はそう言うと後部座席に手を伸ばし、茶色い紙袋を取った。「受け取れ。

気に入るだろうと思ってな」彼はそう言って袋からボトルを取り出し彼女に手渡した。ジャックダニエルのNo.5だった。

「いつも飲んでるのより、少しだけ上等なやつだ」ジムボーンは続けた。「さあ、ぐいっと一口いけ。いや一口と言わずもっと飲むんだ」彼は彼女の前に手を伸ばし、ダッシュボードを開けて、薬の箱を彼女の膝の上に落とした。「忘れずにこいつを一錠流し込むんだぞ」

「今夜はやめて、お願い」ウィルマは泣きたくなった。「あなたの言った通りにしたでしょ」

「落ち着けよ、スモーキー・ザ・ベア。ボーン様は、今晩は仕事がある。ただお前に邪魔してほしくないだけだ」彼は彼女にウィンクをすると大きな声で笑った。「さあ、おれが無理やり飲ませる前に一錠飲むんだ」

彼女は言われた通り、薬を飲み込んでからボトルから何口か飲んだ。液体が降りていくときの、のどを焦がす感覚に気持ちを集中させた。そしてボトルをジムボーンに手渡した。

「いつ、お金をもらえるの?」と彼女は訊いた。彼がウィスキーをぐいっと飲むのを見ていた。

「ふうー! ちくしょう、うめえな!」ジムボーンが大声で言った。

彼女は彼がこんなに興奮しているところを見るのは初めてだった。そのことが彼女を脅えさせた。彼は彼女にボトルを手渡すとラジオをカントリー・ミュージック専門チャンネルに合わせた。

「一カ月くらいだな。だが、心配すんな。ちゃんと渡すよ。あのくそったれのじじいがちょっとひっかきまわしやがったが、今夜ボーン様がすべて元に戻す」と彼は言い、煙草をふかした。

彼女はウィスキーをもう一口飲んだ。酔いがまわってきた。神様お許しください。ジムボーンがラジオのボリュームをあげた。ジョージ・ストレイトの〈アマリロ・バイ・モーニング〉だ。デューイが好きな曲のひとつだった。デューイは昔のカントリー・ミュージックが好きだった。

もう一口飲むとウィスキーと薬《ルーフィー》の魔法が効き始め、感覚がなくなってきた。何をしてるの？　心の中で裏切った人たちの幻に苛《さいな》まれていた。リック・ドレイクの信じられないという顔を思い浮かべた。あんたは嘘を言ってる。この雌犬が。彼はそう考えてるに違いない。可愛らしいドーン・マーフィー。わたしは彼女のことを嘘つきだと言った。ボーンが言った「すべて元に戻す」というのは、彼女も傷つけるということなの？　わたしの裏切りに終わりはないの？　ルース・アン・ウィルコックス。家族全員を失った可哀想な女性。彼女は答えを求めてヘンショーに来た。正義を求めて。わたしは彼女からそれすらも奪おうとしている。

そして最後にデューイ。あのろくでなしどもが、彼を死ぬまで走らせたというのに、わたしは彼らの隠蔽に手を貸している。彼女はもう一口飲んだ。今度は今までより多く。ジムボーンの手がブラウスをたくしあげ、ふとももをまさぐった。わたしはユダだ。彼女はそう思いながら、さわりやすいように足を開いた。全身の感覚がなくなってきた。

神様、お許しください。

63

太陽がファウンズデールの地平線の下に沈む頃、ドゥーリトル・モリスは何とかミュールのベッド・ルームまでたどり着いた。ドゥーはゆっくりと、しかし確実に家じゅうを調べ、取っておく価値のある家具——古い振り子時計やリクライニングチェア——をポーチに並べ、残りはこの家を売ったときに買ってくれる人のために残しておいた。あとはベッドルームだけだった。よろめきながら戸口から入り、奥の壁際のドレッサーの上に置かれた銀の大型のラジカセを見たとき、ドゥーは笑わずにはいられなかった。「ちくしょう」と大きな声で言った。ラジカセに近寄り、中に入ったカセットテープを見た。白いカセットテープは時を経て黄色くなっていたが、かすれた字で書かれたタイトルは今でも読むことができた。〝ジョン・アンダーソン・グレーテスト・ヒッツ〟。

ドゥーはまた笑い、ビールを一口すすった。ジャックダニエルの一パイント瓶を飲み終えたあと、たまたまミュールの冷蔵庫にハイ・ライフの六パック缶があるのを見つけ、すでにその半分を飲んでいた。酔っぱらっていたし、いつ帰ってもよかった。だが、これを終えるまで帰るつもりはなかった。一度ですませよう。彼は自分にそう言い聞かせ続けた。一度かぎりだ。

ドゥーは再生ボタンを押して、こいつがまだ動くのか確かめようと待った。ジョン・アンダーソンの〈スウィンギン〉がスピーカーから鳴り響くと、ドゥーは反乱の雄たけびを上げ、一緒に歌い始めた。

ベッドルームには基本的に何もなかった。ドレッサーのほかに部屋の中にあるものはベッドとその隣の小さなテーブルだけだった。

ドゥーは歌いながらベッドに坐り、ベッドサイド・テーブルの一番上の引出しを調べた。そこには何もなかった。ドゥーは下へと手をやり、一番下の引出しを開けた。擦り切れた革表紙の聖書を見つけたとき、ことばを飲んだ。

ドゥーはビールをテーブルのうえに置くと、引出しに手を伸ばして聖書を取り出した。指で革表紙をなでるとそっと表紙を開いた。そのとき、何通かの書類と写真がそこから落ちた。最初の書類を見たとき、彼は長い安堵のため息をもらした。それはこの家の譲渡証書だった。

「よかった」とドゥーは声に出して言った。彼は譲渡証書を見つけに裁判所まで行かなければならないのではないかと心配していた。写真は赤ん坊の写真で、ミュールの双子の娘がまだ病院にいるときのものだった。ミュールは彼の妻が出ていって以来、娘たちとはほとんど会っていないはずだった。だが、ドゥーは彼が娘をたいそう愛していたことを知っていた。

また眼が熱くなるのを感じて聖書を閉じようとしたが、真ん中あたりにはみ出している一枚の白い紙を見て、手を止めた。ドゥーはその紙に指を置き、それがはさまれているページを開いた。聖書の一節がハイライトされていた。「箴言《しんげん》五：二二から二三　悪《あ》しき者は自分のとがに捕らえられ、自分の罪のなわにつながれる。彼は、教訓がないために死に、その愚かさの大きいことによって滅びる」

ドゥーは首を振り、その紙を開いた。

「なんだこれは？」ドゥーは理解できずに言った。まばたきをして酔った頭をはっきりさせようとしてから、その書類を見直した。さらにもう一度。

やっと理解したとき、腕の毛が逆立つのを感じた。

「おれは……地獄に……落ちるかもしれん」

64

「彼女はいない」とリックは言った。ドーンのアパートのドアをノックし続けたが、無駄だった。

トムはリックの声にパニックを聞いてとった。彼自身もそう感じ始めていた。もう時間も遅く、何時間も彼女を探しているのに見つからなかった。携帯電話にも家の電話にも出なかった。リックとトムはそれぞれ少なくとも十回以上は電話をかけている。今、最後の手段としてふたりは彼女のアパートに来ていた。どうやらこれも手詰まりのようだった。窓から中を覗いたが、灯りはついていない。駐車場にもドーンの車はなかった。

「どうしたんだ?」とリックは言った。「彼女はどこにいるんだ? 家にもロースクールにもいないし、電話にもでない。少なくとも彼女のお母さんがここにいると思ったのに、彼女も出かけている。誰も彼も消えちまった」リックはこぶしをアパートの扉にぶつけた。「誰かに調べさせてるって言ってましたよね。何か連絡はありませんか?」

「いや、ない」トムは携帯電話のメールをチェックしながらそう言った。「わたしにもわからないが、なんとか彼女を見つけないと。ここに来る途中、ロースクールの教務課に電話をした。記録を調べてくれるそうだ。ドーンはサマースクールに登録していて昨日はクラスに来ていたそうだ。彼女はこの街にいる……どこかに」

リックは頷いて何かを言おうとしたが、この二時間ずっと待っていた音にさえぎられた。携帯電話が鳴っていた。心臓が締めつけられるのを感じながら、急いで電話をポケットから取り出し、応答ボタンを押した。彼女からであってくれ。

「もしもしドーンか?」

何秒間か電話の向こう側からは何も聞こえなかった。

「誰だ?」とトムは訊き、リックに近寄った。

リックは肩をすくめた。

「もしもし」リックが繰り返した。「どちら様――?」

「あいつら、彼女を殺すつもりよ」緊張したささやき声が聞こえた。リックは腕に鳥肌が立つのを感じた。

「誰を殺すって?」と彼は訊き返した。彼の声もささやき声になっていた。さらに沈黙が続いた。「誰を殺すって?」リックが繰り返した。誰なんだ?「誰を殺す――?」

電話が切れた。

「誰からだ?」とトムが訊いた。

「わかりません。女性だと思います。あいつらが彼女を殺すつもりだ、としか言いませんでした。ぼくの携帯電話の番号を知っているのは確かです」

「あいつらが彼女を殺す?」トムはそう言うと顎をさすった。

「ええ」

ふたりは互いに顔を見合わせ、同時に気がついた。

「ああ、なんてことだ」とリックは言った。顔面は蒼白《そうはく》になっていた。「ドーン……」

65

ドーン・マーフィーはコンピューターの電源を落とし、何も映っていないスクリーンを見つめていた。もう深夜だったが、何とか弁論趣意書を完成させた。これでミスター・トムキンスが明日見直して修正することができる。ここまでが彼女の仕事だった。ため息をつくと回転椅子からどうにか立ち上がり、部屋の灯りを消し始めた。リックとの大げんかのあと、彼女はトムキンス&フィッシャーのダリル・トムキンスに電話をした。彼は喜んで彼女を再び雇い入れてくれた。また仕事を得ることができたのは幸運なのだとわかっていたが、心の中ではそう感じてはいなかった。落ち込み、悲しく、疲れ果てていた。そして何より混乱していた。

今週がルース・アンの裁判だということは知っていた。新聞の報道はまだなかったが、日付を覚えていた。リックに電話をして幸運を祈ると伝えたかった。事実、彼女は何度も電話を取って番号を押した。が、最後まで押すことはできなかった。ふたりがあんな風に互いにすべてをぶちまけたあとでは、もう話すことはできなかった。

彼女は裏扉を開け、夜の帳の中へと足を踏み出した。駐車場には彼女の白いマスタング以外に車はなかった。聞こえるのは数ブロック北のグリーンズボロ・アヴェニューを行き交う車の音だけだった。後ろ手にドアを閉めると、鍵穴に鍵を差し込んで回した。

「君みたいな可愛い娘が外にいるには、ちょっと遅いんじゃないかな」ドーンは声のするほうに振り向いた。胃がぎゅっと縮まった。駐車場は灯りもまばらだったので、しばらくはその男が見えなかった。やがて彼女のマスタングのそばに立っているカーキのパンツとゴルフシャツを着た背の高い男が見えた。男が近づいてくると、男の髪が砂のような金髪で、顔に無精ひげを生やしているのがわかった。

「何かお役に立てることでも？」とドーンは訊いた。彼女の声は震えていた。ポケットに手をやり携帯電話を探した。が、バッテリーがなくなっていたことを思い出した。くそっ、くそっ、くそっ。男はもう彼女の前まで来ていた。まるでまったく自然に登場したかのように彼女に近づいていた。男はほほ笑むと手を差し出した。

「ああ、ミズ・マーフィー」と彼は言った。彼女が痛みで声を上げるまで彼女の手を強く握った。「大いに役に立ってもらうよ」

66

トムはちょうど深夜零時過ぎにエクスプローラーをリックの事務所の前の駐車場に入れた。

「くそっ」とリックは言った。声は疲れからかすれていた。ドーンのアパートを離れたあと、ふたりはマクファーランド・ブルヴァードとスカイランド・ブルヴァードを往復してレストランの駐車場やショッピング・モール、そしてほかにも思いつく限りの場所を探した。だが、収穫はなかった。それから彼らはユニバーシティ・ドライブにある繁華街に向かい、あらゆるバーやレストランを探した。やはり収穫はなかった。今、ふたりはダウンタウンの事務所に戻り、もはや万策尽きていた。

「たぶん街を出てるんだろう」トムが突然口にした。「それならまだ……」トムは最後まで言わなかった。が、言う必要はなかった。

リックは首を横に振った。「サマースクールの最中になぜ街を出る必要があるんです？」

トムはため息をついた。「わからんよ」そう言って眼を閉じた。考えろ。くそっ。考えるんだ。彼はリックを見て言った。「ほかの仕事をしてたかどうか、知らないか？」

リックは床を見つめながら肩をすくめた。「言ったように、彼女がやめてから彼女とは話をしていないんです。わかりません。あ、だけど」――彼は指を鳴らして顔を上げた――「彼女は去年の夏、トムキンス＆フィッシャーで仕事をしてました。たぶん――」

だがリックのことばは、トムがアクセルを床まで踏み込んで駐車場から飛び出すときのタイヤのきしむ音にかき消された。トムキンス＆フィッシャーは二丁目通りにある。三ブロックしか離れていなかった。

頼む、そこにいてくれ。トムはそう思いながら、ダッシュボードの時計を見た。午前零時十三分。もうこんな時間だ。裁判は九時間後に再開する。しかしトムは裁判のことも事件のことも心配していなかった。

頼む、無事でいてくれ。

67

ジムボーン・ウィーラーは自分の運の良さが信じられなかった。ウィルマをホテルで降ろしたあと、日が暮れる前にドーンがアパートを出るところをたまたま見つけたのだ。彼はこまであとをつけてきたが、しばらく待たなければならなかった。というのも法律事務所の正面扉と裏扉の両方に監視カメラがあったからだ。ほぼ五時間経った今、駐車場は空っぽになり、ドーン・マーフィーひとりしかいなかった。ドレイクの小僧やほかの連中がいる気配もなかった。運がいいに越したことはない。ジムボーンは、体をひねって逃れようとするドーンの口を、クロロホルムを浸したペーパータオルで覆いながら、そう思った。

ナイフはジーンズのポケットにあった。彼女を刺して、財布を取って立ち去る。それで万事解決だ。だがそれで何が愉しい？　お愉しみを味わう以外にドーン・マーフィーみたいな可愛娘ちゃんを殺す理由がどこにあるというんだ？　彼女は美しく、若く、セクシーだ。クロロホルムが効いてくるにつれ、ドーンは身をよじるのをやめていた。ジムボーンは彼女の顔を見下ろした。これからしようとしていることを思って笑いをこらえることができなかった。

美しく、若く、セクシーな女たちはただ金のために殺されたりはしない。女たちはレイプされ、凌辱《りょうじょく》され、めちゃめちゃにされる。しっかりと美しさを奪われてから殺される。無残な格好でごみ袋に入れられ、川に捨てられるのだ。

彼女は性倒錯者に殺されたふしだらな女子学生のひとりとなる。ジムボーンはニュースをよく見ていた。こういった殺人事件は学生街ではよく起きていた。少なくともそれほど多くの人を驚かせることのないくらいには。

ジムボーンは駐車場に面した通りの縁石に車を停めていた。街灯はなかった。彼を探していない限り、決して誰にも見られることはなかっただろう。あまりにも簡単だった。ドーンの身体を〈エル・カミノ〉まで運びながらそう思った。ドアを開け、彼女を車の中に押し込もうとしたちょうどそのとき、全身が痛みに襲われた。

誰か、あるいは何かが彼の睾丸を握りしめていた。くそった……

ジムボーンは股間に手をやろうとした。が、そのとき、顔をフロントガラスに押しつけられた。睾丸を握られる痛みに唸り声を上げながら、ジムボーンは首の後ろに熱い息を感じた。

「痛いか、あ?」男の低い声が言い、さらに強く押しつけた。

ジムボーンは男をひじで突こうとした。が、だめだった。男の力があまりにも強かった。

ジムボーンはポケットに手を入れナイフを探した。そのとき、突然睾丸への圧力がゆるんだ。振り向いてナイフで突いたが、無様に失敗し歩道に倒れ込んだ。立ち上がったとき、額に拳銃を押しあてられた。

「ガンファイトにナイフを持ってくるなと言われなかったか？」

「くそっ《ジーザス・クライスト》」ジムボーンはそう言うと男を見た。彼と同じくらい背が高く、スペードのエースのように黒かった。

「残念だな、はずれだ。ボーセフィス・ヘインズだ。わかってるだろうが神《ジーザス》は助けに来ちゃくれんよ」

ジムボーンはあえいだ。そのときボーセフィスの背後でタイヤの軋《きし》る音がし、そちらに顔を向けた。ボーセフィスも振り向き、二、三歩あとずさった。そのときジムボーンの生存本能が働いた。

彼は走った。

「そうはさせるか、この野郎」ボーセフィスが彼の後ろから叫んだ。ジムボーンは銃が宙に向かって放たれる音を聞いた。

ジムボーン・ウィーラーは決して振り向かなかった。

「彼女は無事だ！」ボーが叫んだ。走りながら肩越しに呼びかけ、ドーンを指さした。彼女は古い〈エル・カミノ〉に力なくもたれかかっていた。

トムとリックは同時にドーンのもとに着いた。リックはひざまずくと、彼女の胸に耳をあてた。

「息をしてる」そう言って、トムを見上げた。

トムはあとずさると、ボーが走っていった方向を見た。

「ここで待っててくれ、リック」

トムはエクスプローラーに駆け戻るとギアを入れた。数分、車を走らせるとボーに追いついた。彼は全力でタスカルーサの繁華街とノースポートの繁華街をつなぐ橋に向かって走っていた。

下にはブラック・ウォリアー・リバーが流れていた。

「くそっ」とトムはつぶやいた。

もうひとりの男は橋の欄干をまたごうとしていた。ボーはその十五ヤード手前にいた。十ヤード。五ヤード。

ボーは欄干に向かって突進した。

「ボー！」トムが車の窓から叫んだ。だがボーは間に合わなかった。

男は橋の上から飛び降りた。

68

「奴を追いかけるなんて信じられんよ」トムはブースの向こう側に坐ったボーを見て言った。

そのボーはトムがこれまでに見たことがないくらい怒っていた。

「おれだってあいつを逃がしてしまうなんて信じられませんよ」とボーは言うと、不快そうにこぶしで机を叩いた。

彼らはマクファーランド・ブルヴァードの〈ワッフル・ハウス〉にいた。ふたりの前にはコーヒーが置かれていた。リックは数分前に意識を取り戻したドーンとともに〈エクスプローラー〉の中にいた。一方でパウエル・コンラッドがタイルのフロアの上を行きつ戻りつしながら、携帯電話で怒り狂ったように話していた。

「休みだろうがなんだろうが構わん。保安官。もっと人間を動員して川の土手を捜索させるんだ」パウエルは電話に向かって怒鳴っていた。それを見てトムは誇らしげに笑みを漏らした。今夜は彼の以前の教え子たちがいいところを見せてくれた。

トムは眼を細めてブースの向こう側にいるボーを見た。「で、いつ彼女を見つけたんだ？」

「あなたたちが着く五分くらい前です。ダウンタウンのすべての法律事務所を調べて白の〈マスタング・ハッチバック〉を探したんです。深夜過ぎにやっと見つけました」ボーはことばを切って、コーヒーを飲んだ。「まだバーテンダーのバーンズは必要ですか？」

トムは首を振った。「いや、もうバーンズに証言させる必要はない。ウィルマは彼が証言するだろうことをすべて認めた。彼は家に帰してやってくれ」

「じゃあ反対尋問はうまくいったんですね？」ボーがニヤリと笑いながら訊いた。

トムは肩をすくめた。「たぶんもっとうまくやれたんだろうが」

「おっと、おれには謙遜なんて無用ですよ、親父《おやっ》さん。うまく、いったんでしょ？」

「かなりうまくいったよ」とトムは言った。笑顔を浮かべながら。「君の助けがなければこうはいかなかっただろう、ボー。君がサンダウナーズ・クラブで掘り出してきた情報のおかげだ。感謝のしようも――」

「今はまだ必要ありません。おれには、あなたが復帰したことが何よりもうれしいんです。で、大学とはいつ対決するんですか？」

トムはほほ笑んだ。「ものごとには順序ってもんがあるだろう、ボー。まずは裁判に勝つことだ」

「なるほど。で、明日は花形証人の登場ってわけですね」とボーは言うと、顎で正面玄関のほうを示した。

トムが振り向くと、リックがドーンを腕で支えながらふたりのほうに向かってくるところだった。

ドーンは灯りに眼をならそうとまばたきをした。彼女はリックをしっかりとつかみながらもボーのほうを見た。「ありがとうございました。ミスター……」

「ヘインズだ」とボーは言った。「ボーセフィス・ヘインズ」

「ほんとうにありがとうございました。ミスター・ヘインズ」とリックは言い、手を差し出して、握手を交わした。

「お安いご用だ」ボーはそう言って、ブースから立ち上がった。「さて、どうやらここにいるミズ・マーフィーがあと」――ボーは時計を見た――「七時間後に始まる裁判で重要な役割を果たすようだ。君らにまかせておれは失礼するとしよう。教授、ほかにも何かあったら連絡してください」去ろうとするボーをトムが呼び止めた。

「ボー」

ボーは疲れた笑顔を見せながらドアのところで振り向いた。

「しばらくはこの近くにいるのか？」

「おれはいつもあなたの近くにいるよ、親父《おやっ》さん」

ボーはウインクして、かすかにお辞儀もした。そして背を向けてドアから出ていった。

しばらくのあいだ、窓ガラス越しにボーが大股で車に向かう様子を三人とも黙って見つめていた。携帯電話に大声で指示を出し続けていたパウエルでさえ、歩くのをやめてボーが去るのを見ていた。

「ほんとうに最高の人を選んでくれました」

トムはただ頷くだけだった。ボーセフィス・ヘインズがこれまでにトムに借りがあったとしても、これですべて返したことになる。いやそれどころか貸しを作ってしまった。

「いったいどうなってるのか、誰か説明してくれない？」

もうろうとしたドーンの声がふたりを驚かせた。トムとリックはふたりともドーンに顔を向けた。ドーンは額にしわをよせ、ふたりをそれぞれ見つめ返し、それからテーブルに眼をやった。リックもコーヒーカップを見つめていた。

気まずいな、とトムは思った。三人が一緒になるのはこれが初めてだった。

「あー、ミズ・マーフィー」やっとトムが口を開いた。「最初に言っておかなければならないことがある」トムはふさわしいことばを探して、そこでことばを切った。「ふたりに謝らなければならない。ミズ・マーフィー、君は大学がわたしを辞めさせるための計略に巻き込まれてしまった。彼らは君を利用したんだ。我々の関係はまったく潔白だ。だがその見た目の状況から、理事会は都合よく不適切なものに仕立てあげた。そのことで君に迷惑をかけてしまったことをほんとうにすまなく思ってる。それにリックの助手をするための給料をわたしが払っていることを、彼に言わないように指示したことも。真実は結局明るみに出るということをわかっているべきだった。わたしは自分を危険にさらすことなく、ルース・アンとリックを助けようとしたんだ。ほんとうにすまなかった」トムはそこでことばを切って、リックに眼を向けた。「それにリック、わたしは——」

「やめてください」リックはさえぎった。彼の口調は険しかった。トムの胃がぎゅっと縮まり、一瞬、状況を改めようとして間違いを犯してしまったのではないかと思った。

「あなたは今日戻って来てくれました」とリックは続けた。「あのときあなたが法廷に現れなかったら、この裁判はもう終わってました」リックはそう言って、トムの眼を見た。「あなたは今日、自分を危険にさらしたんです、教授。ぼくらのあいだにあったことが何であれ、それはもう過去のことです」リックはためらいながら、今度はドーンのほうを見た。ふたりの眼があった。しばらく、ふたりとも何も話さなかった。トムはふたりのあいだに強い感情があるのを感じた。

「ぼくが言ったこと、ほんとうにすまなかった」リックが口を開いた。「ぼくは——」

「許してあげる」ドーンはさえぎるように言った。「教授から頼まれていたことを話さなかったのをあなたが許してくれるなら」

リックはほほ笑みを浮かべて言った。「交渉成立《ダン》だ」

ふたりはまた互いに見つめ合った。トムは眼をそらした。ふたりだけの時間を与えてやろうと。

「でも、ふたりともまだわたしの質問に答えてない」ドーンはやっとそう言い、トムに顔を向けた。「いったい何が起きたんですか？　なぜ今夜、わたしが殺されそうになったんですか？」

トムが答える前に、パウエル・コンラッドが携帯電話をテーブルの上にたたきつけるようにして勢いよくブースに坐った。「さて、諸君、ありとあらゆる叱咤《しった》激励の結果、保安官事務所と市警察は今、あらゆる人員を動員して川を捜索させている。あのくそ野郎が死んでない限り、見つけることができるはずだ。もしウィリストーンとのつながりがあるなら、それも見つけてやる」

「よくやった、パウエル」とトムは言った。パウエルの声に疲労感を聞き取っていた。我々は休みを取るべきだな、と彼は思った。

「お願い、誰か――」ドーンが言いかけたが、トムが彼女のいらいらした声をさえぎった。

「ウィルマ・ニュートンが今日、証言を変えた」とトムは言うと、ゆっくりと席を立った。

「彼女を証言台に立たせたんだ。彼女は夫の運行スケジュールは問題なかったし、スピード違反を強いられたこともなかったと言った。夫が十時間ルールに合わせて運行記録を改ざんすることもなかったと」

「でも、彼女はわたしたちにそう言ったのよ」とドーンは言った。「わたしもそこにいた」

「わかってる」とトムは言い、ほほ笑みながら彼女を見下ろした。「明日、陪審員も知ることになる。明日、君が我々の最初の証人だ。さて、諸君、明日は長い一日になるぞ」トムは手を叩いてそれぞれに眼をやり、最後にリックに眼を向けた。「ドーンを使ってウィルマに対抗しなければならない。それにジェイムソンに対しても準備が必要だ。彼らは今日のウィルマと同じ唄を唄ってくるだろう。しかもさらにそれを補強して。それに加え、奴には専門家証人がいるが、我々にはいない」トムはことばを切った。「それも何とかしなきゃならない」

「どうやって？」とリックは訊いた。彼も立ち上がっていた。

トムはほほ笑んだ。「わからん……が、考えはある。だが、今は休憩が必要だ。それにこれまでのことを考えると、我々は一体になって取り組まなければならない。まずはみんなわたしの家に行こう。大したところじゃないが、今夜一晩なら何とかなるだろう」

「いいですね」とパウエルが同意した。「たぶん警官を一名手配して見張らせることが——」

「駄目だ」とリックは言った。パウエルの話をさえぎると、トムを見た。「ドーンを殺そうとした男が誰であれ、その男はおそらく我々みんながどこに住んでいるのか知ってるはずです。奴が橋から落ちても生きていた場合、またやって来るはずです。警官ひとりでは止められないかもしれない」

「リック、何か案でもあるのか？」トムが尋ねた。

リックが頷いて言った。「ええ、教授、ぼくにまかせてください」

69

ジムボーンは翌朝の六時、ノースポートの公衆電話から電話をした。彼の衣服はまだ濡れていて、睾丸が痛んで歩くのもやっとというありさまだった。くそったれの黒人野郎。復讐の手段はもう考えていた。ボーセフィス・ヘインズの名前は聞いたことがあった。プラスキで唯一の黒人弁護士だ。ミスター・ヘインズにはいずれ思い知らせてやろう。だがまずはこの件を報告しなければならなかった。

電話は最初のコールでつながった。

「どうだった？」とジャック・ウィリストーンは言った。あいさつもなかった。早朝だというのに、警戒し苛立っているようだった。

「駄目だった、ボス。もう少しで女を車に入れるところだったんだが、ドレイクとあの老いぼれが現れたせいで、女を連れ去ることができなかった」

「くそっ、なんてこった」ジャックはつぶやいた。「奴らに見られたのか？」

「いや……わからない。顔を隠す時間もなかった」とジムボーンは言った。

沈黙が流れた。黙っているべきだ、謝るべきじゃない、とジムボーンにはわかっていた。

「わかった、ボーン。じゃあ水曜日におれの家で会おう」

ジムボーンはほほ笑んだ。給料日がまだ予定通りと知ってほっとした。「わかった、ボス」

ジャック・ウィリストーンは電話を叩きつけ、キッチンの床を歩き回った。失敗するなんてジムボーンらしくない。誰もあの老いぼれがあんなことをするとは予測していなかった。ジャックでさえ不意をつかれたのだ。だが女を捕らえることは朝めし前のはずだ。手に負えない事態が起きたに違いない。そして首を横に振った。どうでもいい。失敗は失敗だ。ボーンは減給だな。まだ知らせる必要はない。ジャックはため息をつき、出窓から眼下のマクファーランド・アヴェニューを眺めた。そこには今もウルトロン工場の跡地があった。できることはもう何もなかった。

バック・バルヤードは死に、ディック・〝ミュール〟・モリスも死んだ。ウィラード・カーマイケルとウィルマ・ニュートンは買収ずみだ。ウルトロン工場とそこにあった書類は灰となった。そしてフェイス・バルヤードもすでに〝手なずけてある〟。ドーン・マーフィーが証言したらどうなる？　彼女を排除することは追加の保険だった。汚されたとはいえ、ニュートンの証言がある。可愛いドーン・マーフィーにできることは何もない。

ジャックはほほ笑んで葉巻に火をつけた。マーフィーは問題ない。おれたちのおかげで、タイラーも楽勝するか、判決額を保険の範囲内に抑えることができるだろう。ジャックは煙を宙に吐き出すと、ひそかにほくそ笑んだ。

いずれにしろ、おれは勝ち、合併もまとまる……

70

太陽が綿畑の向こうに昇り始める頃、リックがポーチに出てきた。ビリー・ドレイクは手に十二番径の散弾銃を持って、手すりにもたれかかっていた。足元には箱に入った鳥撃ち用の散弾が三パック置かれていた。父親の後ろに、猟銃と三十八口径の拳銃がロッキングチェアに立てかけて置かれていることにリックは気づいた。

「銃弾《たま》はたっぷりとあるのかい」リックはそう尋ねながら、ビリーにマグカップに入ったコーヒーを渡し、自分も一口すすった。

「十分すぎるくらいだ。このポーチを通るにはかなりの人数を連れてこなきゃならんぞ」

リックは頷いてもう一口コーヒーを飲んだ。

「お前が教授と仲直りをしてくれてよかったよ」とビリーは言った。「彼のことはずっと気に入ってたんだ。あの人《ザ・マン》のもとでプレイしてたんだからな」

リックは父がベア・ブライアントのもとでフットボールをするために奨学金を受けたものの、結局は断念したことを知っていた。ビリー・ドレイクは大学には行かなかった。その代り、彼は十八歳で農場を継いだ。父親が心臓発作で倒れたのだ。

「彼女もいい娘だ」とビリーは言い、笑みを漏らした。「お前もそう思ってるんだろ」リックは昇りゆく太陽から眼をそらすと、父をじっと見た。「そんなわかりやすかったかな？」

ビリーはただほほ笑むだけだった。リックも笑みを返した。しばらくのあいだ、ふたりとも無言のままだった。ほぼ一世紀にわたってリックの家族とともにあった土地の上を、太陽がゆっくりと昇っていった。

「父さん、何て言って感謝したらいいかわからない」とリックは言った。その声は強い思いに満ちていた。「ほかに……どこに行ったらいいかわからなかったんだ」

「礼など言う必要はない」とビリーはリックを見て言った。その眼はガラスさえも貫きそうだった。「ここに来るのは当然だ。お前はわたしの息子なんだし、ここはわたしたちの土地だ」ビリーは手すりの向こうに視線を向けた。「神よ、おれたちに戦いを挑むクソ野郎に慈悲を与えたまえ」

71

翌朝、八時五十五分、パウエル・コンラッドはロビーで待っていた。彼は携帯電話でトリシュ・ボールからブラック・ウォリアー・リバーの捜索について聞きながら、うろうろと歩き回っていた。

「あなたと同じように、彼らも十五分ごとに電話をしてくれるけど、今のところ何も見つかってない。徹夜で捜索して、もうやめるのかこのまま川の捜索を続けるのか知りたがってる」

パウエルはため息をついた。あの野郎はどうやら逃げおおせたらしい。両開きのドアについた小窓から覗き見ると、ドーン・マーフィーが証人席につき、教授が起立するところだった。

「撤収するように言ってくれ、トリシュ」

「わかった。ところでどうなの――」

「行かなきゃ、トリシュ。もう始まるんだ」

電話を切ると法廷に向かい始めた。

「おい、小僧」

パウエルが声のしたほうに振り向いた。カーキのワークシャツの上に紺のオーバーオールを着て楊枝を口にくわえたドゥーリトル・モリスが、彼をにらみつけていた。

「緊急のときは携帯の番号を教えるように秘書に言っとけ」とドゥーは言った。「ガソリン代の十ドルは請求させてもらうぞ」

「ドゥー？」パウエルは眼を細めて男を見た。「ここで何を――？」

「あんたに渡すものがある」とドゥーは言うと、オーバーオールのポケットから折りたたまれた紙を取り出した。「昨日、ミュールの家を片づけるために奴の家に行ったんだ。聖書のあいだにこれを見つけた」ドゥーは紙を開くとパウエルに渡した。「ミュールは、それをあそこに置いておくつもりはなかったはずだ」

パウエルはその紙をちらっと見た。その題名、日付そしてそこに書かれた名前を見たとき、心臓が止まりそうになった。「嘘だろ」

「言っただろ」ドゥーが割って入った。「ガソリン代の価値はあるって、どうだ?」

パウエルは彼のほうを見た。まだ彼の手にしているものが信じられなかった。「ドゥー」――パウエルは両開きのドアを振り返って見た――「これはガソリン会社まるまる一社分の価値があるかもしれないぞ」

72

「ウィルマ・ニュートンと話したとき、あなたはミズ・ウィルコックスの代理人、リック・ドレイクのために働いていましたね?」

ジェイムソン・タイラーはまだ完全に席から立ち上がらない状態で、反対尋問の最初の質問をドーンに浴びせた。ドーンは思わず身をすくめた。

「はい」と彼女は答えた。平静に聞こえるよう努めた。落ち着くのよ、と自分に言い聞かせた。

教授の直接尋問はうまくやれた。ウィルマとの会話の重要な点——デューイの運行スケジュールが彼にスピード違反を強いていたこと、ジャックが自ら運行記録をチェックしていたこと、そしてウィルマが記録を十時間ルールに納まるように改ざんする手伝いをしていたこと——はすべて指摘した。大丈夫よ。ドーンはそう思った。

ここからが問題だ。ジェイムソン・タイラーは背が高くハンサムで、眼を激しく輝かせていた。獲物を追い詰める虎のように彼女のほうに近づいてきた。思わずおじけづきそうになった。が、ドーンは、強くなければ、と自分に言い聞かせた。

「あなたはその晩、お金をもらってそこにいたんですね、ミズ・マーフィー」

「その通りです」

「だが、あなたはミズ・ウィルコックスのもうひとりの代理人、トム・マクマートリーから支払を受けていた。そうですね」

ドーンは首筋が熱くなるのを感じた。なぜそんなことを知ってるの？

「はい」

「あなたが関係を持った相手ですね？」

「異議あり、裁判長」トムが素早く立ち上がって言った。「質問は本件と関係がありません。

また証人を困らせようとしています」

「この質問は」タイラーは陪審員のほうを見ると、彼らと眼を合わせて言った。「証人の心理的偏向を知るためのものです、裁判長。被告にも原告と同様、徹底的かつ詳細にわたる反対尋問をする権利があります」

「棄却する」とカトラーは言った。「質問に答えたまえ、ミズ・マーフィー」

「いいえ」とドーンは言った。「それは嘘です」

「おや、ほんとうに？」タイラーは笑いながら言った。「ミズ・マーフィー、あなたはタスカルーサ・ニュースを読んでいますか？」

「ええ、時々」

「〝教授と学生との不適切と思われる関係暴露される〟という見出しとともにあなたの写真が第一面に載ったのを覚えてますか？」

「はい、その写真を見たことは覚えてます。でも、その記事は真実ではありません」

「あなたはここで恋人を助けようとしてるんじゃないですか、マァム？」

「何ですって？」

「おや、どうしました、ミズ・マーフィー。まさかあなたが親切心からここに来ていると陪審員が信じてくれるなんて、ほんとうに思ってるわけじゃないですよね」

「異議あり、裁判長」とトムは言った。「弁護人は証人に議論をふっかけています」

「棄却する」カトラーが言った。口調にはかすかに苛立ちが聞こえられた。「続けなさい、ミスター・タイラー」

「どちらですか、ミズ・マーフィー？　あなたがここに来たのはお金のためですか、愛情のためですか？」

ここだ。教授の指示を思い出しながらドーンはそう思った。誘導尋問ははっきりと否定すること。だが、もし彼がイエス・ノーで答えられない質問をしてきたら、そのときこそ……奴に……思い知らせてやれ。

ドーンはジェイムソン・タイラーをにらみつけると言った。「わたしがなぜここにいるか話しましょう、ミスター・タイラー。わたしがここにいるのはリック・ドレイクとわたしがウィルマ・ニュートンの話を聞いたときに見聞きしたことを話すためです。ここで証言するために十セントたりとももらっていません。そしてマクマートリー教授とも教授の学生アシスタントであることと、リック・ドレイクの助手であること以外に何の関係もありません。わたしは——」

「ミズ・マーフィー、そこまでにしましょう」タイラーはさえぎった。彼の声には、初めて傲岸な、そして嘲るような雰囲気がなくなっていた。「さて」

「待ってください」ドーンが証人席から立ち上がって言った。「あなたはわたしがなぜここに来たのかと聞いた。そしてわたしはまだ答え終わってません。ミスター・タイラー、あなたはこの三ヵ月間、わたしと教授のことで虚偽の主張をしてきました。実際にはあなたはわたしが教授と関係があったという証拠なんか持っていない。なぜならそんな関係などなかったからです。だがあなたは嘘をつき続けることで陪審員の判断を誤らせようとした」

「裁判長、そちらに行ってよろしいでしょうか？」タイラーが尋ね、ドーンの横を通って判事席に向かった。

彼はほほ笑んでいたが、顔面は蒼白だった。

教授は正しかった。彼にはもう反論できない。ドーンはそう思った。

「答えになっていないという理由から彼女の証言の削除を求めます」とタイラーは言った。その声には狼狽と苛立ちが聞いてとれた。「彼女のわたしに対するコメントは明らかに無関係です」

教授が咳払いをし、ほほ笑んだ。「裁判長、弁護人がこの方向に進み始めたときに、わたしは無関係であることを理由に異議を申し立て、あなたはそれを棄却しました」彼はことばを切った。笑みは消えていた。「謹んで申し上げます、裁判長。ミスター・タイラーがたった今受けた非難は彼が求めたものです。証人の証言は有効です」

カトラーは肩を丸めると、机に眼を落とし、そしてトムを見た。

「扉を開けたのは彼だと言いたいのかね」

トムは頷いた。「言いたいのはまさにその通りです」

カトラーはタイラーのほうを向いた。そのまなざしは冷たかった。「教授……いや……ミスター・マクマートリーに同意する。証人の証言は削除しない。ほかに何かあるかね、弁護人」

ジェイムソン・タイラーはまばたきをしたが、何も言わなかった。ドーンを見て、次に被告側弁護人席を見た。そこには彼の事務所のアソシエイトがどこか気まずそうに坐っていた。

「わたしは……」タイラーは口ごもり、左手で右手の人差し指を握った。彼は陪審員を見てほほ笑んだ。

彼は何の成果も得られなかった。ドーンはそう思った。

「質問はありません」

リックは驚いた。これで終わり？　彼は何も得られなかった。しかもドーンは陪審員に彼がいじめっ子であるかのように見せた。

「再尋問は、ミスター・マクマートリー？」カトラーは、ちょうど席に戻った教授を見て訊いた。

「いいえ、裁判長」

「よかろう、では証人は下がってよろしい」

ドーンは立ち上がると、弁護人席の横を歩いていった。眼をまっすぐ前に向け、リックとトムには眼を向けなかった。それを見てリックは心の痛みを感じた。彼女は陪審員にぼくたちに笑いかけるところを見せたくないのだ。彼にはわかっていた。それでも寂しい思いを感じざるを得なかった。また彼女に会えるだろうか？

「陪審員の皆さん」ドーンが法廷の後ろの両開きのドアから退出すると、カトラーが言った。「一時間の昼食休憩を取りましょう。一時に陪審員室に戻ってきてください」

リックはカトラーが小槌を鳴らすと同時に席から飛び出した。まだそこにいてくれ。彼はそう思いながら、ドアを押し分けて外に出ると、ドーンを探して左右を見渡した。彼女がパウエルの隣に立っているのを見て、全身に安堵感があふれた。

「やあ――」リックが言いかけたがパウエルがそれをさえぎった。

「お前、こんなことが信じられるか」とパウエルは言い、一枚の紙をリックの前に差し出した。

リックはドーンを見た。が、彼女はその紙を指さしていた。

「それを読んで」と彼女は言った。彼女の眼は興奮で大きく開いていた。

リックは見下ろした。その書類の一番上には青と赤でウルトロン・ガソリンのロゴがあった。そのロゴの下には書類のタイトルが書かれ、〝積荷証券〟とあった。日付は二〇〇九年九月二日。タイトルの下には六つの欄があった。〝積載量：九千ガロン。積載担当者：カーマイケル、モリス。運転手：ニュートン。配達場所：モンゴメリー。到着予定時間：午前十

一時。出荷時間：午前九時五十七分〞

書類上の情報は出荷時間以外すべてタイプで打たれていた。出荷時間だけがスタンプで押され、赤いインクだった。ということはその書類は原本に違いなかった。

「どこでこれを手に入れたんだ？」リックはパウエルを見て言った。

「ドゥーリトル・モリスが今朝法廷にやって来て、それをおれに渡したんだ。ミュールの聖書の中に見つけたと言っていた。ミュールはそこに大事なものをとっておくんだそうだ」

「信じられない」リックはそう言って、ドーンを見た。「ミュールは積荷証券の原本を持ってるなんて言ってなかったよな？」

彼女は首を横に振った。「書類を持っているとは言わなかったけど……何か郵便で送るって言ってなかった？」彼女はほほ笑んだ。「パンの上に……」

「追加のバターをちょい足しする！」リックが最後まで言って、手を叩いた。「君の言う通りだ！」

「どうしたんだ？」

リックが声のした方を向くと、教授が彼の後ろに立っていた。

「決定的証拠を見つけたかもしれません」リックはそう言って書類をトムに手渡した。

教授はそれに素早く眼を通すと、眼を大きく見開いた。「これは……すごい」トムはそう言って、口笛を吹いた。

リックは笑いながら言った。「でしょ」

「だが、これが本物であることを証明する証人を証言台に立たせることができなければ、意味がない」とトムは言った。その声は冷静だった。彼は書類を調べると、リックにも見えるようにその向きを変えた。「文書保管担当者を見つける必要がある。つまり……彼女をすぐに見つけ出す必要がある」

トムは書類の一番下を指さしていた。そこにはほかの部分より小さなフォントで次の一文が書かれていた。〝上記の日付で本積荷証券を受領したことを証明する〟その文の下には署名のためのラインが引かれ、その下に〝文書保管担当者〟という肩書きがタイプされていた。そのラインの上に手書きと思われる青のインクで署名がしてあった。その筆跡は決して大きくはなかったが、リックにはわかっていた。それを読まなくても、誰がそれを書いたのかわかっていた。誰であるはずなのか。

彼女は言っていた。彼女がすべての書類にサインをしていると。

73

フェイス・バルヤードはセントラル・パークの石造りのベンチに坐り、ミッキーマウスの顔の形のアイスクリーム・バーを食べながら、子どもたちがフットボールをして遊んでいるのを見ていた。ニューヨークは良い天気だが、暑い夏日だった。フェイスはタンクトップの下のへそに汗がたまっているのを感じていた。時折、癖で前ポケットに手をやって携帯電話を探していた。だがそこにはなかった。電源を切ってホテルに置いてきたのだ。いい気晴らしだ。子どもたちを見ながらそう思った。世界で唯一、彼女にとって大切な人たちは今ここで、彼女と一緒にいる。そして彼女に今週連絡してくる人物はジャック・ウィリストーン以外にはいなかった。

フェイスはミッキーマウスの耳に嚙みつくと眼を閉じ、甘く心地よい味を愉しんだ。水曜日の午後だった。ニューヨークにはあと二日滞在する。そのあとには現実が待っている。

「ねえ、ママ」兄のジュニアが彼らのほうに歩いてくるカップルを指さして言った。

彼はクスクス笑っていた。フェイスはカップルを見て、ふたりが男同士で手をつないでいることに気づいた。Tシャツには〝プライド・ウィークエンド（ゲイ・パレードが行われる集まり）に祝福を〟と書かれていた。

「見ろよ、ダニー。おかま野郎だぜ」

そのことばは、腹にパンチを浴びせるようにフェイスを打ちのめした。

子どもたちは男たちがベンチのそばを通り過ぎるあいだもクスクス笑いを続けていた。フェイスは眼をそらそうとしたが、できなかった。彼女の夫も彼らと同じだった。しかも彼女はそのことを知らなかった。二十五年も結婚していたというのに。

「あんなおかま野郎、信じられるか？」とジュニアは言った。フェイスのほうに向かってきて、すぐ後ろを弟がついて来た。

まるでパンチを受けたようにフェイスの胃がまたぎゅっと縮んだ。おかま野郎……。人生でそのことばを聞いたのは一度だけだった。「子どもたちに父親がおかま野郎だと知られたくなかったら、今日会った弁護士とは二度と話をするな」

「あいつらほんとうに堂々と歩いてやがる」とジュニアは続けた「おかまのくせに、当然みたいにしてるぜ――」

「彼らを二度とそんな風に言うんじゃありません！」とフェイスが言った。自分が感じた怒りに自分でも驚いていた。彼女は震えていた。「ゲイやホモセクシュアルなら言ってもいいわ。でも、彼らをからかったりしては駄目よ――わかった、ふたりとも？」

「でも、ママ――」

「でもじゃない。二度とホモセクシュアルの人たちをからかわないって約束して。男性も女性もよ」

ジュニアは何も言わなかった。フェイスは彼を指さして言った。「さあ、約束して」

「わかった。約束するよ。どうしたの、いったい？」

「わたしはあなたたちの母親よ」とフェイスは言った。まだ震えていた。彼女のアイスクリームがこぶしにしたたり落ちていたが、気にしなかった。ハンマーで叩いて言い聞かせなければならないとしたら、きっとそうしていただろう。

「もしあなたたちが子供じみた馬鹿なまねをしたら、また言うわ。ホモセクシュアルも同じ人間よ。そしてバルヤード家の人間は彼らをからかったりはしない。ふたりともわかったわね？」彼女はジュニアの顔をちらっと見て、次にダニーの顔を見た。ふたりとも眼を大きく見開いて見つめ返してきた。

「わかったよ、ママ」ふたりは同時に言った。

「いいわ」と彼女は言った。めまいを感じていた。

彼女はベンチにドスンと坐ると、こぶしを開き、溶けてショートパンツにしたたり落ちているアイスクリームの残りをじっと見た。

「ママ、大丈夫？」ダニーが聞いた。

フェイスは顔を上げ、少年の無垢な瞳をのぞき込んだ。彼の後ろにいるジュニアの顔は恥ずかしさのあまり真っ赤になっていた。フェイスは彼らの父親が死んで以来、ふたりのどちらにも声を荒らげて叱ることはなかった。唇が震えていた。何か言おうとしたがことばが出てこなかった。頭に浮かんだのは空港にいたときにジャック・ウィリストーンが送って来たメールのことだけだった。

絶対に終わらない。彼女はそう思った。電話の電源を切って、もう終わったと自分を偽ることはできる。だが絶対に終わらない。ジャック・ウィリストーンは一度握った弱みを手放したりしない。バックはそのことを知っていた。だからバックは……フェイスは眼を拭った。が、それでも涙があふれ出てきた。彼女はバックが自ら命を絶ったのではないかとずっと疑っていた。ジャックがフェイスに見せたのと同じ証拠でバックを脅していたのではないかと。バックは脅迫をやめさせるよりも、猛火の中に入っていくことを選んだのだ。彼女はバックの911通報を何度も何度も繰り返し聞いていた。どうしても腑に落ちなかった。バックは要領のいい男だった。工場を守るために火の中に飛び込んだりはしないはずだ。彼もそこまではウルトロンを愛していなかった。

だが、彼は子どもたちを愛していた……。彼女はバックがジュニアとダニーの写真を車に置いていたことを思い出した。その写真は今は彼女が持っている。子どもたちは彼を崇拝し、彼もまた子どもたちを愛していた。バックは子どもたちが父親を恥じることのないよう自ら命を絶ったのだ。

「ママ、なんで泣いてるの？」ダニーは彼女の傍らに坐って訊いた。

ジュニアはまだ立っていた。が、近づくと彼女の肩に手を置いた。

もしバックが子どもたちの自分に対する思い出を守るために死んだのなら、わたしには彼の秘密を守る義務があるのではないだろうか？　彼女はジャック・ウィリストーンの尊大な顔を思い描いた。だが、それがウィリストーンの期待していることなのだ。

「ママ、これからは絶対にゲイの人たちのことをからかったりしないよ」とジュニアは言った。彼の眼は父親と同じで青かったが、彼の声はより威厳に満ちていた。

この子は強い、とフェイスは思った。彼はこの七カ月間、彼女に代わって弟の面倒を見てきた。そのあいだわたしは——。

「ダニーもしないよ。そうだろ、ダニー」

「しないよ」とダニーは言った。

彼女は子どもたちふたりを見た。彼女の強い子どもたち。彼女が守ろうとしてきたふたりを。そしてジャック・ウィリストーンのことを考えた。残りの人生をバックの性的嗜好《しこう》のことで脅されることを。彼はわたしを支配できると思っている。わたしを追いつめたと思っている。

「どうしたの、マンマ」ダニーが尋ねた。

フェイスは彼を見た。ダニーは彼女と同じ茶色い瞳をしていた。気立てのいい、のんきな子だった。いつもかっこよく見られるよう、周りの眼をひどく気にしていた。ここ五年は彼女のことをマンマと呼ぶことはなかった。

そのことばを聞いたことで、彼女は呪文から解き放たれた。ベンチから立ち上がると、背中に日焼けを感じた。この七カ月間、彼女は呆然と過ごしてきた。何も感じなかった。今、彼女はすべてを感じていた。二日酔いのうえ日焼けをし、アイスクリームと汗でべとついている。みじめなほど不快だった。それでも……

……彼女は気分が良かった。

「マンマ……」

ダニーが隣に立っていた。そのことばが暖かいチキンヌードルスープのように彼女の体に浸み込んでいった。ああ、そのことばを聞くと気分がよくなった。

「何でもないわ、ダニー」フェイスはやっと言った。ダニーのほうを向いて彼の頬に手を置いた。

「マンマは大丈夫よ。ホテルに戻りましょう」

三十分後、彼女たちはホテルに戻り、子どもたちはテレビをつけた。フェイスはベッドに横になり、天井を見つめながら考えていた。両腕を頭の上に伸ばすと、自分自身の体臭が鼻をつき、息が詰まりそうになった。それから携帯電話をじっと見た。一瞬、携帯電話に手を伸ばしかけたがすぐにやめ、ベッドから降りた。何秒かあと、彼女はバスルームのドアを閉め、バスタブを見た。決めなければならないこと、考えなければならないことがたくさんあった。

だが、まずシャワーを浴びたかった。

74

リックはカトラー判事とちょうど同じ時間に法廷に入った。午後一時ちょうどだった。彼はぎりぎりまでフェイス・バルヤードに連絡をし続けていたが、電話はつながらなかった。さらに悪いことに、ドーンとパウエルがノースポートの彼女の家に車で向かったが、そこには誰もおらず、彼女に関する何の手がかりもなかった。

「どうだ？」リックが隣に坐ると、教授は訊いた。

「だめです」とリックは言った。足元がおぼつかない気分だった。ものごとがあまりにも早く進んでいる。

「弁護人、次の証人を」カトラー判事が判事席から命じた。

リックが教授を見ると、まったく平静な態度を見せていた。

「どうするんですか？」とリックは訊いた。「もう証人はいませんよ。それにフェイスは見つかってません。あなたが言ったようにフェイスを証人台に立たせて本物だと認めさせない限り、あの積荷証券には価値がありません。あなたのウィルマに対する反対尋問と午前中のドーンの証言で最悪の状態は脱しましたが、本質的な何かが必要です。ニュートンのスピード違反だけではこの裁判には勝てません。なぜならブラッドショーがトラックの前に飛び出したというミズ・ローズの証言で相殺されてしまってるからです。差し引きゼロです。ウィルマでしくじったのが痛かった。差し引きゼロだ」リックは額をかいた。「教授、あの積荷証券を陪審員に見せないと」

「わかってる」とトムは言った。「まあ、見ていろ。考えがある。わたしを信じるんだ、いいな」

リックが大きく息を吸うと、教授が立ち上がった。

「裁判長、我々はアラバマ州公安局から取り寄せたハロルド・〝デューイ〟・ニュートンの運行記録の認証謄本を提出したいと思います」トムはそう言うと、立ち上がって証拠物件の写しの一部を判事に、もう一部をタイラーに渡した。運行記録は事故の前六カ月間にデューイ・ニュートンが二件のスピード違反を犯していることを示していた。

リックは息を吐いた。教授がここにいることに感謝した。ウィルマの証言、昨晩のドーンの捜索、そしてフェイス・バルヤードを探すことに追われて、リックはデューイの運行記録のことをすっかり忘れていた。

「異議はあるかね？」カトラーはタイラーのほうに視線を向けると尋ねた。

「いいえ、裁判長」

「よかろう。文書は受理された。弁護人、次の証人を」

リックの胃がぎゅっと縮まった。次の証人なんていない。

「裁判長、原告側の弁論は以上になります」とトムは言った。リックは自分の耳が信じられなかった。どうしたら弁論を終われるんだ？　やっと役に立つ証拠を手に入れたのに。フェイスを見つけてここに連れて来るための休憩が必要なのに。

「教授……」リックはささやくように言った。だがトムは無視した。

「この時点で被告側は何か申立てがあるかね」被告席を見ながらカトラーが尋ねた。タイラーはすでに立ち上がって、判事席のほうに歩み寄っていた。原告側の立証が終わった時点で、被告側は陪審の評決ではなく、裁判官の判決を求める申立てをするのが慣習となっていた。

「はい、裁判長」とタイラーは言い、トムも判事席に近づいていった。リックもあとを追い、教授の腕をつかんだ。「教授……」

トムは振り向くと腕をリックに回し、耳元にゆっくりとささやくように言った。「わたしを信じてくれ、リック」

75

ウィルマ・ニュートンはノックの音で眼を覚ました。

「ハウス・キーピング！」女性の声が言った。

ウィルマは起きようとしたができなかった。「あとで来てちょうだい」そう言うのがやっとだった。

寝返りを打つと吐き気が襲ってきた。彼女はホテルの床の上に寝ていた。両手で電話を持っていた。いったい何を……？　電話を放して立ち上がろうとしたが、ふらついてしまった。部屋がぐるぐると回り始め、気がつくと浴槽の側面をつかんでいた。もう一度立ち上がろうとした。だが吐き気があまりにもひどく、浴槽に吐いてしまった。

「くそっ、くそっ」彼女は声に出して言った。

周りを見回して、自分のいる場所を確かめようとした。ジムボーンはいなかった。よかった。膝を見ると、赤くなってところどころ擦りむいていた。それから振り返って電話をちらっと見た。まだベッドの脇のドレッサーの下の床にあった。眼を閉じると、ベッドから転がり落ち、絨毯の上をベッドの脇のテーブルに向かって這い、電話に手を伸ばそうとしている自分の姿が一瞬浮かんだ。彼女はジムボーンがドーンを殺そうとしていることを知り、リックに警告しようとしたのだ。彼に電話した？　わからなかった。思い出すことができず、電話をしたのかさえまったくわからなかった。すべてがぼんやりとしていた。お願い無事でいて。ウィルマはそう祈った。

何度か空吐きをしたあと、立ち上がろうとした。立ち上がるとまた吐き気が襲ってきた。今度はトイレに向かった。さらに何分間か吐いたあと、シンクに水を流し、鏡を見た。ウィスキーと薬《ルーフィー》はどうやら合わないようだ。腫れた眼を見て、嫌悪感と恥ずかしさを感じながらそう思った。鏡の中にいるのが自分じゃないようだった。いったい誰なの？

トイレから出た。ベッドメイクはされていなかった。が、メモが置かれているのを見つけた。それはベッドメイクの際に置かれるミントのように枕の上にあった。

〝話せば、殺す〟

ひどい脱力感を感じているのに、思わず笑ってしまった。口数の少ない男、ジムボーン。メモをしわくちゃにすると、ベッドに向いて立っている自分の姿を鏡のなかに見た。唇が震えはじめるのを感じ、何とか抑えようとした。

レイプされた。殴られ、傷つけられた。

そして買収された。心を解き放つと涙があふれてきた。終わったのだ。

やっと。

76

「では早速本題に入らせていただきます、ミスター・ウィリストーン」トムが始めた。いつもの通り、証人席と陪審員席のあいだ、四十五度の位置に立った。

裁判官による判決を求めた申立ては否決され、タイラーの最初の証人であるジャック・ウィリストーンに対する直接尋問がちょうど終わったところだった。ウィリストーンはデューイ・ニュートンが適切に監督されていたこと、そしてデューイの運行スケジュールが運輸省のガイドライン内だったことを証言した。

「二〇〇九年九月二日の時点で、ウィリストーン・トラック運送会社はデューイ・ニュートンが荷物を時間通りに届けるため、過去六カ月間で二件のスピード違反切符を受けていることを知っていましたね」

「はい」ジャックはためらうことなく答えた。

「そのことを知っていながら、その日、ウィリストーン・トラック運送会社はミスター・ニュートンに運転させたのですね」

「はい。七年間で二件の違反切符は運行記録としては容認できる水準です」

ジャックは冷静かつ事務的だった。

トムは法廷を横切り、ルース・アンの椅子の後ろに立った。「そしてその日の運転中に、デューイ・ニュートンは事故を起こし、ルース・アン・ウィルコックスの家族全員を死に至らしめた」トムは眼を陪審員に向け、そしてジャックに戻した。

「ええ、その事故でミスター・ニュートンも命を落としました」

ジャックはそのことばにふさわしく厳粛な表情をした。トムは頷き、陪審員席の手すりから数十センチのところにゆっくりと戻った。変化球を投げる頃合いだ。

「八十二号線を通ってタスカルーサからモンゴメリーまで行くには、一時間半くらいかかりますね、ミスター・ウィリストーン？」

ジャックは額にしわをよせた。「わたしは……」

「あなたはそのルートには詳しいんじゃないですか？」

トムはここでちょっとした賭けに出た。別の証人がいればこの事実は証明できるだろう。だが、ジャックがそれを証明してくれればより効果的になるはずだ。

「えーと……はい」とジャックは言った。額にはまだしわがよったままだった。「うちの運転手にとっては標準的な運行時間じゃないでしょうか」

「一時間半かかるんですね？」

ジャックは肩をすくめた。「そのくらいかと。五分くらいは前後するとしても」

「一時間では無理だということですね？」とトムは尋ねた。

ジャックはトムをにらみつけた。ふたりの男は互いに視線をぶつけあった。この尋問で初めてジャック・ウィリストーンが心を乱したようだった。お前の知らないことを知ってるんだぞ。トムは眼でそう語ろうとした。

「それが可能かどうかと訊いてるんですか？」とジャックは言った。落ち着きを取り戻し、無理に含み笑いをしていた。

「わたしが訊いているのはまさにそういうことです」とトムは言い、陪審員をちらっと見た。

「例えば、仮に運転手がその全行程を時速八十マイルで行こうと決めたとしましょう。そのときは可能ですね？」

ジャックは肩をすくめて言った。「わかりません」

トムは陪審員を見て効果を確かめた。彼らは皆、聞いていた。「もし、デューイ・ニュートンが、タスカルーサにあるウルトロン工場からモンゴメリーまで一時間で行こうとしたら、彼は時速六十五マイルの速度制限を超えて運転しなければならなかった。そうじゃないですか、ミスター・ウィリストーン？」

ジャックは体の前で腕を組んでいた。「実際にはそうじゃなかったが、仮にということなら、あなたの質問に対する答えはイエスだ」

「デューイは事故当時八十マイルで走っていた。そうですね？」トムは迫った。

「警官によると」ジャックはそう言うと頷いた。

「保安官によるとです。ミスター・ウィリストーン。まさかヘンショー郡の素晴らしい陪審員の皆さんの前で、バラード保安官がデューイ・ニュートンのスピードに関し間違った判断をしたと言ってるんじゃないですよね？」

「いや」とジャックは言った。「そんなことは言ってない」

「もしあなたが運転手にスピード違反をすることを強制していたなら、あなたは運輸省の規則に違反していることになる。そうですね？」

「ああ……そうだ。だが、デューイの運行スケジュールは問題なかった」

トムはジャックをにらんだまま、効果を求めて一瞬の間《ま》を置いた。「だが二〇〇九年九月二日」──トムは声を落とした──「ボブ・ブラッドショーとジーニー・ブラッドショーそして二歳のニコル・ブラッドショーが死んだ事故のとき……」

トムの声は今やささやくようになり、眼は陪審員を見つめていた。

「……デューイ・ニュートンはスピード違反をしていた。そうですね？」

「はい」

トムは視線を陪審員に向けたまま、その何人かと眼を合わせた。「質問は以上です。裁判長」


ジャックが被告席に歩いて戻るあいだ、彼の体はアドレナリンによる興奮でうずいていた。彼の前で怖れを顔に表さない男を見るのは久しぶりだった。この男──このトム・マクマートリーという男──は違った。ジャックはこのいまいましい男の落ち着き払った眼を見てそう思った。彼はジャックのことを調べ、挑んできた。しかもジャックを不安にさせたのは尋問中のマクマートリーの態度ではなく、質問そのものだった。奴があの質問をしたのが、何かをつかんでいるからだとしたらどうなる。奴はおれたちをはめようとしている。

カトラー判事が小槌を叩き、休廷を宣言した。ジャックはできるだけ優雅に被告席から立ち上がると、法廷の両開きのドアからロビーに歩み出た。彼は背後でドアが閉まる前に携帯電話の最初の番号を押していた。

守りを固めるときだ。

77

弁護側の次の証人はタイラーの事故鑑定人、ユージーン・マーシュだった。マーシュの証言は、短くて申し分なくそして効果的だった。

ホンダが曲がり始めたとき、トラックはライムストーン・ボトム・ロードと八十二号線の交差点から百ヤードのところにいたというローズ・バットソンの証言によれば、ボブ・ブラッドショーにはトラックが見えていたはずだし、その前に飛び出すべきではなかった。ニュートンのスピード違反があったとしても、ブラッドショーが交差点に入って来たことこそが事故の原因だった。

リックはほとんど聞いていることができなかった。ブラッドショーがトラックを見ることができたとは言えないとテッド・ホルトから聞いたとき、リックはタイラーが事故鑑定人を見つけることはできないだろうと思っていた。ジェイムソン・タイラーをみくびってはいけない。タイラーがマーシュを証人として開示したときに、少なくとも誰か別の事故鑑定人を探そうとしなかったことを恥じていた。カネがなかったんだ。リックは自分に言い聞かせた。

ホルトを事故鑑定人として証言させることもできた。だが、それで何が得られただろうか？タイラーの雇った証人はこちらに非があると言い、我々の証人はわからないと言う。タイラーの勝ちだ。

リックはため息をつくと、携帯電話をちらっと見た。マナーモードにしている電話のスクリーンに、着信やメールのあったことを示す表示はなかった。フェイス・バルヤードは電話をかけてきていなかった。そしてその日ももう遅かった。彼女はもうメッセージを聞いたはずだ。パウエルもドーンもメールをしてこない。彼らもうまくいっていないようだ。彼女を見つけなければならない。両手をぎゅっと握りしめながら、リックはそう思った。見つけなければ。

「質問は以上です」タイラーがほほ笑みながらそう言ったとき、リックは振り向いて、パウエルかドーンが笑みを浮かべて両開きの扉を通って近づいてくることを願った。代りに彼が見たものは、多くの傍聴人の姿だった。傍聴席は今や満員となり、後ろに立っている者も何人かいた。何が起きてるんだ？ リックは戸惑った。これは彼にとって初めての陪審員裁判だったが、ほとんどの裁判では傍聴人などいないことを彼も知っていた。いくつかの顔には見覚えがあった。大学で見かけたことのあるロースクールの学生たち。その中のひとりはリックに向かって頷いていた。財産法のバーベイカー教授やカンバーランド・ロースクール（アラバマ州にあるサムフォード大学のロースクール）の模擬裁判チームのコーチ、アルバート・スウェーデンの姿もあった。

リックは秋に彼らの模擬裁判の判事役を務めてくれたバーミングハムの判事の姿も見つけた。

どうなってるんだ、とリックは思った。そして振り返ってユージーン・マーシュに歩み寄る教授の姿を見た。

どうなってるんだ、とトムは思った。トムはヘンショー郡裁判所を埋め尽くした人々に心から驚いていた。だが、驚いたのは人々の数ではなく、そこにいる人々の顔ぶれだった。アート・ハンコックが前から三番目の席に坐っていた。ハンコックはゴルフシャツにカーキのパンツというスポーティーないでたちだった。彼は笑みを浮かべ、トムにウインクすると、親指を立ててみせた。その隣にはルーファス・コールが坐っていた。彼は窮屈そうなスーツを着て、腕を組んでいた。ルーファスはトムに頷きかけ、タイラーのほうを指さすと、声に出さずに「あいつのケツをぶっ飛ばせ」と言った。トムは笑みがこぼれるのを必死にこらえた。

ほかにも何人か知った顔があった。元の生徒たち。今とかつての教授たち。その中にはトムが男子トイレの洗面所で苦しんでいるときを最後に会っていなかったウィル・バーベイカーの姿もあった。ランバート学部長もいたが、トムがにらみつけると眼をそらした。多くのレポーターも並んでいた。彼が大学をクビになったときにインタビューをしてきた女性の姿もあった。

だが、ひときわ眼についたのは、法廷の後ろで百九十五センチの体を両開きの扉にもたせかけているボーセフィス・ヘインズだった。ボーはトムを見て、乾いた笑みを口元に浮かべた。それは獲物の近くまで迫った捕食者の笑みだった。「おれはいつも近くにいるよ」とボーは言っていた。そして本気だった。トムが友人に向かって頷くと、ボーは証人台を指さした。それから彼は右手の人指し指と親指でゼロの形を作った。この日の朝、トムはボーに電話をして最後の仕事を頼んだ。そしていつも通りに彼はその約束を果たしてくれた。

行くぞ。トムはそう心に決め、ユージーン・マーシュのほうを向いた。部屋中にエネルギーが満ちているのを感じた。

彼らはわたしを見に来たのだ。失敗するのを見に来た者もいれば、成功するのを見に来た者もいるだろう。ただ興味本位で来た者も。だが、彼らはこの老いぼれに何が残されているのかを見るためにここに来た。トムは腹部にずきずきする痛みを感じていた。体を酷使していた。最後の休憩でトイレに行ったとき、尿に血が混じっていた。ビル・デイビスに連絡しなければならない。だが、今はそのときじゃない。今は奴をぶっとばすときだ。トムは深く息を吸った。落ち着け……ゆっくり……アンディ……

「ミスター・マーシュ」とトムは言った。彼の声が法廷中に鳴り響いた。「あなたは今日の専門家意見に対し、報酬を受け取ってますね？」

トムはマーシュとジョーンズ&バトラー法律事務所のあいだの支払条件について十五分かけて詳しく質問した。マーシュは一時間あたり三百ドルの取決めで、裁判が始まる前にすでに二万ドルを受け取っていた。彼は今日の証言でさらに一万ドルを手にすることになっていた。

「なるほど、あなたは三万ドル相当の専門家証言をするということですね、ミスター・マーシュ」トムは陪審員席のサム・ロイ・ジョンソンとアイ・コンタクトを交わした。彼は口笛を吹くようなジェスチャーをしていた。それは専門家証人としてははけた外れの金額だった。

「わたしの請求額ということなら、その通りです」

「ミスター・タイラーは全米トラック協会を通じてあなたに依頼をしてきた。そうですね?」

「はい、そうです」

「あなたは協会が推薦する事故鑑定人のひとりだ。間違いないですか」

「ええ……そう思います」

「それはなぜならあなたが運送会社のために証言をするからだ。そうですね」トムはそう言って、ボーのほうを見た。ボーが頷いた。

「ええと……わたしは……」

「あなたはこれまでいくつの裁判で証言をしましたか、ミスター・マーシュ」

マーシュは肩をすくめて言った。「おそらく三十件というところでしょう」

「そしてそのいずれの事件でも、あなたはトラック運転手には過失がないか、相手方ドライバーに過失があるとしている。そうですね？」

「覚えていません」とマーシュは言った。

トムはそのろくでなしをにらみつけた。「あなたは一度も運送会社に不利な証言をしていませんね、ミスター・マーシュ？」

トムはボーに通路を降りてくるように合図を送った。ボーは言われた通りにし、トムに事件リストと証言の写しを手渡した。

「全部で四十二件」ボーがささやいた。「すべて運送会社に有利な証言です。この三カ月前の証言。四十二ページ、十五行目。一度も運送会社に不利な証言をしていないと、奴自身が証言しています。さあ、こいつを奴のケツの穴に突っ込んでやってください」

トムはマーシュのほうを向いた。彼はまだ質問に答えていなかった。彼の眼はトムとボーのあいだを行ったり来たりしていた。

「ミスター・マーシュ、答えていただけますか？」とトムは言うと、手に証言書を持って彼のほうに大またで近づいて行った。「まさか、わずか三カ月前のホックバーガー対スイフト・トラック運送会社の事件で証言した内容を忘れていませんよね？」

「わ……わかりません」

「事実なんでしょうか、ミスター・マーシュ」トムは大きな音を立てて、マーシュの前の証言台に証言書を叩きつけ、ハイライトをした文字が読めるように置いた。「あなたが運送会社に不利な証言を一度もしたことがないというのは」

マーシュは証言書に眼を落とし、それからトムに眼をやった。「ええ、その通りです」

トムはボーのところへ戻った。「タイラーには何件？」

「三件」

トムは振り向いた。「そしてそのうちの三件ではジェイムソン・タイラーとジョーンズ&バトラーのために証言していますね？」

マーシュは自信なさげで、おびえていた。「その通りだと思います」

「そして彼らはそのたびにあなたに報酬を支払った。間違いありませんね？」

「はい」

「ほかの事件では、彼らはいくら払いましたか？」

マーシュは肩をすくめ、手元に眼をやった。「同じくらいかと」

トムは陪審員を見た。「それではあなたはジョーンズ&バトラーからおよそ十二万ドルを受け取った。間違いありませんね」

「そんなところです」

トムはしばらくのあいだ、その答えを空中に漂わせた。十二万ドルは陪審員の半分が一年で稼ぐ金額を合わせたよりも多いだろう。トムは最大にして最高の主張をやってのけた。さあ、仕上げの時間だ。

「ミスター・マーシュ、事故に関する意見を組み立てるうえで事故現場を訪れて、事故の状況を把握することが重要だと言うことには賛成していただけますね？」

マーシュは、話題が変わったことにほっとして、ほほ笑んだ。「ええ、おそらく最も重要でしょう」

「そしてあなたは事故現場に三回訪れていると証言してますね？」

「はい」

「あなたの人生の中で」トムは手を大きく広げた。「あなたはライムストーン・ボトム・ロードと八十二号線の交差点には三回しか行ったことがない。間違いありませんね」

マーシュは困惑に顔をゆがめた。

「ええ、そうです。わたしは――」

「質問は以上です」

78

「裁判長、被告側の弁論は以上です」ユージーン・マーシュが証人席から立ちあがって法廷を去ると、タイラーはそう言った。

トムは驚かなかった。ジャモは簡潔にまとめる、と彼は思っていた。マーシュは役目を果たし、ジャック・ウィリストーンはスケジュールが適切だったと証言した。フェイス・バルヤードを見つけることができなければ、会社の監督・指導上の過失の証拠として、原告側が手にしているものは、二枚のスピード違反チケットだけになってしまう。

「よかろう」とカトラー判事は言った。「陪審員諸君、もう五時だ。今日はここで終わりにしよう。明日は九時に開始する」

カトラーは職員に頷きかけると、職員が陪審員を法廷の外へと導いていった。

陪審員が列を作って出ていくとき、トムは彼らが今どのように考えているのか知りたいと思った。我々は勝ってるのか、負けてるのか？　それとも互角なのか？　彼らの表情から読み取ることはできなかった。彼らは皆、ただ疲れているようだった。

陪審員が全員法廷を出ていくと、カトラー判事は弁護人席に眼をやった。「弁護人、こちらへ」

ジェイムソン、トムそしてリックが彼の前に集まると、カトラーは彼らの肩越しに陪審員の退出後も残っている傍聴人らを見て言った。「諸君、どうやらこの事件は人々の関心を集めているようだ。審理が終わるまではマスコミにこの事件のことを話さないように。わかったかね？」

「はい、裁判長」三人はほぼ同時に答えた。

「ミスター・マクマートリー、原告側は明日、反証人を召喚するつもりかね？」

トムはためらいがちにリックを見た。質問に対する答えはイエスだ。だがタイラーに不必要に情報を与えたくなかった。

「裁判長、そのことについては」とトムは言った。「今晩、考えるつもりです」

カトラー判事は眉をひそめたが、何も言わなかった。トムにはわかっていた。カトラーはリックのような若い弁護士にだったら、もっとはっきりとした答えを迫るだろう。だが、判事はトムをどう扱ったらいいのかわからないようだった。これは好都合だ。明日も使えるかもしれない、とトムは思った。

「いいだろう。ほかに今晩のうちにやっておくべきことはあるかね？」カトラーがあくびをこぶしで抑えるようにしながら尋ねた。

「いいえ、裁判長」とタイラーは言った。

「いいえ、裁判長」とトムも繰り返した。

「よかろう、では明日の九時まで休廷とする」

トムは、顔見知りと握手をしながら、そしてレポーターたちには裁判が終わるまでは何もコメントはないと告げながら、人々のあいだを素早く通り抜けていった。ようやく車にたどり着いたとき、見慣れた姿がボンネットに寄りかかって待っていた。

「わしのアドバイスを聞き入れたようだな」ハンコック判事がほほ笑みながら手を差し出してきた。トムはその手を握った。

「古い友人と以前の教え子の手助けをしてるだけですよ」

「そうか」と判事は笑いながら言った。「自分のためじゃないというわけか」

トムは結局笑いながら認めた。「たぶん少しは」

ハンコック判事はトムの背中を叩いた。「まあ、どちらにしろ法廷に立つ姿を見れてうれしいよ」ハンコックは二、三歩進んでから振り向いた。「ところでわしだけじゃないようだ。これは見たか?」ハンコックは左の脇の下にはさんでいた、折りたたんだ新聞をトムに渡した。〝アラバマの伝説の教授、ヘンショー郡のトラック訴訟に挑む〟タイトルの上にはトムとブライアント・コーチの写真があった。ブライアントの亡くなる数年前に、トムの模擬裁判チームが最初の全米チャンピオンになったことを祝ってロースクールで撮った写真だった。

「教授解任とその後の失踪から五カ月後、」記事はそう始まっていた。「ポール・〝ベア〟・ブライアント・コーチ一九六一年全米チャンピオンチームのディフェンシブ・エンドにして、アラバマ大学ロースクール模擬裁判チームの創設者、チームを三度の全米チャンピオンに導いた指導者、そして〈マクマートリーの証拠論〉の著者であるトーマス・ジャクソン・マクマートリー教授がヘンショー郡に現れ、元教え子のリック・ドレイクとともにトラック事故訴訟《コック》に挑んでいる」

トムは記事の残りをさっと読んだ。そこには事件の性格、火曜日のウィルマ・ニュートンの反対尋問中のトムの劇的な登場、トムとリックの奇妙な関係、そして〝教授の解任に一部責任がある学生〟のことが書かれていた。

トムが新聞から眼を上げると、ハンコックと眼があった。

「この記事は人々をかなり刺激したようだ」と判事は言った。「今日の傍聴人を見ただろう?」

トムは頷いた。「全員が友人というわけじゃありません」

「大部分がそうだよ」ハンコックはことばを切ると、地面を見下ろした。「トム、わしはジェファーソン郡で四十五年にわたって判事を務めているが、別の郡に裁判を見に来たことはない。今日までは」彼は再びほほ笑んだ。「それにわかってるか?」

「何をですか?」

「明日も来るってことだよ」

「ほかの連中がそうするかは疑わしいですね」とトムは言った。

「それは違うぞ。さっき言ったように、君がいろいろなことを経験したあとにカムバックして、ここでしようとしていることが人々を刺激しているんだ。記事は好意的だ。尊敬の念すらある。君は教授なんだよ、ちくしょう。そしてマスコミも人々もそのことをわかり始めてる」判事は去りかけたが、振り返り、夕日に眼を細めた。「それに君には友人がいる」彼はそこでことばを切った。「いいか、ときにそれがまるで当然のことだと周りが思うほどに、一貫して優れた人間がいる。わしはそんな男をもうひとり知ってるよ。フットボールのコーチをして、千鳥格子の帽子をかぶっていた」ハンコックは頷いた。「連中は明日も来るさ、トム。安心しろ……みんな明日も来る」

「何だったんですか？」ハンコック判事が去りかけているところに、リックがトムに追いついてきて訊いた。リックはタイラーのアソシエイトと陪審員説示について打合せをするために法廷に残っていた。

「古い友人が幸運を祈ってくれてたんだ」とトムは言った。ハンコックの励ましのことばに少し圧倒されていた。が、集中を取り戻そうとした。「陪審員説示の打合せはうまくいったのか？」

陪審員説示は、最終弁論のあと、陪審員が評議に入る前に判事がどのような法が適用されるかを説明するものだった。アラバマ州では過失事故訴訟における陪審員説示のひな型が公表されていた。そしてトムはその草案の作成に他の四人の法律家や判事らとともに関わっていた。

「ええ、変わったことは何もありませんでした。ひな型通りでした。よくご存じですよね」

リックはほほ笑んだ。が、その顔には疲労とストレスの色がにじんでいた。

「大丈夫か？」とトムは尋ねた。

「フェイス・バルヤードがまだ見つかってません。携帯に少なくとも十件近いメッセージを残してるんですが」リックはため息をついた。「パウエルとドーンは何人かの隣人と話していますが、そのうちのひとりが彼女は子どもたちを連れて旅行に行ったんじゃないかと言っています。どこにいるにせよ、携帯電話がつながらないのかもしれない。ぼくは——」

「積荷証券が証拠として採用されなくても、それで世界の終わりってわけじゃない」だがトムはそこで口をつぐんだ。口当たりのいいことを言うつもりはなかった。「何か役に立つはずだ。ジャック・ウィリストーンを嘘つきに見せて、彼の信用をつぶすことはできるはずだ。それにドーンが証言したように、ウィルマ・ニュートンがサンズで言ったことを裏付けることにもなる」

「わかってます」とリックは言った。「わかってますが……」

そう言って彼はうなだれた。トムは彼の肩を軽く叩いた。

「そのまま続けるんだ。携帯の電源を切っているかもしれないし、電波の弱い場所にいるのかもしれない」

リックは頷いた。「そうだといいんですが」

しばらくのあいだ、ふたりとも何も話さなかった。ふたりとも疲れ果てていた。だが、今晩やることは山ほどあった。

「明日で決着がつくと思いますか？」とリックは訊いた。

トムは肩をすくめて言った。「何とも言えないが、おそらくそうなるだろう。もし、フェイスが現れたら、ほかに反証人をふたり召喚するつもりだ。そして審理後の中立てが行われ、最終弁論だ。明日で決着がつく可能性は高い」

リックは困惑に眉をひそめた。「ふたりの反証人ですって？」

トムがほほ笑んだ。「ああ、そうだ。今朝、法廷に来る前にちょっと寄って来たところがある。明日はジェイムソンにちょっとしたサプライズを見舞わせてやる」

79

休廷になった一時間後、ジャック・ウィリストーンはウルトロンのモンゴメリー工場から半マイルのところにあるバーガーキングのドライブスルーにいた。注文をして、現金で支払うとレストランの裏口の歩道に車を停めた。ヘッドライトをフラッシュさせると、五秒後に見知らぬ男が助手席のドアを開けて彼の隣に坐った。もうひとりの男が後部座席の助手席側のドアを開け、小型の拳銃を助手席の男に向けた。ジャックはルームミラー越しに後部座席の男を見た。ジムボーン・ウィーラーが頷いた。今は剃《そ》り上げた頭に深紅のアラバマ大のキャップをかぶっていた。ジャックは車を駐車場からゆっくりと出した。

「ウィラード・カーマイケルだな」ジャックは男のほうを見ずに言った。

「え、ええ、そうです」

「ウィラード、今週、裁判の証言の件で誰かコンタクトしてきたか?」とジャックは訊いた。

「い、いいえ。そ、その人に言った通りです」ウィラードは後部座席のほうに首を傾けた。「何カ月か前に、あのガキが来て質問してからは、電話もなければ、誰もコンタクトしてきてません。あのあと、その人に半殺しにされて、それからは誰からも何も聞いてません」

ジャックは運転を続け、左折してトレーラーが何台か並んで止まっている暗い通りに入った。

「なぜ、うちの前に来るんですか?」とウィラードは言った。声と足が震えていた。

ジャックが笑い、ボーンもそれに続いた。「お前の女房の写真を見たことがあるぞ、ウィラード。何て名前だったかな?」

「サリーです」とボーンが言った。

「そうだ、サリーだ」とジャックは言った。「歌みたいだな」そう言うと彼はエリック・クラプトンの〈レイ・ダウン・サリー〉を唄いだした。彼の声が車のなかに響いた。

ボーンは笑い、銃を持ち上げると、ウィラードの後頭部に押しあてた。

ジャックは砂利敷きの私道に車をやると、ヘッドライトを消した。ベージュのトレーラーはふたつのライトがついたままだった。その前にはフォルクスワーゲンのビートルが止まっていた。

「お願いだ、旦那。誓うよ、誰も電話してきちゃいねえ」とウィラードは言った。歯がカタカタと音を立てていた。

「いいトレーラーだ」とジャックは言った。「サリーはお前とリンゼイのために晩めしを作ってるんだろうな」

「お願いだ……」とウィラードは繰り返した。

「ノースポイントのウルトロンの工場が焼け落ちる前に、何か書類を持ち出したか？」

「何のことですか？」

ジャックが手の甲でウィラードを殴った。「おれは忙しいんだ、ウィラード。一晩中、同じことを繰り返すつもりはない。工場から書類を持ち出したのかと訊いたんだ？」

「持ち出してません」ウィラードは鼻をこすりながら言った。「誓うよ、やってない」

「ミュールはどうだ？　奴は何か持ち出したか？」

「わ、わからない。おれは――」

「どれ、リンゼイを連れてくるかな」ジャックはそう言って、ボーンを見た。「ヴァージンをいただくのは高校のとき以来だな。お前はサリーだ、いいな？」

「まあ、いいですよ」とボーンは言った。「こいつは今殺しますか、それとも眼の前で見せてからにしますか?」

「頼む、ほんとうに知らないんだ。ミュールが何か持っていったかどうかは本人に聞いてくれ。おれは——」

「ミュールは死んだよ」とジャックは言った。「交通事故でな」ジャックはウィラードのほうを向いてにらみつけた。「今日の裁判で、遺族の弁護士がまるでデューイが荷物を積んだ時間を知ってるかのような質問をした。書類は全部燃えて、ミュールも死んだ。奴がその情報を手に入れることができるとしたら、お前しかいないんだよ。さあ、椅子に縛り付けて、おれがお前のひとり娘のヴァージンをいただくのを見せる前に、どうやってあの弁護士が積載時間と配達予定時刻を知ったのか話すんだ」

ウィラード・カーマイケルは泣き始めていた。

「ウィラード、泣いてもおれがリンゼイのヴァージンをいただくのを止めることはできないぞ」

「知ってることは全部話した」とウィラードは言った。あきらめたような口調だった。「どうやって積載時間のことを知ったのかはわからない。書類を持ち出していないし、誰にも話していない」

ジャックはボーンと眼を合わせた。ボーンは肩をすくめた。

「殺してくれ」とウィラードは言った。ほとんど感情のこもらない口調だった。「なかに入る前に撃ってくれ。おれは――」

「その必要はないようだ、ウィラード。信じよう。だが……もしお前が嘘をついているとわかったら、そのときはどうなるかわかってるな？」

「わかってる」とウィラードは言った。

ジャックはゆっくりと車を動かした。ウィラードは安心してすすり泣きをもらした。

三分後、三人はバーガーキングに戻って来た。

ジャックは裏に車を停めると、ルームミラー越しにボーンを見て言った。「指示があるまで、こいつを眼のつかないところにおいておけ」

ボーンは頷いた。ジャックは脅えている乗客に眼を戻すと言った。「ウィラード、後ろにいるおれたちの共通の友人が、裁判が終わるまでお前と一緒にいる。ちゃんと彼の言う通りにしていれば、何も問題は起きない。だが、もし言うことを聞かなければ、モンゴメリー郡の検視官事務所は三人分の死体を抱えて大忙しになる。わかるな？」

「わかったよ、旦那」ウィラードはすすり泣いていた。ドアの取っ手に伸ばした手は震えていた。「行ってもいいか？」

ジャックが頷いた。ウィラードが車から降りると、ボーンがそのあとに続いた。ドアが閉まる前に、ジャックは携帯電話を取り出していた。

もうひとつだけやることがあった。

80

フェイスは、携帯電話が鳴る音を聞いて驚いた。いつ電源を入れた？ 彼女は困惑し、ベッドから起き上がると、眼を拭って眠気をはらった。ベッドサイドテーブルに眼をやり、そこに置いておいたはずの携帯がないことに戸惑った。

「ねえ、わたしの電話はどこ――？」

「ここだよ」ダニーがそう言って持ってきた。彼とジュニアは室内で、ホテルのアメニティーのひとつであるＷｉｉで遊ぶのに夢中だった。「何かゲームがないかと思って電源を入れたけど、どれもつまんなかった」

心臓が縮みあがりそうになった。あの子は携帯電話を見た。ジャックからのメールを見ただろうか？ 慌てて警戒するようにダニーを見たが、動揺や心配そうな兆しは見えなかった。ただゲームを見ただけのようだった。

「出なくていいの？」三度目のベルが鳴るとダニーが言った。「メールも見たほうがいいよ。十件くらい来てたから」

フェイスはダニーの最後のことばをほとんど理解しきれないまま、応答ボタンを押した。

「もしもし」

「やあ、フェイス」ジャック・ウィリストーンの聞きなれた声を聞いて、フェイスは全身に寒気を覚えた。

「何の用?」フェイスが訊いた。

「あんたがニューヨークにいるかどうか確認したくてね。いるべきところにいるかを。三十秒以内におれが指示したホテルに電話をする。もし出なかったら、ゲイ・ポルノスターであるあんたの旦那のビデオが公開されることになるぞ」

彼女の手のなかで電話が突然切れた。フェイスは怒りに震えた。何様のつもりなの?

三十秒後、部屋の電話が鳴り、フェイスが取った。「これで満足?」

「ああ、十分にな」ウィリストーンがクスクスと笑いながら言った。「ヘンショー郡の裁判の件で誰かコンタクトしてきたか?」

ダニーが何か言っていた。そのことがフェイスの頭のなかをムズムズさせたが、思い出せなかった。

「いいえ、何も聞いてないわ」

「ほんとうだな?」

「ええ。でもなぜ? わたしなんかのことで何をそんなに心配してるの。言ったわよね。わたしがしたことは書類にスタンプを押して保管しただけだって。何も覚えていないし、書類は火災で焼けてしまったはずよ」

「万全を期してるだけさ、フェイス。誰もコンタクトしてない、間違いないな?」

フェイスは騒々しいビープ音を聞き、ベッドの上の携帯電話を見た。ライトが点滅していた。その隣の留守番電話のメッセージを示すマークは〝十〟と示していた。そして三件のメールと二十件の着信があった。いったい何なの?

「誰とも話してないわ」とフェイスは言った。眼はまだ携帯電話をじっと見ていた。

「いいだろう」とウィリストーンは言った。フェイスはその声にどこか安堵するような響きを聞きとった。いったいどうなってるの?「誰かが電話をしてきたら、すぐにおれに電話するんだ。わかったな? 子どもたちのパパの思い出はおまえ次第だぞ」

「何が賭けられているかはわかってるわ」

「よかろう」

電話が切れると、フェイスは携帯電話をつかんで指を留守番電話のボタンにあてた。

「ママ、おなかすいたよ」とジュニアが言った。「もう八時だよ。どこかに食べに行かない?」

フェイスはホテルの電話に視線を戻した。心配してなければ、ジャックは電話をしてきたりしない。彼女はそう考えた。十件のメッセージに二十件の着信。彼は誰かがわたしに接触しようとしていることを知ってる。

「ねえ、ママ。着替えてよ」とジュニアは迫った。

「もしメッセージを全部聞くんなら、ルームサービスでもいいよ」とダニーは言った。「ため息をつくと、フェイスは携帯を切りドレッサーの上に戻した。聞いたからって何になるっていうの？　それが何であれ、何もするつもりはなかった。

　彼女はサンドレスをクローゼットからつかむと、バスルームに向かった。ドアのところで立ち止まると振り返って子どもたちに言った。「今夜はリトル・イタリーに行くなんてどう？」

81

　ウィルマが家に着いたのは午後八時だった。彼女がしたかったのは、ただ娘の額にキスをして寝かしつけることだけだった。しかし、家の前に着いて驚いた。そこにはミズ・ヨストの車はなかった。しかも家は暗く、灯りひとつついていなかった。どうなってるの？

　家の前の私道に車を止め、急いで玄関に向かうと、ハンドバッグに手を入れて鍵を探した。やっとドアを開け、灯りをつけた。コーヒーテーブルの上にメモがあった。恐怖に襲われながら、慌てて駆け寄り、手にすると、読む前にほんの一瞬間《ま》を置いた。神様、お願い。うちの娘に何も起きていないと言って。ボーンの顔が頭に浮かんだ。お願い。

　彼女は読み始めた。

親愛なるウィルマへ

これまでずっとあなたのしていることに眼をつぶってきたけれど、もうあなたの力になることも、あなたが子どもたちにしていることを見逃すこともできない。あなたがストリッパーだということは知っていた。噂に聞いてたの。気にいらなかったけど、非難するつもりはなかった。何週間か前に、教会の女性があなたのことを売春婦だと聞いたと言っていた。信じたくなかった。そのあとあなたの電話に残されたメッセージを聞いたの。あなたのために残してあるわ。気は進まなかったけど、あなたのことを人材開発省《DHR》に報告した。子どもたちは今、郡に保護されているわ。ジャッキーは状況をわかっていない。彼女は校外学習に来てると思ってる。でもローリー・アンはショックを受けてる。ごめんなさい。でも彼女には言わざるを得なかった。あなたに生き方を変えてほしいの。

信じてもらえないかもしれないけど、わたしはあなたの友だちよ、ウィルマ。あなたの子どもたちのためにこうしたの。いつか彼女たちともう一度一緒に暮らせる日が来ることを願ってる。

愛を込めて

カーラ・ヨスト

ウィルマは何も感じなかった。違う。みんなあの娘《こ》たちのためにしたことよ。何もかもみんな。あの娘《こ》たちのため。自分のためなんかじゃない。あの娘《こ》たちのためなのに。彼女はベッドルームに戻り、留守番電話が点滅していることに気がついた。いやよ。

彼女はボタンを押した。「メッセージが一件あります」単調な機械の音声が言った。「月曜日。十時三十分です」

「月曜日？　何をしてた……？」彼女は眼を閉じて、あの男に無理やり飲まされた薬《ルーフィ》のことを思い出した。ずっと気を失っていた。いやだ。

メッセージは雑音で始まっていた。そして彼の声がした。

「ああ、いいぞ、ウィルマ。いいぞ。最高だ」

ジムボーンだった。後ろで喘ぎ声が聞こえた。さらに低いうめき声が聞こえた。自分の声だった。だが、思い出せなかった。

「ああ、ウィルマ。さあ、これが欲しいんだろ。さあ、言うんだ」

ゴツンという音が聞こえ、彼が彼女の頭をぶつ音だとわかった。

「お願い、ファックして」

すすり泣くような彼女自身の声が留守番電話の機械から聞こえた。ろれつのまわらない口調だった。

「ちくしょう、ちくしょう！　ウィルマ。この淫売女が。さあ、いくぞ。これが欲しかったんだろ。いくところを見せてくれ。気を失うんじゃないぞ」

笑い声とさらに喘ぎ声が聞こえた。そしてまた彼の声がした。

「ウィルマ、たぶん覚えていないだろうから、人生で最高の夜のことを忘れないようにこれを残しておいてやるよ。ボーンからの贈り物だ」

カチッ。

彼女は二時間、身じろぎもせずにベッドの上に横たわっていた。胎児のように体を丸めて。そしてゆっくりとした口調でささやいた。「違う、違う、違う。自分のためじゃない。全部あの娘《こ》たちのため。自分のためなんかじゃない。全部あの娘《こ》たちのためなのよ」いつしか感情を抑えきれなくなり、すすり泣き始めた。心臓が止まるんじゃないかと思うくらい激しく泣いた。やがて立ち上がると、ドレッサーに向かった。一番上の引出しから銃を取り出し、ゆっくりと弾丸《たま》を込めた。

自業自得。

そう思った。自分の行いが最後には自分を捕らえる。服をすべて脱ぐと、ベッドルームの照明をつけた。そして鏡を見て、銃を頭に向けた。

報いね。あなたのせいよ。淫売女。

眼を閉じた。

そして引き金を引いた。

82

リックが電話を切った。彼の表情がすべてを物語っていた。

「まだ、何も?」とトムは訊いた。

「ええ」とリックは答えた。表情は青白く、眼は充血していた。「どうすればいいんですか?フェイスなしじゃうまくいかない」

トムはあごをなでながら、法廷のなかをちらっと見た。裁判所職員がカトラー判事の部屋から出てくるのが見えた。時間切れだ。

「うまくいこうが、いくまいが、この線でいくしかない」トムはそう言って、扉を開けた。

「もう待てない」

「全員、起立」

法廷はこの日も傍聴人であふれかえっていた。通路を進んでいくとき、トムはまっすぐ前を見つめ、あえて周りを見ないようにした。いつものように胃が痛みはじめてきた。が、彼はその痛みを無視した。

カトラー判事が大きな足取りで法廷に入ってきたとき、トムは落ち着いた素振りで、積荷証券の写しをタイラーの席の机の上に置いた。

「我々はこれの原本を反証のひとつとして提出するつもりだ」とトムは言った。「昨日の午後、ディック・モリスの従兄《いとこ》が届けてくれた」

タイラーは書類をちらっと見たが、驚いたとしても顔には表さなかった。相手に汗をかいているところを見せるな。自らの教えを思い出しながら、元の教え子の冷静さに感心した。

「こんな書類で驚かそうたって、もう遅すぎますよ、教授」と彼は言った。「証拠には採用されません」

「ほう、そうかね？　まあいい、今日はサプライズをたくさん用意してあるからな、ジャモ」トムはそう言ってほほ笑んだ。「それに、証拠に関しては少しだけ知識があってね」

トムは判事が席に着くと同時にタイラーに背を向けた。

「ミスター・マクマートリー、ミスター・ドレイク」判事はふたりに眼を向けて言った。「反証人を喚問するつもりかね？」

トムは判事と眼が合った瞬間にアドレナリンが体に満ちるのを感じた。「はい、判事。原告側は反証人を喚問します」

「よかろう。次の証人を呼びたまえ」

トムは陪審員を見た。彼らは警戒心を露わにし、今にも飛びかかりそうだった。タイラーのほうを見ると、アソシエイトとともに積荷証券を調べていた。次のサプライズをお見せしようじゃないか、ジャモ。トムは胸の高まりを感じながらそう思った。彼はリックに向かって頷き、進めるよう合図を送った。トムの若い相棒は立ち上がると、法廷の後ろまで響く声で言った。

「裁判長、原告はミズ・ローズ・バットソンを再度、喚問します」

83

ローズ・バットソンが通路を進むあいだ、ジェイムソン・タイラーは積荷証券に付箋を貼り、アソシエイトに手渡した。

「なるべくさりげなく、ミスター・ウィリストーンに渡すんだ」とタイラーは言った。努めて落ち着いた口調を保った。

もしこれが証拠に採用されたら裁判はおしまいだ、と彼は思った。積載時刻が九時五十七分、そしてモンゴメリーへの到着予定時刻が十一時。この積荷証券が本物なら、ニュートンは時間通りに届けるためにはスピード違反をしなければならない。そして我々は敗ける。完敗だ。

タイラーは証人席についたローズ・バットソンに眼を向けた。いったいなぜ彼女をまた喚問するんだ？　彼は戸惑い、落ち着かない気分になった。この朝に想像していたのとは違っていた。彼はすぐにでも陪審員評決ではなく裁判官による判決を求め、会社の指導・監督に過失があったという主張を退けるつもりだった。だが、どうやら教授とドレイクは決定的証拠を見つけたようだ。だがなぜローズ・バットソンに証言させようとしている？　しかももう一度？

タイラーは、まったく気にしていないかのように、陪審員にほほ笑みかけた。だが、糊のきいたドレスシャツの下で汗をかき始めていた。

いったい何をしようっていうんだ。

ジャック・ウィリストーンは笑いを押さえるのに必死だった。「このくそったれは、いったい何だ」と黄色い付箋に殴り書きがしてあり、その下にデューイ・ニュートンの最後の旅の積荷証券があった。ジャックは実際にはその積荷証券を見たことはなかったが、それが何なのかはすぐにわかった。確かに、これはまずいな。普通の状況なら、その書類がすべてを台無しにするだろう。だが、今は普通の状況じゃない。すべてはおれの想定内だ。

積荷証券にはスタンプが押され、署名がされていた。ウルトロンのタスカルーサ工場にあるすべての積荷証券がされているように、文書保管担当者のフェイス・バルヤードによって。そして彼女は今、たまたまニューヨークにいて、出廷することはない。

ジャックは笑みを浮かべ、付箋に答えを書きなぐった。

〝無駄だ〟

84

「バットソンさん、ライムストーン・ボトム・ロードと八十二号線の交差点のガソリンスタンドで働いて何年になりますか？」リックは陪審員に向かって直接答えるように、ミズ・バットソンに身振りで示しながら尋ねた。

昨晩、トムがミズ・バットソンの店に立ち寄ったことを明かし、彼女をもう一度喚問しようという考えを披露したあと、トムはリックが尋問をすべきだと言い張った。「彼女は君が質問をしたほうが落ち着いていられるんだ、リック。彼女は君を信頼してるし、君のことを気に入ってる。わたしたちはチームとしてこの尋問に取り組む必要がある。君が証人に対処し、……わたしはタイラーの面倒を見る」リックはその案に同意すべきかわからなかった。だが、教授が自分に難題をまかせてくれたことがうれしかった。落ち着くんだ。リックは自分に言い聞かせた。お前ならできる。

「四十年になります」とローズは答えた。

彼女はいつもの仕事着姿だった。左胸に彼女の名前が刺繍されたテキサコの半袖シャツにジーンズ。

「その四十年間で、八十二号線を東に進み、ライムストーン・ボトム・ロードへと左折して店に入ったことは何回ぐらいありますか？」

ローズはほほ笑んで言った。「そうね、たぶん毎日ね。わたしは店の西一マイルのところに三十年間住んでた。だからいつもその道を通ってた。この十年間は店に住んでるけど、ユーニスの店でパイとコカ・コーラを買うために、毎日ダウンタウンに行ってる。八十二号線を通って、ライムストーン・ボトム・ロードを左折して戻ってくるの」

リックは法廷のすみにあったホワイトボードを引っ張り出し、陪審員の前に置いた。そして黒のマーカーのキャップを取った。「わたしは数学者じゃないんですが、あなたが毎年二週間の休暇を取るとしましょう。そうするとあなたはこの左折を一年に三百五十回、そして四十年間してきたことになります。リックは〝三五〇×四〇〟とホワイトボードに書いた。

「間違いないですか？」

ローズは肩をすくめた。「そんなに休みは取らないわ」

リックは頷いた「では、一年間に三百五十回以上になりますね？」

「三百六十回くらいかしら」

リックは〝三五〇〟を消して、代わりに〝三六〇〟と書いた。

「OK、三百六十かける四十は」――リックは陪審員のために問題を解いた。「二あがって……一万四千四百回です。つまり……」彼はバットソンのほうに向き直って、ホワイトボードを指さした。「あなたは八十二号線からライムストーン・ボトム・ロードへおよそ一万四千四百回左折していることになります」

「裁判長、なかなか興味深い話ですが」タイラーが立ち上がって言った。「異議を申し立てます。ローズ・バットソンが左折した回数はまったく無関係です」カトラーは弁護人に判事席に近づくように身振りで示した。トムもリックとタイラーとともに判事の前に進んだ。

陪審員の聞こえないところで、判事はリックのほうを覗き込むようにして言った。「ミスター・ドレイク？」

リックはタイラーが異議を申し立てる前に尋問をもっと進めておきたかった。だがタイラーも馬鹿ではない。彼はリックがどこに向かっているのかそろそろ知る必要があると思った。そして一秒たりとも待つつもりはなかった。

「判事、わたしは今、ある論拠を組み立てようとしています」とリックは言った。「さらにいくつかの質問をさせていただければ、それを関連づけることができます」

「何の論拠だね？」とタイラーは訊いた。「ローズ・バットソンはテキサコの店員だ。専門家じゃあない。事故に関する意見を述べることはできない」

「彼女は、事故の日にボブ・ブラッドショーがしたのと同じ左折を一万四千回以上もしてきています」とリックは言った。「彼女は四十年間、テキサコのガソリンスタンドで過ごしてきました。この地区のことは地球上の誰よりも知っています。そして素人としての彼女の意見は陪審員にとっても役に立つはずです」

カトラー判事は顔をかくと、一冊の本を眼の前に置いた。リックはすぐに気がついた。教授のほうを見ると、彼も頷いていた。

「第三十五章の五です」とトムが言い、カトラーが彼のほうを見た。

「ああ……ありがとう。これは君の本だったね、ミスター・マクマートリー？」

「はい、裁判長」とトムは答えた。「第二版です」

「他の版もあるのかね？」と判事は尋ねた。

「はい、第三版と第四版があります。ですが、素人の意見に関する部分は変わっていません。ミズ・バットソンの証言はそのなかの判例に基づけば、証拠として採用されるはずです」

「裁判長、彼はその本のなかで言ってるはずです。原則として素人の考えは証拠には採用されません」タイラーのいつもの落ち着いたクールな態度は、音を立てて崩れ去っていた。彼の声は上ずっていた。

「その通りです、判事」とトムは続けた。「ですが、この件はマシュー兄弟対ロペスの判例と共通点があります。その判例でアラバマ州最高裁判所は、第一審のハイウェイの舗装部分のスキッドマークの長さに関する素人証人の意見の採用を支持しています。ミズ・バットソンは、マシュー兄弟の証人と同様、事故現場に関する多くの経験を有しています。彼女の意見は何が起こったのかを陪審員が理解する助けになるはずです」

カトラーはまだその参考書をじっと見ていた。そのページに指を走らせ、つぶやくように読んでいた。そしてやっと、そのページから顔を上げた。「いいだろう、ミスター・ドレイク、続けることを認めよう。だが、ミズ・バットソンの意見を採用するかどうかはまだわからない。それは君が彼女に何を尋ねるかにかかっている。ミスター・タイラー、意見があるときには、異議を申し立ててかまわない」彼はリックのほうを見て言った。「続けたまえ」

リックはホワイトボードのところまで戻り、彼が書いた数字を指さした。「バットソンさん、あなたは八十二号線からライムストーン・ボトム・ロードへ一万四千回以上左折していますね」

「はい」

「そして、それはボブ・ブラッドショーが二〇〇九年九月二日にしたのと同じものですね？」

「はい、そうです」

「その一万四千回を超える左折で、左折を始めてから反対側から車が向かってくるのを見たことはありますか？」

「異議あり、裁判長」タイラーが再び席から立ち上がった。「ミズ・バットソンの左折に関する経験は無関係です」

リックは笑みを浮かべていた。タイラーのほうは見ていなかった。「裁判長、ミズ・バットソンの左折に関する経験は、いまわたしが述べようとしている意見の論拠となるものです」

「棄却する。続けたまえ、ミスター・ドレイク」

「バットソンさん、答えていただけますか」

「ええ、何回か。数については言えないけど、以前にもそういうことはあった。信号から百ヤードのところに小さな窪みがあって、車がその窪みのなかにいるときは見えにくいの。何回か車が見えなくて、かろうじて事故を免れたことがあった」

リックはトムに眼をやった。トムの表情がすべてを語っていた。今だ。リックは証人のほうを向いた。背後ではタイラーがすでに立ち上がって異議を唱えようとしているのに気がついていた。

「バットソンさん、あなたはこの裁判で、ボブ・ブラッドショーが左折を始めたとき、トレーラーが百ヤード先にいたと証言してますね。間違いないですか？」

「はい」

「ということは、トレーラーはあなたの話した窪みのなかにいたということですか？」

「ええ、そうです」

「バットソンさん、あなたのしてきた一万四千回以上の左折に照らし合わせて、ボブ・ブラッドショーがしようとした左折について、あなたの意見では、彼には左折を始める前にトレーラーが見えていたでしょうか？」

「異議あり、裁判長」とタイラーは言った。「よろしいでしょうか――？」

「却下する」カトラーはタイラーのことばをさえぎって言った。「質問に答えてください、ミズ・バットソン」

「それに答えるのは不可能です」とローズは言い、陪審員をまっすぐに見た。「誰にも答えることはできないと思います。ほんの数秒のことですから。何度か経験しましたが、わたしは事故にあうことはありませんでした。なぜならもう一方の車はそんなにスピードを出していなかったので。ただあのトレーラーが出していたスピードだと――」

「異議あり、裁判長」タイラーは席から飛び出した。顔は彼のネクタイのように真っ赤だった。「ミズ・バットソンの答えは質問の範囲を超えています。トレーラーのスピードに関するコメントは削除することを求めます」

「認める」とカトラーは言った。「陪審員はミズ・バットソンのトレーラーのスピードに関する発言を無視するように」

リックは頷いた。問題ではない。彼らが忘れることができるとでも?

「ありがとうございます、バットソンさん。わたしの質問は以上です」

リックは弁護人席に戻るときにこぶしを突き出さずにはいられなかった。信じられないくらいうまくいった。だが驚くことではない。カトラー判事が〈マクマートリーの証拠論〉のページをめくり始めた時点で、タイラーに勝ち目はなかった。モーゼに対して十戒に異議を唱えるようなものだ。

リックが席につくと、トムが彼をひじで軽く突いた。「よくやった」とトムは言った。「一ポイント返したな」

まだもう一ポイントある。リックは携帯電話を見ながらそう思った。フェイスからの返事はまだなかった。タイラーの反対尋問の短さを考えると、次の証人を呼ぶまでには十五分しかなかった。

最後の証人だ。

リックは前ポケットに手をやりブラッドショー一家の写真に触れた。そしてルース・アンを見た。彼女の眼の周りにはくまができていた。だが冷静に証人席を見つめていた。もうすぐ終わります。リックは彼女にそう言いたかった。あまりにも多くのものを失ってきたこの女性のことを考えると心が痛んだ。

彼女が求めているのは陪審員に真実を知ってほしいということだけだ。

そして彼らが真実を知るチャンスはまだある。小さいが……まだチャンスはある。

リックは電話を握りしめ、祈り始めた。十五分だ。

「ミズ・バットソン、あなたは事故鑑定人ではありませんよね？」とタイラーは尋ねた。声は皮肉に満ちていた。

「わたしは事故鑑定人とやらが何なのかもわかりません。わたしはガソリンスタンドを経営しています。それもすごくうまくいってる」

「あなたは自動車事故の分析方法について説明を受けたことはありませんね?」

「ないと思います」

「あなたは交通事故の調査をしたことはありませんね」

「ええ、ありません」

「二〇〇九年九月二日にボブ・ブラッドショーがデューイ・ニュートンのトレーラーを見ていたはずかどうかはわからないですよね」

「さっき言った通り、答えることはできません。一瞬のことなので」

「あなたはボブ・ブラッドショーのホンダが左折してトレーラーの前に飛び出るのを見た。そうですね」

「ええ、そうです」

「そして、あなたはそのことを事故が起きた直後に証言した。間違いありませんね」

「はい」

「質問は以上です。裁判長」タイラーはそう言うと、陪審員に向かって首を振った。まるでリックとトムがこのような資格のない証人に証言させたことで、陪審員の時間を無駄にしたのが信じられないと言わんばかりに。

「再尋問は?」カトラー判事はリックをちらっと見て尋ねた。

「いいえ、ありません」

「よかろう。ミズ・バットソンは下がってよろしい。次の証人を呼びたまえ」

トムはリックのほうを見た。彼は首を横に振っていた。くそっ。どうするんだ。さあ、老いぼれ、考えるんだ。もしフェイスが現れなかったら、この書類にほかに何ができる?

「ミスター・マクマートリー、原告側はまだ反証がありますか?」

「その積荷証券をもう一度見せてくれ」とトムはささやいた。リックは積荷証券をトムの前に滑らせた。トムはその内容に眼を通し、何かを探した。役に立つ何かを。

「ミスター・マクマートリー?」カトラー判事は答えを迫った。

トムの眼はワープするスピードで書類の上を動いた。さあ考えろ。何かあるはずだ。必ず……

それを見たとき、トムの心臓が高鳴った。驚いた……。彼は首を傾げ、何度もまばたきをして、彼が見ていると思っているものを、ほんとうに眼にしているのか確かめた。なぜ、これを見落としていた?

「ミスター・マク――」

「裁判長、そちらに伺ってよろしいでしょうか」とトムは尋ね、積荷証券を手に立ち上がった。

「何をするんですか？」とリックは訊いた。

「いいから見てろ」とトムは言うと、カトラー判事が手招きをしている判事席へ進んでいった。

「何だね、弁護人？」とカトラー判事は訊いた。無視されたことに対し明らかに苛立っていた。

「裁判長、我々はこの書類を昨日受け取りました」トムは積荷証券を判事に手渡した。「デューイ・ニュートンが事故の日にガソリンを運んだときの積荷証券です。どうやら、今は亡くなった積載担当者のひとり、ディック・モリスが自宅に保管していたらしく、彼の従兄《いとこ》が見つけました。我々は写しを被告弁護人にも渡してあり、この積荷証券を反証のひとつとして取り入れるつもりです」

カトラーは書類を素早く調べると、感情を表すことなく言った。「いいだろう、さっさと進めたまえ。陪審員は待ちくたびれている」

「わかっています、判事。ですが、我々はこの種類を手に入れたばかりで、証人を呼んでこれが原本だと証明させるのにはもう少し時間が必要です。ここで休憩としてはいかがでしょうか。たとえば昼食後まで」

「裁判長、わたしは反対です」とタイラーは言った。「彼らには証人に証言させる時間はたっぷりあったはずです。それに我々が眼にしてるのは写しです。もし写ししかないとしたら――」

「青インクで署名とイニシャルがあるようだがね」とカトラー判事はタイラーのことばをさえぎり、トムが渡した積荷証券をタイラーに手渡した。

「たとえそうだとしても」タイラーは書類に眼をやりながら続けた。「休憩とすることには反対です」

カトラーはため息をつき、トムに視線を戻した。「君が現れなければこの裁判はもっとスムーズに進んでいた気がするよ、マクマートリー。休憩を認めよう」

やった。トムはアドレナリンの高まりを感じながらそう思った。まだチャンスがある。

「今十一時だ。二時間の休憩としよう。一時に再開する」

「ありがとうございます、裁判長」トムはそう言って立ち去りかけた。

「マクマートリー」

カトラーの声がトムを引き留め、トムは振り向いた。判事は彼に手招きをした。

「ひとつ教えてくれないか」とカトラーは言った。判事席から身を乗り出し、低い声で話した。「一番後ろの席にいるのはリー・ロイ・ジョーダン（NFLダラス・カウボーイズで活躍したアメリカンフットボール選手）かね？」

トムは驚きに眉間にしわをよせ、ゆっくり振り向くと、法廷に押し寄せた傍聴人に眼をやった。それまで彼はあらゆることを心から締め出していた。昨日と同じ顔がそこにあった。

以前の教え子たち、ウィル・バーベイカー、ルーファス、学部長、ハンコック判事。だが、最後列に眼をやり、思わず自分の眼を疑った。リー・ロイはブルーのブレザーに、白いシャツ、そして深紅《クリムゾン》のネクタイをしていた。今はダラスでビジネスマンとして成功しているはずだ。アラバマ大フットボール・チームの歴史のなかでも最も偉大なミドル・ラインバッカーと言われた、かつての背番号五四番に会うのは数年ぶりのことだった。

その隣にはビリー・ネイバーズ（AFLボストン・ペイトリオッツで活躍したアメリカンフットボール選手）がいた。彼は一九六一年チームのオフェンス・ラインとディフェンス・ラインを支え、今ではハンツビルで株式仲買人をしていた。トムの眼には、そのほかにも八人の男たちが映っていた。全員が試合の日に着るブルーのブレザーに白いシャツ、そして深紅《クリムゾン》のネクタイをしていた。

それは団結心を示すショーだった。忠誠心こそがすべてと知っている男たちの。一九六一年全米大学フットボールチャンピオンチーム。トムの眼とネイバーズの眼が合い、彼が頷いた。トムも頷き返した。

勝て。声には出さないが、ネイバーズの眼がそう言っていた。ジョーダンと残りの全員の眼もそう言っていた。トムと同じく、彼らもあの人《ザ・マン》のもとで学んだのだ。

「ええそうです、裁判長」とトムは言い、判事のほうに向きなおった。「あれはリー・ロイです」

「なんてこった」とカトラー判事はつぶやいた。「君のおかげでわたしの法廷がブライアント博物館になってしまったぞ」

彼は小槌を叩くと、陪審員席のほうを向いて言った。「陪審員の皆さん、昼食のための休憩を取ります。一時までに陪審員室に戻ってください」

リックは弁護人席に戻る途中でトムの腕をつかんで言った。「フェイスが一時までに現れなかったらどうするんですか？　まだ彼女からは――」

「フェイスだけが選択肢じゃない」とトムは言い、積荷証券を机の上に置くとそのなかほどを指さした。「積載はふたりの男がしている」

「わかってます、教授。でもミュールは死に、ウィラード・カーマイケルについても手詰まりです。彼は何も覚えてません――」

「彼は自分のイニシャルくらいは覚えてるんじゃないか？」トムはウィラード・カーマイケルが彼の名前の隣に〝WBC〟と殴り書きしているところに手を置いて言った。

リックは眼を細めてその個所を見ると眼を大きく見開いた。

「信じられない。見落としていました。でもこれで十分ですか？」

トムは肩をすくめた。「もしフェイスが現れなければ、これがわたしたちの持っているすべてだ。ウィラードにこれが自分の筆跡で、通常はすべての積荷証券にイニシャルをサインして、文書係に渡していると証言させる」

「それがウルトロンで通常行われている手続きだと言わせてはどうですか?」リックがそう言った。

ストレスを感じていたものの、トムは誇らしげにほほ笑んだ。「授業をちゃんと聞いてたようでうれしいよ。そうだ、それも決め手になる。ウィラードを混乱させることなく、それらを証明するうまい方法を考え出さなきゃならない。だが、まずは彼をここに連れてくることだ」トムは腕時計を見た。「二時間五十五分しかないぞ」

「奴をここに連れてきますよ」リックはそう言うと携帯電話を取り出して、法廷の両開きのドアに向かって走り出した。

85

「どういう意味だ、〝無駄だ〟というのは?」タイラーはそう言うと積荷証券をジャック・ウィリストーンの胸元に突きつけた。「この書類のせいでめちゃくちゃになるぞ。でかいハンマーでつぶされるみたいに完全にやられるぞ」

タイラーは午前中の戦いにすべて敗れ、自分をコントロールするのがやっとだった。トムはバットソンの証言を採用させた。そして休憩も認めさせた。もし積荷証券を正当なものだと証明していたら、事件の形勢は一変していた。積荷証券はウィリストーンがニュートンの監督に過失があり、時間通りに配達させるためにスピード違反を強制していた決定的証拠になる。つまり……おしまいだ。

「ヨーダのじじいはほんとうにそうしようとしてるのか?」とジャックは言った。「じゃあ教えてくれ、奴がこの積荷証券を証拠として採用させるためにはどうしなければならない?」ジャックはその書類をタイラーの胸に押しつけた。

「最良の方法は一番下にサインしている文書保管係を召喚することだ。フェイス……バルヤードとあるようだな」タイラーは眼を細めて書類を見ながらそう言った。「彼は積載担当者のひとりを召喚するかもしれない。だがモリスは死んだ」

「ということは奴の選択肢はフェイス・バルヤードとウィラード・カーマイケルしかないということだな?」とジャックは言った。含み笑いは満面の笑みに変わっていた。

「ああ、そうだ。何がそんなにおかしい? もしどちらかが現れたら——」

「落ち着けよ、ダース・ベイダー」とジャックは言った。「ヨーダはもう八方ふさがりだ」

86

リックは電話を切ると、呆然としたまま扉を通り、弁護人席に向かった。レポーターが写真を撮っているのにも気がつかなかった。

弁護人席に着くと、トムがすぐにノートから顔を上げて訊いた。「どうだった？　彼は見つか——」

「彼はいません、教授。ハンク・ラッセルによると、ウィラード・カーマイケルは昨晩のシフトに来なかったそうです。携帯電話にも家の電話にも出ません。奥さんは彼がどこに行ってしまったのか見当もつかないそうです。彼は……消えてしまいました」

リックは力なく坐った。また手詰まりだ。彼は責任を負うべき男を探し、顔をめぐらせた。ジャック・ウィリストーンは被告席に坐り、リックのほうをまっすぐ見ていた。そして……

くそ野郎、リックは眼でそう伝えようとした。

……ウィリストーンは笑っていた。

87

「弁護人、こちらに来たまえ」カトラー判事が一時ちょうどに法廷に入ってくるとそう言った。

判事はピリピリしていて不安そうだった。明らかに裁判が注目を浴びていることにうんざりしていた。言い訳を聞いてくれる雰囲気じゃないな。そう思うと同時に股間と腹に走った鋭い痛みに身がすくんだ。痛みは無視できないほどに激しくなっていた。さらに休憩を求めようと考えていた。しかし判事がそれを認めたところで、それが何になる？　フェイスがどこに行ってしまったのかもわからず、ウィラードも行方不明だ。それにこの体では、明日も裁判を戦えるかどうか怪しいものだ。そう思ったときに再び激しい痛みが襲い、わき腹を抑えた。

「続ける準備はできたかね、ミスター・マクマートリー？」カトラー判事が訊いた。

「裁判長、休憩中にわかったのですが、ミスター・カーマイケルは積荷証券の正当性を証明するために職場に現れておらず、行方不明のようです。ミスター・ウィラード・カーマイケルが昨晩から職場に現れておらず、行方不明のようです。

「裁判長、休憩中にわかったのですが、ミスター・ウィラード・カーマイケルが昨晩から職場に現れておらず、行方不明のようです。ミスター・カーマイケルは積荷証券の正当性を証明するために我々が召喚しようとしていた証人のひとりです。もうひとりの証人、フェイス・バルヤードも街を離れていて居場所がつかめません。これらの状況を考えて、少なくとも明日の朝まで休廷としていただきたいのですが」

カトラーはトムの話が終わる前に首を横に振っていた。「そのつもりはないぞ、マクマートリー。陪審員もわしもずっと我慢してきたが、君が証人を探すあいだ、いつまでも裁判を引き延ばすことはできない。君は裁判の前に証人を準備しておくべきだったんだ」

「おことばを返すようですが、我々はこの書類を昨日手に入れたばかりで、ふたりの証人を探すためにできることはすべてやりました。どうか――」

「二時間与えたはずだ。もうこれ以上何かするつもりはない」カトラー判事は言い放った。

「証人はこれで終わりかね、マクマートリー？」

判事の質問が宙を漂い、静寂が法廷を飲み込むあいだ、ジェイムソン・タイラーはすでに勝利の喜びを味わっていた。積荷証券が証拠に採用されなければ、訴訟も終わりに向かうはずだ。彼のかつての師が身をよじって苦しむさまを見て、優越感が体に満ち溢れてくるのを感じた。教授、あらゆる策を弄しても、あんたにおれを倒すことはできなかった。

ジャック・ウィリストーンもまた、今にも喜びを爆発させる寸前だった。ヨーダがもう証人はいないと言えば、ジャックのしたことがすべて報われる。火事。ウィルマとの取引。ミュールの排除。フェイスへの脅迫。昨日の晩のウィラードの不安要素をめぐる駆け引き。それらのすべてが実を結ぶことになる。そう思いながら、眼を閉じて魔法のことばを待った。

〝いいえ〟ということばが今にもトムの口から出そうになったとき、バタン、という大きな音が静寂を打ち破り、トムをたじろがせた。トム、リックそして傍聴席の全員が振り向き、音のした法廷の後ろに眼をやった。

「なんてこった」とリックが言った。

ひとりの女性とふたりの十代の少年が両開きの扉の内側に立っていた。その女性は黒いブラウスにクリーム色のスカートという上品ないでたちだった。

「彼女です」とリックは言った。彼の声は安堵に震えていた。そしてその女性に向かって歩き出した。

〝彼女〟が誰なのか聞く必要はなかった。トムは判事席に向きなおって言った。

「裁判長、原告側はミズ・フェイス・バルヤードを証人として喚問します」

88

扉が後ろで音を立てて閉まると、フェイスは一瞬そこに立ち尽くした。全身は緊張と疲労で震えていた。昨日の午後にうたた寝をしてから一睡もしていなかった。リトル・イタリーでの夕食のあと、彼女はとうとう耐えきれず、留守番電話のメッセージを聞いた。そしてジャックが電話をしてきた理由を悟った。今何をすべきかを悟った。残りの人生をジャック・ウィリストーンに脅えて過ごすつもりはなかった。彼は悪党だ。悪党と交渉することはできない。無視することもできない。反撃するしかないのだ。戦うための唯一の方法はヘンショーに行くことだった。しかし、その前に彼女は子どもたちに真実を話さなければならなかった。

それは、彼女がこれまでにしてきたなかでも最もつらいことだった。だが彼女はそれをやりとげた。何をどう言ったらいいかを二時間かけて悩んだあと、フェイスはジュニアとダニーにすべてを話した。彼らの父がゲイだったこと、別の男たちと浮気をして彼女を裏切っていたこと、そしておそらくジャック・ウィリストーンから性的嗜好を暴露すると脅されて自殺したこと。今、ウィリストーンが同じことでフェイスを脅迫していて、それをやめさせせなければならないということも。

子どもたちはふたりとも泣いた。が、ジュニアの悲しみはやがて怒りに変わった。まるでこの十五分間で十歳も歳を取ったようだった。「誰にもマンマを脅させない」とジュニアは言い、これまでと変わらず彼女を強く抱きしめた。

そして彼らは今、ここにいた。ヘンショー郡裁判所で何百人もの人々に囲まれ、その視線を浴びていた。

ほんとうにここで間違いないの？ フェイスは戸惑った。どうしてこんなに大勢の人がいるの？

法廷の前のほうからひとりの若い男が慌てて彼女のほうに歩み寄ってきた。彼は安堵の笑みを浮かべていた。フェイスは彼が彼女の家を訪れてきた青年だと気づいた。

「ミズ・バルヤード」彼はそう言うと彼女の手を取って強く握りしめた。「来てくれてありがとうございます」

「電話しなくてごめんなさい」と彼女は言った。「ここに来るだけでやっとだったの」

「気にしないでください」と彼は言い、視線をフェイスから少年たちに移した。

「子どもたちです。バック・ジュニアとダニー」

「初めまして。ぼくはリック・ドレイク」リックはそう言って、ふたりと握手をした。

「準備はいいですか？」彼はフェイスのほうを向いて訊いた。

「すぐに？」と彼女は訊き返した。鼓動が高まるのを感じていた。

「はい。あなたが我々の最後の証人です」リックは彼女をじっと見つめて言った。「証言の準備はできていますか？」

フェイスは戸惑うことなく言った。「そのために来たのよ」

ジャック・ウィリストーンは自分の眼が信じられなかった。彼はあの雌犬をくそニューヨークまで行かせたはずだった。いったいなぜ戻ってきた？　フェイスの後ろにはふたりの十代の少年がいた。ジャックは若い子のほうには会ったことがなかった。だが、年上の子のほうはすぐにわかった。バック・バルヤード・ジュニア。ジャックはまたも自分の眼が信じられなかった。あの雌犬は頭がおかしくなったのか？　何を考えてる？　ジャックは立ち上がり、通り過ぎるフェイスに自分の姿を見せようとした。が、彼女はただまっすぐ前を見つめていた。彼になすすべはなかった。

ありえない。

　フェイスはまっすぐ前を見据え、子どもたちを従えて堂々と歩いた。彼女にはジャックがどこかで見ていることがわかっていた。だが、彼のことは後回しだ。傍聴席の最前列に着くと、ふたりの男が席を立ってダニーとジュニアを坐らせてくれた。そして背の高い、威厳をたたえた男が身振りで証人席のほうを示した。フェイスは前へ進むと初めて判事に眼を向けた。

「右手を上げて」判事が命じ、フェイスはその通りにした。「真実を、すべての真実を、真実のみを述べることを誓いますか？」

　フェイスは深く息を吸って言った。「はい、誓います」

「ミズ・バルヤード」トムは始めた。股間の激しい痛みを無理やり無視した。立ち止まるわけには行かないぞ、老いぼれ。そう自分自身に言い聞かせた。まだゴールじゃない。「二〇〇九年九月二日、あなたはどこで働いていましたか？」トムはそう言い、陪審員を見て、次に法廷の後ろを見た。そこではパウエル・コンラッドとボーセフィス・ヘインズが一九六一年チームの後ろに並んで立っていた。パウエルとボーはフェイス・バルヤードの息子たちが坐れるように席を譲っていた。トムは額の汗をぬぐい、ボーと眼を合わせた。そしてビリー・ネイバーズをちらっと見た。また焼けつくような痛みが襲い、思わずひざまずきそうになったが、弁護人席の机を握って何とかこらえた。

「アラバマ州、タスカルーサのウルトロン・ガソリン工場です」とフェイスは答えた。

トムは頷くと咳払いをした。再び激しい痛みが襲い、思わず手を膝にあてた。

「マクマートリー教授、大丈夫ですか?」カトラー判事が尋ねた。

トムは何度かまばたきをすると、気持ちを奮い立たせようとした。少しのあいだ、今にも倒れてしまうのではないかと思った。腕に手が置かれているのを感じ、顔を上げるとリック・ドレイクの顔がぼやけて見えた。

「教授? ぼくが代わりましょうか?」とリックは訊いた。そのことばは紙を通して話しているようにひずんで聞こえた。

トムはもう少しで頷きそうになった。もう少しで「頼む」と答えそうになった。しかし、無理やり視線を動かし、法廷の後ろに眼をやった。

ネイバーズの姿を眼にしたとき、腕に鳥肌が立った。

ともにディフェンス・ラインを支えた古いチームメイトが立っていた。リー・ロイと残りのメンバーも同じようにそこにいた。彼らはみな立っていた。そして彼らがまっすぐトムに語りかけているかのように、はるか昔に聞いたことばが甦《よみがえ》ってきた。いいかみんな、人生でうまくいかないときが来ることもある。君らの妻が去るか、亡くなるかしたり、家が火事で全焼したり、職を失ったり、何もかもうまくいかないと感じるときがあるだろう。そんなときにどうする? あきらめるか?

トムは、あの人《ザ・マン》のことばを思い出し、まばたきをして痛みがもたらす涙をこらえた。あれは一九六〇年の夏の練習だった。酷暑に誰もが吐きそうになり、実際に何人かは吐いていた。ダッシュでフィールドを横に二往復し、腕立て伏せ、さらにダッシュで二往復を繰り返した。何人かはやめていった。

だが、トーマス・ジャクソン・マクマートリーは違った。あきらめなかった。そのときも。そして今も。

絶対にあきらめたりはしない。

トムは膝から手を離すと背筋を伸ばした。ルース・アンを見た。彼女も立ち上がっていた。表情には不安と強さが浮かんでいた。振り向くと、法廷にいる人々の半分は立ち上がっていた。ルーファス・コール、ウィル・バーベイカー、昔の教え子たち、そして、もちろんアート・ハンコック判事も。

トムは気を鎮めると、判事席のほうを向いて言った。「大丈夫です、判事。ミズ・バルヤード、ウルトロンでのあなたの仕事は何ですか？」

ふらつく足で、トムは積荷証券を手に陪審員席に向かって歩いた。

「文書保管係です」

「文書保管係として、あなたは積荷証券を保管していたのですね」

「はい、そうです。いつも積荷証券を受け取ると、一番下に受取りのサインをしてファイルしています」

トムは証人席に近づき、積荷証券をフェイスに渡した。「ミズ・バルヤード、今お見せしているのは原告側証拠第二号として記録されているものです。この書類に見覚えがありますか？」

「はい、あります」

「それは何ですか」

「ウィリストーン・トラック運送会社が二〇〇九年九月二日に輸送した貨物の積荷証券です」

「積荷証券の最後にあるのはあなたのサインですか？」

「はい、そうです」

「この書類はウルトロン・ガソリンの通常の手続きのなかで作成され、保管されたものですね？」

「はい、そうです」

あと一歩だ、トムはそう思った。こぶしを握り締めると、刺すような痛みが再び襲った。

「裁判長、我々は原告側証拠第二号を提出いたします」

「異議はあるかね？」とカトラー判事が尋ね、トムもタイラーに眼をやった。驚いたことにタイラーは坐ったままだった。

「ありません、裁判長」

「よかろう、証拠は採用された」とカトラーは言った。

トムはリックのほうをチラッと見た。彼はすでに被告席に向かって歩いていた。

「裁判長」とトムは言った。「この文書を陪審員にも見せたいのですが。被告側代理人のラップトップ・コンピューターを使わせていただいてよろしいでしょうか。我々はそういった機器を持ち合わせていないもので」

カトラーは肩をすくめると、被告席のほうに眼をやった。

「ミスター・タイラー？」

トムも被告席のほうを見て言った。「ジェイムソン、君のラップトップ・コンピューターをしばらく貸してくれないか？」

トムは笑いをこらえるのが精一杯だった。もし、ジェイムソンが断れば、彼は嫌《や》な奴だと見られる。そんな些細なことが勝敗の分かれ目になることもあるのだ。

「もちろん」とタイラーは答えた。思いやりと礼儀正しさに満ちた声で。

「ありがとう」とトムは言い、リックに頷くと、リックはラップトップにフラッシュ・ドライブを差し込んだ。

積荷証券が陪審員にも見えるように証人席の右のスクリーン上に映し出された。トムはポインターを手に取ると、赤い光を積荷証券の上部にあてた。アドレナリンの高まりが痛みを忘れさせていた。

「もう一度、日付を読み上げてもらえますか？」

「二〇〇九年九月二日です」

「ドライバーの欄があります。何と書いてありますか」

「ニュートン」とフェイスは答えた。

「では、積載担当者の欄は？」

「モリスとカーマイケルとあります」

「積載がどこで行われたか教えてくれますか？」

「はい、積載地はモンゴメリーと記載されています。七番と八番の給油所です」

トムはポインターを次の欄へと下ろした。胸の鼓動の高まりを感じていた。「配達時刻とありますが、これは何を意味しますか？」

「それは荷物が配達される予定時刻です」

「何とありますか？」

「午前十一時です」

トムはポインターをさらに下げると陪審員を見ながら言った。「引渡時刻とは何を意味しますか？」

「荷物が工場からドライバーに引き渡された時刻です。積載担当者は荷物をトレーラーに積み終わったらその欄に時刻をスタンプするように指示されています」

トムはまだ陪審員をじっと見ていた。すべての陪審員が食い入るようにスクリーンを見ていた。「その欄にスタンプされている時刻は何時でしょうか、ミズ・バルヤード」

「午前九時五十七分です」

トムは間《ま》を置いて、その答えを陪審員の心に浸み込ませた。さあ、グランド・フィナーレだ。

「では、ミズ・バルヤード、二〇〇九年九月二日、運転手のニュートンは積荷のウルトロン・ガソリンを午前九時五十七分にタスカルーサで積んだということですね」トムは自分の声が法廷の隅々まで確実に届くように繰り返した。

「はい、そうです」

「そして、彼はモンゴメリーに十一時までに着かなければならなかった」

「はい」

いいぞ。トムは陪審員を見た。何人かが納得したように頷いていた。「質問は以上です」

「反対尋問は？　ミスター・タイラー」

ジェイムソン・タイラーが立ち上がり、証人にほほ笑みかけた。冷静さを保とうとしていた。新人弁護士だったとき以来初めて、何をしたらいいかわからなかった。彼の直感がこの証人は地雷だと告げていた。何も質問するべきではないと。だが、その選択肢はない。彼はそう思った。事故当日に原告がニュートンにスピード違反をさせたことを示す積荷証券のイメージを陪審員に持たせたままにしておくわけにはいかない。たとえポイントをあげられないにしろ、少なくとも泥水をひっかけてやるくらいのことはできるかもしれない。

「はい、裁判長」とタイラーは言うと、証人席へと近づいた。「ミズ・バルヤード、あなたは個人的にデューイ・ニュートンの輸送スケジュールを知っていたわけではありませんよね？」

「ええ……でも積荷証券が——」フェイスはスクリーンを指さした。タイラーは積荷証券がまだスクリーンに映し出されていることに気がついて一瞬たじろいだ。アソシエイトがスクリーンを消すのを忘れていたのだ。「——九月二日のスケジュールを示しています」

タイラーは、できる限り落ち着いて弁護人席に戻り、アソシエイトの耳元でささやいた。

「そのくそスクリーンをさっさと消せ」

スクリーンが真っ白になった。

「オーケイ、ミズ・バルヤード、書類は書類として、あなたはデューイ・ニュートンがその日、工場に遅れてきたことは知らなかった。そうですね？」

フェイスは肩をすくめて言った。「彼が遅刻したかどうかは知りません。わたしにわかることは、配達が遅れたかもしれないということだけです」

いいぞ。タイラーは視線を陪審員へと移しながら、全身で安堵を感じた。今の話を聞いたか？　工場での積載自体が遅れたのなら、ウィリストーンは潔白だ。トムの主尋問の勢いを鈍らせることができる。

「その通りです、ミズ・バルヤード」とタイラーは声を抑えながら言った。あともうひとつだけ。「ということは、ミスター・ニュートンの二〇〇九年九月二日のスケジュールは問題なかった。あなたが知っているのは、積載が九時五十七分までかかったことが遅れの原因だったということだけだ。そうですね」

タイラーは息を凝らして答えを待った。〝はい〟か〝その通りです〟と聞いたらすぐに席に着くつもりでいた。だが、答えはすぐには帰ってこなかった。フェイス・バルヤードの顔は真っ赤になっていた。怒っているようだった。その視線はタイラーではなく、傍聴席に向けられていた。

「ミズ・バルヤード、もう一度繰り返しましょうか？」彼はそう言いながら、強い恐怖感に襲われていた。

「いいえ、質問はよく聞こえました」とフェイスは言った。彼女はまだタイラーの先の傍聴人のほうをにらんでいた。彼女の視線を追って、その視線の先にある標的を見たとき、胸が締めつけられるように感じた。何てこった……

「ミズ・バルヤード、あの――」と彼は言いかけたが、フェイス・バルヤードのことばがナイフのようにさえぎった。

「結構です、ミスター・タイラー」フェイスはジャック・ウィリストーンに燃えるようなまなざしを向けたままそう言った。彼女がこの九ヵ月間抱えてきた怒りが血管へ流れ込んできた。「あなたの質問は聞こえました、そして今から答えます」フェイスは視線をジャックからはずし、直接陪審員のほうを向いた。「答えはこうです。その日、積載が九時五十七分までかかった理由はわかりません。ですが——」

「あなたはもう質問に答えました」タイラーがさえぎった。「わたしの質問は以上——」

「最後まで言わせてください」とフェイスは言った。立ち上がった彼女の全身が震えていた。彼女には証言の時間がもう終わったことがわかっていた。だが、まだ言うべきことを言っていなかった。

「裁判長、証人がこれ以上何か発言しても、質問とは無関係であり不適切です。我々の質問は以上です」

フェイスは勢いよく振り向き、カトラー判事のほうを見た。判事は眉をなでていた。「裁判長、まだ言うことが——」

「証人は発言をやめるように」カトラー判事は小槌を叩いて、フェイスの発言をさえぎった。

「ミスター・タイラーの言う通りです。あなたはすでに彼の質問に答えました」

「いいえ、わたしは——」フェイスは食い下がった。

「ミズ・バルヤード、発言をやめないと法廷侮辱罪を宣告しますよ」と判事は言うと、再び小槌で机を叩いた。「原告側の再尋問はありますか？」

フェイスは立ち尽くしていた。視線をリック・ドレイクに向けた。彼はフェイスと同じくらい大きく眼を見開いていた。リックの後ろにふたりの息子の姿が見えた。ジュニアの顔は怒りで真っ赤になっていた。が、ダニーはまだショックから立ち直れず、じっと宙を見つめていた。

わたしは何をしたの？　ここまで来てまだ何もやってないじゃないの？

「ミズ・バルヤード」

フェイスは声のするほうを向いた。年配の男——教授——が眼の前に立っていた。彼の手が彼女の肩に置かれていた。

「奥さん《マアム》、どうか坐ってください。そしてわたしに二、三、質問させていただけますか」

フェイスは言われた通りにした。

「ミズ・バルヤード、ミスター・タイラーがさえぎる前に何を言おうとしたんですか」

「異議あり、裁判長」タイラーが割って入った。彼もまだ立ったままだった。「ミズ・バルヤードは先ほどのわたしの質問に答えました。求められていない発言を認めることは、伝聞証拠や証拠として採用できない内容が含まれる可能性があり、適切ではなく、被告に対する偏見を抱かせるおそれがあります」

「わかった」とカトラー判事は言った。「異議を認める。ミスター・マクマートリーは質問を変えるように」

トムはフェイスの嘆願するような顔を見つめ、彼女の感情の爆発を引き起こさせる質問が何なのか考えた。痛みのことは忘れていた。裁判全体がフェイスの言おうとしていることにかかっていると感じ取っていた。

「ミズ・バルヤード、あなたはウィリストーン・トラック運送会社がドライバーたちに課していたスケジュールのことで何か知っていますか？」

「わたしの夫は死ぬ前に言っていました――」

「異議あり、裁判長。伝聞証拠です」とタイラーは言った。

「認める」とカトラーは同意した。

くそっ。彼女を証言台に立たせる前に話をする時間があれば、彼女に訊くべきことを正確に知っておくことができたのに。彼は今、即興で尋問をしていた。直感と四十年間の経験を信じて。

「ミズ・バルヤード、ご主人があなたに話したこと以外にスケジュールについて何か知っていますか？」

フェイスは深く息を吸って、落ち着こうとした。教授が自分に助け舟を出してくれていることはわかっていた。「そう、ウィリストーンの配送に関するあらゆる積荷証券がありました。それらには配達時間と積載時間が記載されています。事故の晩に——」

「異議あり、裁判長。そちらに伺ってもよろしいでしょうか?」タイラーはすでに判事席に向かっていた。「証人は明らかにウルトロン工場の火災について証言しようとしています。裁判長が我々の審理前の申立てを認めて下さり、それに触れることは裁判の冒頭ではっきりと禁止されたはずです」

「異議を認める。証人は火災について言及しないように。続けなさい」

トムはリックのほうをちらっと見た。彼はトムと一緒に判事席まで来ていた。「何か考えはあるか、リック?」とトムは訊いた。

「ぼくがウルトロンを訴えていれば、バックの発言も当事者の自白として採用されたのに——」

「今、言ってもしょうがないさ」とトムはことばをさえぎった。

「彼女はぼくらの力になりたがっている」リックはささやくように言った。声には絶望感がはっきりと現れていた。「何か認められる方法があるはずだ」

トムは頷いた。その通りだったが、それが何なのかわからなかった。何とも皮肉だった。彼は証拠について四十年間教えてきた。そして、この訴訟全体がフェイス・バルヤードの証言が証拠として採用されるかにかかっていた。

「教授、続けてください」とカトラー判事は言った。

トムは判事に向かって頷くと、フェイス・バルヤードに眼を向けた。彼女の顔にもリック と同様に絶望の色が見えた。次に陪審員に眼をやった。その多くは混乱し、苛立った表情を浮かべていた。最後にトムはタイラーを見た。今は席につき、クールそのものだった。あいつは勝ったと思っている。

トムは自分の本に考えをめぐらせた。マクマートリーの証拠論。伝聞証拠の章。そこには二十三の例外があった。そして、トムはそれを分類していた。その定義上、伝聞証拠にはならない証言は三つの種類に分けられた。トムは頭のなかで何かがむずむずするのを感じた。さっき、リックはウルトロンについて何と言ってた？　もし彼がウルトロンを訴えていたら……

「教授、これ以上質問がないのなら……」カトラー判事はそこでことばを切った。最後まで言う必要はなかった。

もう時間がなかった。考えろ……。テーブルに背を向けて、トムは傍聴席に眼をやった。法廷は死んだように静まり返っていた。アドレナリンがトムの体を走った。彼の眼とジャック・ウィリストーンの眼が合ったとき、またむずむずとしたものを感じた。そして……

……すべてがカチッと音を立てておさまった。

「ミズ・バルヤード」トムは素早く振り向くと言った。「ウィリストーン・トラック運送会社の関係者と運行スケジュールや積荷証券、この裁判の証言について話をしたことはありますか？」

「異議あり、裁判長。質問は明らかに――」とタイラーが言った。が、想定の範囲内だった。

「ウィリストーンの誰かが彼女に話した内容は被告自身の自白となり、定義上、伝聞証拠にはなりません。アラバマ州証拠規則第八〇一（d）（2）にあります」トムはそこで間《ま》をおいた。「わたしの本では第四十七章の五になります」

カトラー判事が手元の〈マクマートリーの証拠論〉のページを開き、タイラーを見た。

「タイラー弁護人？」

「その項が適用されるには、ウィリストーンの役員であるか、高位の管理職者である必要があります」タイラーはそう言ったものの、そのことばは弱々しく響いた。

「異議は棄却する。ミズ・バルヤード、質問に答えてください」

フェイスは咳払いをすると、まっすぐとトムを見た。「はい、ウィリストーンの人間と話をしました」

「誰ですか？」とトムは尋ね、息をひそめた。

「ジャック・ウィリストーンです。その会社のオーナーです」

トムはタイラーに眼をやった。十分高位の役職者じゃないか、ジャモ？　さあ、行くぞ。「ミズ・バルヤード」とトムは言うと、一瞬間《ま》を置いて陪審員を見た。「ジャック・ウィリストーンがあなたに何と言ったのか陪審員に話してください」

フェイスは陪審員のほうを見ていなかった。彼女はジャック・ウィリストーンをにらみつけていた。どんな気分、この人でなし。彼女は眼でそう伝えようとした。そして咳払いをすると話し始めた。

「ジャック・ウィリストーンは、わたしが今日証言をしないように、わたしとわたしの家族を脅迫しました」

「とんでもない嘘っぱちだ！」ウィリストーンが叫んだ。被告席から立ち上がり、フェイスに指を突きつけた。

判事が大きな音で小槌を鳴らし、立ち上がった。

「静粛に！ 法廷では静粛にするように。ミスター・ウィリストーン、発言を続けるようなら法廷侮辱罪に処しますよ。陪審員は彼の発言を無視するように。ミスター・タイラー、君の依頼人を落ち着かせなさい」

タイラーはウィリストーンのほうを向いたが、ウィリストーンは追い払うように手を振ると、腰かけて腕を組んだ。顔は真っ赤になっていた。フェイスは彼女の夫を殺した男をにらんだまま、まばたきひとつしなかった。

「ミズ・バルヤード」教授の穏やかな声がそよ風のように緊張を破った。「ジャック・ウィリストーンはどのようにあなたとあなたの家族を脅迫したのですか？」

「わたしが証言するか、どんな形であれミスター・ドレイクと接触したら、息子たちに父親のことを話すと……」彼女はことばをつまらせ、手元に眼をやった。「彼らの父親がホモセクシャルだと」

何人かが息を飲む音が法廷に響いた。フェイスは顔を上げ、今度は陪審員にそのまなざしを向けた。

「ジャックはわたしの夫が……別の男といるビデオと写真を持っていました。そして、それを送ってきて、わたしが裁判で証言すればそれを公表すると言いました。電話とメールでわたしを脅迫しました。彼がなぜわたしをそうまでして裁判から遠ざけておきたいのかわかりませんでした。でも、あの積荷証券を見てすべてがわかりました。彼は陪審員の皆さんにあの積荷証券を見せたくなかったんです」とフェイスは陪審員に向かって言った。ジェイムソン・タイラーが勢いよく立ち上がった。

「異議あり、裁判長。彼女は自身の意見を述べています。それは――」

「認める」とカトラーは言った。「彼が言ったことだけを述べてください、ミズ・バルヤード。陪審員は最後の発言を無視するように」

「彼は金を払ってわたしをニューヨークに行かせました。わたしが今週、ここに来れなくするために。そして昨日の晩、電話してきて、わたしが戻ってきたら何が起こるかを思い出させました。どう、ジャック、もう関係ないわ」今度はフェイスが席から立ち上がった。

「わたしの夫はゲイよ。そしてわたしを裏切ってほかの男といた。子どもたちはもう知ってるわ。わたしが話したから」彼女は言った。「あなたがそのことを世界中に言いふらそうが、わたしにはもう関係ない」

89

トムはフェイスの答えが宙を漂うように五秒間待った。静寂が法廷を支配していた。彼は陪審員の顔を見て、何人かの顔に激しい怒りを見てとった。残りの者はショックを受けているようだった。メールのメッセージを証拠に採用することも考えたが、結局そうしないことにした。そこに何が書かれているかわからなかったし、陪審員席の怒りの表情から判断してやり過ぎになりそうだった。これ以上の結果を求めることはできない。トムはそう考え、咳払いをするとカトラー判事を見た。

「質問は以上です、裁判長」

「再尋問は、ミスター・タイラー？」

トムは弁護人席のほうに眼をやった。そこではタイラーがアソシエイトとジャック・ウィリストーンと激しい議論を交わしていた。

「ミスター・タイラー？」とカトラー判事は繰り返した。

タイラーは立ち上がった。苛ついていることはその真っ赤な顔から明らかだった。結局ジャモはみんなに汗をかいているところを見られてしまったな。トムはそう考えた。

「裁判長、そちらに伺ってもよろしいでしょうか？」

カトラーが全員を手招きして呼び寄せた。

「裁判長、我々はミズ・バルヤードの話したメールのメッセージをまだ見ていません。それを見せていただけませんか？」

被告側にはそのメールを見る権利があるとわかっていたので、トムは異議を申し立てなかった。ただ、それがフェイスの証言した通りにひどい内容であることを祈った。

「はい」とフェイスは言い、証人席から身を乗り出すと、携帯電話をタイラーに手渡した。

「ごゆっくりどうぞ」

タイラーは携帯電話を受け取った。そして彼がメールと添付された写真を調べているあいだ、少なくともまるまる一分間、全員が彼の顔を見つめていた。彼はゆっくりと電話をフェイスに返し、カトラー判事を見て言った。

「裁判長、わたしとわたしの事務所はウィリストーン・トラック運送会社の代理人を辞任する意向です」

「認めない」カトラーはそう言って、冷たい眼でタイラーをにらみつけた。「辞任するには遅すぎる、ミスター・タイラー。君の依頼人にあまりにも偏見を抱かせることになるだろう。

それにわたしは新しい弁護人を探すためにこの裁判を中断させるつもりはない」

「しかし裁判長、ミスター・ウィリストーンのその……行為によって、わたしは彼の会社を適切に代理することができなくなりました――」

「だめだ、ミスター・タイラー」カトラーがさえぎった。「ミスター・ウィリストーンの行為によって君は勝利することができなくなったかもしれないが、中立ては却下する。ミスター・マクマートリー、まだ反証はあるかね？」

「いいえ、裁判長」とトムは言った。

「ミスター・タイラー。弁護側は？　反証人はいるかね？」

タイラーはぶたれたことにふてくされている十歳の子どものようだった。クールで無敵なオーラは消え失せていた。

「いいえ、裁判長」

「よかろう、これ以上の申立てがなければ、最終弁論に進もう」

90

二時間後の午後四時、陪審員が評議に入った。申立てはなかった。タイラーはフェイス・バルヤードの証言にショックを受け、陪審評決ではなく、裁判官の評決を求める申立てをすることを忘れてしまった。とはいえ、それが問題というわけではなかった。フェイス・バルヤードの証言と積荷証券によってそのチャンスもなくなっていた。

その後、最終弁論となったが、予想通り盛り上がりに欠けた内容となった。トムがデューイ・ニュートンのスピード違反と積荷証券に焦点をあてたのに対し、タイラーはボブ・ブラッドショーが交差点を曲がる前にニュートンのトレーラーを見ていたはずだという専門家証言を力説した。最後にリックが陪審員――子どもの頃から知っている陪審員――の前で反証を行い、九百万ドル――ひとりにつき三百万ドル――を支払う評決を求めた。

最終弁論のあと、前の週に双方が合意した陪審員説示をカトラー判事が読み上げた。それから判事は、陪審員を彼らが評議を行う部屋へと移動させた。

リックとトムは廊下で待った。タイラーは彼らから離れたところにひとりで坐っていた。アソシエイトはすでにバーミングハムに帰していた。ジャック・ウィリストーンは、法廷の傍聴席に釘付けになったまま、じっと前方を見つめていた。

ルース・アンとドーンはリックの両親とともに農場に帰っていた。「ここで待っていたら気が狂ってしまう」とルース・アンは言っていた。そしてドーンにそばにいてほしいと頼んだ。リックはふたりに陪審員が戻ってきたら連絡すると約束した。

フェイス・バルヤードは子どもたちを連れて家に帰ったが、評決が出たら電話するように言い残していった。ほとんどの傍聴人は散り散りに去っていった。近くをうろついているのは、その日のうちに評決が出ることを期待しているレポーターたちだけだった。

一時間後、バトラー判事担当の職員が出てきて、陪審員はそのまま遅くまで評議を続けると告げた。陪審員らは翌日に持ち越すことなく、今日中に評決を終わらせたかったのだ。タイラー、リック、そして教授は「わかった」とうなるような声で答えた。みな、半分放心していて、先行きの見えない不安感を表情に宿していた。リックはルース・アンに電話をして状況を伝えた。「長くはかからないでしょう」と嘘をついた。いったいどのくらいかかるのかまったくわからなかった。

リックは電話をポケットに戻すと彼のパートナーのほうを見て、ここまでの長い道のりを思った。

「教授」とリックは言った。腕を組み、椅子に崩れるように坐っていたトムが彼のほうを見た。

「ああ」

リックはことばにつまった。胸に湧き上がる思いを感じていた。疲れていた。「感謝のことばを伝えておきたくて……」リックはもっと別なことを言いたかったが、ことばが見つからなかった。「ありがとうございました」と彼は言った。

トムは椅子に坐り直すと顔をしかめた。動くと股間と腹部に痛みを感じた。トイレでした小便にはさらに多くの血が混じっていた。彼も疲れ果てていた。すぐにでも医者に診てもらう必要があった。だが、リックひとりを残して評決を待たせるわけにはいかなかった。船を捨てるには、もはやあまりに遠くまで来ていた。彼は青年の眼を見つめ、彼の弁護士生命がこのときにかかっていることを思った。この二十六歳の、ロースクールを卒業して一年目の青年が、ジェイムソン・タイラーと互角に張り合い、最後まで戦い抜いたのだ。

「ありがとうと言う必要はないよ、リック。君はがんばった」とトムは言った。「君には根性がある。それは教えることはできない。君にこの件をまかせた理由はそこにある。この裁判には情熱が必要だった。君が……必要だったんだ」トムはまた顔をしかめた。

「大丈夫ですか、教授? 気分が――?」

「君ら、キスでもするつもりか?」

タイラーだった。彼は歩み寄り、彼らの前に立って弱々しく笑っていた。廊下に出てきてから、話すのはおろか動くのも初めてだった。

「ひどい裁判だ。ほんとに」とタイラーは言った。「だが、最初の裁判にしては悪くない、リック。それに教授……」タイラーは笑みを浮かべながら、首を横に振った。「老いぼれにもまだ少しはガソリンが残っていたようだ」

「少しだけだがな、ジャモ。お前のケツをひっぱたくには十分だ」

ふたりはしばらく互いに見つめ合っていた。そしてタイラーが手を差し出した。

「今となってはどうでもいいことかもしれませんが、理事会でのことは申し訳ありませんでした」

トムは立ち上がったが、手は差し出さなかった。「お前は正しいよ、ジャモ」彼は昔の友人を見下ろすようにして言った。「今となってはもうどうでもいい」

タイラーの顔がほんの少しピンク色になった。彼は何か言おうとしたが、その機会は与えられなかった。その瞬間、法廷のドアが開き、裁判所職員が不安げな面持ちで廊下へ出てきた。

「陪審員が評決に達しました」

91

法廷は再び傍聴人で満たされた。どうやら、陪審員が評議に入ったときに去っていった人々は、その日のうちに評決が出ることを期待して近くにいたようだった。傍聴人が互いに話し合うなか、法廷はざわめきで満たされていた。人々が興奮していることが容易に見てとれた。カトラー判事が小槌を鳴らすとざわめきは治まった。法廷はたちまち教会のように静かになった。

「陪審員長」とカトラーは大きな声で言った。「陪審員は評決に達しましたか？」

陪審員席の後ろの右端で、サム・ロイ・ジョンソンが右手に一枚の紙を持って立ち上がった。「はい、達しました、判事」

「評決は？」と判事が尋ねた。

トムは両ひじをテーブルの上において、サム・ロイを見つめた。評決が読み上げられるのを最後に聞いたのは一九六九年六月二十日、ブライアント・コーチと朝食をともにした日の二週間前のことだった。むしろそのときより今のほうがアドレナリンが激しく出ていた。こういう感覚はほかでは味わうことはできない。心のなかではできることはすべてやりつくしたと思った。この感覚はフィールドで味わって以来だった。

トムの隣では、リックが身を乗り出し、ポケットのなかのブラッドショー一家の写真をつかんでいた。神様、お願いします。この一家に正義を与えてください。ポケットから写真を取り出すと、それをルース・アンの手に置き、彼女の手をしっかりと握った。この瞬間――彼の人生で最も重要な瞬間――、彼は自分のことも、自身のキャリアのことも考えていなかった。ただ写真の家族のことしか考えていなかった。リックとそう歳も離れていない若い父親と母親は、一瞬にしてすべての未来と生活を閉ざされてしまった。長く素晴らしい人生を送るはずだった二歳の幼い女の子は、その代わりにホンダ・アコードのなかで焼け死んでしまった。そして強さと勇気を持ったその祖母は、ついに最後まで戦い抜いた。金のためではなく、真実のために。涙がリックの眼を熱くした。今彼にできることは祈ること……そして耳を傾けることだけだった。

サム・ロイ・ジョンソンが咳払いをした。「我々、アラバマ州ヘンショー郡巡回裁判所陪審員は、被告ウィリストーン・トラック運送会社に対する原告ルース・アン・ウィルコックスのあらゆる主張を認め、原告に対し損害賠償金……九千万ドルを支払うことを認めます」

92

あちこちで誰もが抱き合っていた。カトラー判事が陪審員を解散させるやいなや、リックはルース・アンと抱き合った。そしてトムも加わると、ルース・アンの頬に優しくキスをした。

ビリー・ドレイクがやって来て、リックを強く抱きしめた。「誇りに思うぞ、息子《マイ・サン》よ」

リックは心の底から驚いていた。九千万ドルだって？

評決が言い渡されたとき、法廷全体にため息をつく音が聞こえた。サム・ロイ・ジョンソンが分配割合――ボブ・ブラッドショーに三千万ドル、ジーニー・ブラッドショーに三千万ドル、そして幼いニコルに三千万ドル――を読み上げようとしたが、人々が動き出す音にかき消され、聞き取ることはできなかった。レポーターたちが全員、いの一番にニュースを伝えようと、一斉にドアに向かって走り出したのだった。

もはや大混乱だった。知らない人間がリックの背中を叩き、教授も同じような群衆の海に飲み込まれていた。言いようのない素晴らしい瞬間だった。だが、何かが足りなかった。まだ会いたい人がいた。彼女はどこだ？　リックはつま先立ちになり、人々のなかを探したが、見つからなかった。すると、肩に誰かの手が置かれるのを感じ、振り向いた。

「どなたかお探し？」ドーンがほほ笑んでいた。だが、彼女の眼は涙で赤くなっていた。

「おめでとう、リック。あなたほんとに素晴らしい――」

しかしドーンのことばはリックのキスに消された。

リックはこの三日間のあらゆる努力、ストレスそして苦悩から解放された。今したいことはドーンとともにいることだった。彼女がキスを返してきていることに気がつくのにしばらくかかった。

「愛してる」とドーンは言った。「もっと早く言おうと思ってたんだけど――」

リックはキスでそのことばをさえぎった。「けどはいらないよ。ぼくも愛してる」

「おいおい、若者たち、別の部屋でやってくれよ」

ふたりが振り向くと、ボーセフィス・ヘインズがほほ笑みかけていた。彼はリックに葉巻を渡すと、一瞬ためらったあと、ドーンにも一本手渡した。そしてふたりの肩に腕をまわすと、もっと長い安物の葉巻を自分の口にくわえた。

「ボーセフィスはハッピーエンドが大好きなんでね」

ジャック・ウィリストーンはジェイムソン・タイラーののどもとをつかんでいた。

「明日すぐに控訴するんだ、いいな、このふにゃチン野郎」

ジャックはさらに何かを言おうとしたが、突然顔をマホガニーの弁護人テーブルに押しつけられ、両手を後ろにねじ上げられた。左を見ると、薄茶色の髪をした男が、警官と並んで立っていた。

パウエル・コンラッドが進み出た。「ミスター・ウィリストーン、タスカルーサ郡地区検察局を代表して、あなたに謹んで通知する。あなたは正式に――」パウエルは身を乗り出すとジャックだけに聞こえるように声をひそめて言った。「クソまみれなんだよ」

ジャックの眼が大きく開き、パウエルは笑みを浮かべた。警察官は手錠をポケットから取り出すとジャックの両手にかけた。

パウエルが満面に笑みを浮かべる隣で、警官が大きな声で言った。「ミスター・ウィリストーン、あなたを脅迫と証人買収の容疑で逮捕します。あなたには黙秘する権利が……」

数分後、勝利者たちが法廷を出てきた。あちこちでカメラのフラッシュが光った。最初にリックとドーンがリックの両親を従えて出てきた。次にトムとの握手を終えた元生徒と同僚たちが出てきた。彼らのあいだを蛇のようにこそこそとすり抜けているのはリチャード・ランバート学部長だった。彼は頭を低くして、ひたすら歩を進めていた。だが、レポーターたちが待っているのはトムだった。

彼はルース・アンの手を取り、ゆっくりと裁判所の階段を降りてきた。トムはリックの農場に顔を出してから——リックの母が全員をお祝いに招いていた——その後、まっすぐビル・デイビス医師のオフィスに向かうつもりだった。泌尿器科医が陪審員のようによい評決をもたらすかどうかは疑わしかった。それもまた現実だ。

ボーセフィス・ヘインズはトムの前を歩き、リード・ブロッカーの役割を果たしていた。トムの横にはアート・ハンコック判事がいた。彼はトムと同じくらい結果に満足しているようだった。そしてトムの両脇にはブルーのブレザーを着て、右手の中指に同じ指輪をした十人の男たちがいた。トムも同じ指輪をつけていた。そこには〝一九六一年全米チャンピオン〟と刻まれていた。彼らは最後まで残ってくれたのだ。

「マクマートリー教授、ヘンショー郡始まって以来の巨額の評決を得たお気持ちは？」

「教授、五カ月前に辞職させられたことの汚名返上を果たしたお気持ちは？」

「教授、ロースクールや大学に何か言いたいことは？」

質問があらゆる方向から飛んできた。トムはカメラのフラッシュに眼がくらんだ。もううんざりだった。

ありがたいことに、ボーセフィス・ヘインズが両手を突き出して、レポーターたちを引き受けてくれた。「教授はいずれときが来たら、あなたたちの質問に答えます。だが彼の代理人として、大学側と話をするまではロースクールに関する質問には答えないように、彼には助言するつもりだ」

　そう言うと、ボーは人波をかき分けて進み、トムとトムの仲間たちがあとに続いた。

　トムが見物人のあいだを通り過ぎたところで最後の質問がトムの耳に届いた。

「教授、四十年間法廷に立っていなかった六十八歳の死にかけた大学教授が、どうやって西アラバマ史上最高額の評決額を勝ち取ったんですか？」

　最後のアドレナリンが体をくすぐるのを感じ、トーマス・ジャクソン・マクマートリーは振り向いてレポーターたちを見た。彼らの貪欲な顔のなかから質問をした女性レポーターに眼を向けた。トムがロースクールを辞めさせられた直後に声をかけてきたレポーターだった。騒々しかった群衆が一瞬で静かになった。

　隣にいるハンコック判事と眼を合わせ、トムは小さな声で言った。「〈ロンサム・ダブ〉でガスがいつも言ってたセリフはなんでしたっけ？」

　ハンコックが笑みを浮かべ、トムも歯を見せてニヤリと笑った。彼はレポーターのほうに振り向くとテキサス・レンジャー、キャプテン・オーガスタス・マックレーのセリフを口にした。

「古いバイオリンほど、甘い音楽を奏でるのさ」

エピローグ

ヘーゼルグリーン農場の北の端、二本の桜の木のあいだに、マクマートリー家の墓所があった。この六メートル四方の小さな区画に三つの大きな墓石が建っている。トムは時間をかけて、そのひとつひとつに刻まれた文字に指を走らせた。

サットン・ウィンスロウ・マクマートリー——一九〇八年七月五日—一九七九年五月九日

レネ・グラハム・マクマートリー——一九一〇年十二月六日—一九九二年五月二十五日

ジュリー・リン・ロジャース・マクマートリー——一九四三年三月十六日—二〇〇七年四月十七日

家からここに来るまでの道すがら、トムは野生の花を摘んでいた。ジュリーの好きな花だった。彼はその花をジュリーの墓と両親の墓に供えた。彼は後ずさると、美しい青空を見上げ、息を吸い込んで花の香りをかいだ。そしてそれらの墓に背を向けると、区画の隅に向かって歩きだした。そこには四つ目の墓石が置かれていた。

その墓石は小さく、日付も苗字《みょうじ》さえも刻まれていなかった。その下に埋められている友について十分に言い表している墓石を見て、トムは涙を拭った。

ムッソ　〝闘う犬《ファイティング・ドッグ》〟

「自分のことばを墓碑に使ってもらうのは初めてですよ」

トムは聞きなれた声のするほうを向いた。ボーセフィス・ヘインズが近づいてきて、大きな手をトムの肩においた。

「これを見せたかったんですか？」と低い声で言った。

トムは頷いた。世界が真っ白になったあの日のことを思い出しながら、胸が熱くなるのを感じていた。「最後の治療を終えたあの日、リックが訪ねてきて一緒に裁判を戦ってほしいと頼んだ」トムはことばを切ると涙を拭った。「最初は断った。できると思わなかったんだ。歳を取りすぎているし、具合も悪かった。そのことを考えようと散歩に出た。銃を持たずにな。ここはのんびりしたところだが、野生動物がいないわけじゃない。山猫の鳴く声を聞いたのを覚えてるか？」

「ええ、親父《おやっ》さん。でも無害だと言ってませんでしたか？」

「ああ、普通ならな」トムはそう言って、眼を細めてボーを見た。「狂犬病にかかってなければ……」

ボーは眼を大きく見開いた。

「ムッソを連れていったんだ」とトムは続けた。「あいつにとっては遠くまで来すぎた。小川にたどり着いたとき、あいつを抱いて帰らなきゃならないと思った。ムッソは歳を取りすぎてるからな」トムの唇は震えていた。が、それでも続けた。「あいつは小川の途中でもうぐったりしていた。だが、わたしは止まらなかった。あいつが居眠りを始めたとき、後ろから何かが聞こえてきたんだ。君が聞いたのと同じ、甲高い唸り声だった。すぐに山猫に違いないとわかった。振り向くと、思った通り黄色と黒の山猫がそこにいた。少なくとも二十キロ以上はある大物だった」トムはそこで間《ま》を置いた。「口から泡を吹いているのを見たとき、まずいと思った」

「ああ、なんてこった」ボーはささやくように言った。

「逃げるすきはなかった。そいつはわたしに突進してきて、わたしは岩のでっぱりにつまずいてしまった。後頭部を何かに打ちつけたに違いない。というのもわたしはしばらく気を失っていたんだ」トムはそこで話をやめ、涙を拭うと足元の小さな墓石に眼をやった。

「で、何があったんですか?」

「とんでもないことになっていた。気がつくと、わたしは後頭部が痛む以外何ともなかった。わたしは無事だったんだ」トムはことばを切った。「信じられなかった。あの山猫はまっすぐわたしに向かってきたんだ。それに狂犬病にかかっていた。あたりを見回したが、山猫はいなかった。そのときムッソもいなくなっていることに気がついた」話しながら心が痛んだ。だが、話し続けた。「周りを探すと三十メートルほど離れた樫《かし》の木に彼らは寄りかかっていた」

「彼ら?」ボーは片方の眉を上げた。

「はじめは何を見ているのかわからなかった。山猫が死んでいるのはすぐにわかった。何か赤いものの下から山猫の尻尾が見えていた。近づいてみると、その赤いものはムッソだった。彼はひどい傷を負っていて、白い体がほとんど全身真っ赤に染まっていた」

「でも……どうやって――?」とボーは尋ねようとしたが、トムがその質問をさえぎった。

「ムッソは山猫の首にかみついたまま、眼を閉じていた。あいつは食いついて放さなかったんだ」

ボーは低い口笛を吹いた。「なんてこった」

「あいつは十三歳で、もう死にかけていた。なのに二十キロ以上もある狂犬病の山猫をしとめたんだ」

「彼はそのときもう……?　つまり、あなたが見つけたとき……」

トムはまた涙が流れそうになるのを感じた。が、何とかこらえた。「わたしは彼に話しかけた。〝ムッソ、わたしだ。聞こえるか〟あいつは眼を開けると今までに聞いたことのないような不機嫌そうなうなり声をあげて、やっとかみつくのをやめた。あいつはずっと食いついてたんだ。何時間も……。あいつは山猫の傍らに倒れ、もう動かなかった。だが、わたしがあいつの口元に手をやるとその手を舐めたんだ。そして……」トムは手で顔をおおい、涙を流した。

「あいつはあなたが無事だとわかるまで待って、そして息を引き取ったんですよ」

トムは頷いた。「あいつは闘ったんだよ、ボー。君が言ったように」

「そして、あなたも」

「君が言ったように」

ボーはほほ笑んだ。「ほかに何が言えます？　一目見りゃあ、あなたがブルドッグだってわかりますよ」

ふたりは家まで歩いて戻った。そして会話は将来のことに移った。

「で、タスカルーサからは何か言ってきたのか？」とトムが訊いた。

裁判のあと、ボーはロースクールに逆襲すると言ってきかず、最後にはトムも彼に屈した。ボーは理事会宛に手紙を書き、トムの辞職は強要されたものだと主張し、即刻復職させることと、その際には理事会が課したあらゆる条件を撤回することを求めた。

「実を言うと」とボーはクスクスと笑いながら言った。「今朝、ルーファスが電話してきました。彼らはあなたに戻ってきてほしいそうです、教授」

トムはボーのほうに首をかしげると眉をひそめた。

「もちろん」とボーは続けた。「証拠論の教授と模擬裁判チームのコーチとしてね。彼らは一万ドルの昇給も提示してきました」

「おいおい、ボー。どうしたらそんなに早く進むんだ？」

「おれじゃありません」とボーは言った。「裁判のあとの新聞を見たでしょう。マスコミの連中はうっとうしいが、決して馬鹿じゃない。大学はリック・ドレイクとドーン・マーフィーに対するあなたの行動を問題視したが、ふたりはあなたを助けてウィルコックス裁判で勝利した。タスカルーサ・ニュースや地元のテレビ局が、リックとドーンのあなたに対する明らかな忠誠を見て、理事会の決定をうさんくさいと言い出したんです。とにかく、マスコミからの風当たりが強くなったのを受けて、理事会のあなたの支持者のひとりが、タイラーのやり方の間違いに気づいた何人かの理事を取り込むことに成功したんです」

「ルーファスだな」トムは含み笑いを浮かべながら言った。

「ビンゴ！」

「ランバートは？」とトムは訊いた。

「辞めました」とボーは笑いながら言った。「ルーファスが理事会の過半数を得てあなたの復帰を決めると、返す刀でランバートの解雇を決定しましたよ」

トムは首を振った。「で、タイラーは？」

ボーは笑うのをやめ、厳粛な顔つきになった。「そこが……一番肝心なところで。ルーファスたち理事はタイラーをロースクールの代理人から解任するように大学評議委員会に求めたんです。そして評議委員会議長が、ジェイムソン・タイラーとジョーンズ&バトラー法律事務所を今後一切大学の法律事務に関与させないと命じたんです」ボーはそこでことばを切った。「評議委員会議長が誰だか知ってますよね？」

トムは頷いた。腕に鳥肌が立つのを感じていた。「ポール・ブライアント・ジュニア」

「妥当なところじゃないですか？」とボーは言った。トムは心を打たれ、何も言えなかった。

「そう……」ボーは頷きながら続けた。「コーチも気に入ってくれるでしょう」

車よせに着くと、ボーはレクサスのドアを開け、トムのほうを振り向いた。「手術はどうだったんですか」

「問題ない」とトムは答えた。「ビルは、今度は全部取ったと言ってる。しばらくは三カ月ごとに内視鏡検査を受けなきゃならんが……すこぶる調子がいいよ」

ボーは開いたドアにもたれかかり、トムの眼をじっと見た。「で、どうするつもりなんですか、親父《おやっ》さん？　望むなら復職もできる。健康状態も万全だ。そして西アラバマ史上最高額の評決も得た。世界はあなたの思いのままじゃないですか、教授」

「まだ、よくわからんよ、ボー。考えることが多すぎる」彼はそう言うと、農場のほうを振り向いた。「だが、何であれ、何かをするだろうな。これ以上、無為にときを過ごすことはしないよ。ムッソが闘って死んでいったように、わたしも残りの人生を過ごすつもりだ」

「おれもそれが言いたかったんです」とボーは言った。「今こそ……」低くすすり泣く声がボーのことばをさえぎった。ボーはほほ笑みながら言った。「おっと、忘れるところだった」

「忘れる？　何を？」とトムが訊いた。ボーが車を回って後部のドアを開いた。

「実はあなたから今日ここへ来るように言われたとき、ちょっとしたプレゼントを用意したんです」

ボーは一歩あとずさると、両手に緑の木箱を抱え、トムに見せた。

「なんと、これは驚いた」木箱のなかには白と茶色のイングリッシュ・ブルドッグの仔犬がいた。トムは木箱を開けて仔犬を腕に抱き、友の顔を見た。

「君に人生を救ってもらった、ボー。感謝のことばも――」

「感謝のことばはまだ取っておいてください、教授」ボーはそう言うと、車のなかに滑り込み、イグニション・キーを回した。

「プラスキへ帰るのか？」パワー・ウィンドウが降りるとトムが聞いた。

「ええ、愛しの我が家へね」とボーは言った。

「どうしてあの町で開業したんだ？　君ならもっと大きな町で稼ぐこともできるだろうに」

「前に話しませんでしたか？」

記憶がよみがえり、トムは胃がぎゅっと引きつるような感覚を覚えた。「確か君のお父さんに起きたことだったな」

ボーは頷いた。表情からは笑みが消えていた。「やり残してることがあるんですよ、親父《おやっ》さん」

「いつかすべて話してくれるか？」

「たぶん」ボーはそう言うと、首を横に振った。「でも今はやめときましょう。長くなるし、遅くなるとかみさんに怒られて、またひっかき傷をつけられそうだ」

トムが何か言う前に、ボーは車をゆっくりと動かした。車よせの端まで来たとき、トムは何カ月か前にボーが言ったことばを思い出した。

「ボー！」仔犬に顔を舐められ、背中をそらしながらトムが叫んだ。

車が止まり、ボーが窓から顔を出してトムのことばを待った。

だが、トムは何も言わなかった。彼はただ右手で指を四本示して見せた。

アラバマ州タスカルーサ　六カ月後

彼はウェイサイダー・レストランに七時に着いた。飢えていた。そのことばの通りにも、比喩的にも。彼は卵とベーコンを食べ、新たなチャンス——弁護士としての——がないかと新聞に眼をやった。だが彼は何も見ていなかった。ぼんやりと思い出に身を委ねていた。四十年前に同じレストランでコーチから母校に戻るように頼まれた朝のことを思い出していた。コーヒーを飲むと、今度は増えつつある事務所の取扱件数のことを考えた。数えてみると仕事を始めてから週に一回はウェイサイダー・レストランで朝食を取っている。また週に一回はノースポートのシティ・カフェで食事をしていた。外へ出て歩き回り、人々に気づいてもらうために。ホームラン級の事件を手に入れることを願って世の中の動きに耳を傾けていた。原告側弁護士としての人生。それがゲームの名前だった。

十五分後、彼は事務所の駐車場に着いた。事務所に入る前に立ち止まって看板を見た。それは一週間前に付け替えたものだった。

マクマートリー&ドレイク法律事務所。

トーマス・ジャクソン・マクマートリーは冷たいタスカルーサの空気を吸い、少しのあいだ、リラックスして花の香りを味わった。彼は六十九歳になっていた。昨晩、彼とルース・アンはサイプレス・インでディナーをともにした。ふたりはこの何カ月かデートを繰り返していた。トムは幸せを感じていた。心のなかではジュリーが彼に生き続けてほしいと願っていることを感じていた。今朝、彼はこのあたりをリー・ロイと散歩した。リー・ロイ・ジョーダン・マクマートリーは、同じ歳の頃のムッソほど大きくはなかったが、なかなか見込みがあった。何よりもガッツがある。時折、トムはどっちが散歩させられているのかわからなくなるほどだった。

今、トムはまさに天職を得た。四十年間の大学教授生活――そのことを決して後悔していなかった――のあと、トーマス・ジャクソン・マクマートリー教授は再び法廷弁護士となった。

トムはほほ笑み、数カ月前にジェイムソン・タイラーが口にしたことばを思い出した。そのことばを声に出して言いながら扉を開け、階段を上がった。誰が聞いていようがかまわなかった。

「老いぼれにもまだ少しはガソリンが残っているさ」

著者あとがき

トム・マクマートリーというキャラクターを描く際に、わたしが意図したのは、伝説的な人物《レジェンド》を創《つく》りあげることだった。たぐいまれな誠実さと強さ、そして品格をあわせもった人物。そのためにわたしがとった方法のひとつが、トムをアラバマ大の有名な一九六一年フットボールチームの一員とすることだった。トムとこの小説のなかのできごとはまったくのフィクションだが、六一年のアラバマ大フットボールチームは実際に存在する。生まれながらのアラバマ大フットボールチーム《クリムゾン・タイド》のファンとしてあえて言わせてもらえば、各年代のチームはすべて、六一年のチームを基準にその実力が測られる。このチームは、ポール・〝ベア〟・ブライアント王国の基盤を作ったチームであり、その名は今もクリムゾン伝説のなかで語り継がれている。ビリー・ネイバーズ、リー・ロイ・ジョーダン、パット・トランメル、ダーウィン・ホルト、マイク・フラキア、ビリー・リチャードソン、ベニー・ネルソン、ビル・〝ブラザー〟・オリヴァー、マル・ムーア、チャーリー・ペル、ビル・バトルそしてコットン・クラークなどなど。

六一年チームの歴史的な意義は、このチームこそがブライアント・コーチ就任以来の集大成だということにある。一九五八年、ポール・″ベア″・ブライアント——一九三四年のチームで全米チャンピオンとなったアラバマ大の卒業生——は、テキサスA&M大を去り、アラバマ大のヘッドコーチとなった。そのときに言った「マンマに呼ばれたから」というセリフはあまりにも有名だ。四年連続で不本意なシーズンを送ったチームを引き継いだにもかかわらず、一九五八年のチームとの最初のミーティングで、彼はアラバマ大を全米チャンピオンにすると約束した。

その三年後、六一年チームはシュガー・ボウルでアーカンサス大を十対三で破り、十一戦全勝で全米チャンピオンとなった。ブライアント・コーチの約束を果たしたのだ。アラバマ大で六度の全米制覇を果たしているブライアント・コーチにとっての最初の全米チャンピオンであり、その後の偉業の始まりだった。一九六一年から一九六六年までのシーズンでクリムゾン・タイドは、六十勝五敗一分の成績を残し、三度全米チャンピオン（一九六一年、一九六四年および一九六五年）に輝き、四度、サウスイースタン・カンファレンスのチャンピオンとなった。

おそらく六一年のチームの伝説の多くは、ブライアント・コーチと選手たちとの特別な絆にあったと言えよう。チームの先発クォーターバック、パット・トランメルはブライアントの最もお気に入りの選手として広く知られている。一九六八年、癌に倒れた早すぎる死のあと、トランメルの葬儀でブライアントは、涙を浮かべながらトランメルの母親を教会までエスコートした。ブライアントが人前で泣いたのはあとにも先にもこのときだけだった。オフェンス・ラインとディフェンス・ラインの先発メンバーだったビリー・ネイバーズは、ブライアントの株式仲買人を務め、親しい友人となった。ビル・〝ブラザー〟・オリヴァーとマル・ムーアはブライアントのアシスタント・コーチになった。

一九八二年のブライアント・コーチの死後も、六一年チームの選手たちは依然として大学に大きな影響を及ぼした。チームの控えのクォーターバック兼ディフェンシブ・バックだったマル・ムーアは、一九九九年にアラバマ大のアスレチック・ディレクターとなり、二〇一三年までその職にあった。二〇〇七年、ムーアはブライアント以降のアラバマ大の歴史のなかで、最も偉大なコーチの招へいに成功した。マイアミ・ドルフィンズからニック・セイバンを引き抜いたのだ。二〇一三年三月、ムーアの死により、アラバマ大はこの国最高のアスレチック・ディレクターを失った。大学がその後任にムーアの友人であり、一九六一年チームのチームメイト、ビル・バトルを選んだのは、極めて妥当な選択だった。

しかし、六一年のチームの今も語り継がれる伝説は、その圧倒的なディフェンス力にこそある。過大評価や誇張を嫌うブライアントでさえ、一九六一年のチームを評して、「ただのディフェンスのいいチームではない。偉大なディフェンス・チームだ」と語っている。六一年のディフェンス・チームは六つの完封ゲームを記録し、シーズンを通して相手チームに三つのタッチダウンしか許していない。事実、相手チームが六一年のシーズンにアラバマ大を相手にあげた得点はわずか二十五点だった。

六一年チームの伝説は今も人々の心のなかに生きている。二〇一二年一月九日、わたしは両親とともにニューオーリンズのスーパードームで、アラバマ大がルイジアナ州立大を二十一対〇で破り、十四度目の全米チャンピオンとなるゲームを観戦していた。この二〇一一年チームは、ディフェンスに関するデータのあらゆる部門でトップの成績を収めた。このディフェンス陣から、三名がNFLのドラフト第一巡で選ばれ、一名が第二巡で選ばれている。だが、わたしが二〇一一年のディフェンス・チームこそが史上最高だと言うと、父はただ首を振り、涙を浮かべた眼でこう言った。「六一年のチームほどじゃないさ。あのチームは相手チームに二十五点しか許さなかった……。一試合じゃない、一年を通してだ」

謝辞

本書は、素晴らしい妻ディクシーの愛と支え、そして忍耐がなければ完成していなかっただろう。八年間、彼女は、午前四時に目覚まし時計が鳴り、彼女と三人の子どもの誰かを起こしてしまう毎日に耐えてくれた。本書の三度の書き直しに眼を通し、それぞれを根気強く読んで、ずっと励ましと建設的な批判を与えてくれた。本書は、彼女なしには決して書けなかった。わたしの人生に彼女がいてくれたことに心から感謝したい。

わたしのエージェント、リザ・フライスィヒは、この旅におけるわたしの守護神となってくれた。彼女の頑張りと情熱、粘り強さがわたしの夢を叶《かな》えてくれた。リザ以上の忠実な支持者は決していないだろう。

エムリン・リーズとエキジビットAならびにアングリー・ロボット・パブリッシングのみんなにも感謝を述べたい。エムリンのアイデアと彼女の注意深い編集がわたしの作品をより良いものにしてくれた。わたしとわたしの作品にチャンスを与えてくれたことに対し、これからもずっと恩に感じることだろう。

わたしの本を見出《みいだ》し、より良いものにすることを助けてくれたアラン・ターカス、シャスティ・エゲルダール、ジャック・ベン＝ゼクリ、ティファニー・ポコルニーとトーマス＆マーサーのチームのみんなにも感謝を述べたい。

また本書を口コミで広め、本書に翼を与えてくれたジュリー・シュエルケ、マリッサ・カーナットとJKSコミュニケーションズのみんなにも多大の感謝を送りたい。

わたしの両親、ランディとベス・ベイリーは、わたしが何かしようとするといつも、わたしに教えとひらめき、励ましを与え、そしていつもわたしのそばにいてくれた。両親には感謝のことばもない。

弟のボー・ベイリーはわたしの本の最初の読者の一人であり、変わらぬ励ましを与えてくれた。

義理の父、ドクター・ジム・デイヴィスは泌尿器学と膀胱がんについての見識を与えるだけでなく、わたしに希望というエネルギーを与える存在となってくれた。

わたしの本を読んでアイデアと励ましを与えてくれた素晴らしい友人たち、ビルとメラニーのファウラー夫妻、リック・オンキー、マーク・ウィッツェン、スティーブ・シェイマス、ウィル・パウエルには一生頭が上がらないだろう。

出版社さえ決まっていないときからこの本を推薦してくれた作家仲間のウィンストン・グルームとウィリアム・ベルナール、ブライアン・ヘイグにも感謝を捧げたい。

作家になりたいというわたしの夢を最初に育ててくれたデビッドソン大学とこの作品に多くのアイデアを与えてくれたアラバマ大学ロースクールにも感謝を。

アラバマという偉大な州に生まれたことにも感謝したい。そしてアラバマ大フットボールチームとその伝説のなかで育ったことにも。ブライアント・コーチが亡くなったとき、わたしは九歳だった。だが、彼の精神は今も大学とこの州のいたるところに生きている。

最後に、子どもたち――ジミー、ボビーそしてアリー――へ。君たちはわたしの人生の励みであり喜びだ。彼らを与えてくれたことを神に感謝したい。そしてすべてに。

訳者あとがき

吉野弘人

ロバート・ベイリーのデビュー作、『ザ・プロフェッサー』をお送りする。本書は、アラバマ大学ロースクールの元教授トム・マクマートリーとその教え子リック・ドレイクが活躍するリーガル・スリラー・シリーズの第一作である。

とにかくべらぼうに面白い。まさに「巻を措《お》く能《あた》わず」ということばがぴったりの、胸のアツくなる痛快法廷スリラーだ。舞台はアラバマ州の地方都市タスカルーサ。トム・マクマートリーは、かつてアラバマ大学のフットボールチームで全米チャンピオンとなり、卒業後に弁護士の道へ進むも、恩師であるポール・〝ベア〟・ブライアント・コーチの導きで母校ロースクールの教授となる。六十八歳となった現在、同大学の模擬裁判チームを三度の全米チャンピオンに導き、著名な証拠論の書籍を著すなど法学者として確固たる地位を築いていた。しかし、模擬裁判の全国大会での教え子リック・ドレイクとの諍《いさか》いがユーチューブで流され、これを問題視する大学と、友人でもあった元教え子ジェイムソン・タイラーの裏切りにより不名誉な形で大学を追われる。さらに追い打ちをかけるように膀胱癌《ぼうこうがん》を患っていることがわかり失意に暮れるなか、トムの前にかつての恋人ルース・アンが現れる。娘夫婦と孫娘をトレーラートラックとの衝突事故で失った彼女は、真実を求め、トラック運送会社を相手取って訴訟を起こしたいとトムに相談する。四十年も法廷を離れ、さらに病をも抱えるトムは、諍いがあってからずっと絶縁状態にあった教え子リックをルース・アンに紹介し、自らは故郷に身を隠す。

リックはトムとの一件のせいで、決まっていた大手法律事務所への就職を取り消され、その後個人で事務所を立ち上げ、家賃の支払に苦労しながらも、仕事を求めて奮闘する日々を送っていた。過去の確執から一旦はトムの紹介を断るリックだったが、願ってもない大型訴訟案件を前に心が揺らぎ、トムが一切関わらないことを条件に訴訟を引き受ける。トラック運送会社の不適切な労務管理によりスピード違反が常態化していたことをつきとめたリックはその証拠を集めようとするも、運送会社社長ジャック・ウィリストーンの執拗《しつよう》な妨害にあい苦戦する。しかも被告側の弁護士は、トムの退職を画策し、またリックの大手法律事務所への採用を取り消した張本人、アラバマ州一の弁護士として名高いジェイムソン・タイラーだった。トラック運転手の妻ウィルマの証言を最後の頼みの綱として裁判に臨むリックだったが、窮地に立たされ、法廷で立ち尽くす。そのとき、静まり返った法廷のドアを開けてトムが現れる。トムとリック、正義と矜持《きょうじ》をかけたふたりの反撃が始まる。

本書は、広い意味ではミステリーに属するが、厳密にはスリラーというべきだろう。広義のミステリーは、謎解きを中心とするミステリーと、ハラハラ、ドキドキのストーリー展開を売りにするスリラー・サスペンスに分かれる。しかし実際にはその境界線はあいまいで、どんなスリラーにもミステリーの要素が存在するし、その逆もまたしかりである。だが、本書には〝謎《ミステリー》〟がまったくと言っていいほど存在しない。殺人事件が起きているわけではないので犯人探し《フーダニット》や殺害トリック《ハウダニット》といった謎解きの要素はない。裁判の争点も初めから明らかで、意外な展開が用意されているわけでもない。しかし著者はミステリーの要素をあえて捨てることでスリラーとしての純度を高め、結末まで一気に読ませる極上のエンタメ小説に仕上げている。

　本書の幹となるストーリーは極めてシンプルである。主人公が苦難を乗り越えて裁判に勝利する。それだけと言ってもよい。しかし著者は主人公に年齢も性格もまったく異なるふたりを配することでストーリーに厚みをもたせている。トムは老いと病から人生に絶望し、リックは若さゆえの失敗に苦悩する。しかしふたりは決してあきらめず、ともに勝利を追い求め、再生と成長を果たす。個性のまったく違う者同士がぶつかりながらも正義を求める相棒《バディ》小説であることがこのシリーズの魅力のひとつであると言えよう。

　著者は自らのホームページで、よいスリラーの条件は〝感情に訴える仕掛け《エモーショナル・フック》〟だと言っている。本書ではトムとリックの関係に代表される登場人物相互の関係にこの〝エモい仕掛け〟がふんだんにほどこされている。トムとリック以外にもトムとボー、トムとルース・アン、トムとタイラー、トムとチームメイトたち、リックとパウエル、リックと両親、リックとドーン、そして忘れてはいけないトムとムッソ（！）ら、登場人物同士の確執や裏切り、師弟愛、友情、信頼、愛情、忠誠心がたっぷりと描かれているのだ。その描き方はやや類型的であざとい面もあるが、読者は、ストーリーの展開につれ、この関係性がどう変わっていくのか（あるいは困難な状況にあってもいかに変わらずにあるのか）が知りたくて、ページをめくる手を止めることができなくなる。作者の用意した仕掛けにまんまとひっかかってしまうのだ。作者はこの仕掛けを生かすために、あえて幹となるストーリーをシンプルにしたのではないだろうか。ストーリー構成の巧みさにもあらためて感服する。

またところどころに事実をおりまぜた演出も心憎い。小説の舞台となるアラバマ州タスカルーサは、アラバマ大学が本部キャンパスをかまえる都市として知られている。アラバマ大のスポーツチームは〝クリムゾン・タイド〟と呼ばれ、特にフットボールチームはカレッジ・フットボールの強豪として広く知られている。これまで（二〇一八―二〇一九年シーズン終了時点）に史上最多十六回の全米チャンピオンになるなど、カレッジ・フットボールの世界では頭ひとつ抜けた存在である。著者は、この小説を執筆するにあたり、主人公のトムを、実在するアラバマ大の伝説のコーチ、ポール・ブライアントをモデルとして描いている。伝説的な存在を主人公に据え、その主人公が老いに負けそうになりながらも戦い続ける姿を描きたかったのだという。著者は実際にブライアント・コーチや実在する選手を小説にも登場させることで、トムのキャラクターに血を通わせ、また今もブライアント・コーチの伝説が色濃く残るタスカルーサという地方都市とそこに暮らす人々の様子を生き生きと描いている。

著者ロバート・ベイリーは物語の舞台であるアラバマ大学のロースクールを卒業し、その後十三年間、地元ハンツビルで弁護士として活躍した後、二〇一四年に本書でデビューを果たした。ロースクールでは模擬裁判チームに所属し、また生まれたときからの熱烈なアラバマ大フットボールチーム・ファンを自称している。著者自身の体験は本書の随所に生かされているようだ。著者はその後もマクマートリー&ドレイク・リーガル・スリラーとしてふたりを主人公としたシリーズを執筆しており、いずれも高い評価を得ている。現在までの著作は次の通りである。

The Professor　二〇一四年（本書）
Between Black and White　二〇一六年
The Last Trial　二〇一八年
The Final Reckoning　二〇一九年四月刊行予定

次作、Between Black and Whiteでは、本書でも脇役ながら強烈な個性を発揮したボーことボーセフィス・ヘインズが物語の中心となる。本書でも触れられている四十五年前にあったボーの父親のリンチ殺人事件を背景に、地元の名士を殺害した容疑で逮捕されたボーを、トムとリックがボーの故郷プラスキに赴いて弁護するという展開となっている。ＫＫＫ発祥の地テネシー州プラスキを舞台に、人種差別という社会的なテーマを取り扱いながら、今度は〝謎〟も満載、どんでん返しの連続で最後まで先の読めないストーリーとなっている。

最後に私事ながら――本書は訳者が見つけた原書を出版社に紹介して邦訳出版を提案した、いわゆる〝持込み〟によって実現した作品である。持込企画を検討いただき、出版実現に尽力いただいた小学館出版局文芸のご担当者その他関係者の方々にこの場を借りて感謝の意を表したい。

二〇一九年三月

小学館文庫
好評既刊

ファイアマン

上・下

ジョー・ヒル　白石朗／訳

皮膚に鱗状の模様が現れ、身体から発火して焼死――未知の疾病〈竜鱗病《ドラゴンスケール》〉が突如広まり、猛威をふるいはじめた。愛する人を守るため炎の使い手ファイアマンが闘う！ NYタイムズベストセラー1位獲得、サバイバルエンタメの傑作！

偽りの銃弾

ハーラン・コーベン　田口俊樹・大谷瑠璃子／訳

何者かに夫を射殺された元特殊部隊ヘリパイロットのマヤ。２週間後、２歳の娘の安全のために自宅に設置した隠しカメラに写っていたのは夫だった……。Ｊ・ロバーツ製作で映画化が進む、ベストセラー作家による傑作サスペンス！

無痛の子

リサ・ガードナー　満園真木／訳

いくつもの小さな皮膚片が剝がされた女性の遺体。現場検証中に負傷した女刑事D・D・ウォレンが出会った精神科医アデラインは、先天性無痛症を抱えていた……。手負いの女刑事の執念を描くドラマティックスリラー！

もつれ

ジグムント・ミウォシェフスキ　田口俊樹／訳

ワルシャワ市内の教会で、右眼に焼き串を突かれ男が死んだ。容疑者は彼と共にグループセラピーに参加していた男女四人。検察官シャツキは捜査を進めるが……。日本のミステリーファンを唸らせたポーランドの怪作。

―――本書のプロフィール―――

本書は、二〇一五年にアメリカで刊行された小説『THE PROFESSOR』を本邦初訳したものです。

小学館文庫

ザ・プロフェッサー

著者　ロバート・ベイリー

訳者　吉《よし》野《の》弘《ひろ》人《と》

二〇一九年三月十一日　初版第一刷発行
二〇二〇年四月二十日　第二刷発行

発行人　飯田昌宏
発行所　株式会社 小学館
〒一〇一－八〇〇一
東京都千代田区一ッ橋二－三－一
電話　編集〇三－三二三〇－五七二〇
販売〇三－五二八一－三五五五
印刷所――凸版印刷株式会社

この文庫の詳しい内容はインターネットで24時間ご覧になれます。
小学館公式ホームページ　https://www.shogakukan.co.jp

ISBN978-4-09-406615-9